カラ売り屋シリーズ

Money Monster

マネーモンスター

Kuroki Ryo

黒木亮

幻冬舎

カラ売り屋シリーズ

マネーモンスター

目次

ミスター液晶

1

「ウォー、すごい！　マッターホルンだ！」

「ほんとだなあ、よくみえるなあ」

カラ売り専業ファンド、パンゲア&カンパニーの面々が、山小屋ふうのホテルの前庭で歓声を上げた。

カラマツや杉でおおわれた緑の山々のかなたに、マッターホルン（標高四四七八メートル）が、白い姿をみせていた。石の矢じりのように尖《とが》った山は、周囲の風景を圧するような超然とした存在感を放っている。

「うーん、こうやって朝日を浴びてるのをみると、神々しいなあ」

細面に縁なし眼鏡の北川靖《きたがわやすし》が感嘆する。

八月のスイスの空は真っ青に晴れわたり、マッターホルンの中腹を白い綿雲が取り巻いていた。

「新田次郎《にったじろう》は、マッターホルンを『坐《ざ》したる巨人』と評したそうだが、麓《ふもと》から見上げると、まさにそんな感じじゃねえか」

小柄で、薄めの頭髪のトニーがいった。

カラ売りのターゲット企業の製品を試した上で株式を売買する「タイヤ・キッカー」と呼ばれるタイプのカラ売り屋で、パンゲアとは提携関係にある。

北川たちは、会社の同僚や家族と一緒に、スイスのツェルマットにやってきていた。欧米で新型コロナに関する規制がほぼ撤廃されたので、三年ぶりのオフサイトミーティングをスイスで開くことにした。

カァーン、カァーンという重量感のある音が、朝の涼しい風をわたって聞こえてきた。近くの聖マウリシウス・ローマカトリック教会の鐘の音で、すぐそばにマッターホルンなど付近の山々で命を落とした数多くの登山者たちが眠るこぎれいな墓地があり、その敷地を縁取るように白濁したマッター・フィスパ川が流れている。

「さて、そろそろメシに行くか。今日は、展望台を三つ制覇しなきゃならんからなあ」

ジム・ホッジスが腕時計に視線を落としていった。茶色がかった金髪で、肩幅が広く、がっしりした身体《からだ》つきの白人である。

「うむ、百九十五スイスフランは安くねえから、しっかり利用しようぜ」

ツェルマットには三〇〇〇メートル級の展望台が三つあり、そこへ行く登山電車とロープウェーの一日乗り放題切符「ピークパス」は、一人百九十五スイスフラン（約二万七千円）もする。東京ディズニーランドの一日券の約三倍である。

一同は踵《きびす》をかえし、ホテルのなかへと戻る。

ホテルは五階建てで、壁は木を多く使い、屋根は、スイスの建物に多い、山小屋ふうの三角屋根。それぞれの部屋のベランダには、濃いピンク、紫、白などのペチュニアが飾られていて、山岳リゾートらしい。

レストランは地上階（日本でいう一階）にあり、大きなガラス壁を隔てて、前庭に面している。ビュッフェ方式で、かりっと焼いたベーコン、スクランブルエッグ、様々なチーズとハム、果物、ミューズリー、何種類かのパン、オレンジやグレープフルーツ・ジュースなど、バラエティ豊かである。しかもどれも一流レストラン並みの美味《うま》さである。

「しかし、スイスっていうのは、どこに行っても笑顔でサービスされるし、さすが観光立国というだけあるなあ」

木目の浮き出たテーブルで、カプチーノを飲み、北川が感心した表情でいった。

このツェルマットのホテルでも、その前に一泊したジュネーブのホテルでも、ほとんどの従業員が笑顔で接客していた。

「ほんとにねえ。こんなにサービスがいい国って、ほとんどないわよねえ」

北川の日本人の妻が相槌《あいづち》をうつ。

「わたしのクラスメートにも、将来、スイスのカレッジで、観光学とホテル・マネジメントを勉強したいっていう子がいるわ」

北川の娘がいった。

妻と娘はニューヨークに住んでおり、北川はパンゲアの東京事務所で働いているため、逆単身赴任中だ。

ほかのテーブルでは、パンゲアの創業パートナーであるホッジスとグボイェガ、トニー、パンゲアの法務部長、管理・決済部長、秘書兼アシスタントの白人女性と彼らの家族や恋人などが朝食をとっていた。

朝食を終えると、一行は徒歩で、スイス国鉄の駅前にある登山電車乗り場へと向かった。

ツェルマットは、スイスでもっとも有名な山岳リゾートだ。駅前広場に通じるバーンホフ通りが町のメインストリートで、左右に古い木造家屋や、時計、ファッション、鞄《かばん》など、目の玉が飛び出るような値段のブランド品店、アウトドアグッズの店、レストランなどが軒を連ね、大きなスイス国旗、EU旗、赤白二色に十三個の星を配した地元ヴァレー州旗、黄色いライオンを描いたツェルマット町旗などが翻《ひるがえ》る下を、世界中からやってきた観光客たちがそぞろ歩いている。欧米人が大半で、いまだ「コロナ鎖国」中の日本からの観光客は皆無。アジア系の顔は香港や韓国からの旅行者だ。

登山電車の乗り場は、国鉄ツェルマット駅のほぼ真ん前にあった。ガラスを多用したパビリオンのような平屋の建物である。正面出入り口の上には、茶色いマッターホルンとそれを登る線路の絵の左右に「gornergrat bahn（ゴルナーグラート鉄道）」の大きな看板が掲げられている。

パンゲアの一行はなかに入り、発券窓口の前にある自動改札をとおって、少し待ったあと、茶色い登山電車に乗り込んだ。標高一六〇五メートルのツェルマットから、同三〇八九メートルのゴルナーグラートの展望台まで三十五分で登る電車である。

真夏の観光シーズンなので、車内は満員だった。ほとんどの乗客はマスクを着けておらず、もはや新型コロナは過去のものだ。

「しかし、アメリカ人はどうして、どうでもいいことをああいうふうに延々と喋《しゃべ》り続けるのかね？……俺もアメリカ人だけどよ」

エアバッグを売り物にした新型バイクに試乗し、ハンドル操作を誤って電柱に衝突したときにできた傷痕が眉間にあるトニーが、後ろの四人席のアメリカ人グループを目で示し、小声でいった。

年輩の男女のアメリカ人たちは、「僕のマム（母親）が、昔こんなことをいって……」とか「孫と動物園に行ったら、珍しい動物がいて」とか、「こないだ新しい洗剤を使って洗濯したら……」とか、どうでもいいような話を際限なく続けていた。

「まあ、登山電車は、いつどこで乗っても楽しいもんだから」

黒い肌で長身のアデバヨ・グボイェガが微笑した。北川、ホッジスとは、米国の一流経営大学院のクラスメートで、二人とともにパンゲアを立ち上げた創業パートナーだ。

「おっ、それアップルの新しいｉＰｈｏｎｅ《アイフォーン》か?」

グボイェガが、トニーが取り出したスマートフォンをみて訊《き》いた。

「いや、これはｉＰｈｏｎｅ13の『Ｐｒｏ Ｍａｘ』だ。もうちょっとしたら、14が出るらしいんだが、前のが壊れちゃったもんでなあ」

「そうか。今や携帯は、アップルとサムスンだよなあ。九〇年代は日本の携帯が、大きな画面で、テレビもみられて、メッセージも打てて、世界を席巻《せっけん》していたが」

「あっという間にアメリカと韓国に追い越されちゃったよな。携帯は日本経済凋落《ちょうらく》の一つの象徴だな」

北川の顔に残念そうな気配が漂う。

「しかし、ディスプレイもきれいだし、みやすいなあ」

グボイェガがトニーのスマートフォンを覗《のぞ》き込んでいう。

「有機ＥＬだからな」

有機ＥＬ（electro luminescence）は液晶に比べると、輝度が高く、色がくっきり鮮やかに表示され、屋外でもみやすい。

「有機ELと液晶とバックライトについちゃあ、さんざん勉強したよな」

トニーがにやりとし、北川とグボイェガが微笑してうなずく。

パンゲアは最近、液晶ディスプレイに使うバックライト製造子会社を持つ、東証スタンダード上場の城西《じょうさい》ホールディングスのカラ売りを手仕舞った。

登山電車は右に左に蛇行しながら、高度を上げていく。かなり近くに山があり、谷間に三角屋根で四、五階建ての、山小屋ふうの家々が集まっている。白い綿雲の上に突き出たマッターホルンの山頂部分が時々みえる。

「オゥ、マイ・ガーッ！（なんてこった！）ペロシが台湾に行くらしいぞ」

外の風景とスマホのニュースを交互にみていたトニーが、驚いた声を出した。

「えっ、ペロシが台湾に⁉　マジか⁉」

北川とグボイェガも驚き、トニーのスマホを覗き込む。

ナンシー・ペロシは、下院議長を務める米民主党の重鎮で、実質的にバイデン大統領、ハリス副大統領に次ぐ、米国のナンバースリーだ。人権重視のリベラル派で、中国に厳しい。昨年は、新《しん》疆《きょう》ウイグル自治区における人権侵害を問題視し、「北京冬季五輪を各国首脳は欠席すべし」という外交的ボイコットを提唱し、米国などの政府関係者の欠席につなげた。

「あんな大物が台湾に行きゃあ、確実にひと悶着《もんちゃく》起きるぜ」

トニーが顔をしかめ、北川とグボイェガが深くうなずく。

「五月にバイデンが、台湾防衛を明言して、中国が頭に血を上《のぼ》らせたばっかりだしなあ」

紺色のヨットパーカーを着たグボイェガがいった。

去る五月二十三日、東京での日米首脳会談後の記者会見で、米国の女性記者から「台湾を防衛するため、軍事力を行使する意思があるか？」と問われ、バイデン大統領は「イエス。それが我々のコミットメントだ」と答えた。また「中国が武力で台湾を制圧することは認めない。そうさせないよう、各国と結束していく」とも述べた。この踏み込んだ発言に対し、台湾外交部（外務省）は歓迎と感謝の声明を出し、中国は「強烈な不満と断固たる反対を表明する」と反発した。


それからまもなく――

中国上海市の西に位置する江蘇省蘇州市の一地区の人民政府庁舎で、緊迫した話し合いが行われていた。

「你说的是真的《ニーシュオダシージェンダ》⁉（あんた、それ本気でいってるのか⁉）」

大きな会議用テーブルについた、畑中良嗣《はたなかよしつぐ》に対し、中国側の一人が怒り心頭の表情でいった。

「はあ、本気といいますか……まあ、そのとおりです」

ひょろりと背が高く、ネクタイとスーツ姿の畑中は、想像以上の相手の剣幕に内心たじろぎながら答えた。

その言葉を、かたわらの秘書兼通訳の李《リー》が中国語に訳す。

すでに日はとっぷりと暮れ、天井の蛍光灯が白々とともっていた。

「七百人を雇ってる工場を、破産させるっていうのか⁉」

「そんなことしたら、暴動が起きるぞ！」

「下手すりゃ、あんたの命もないぞ！」

テーブルの向こう側にすわった十人あまりの中国人の男たちから、罵声に近い言葉が浴びせられる。

中高年の男たちは、人民政府の副区長、工作委員会副主任、社会保障局長、蘇州国家管理委員会招商局副局長、同工商局や公安局の局長・幹部クラスなど、責任ある地位の役人たちだ。皆きちんとしたスーツ姿で、年齢は四十代前後。昔の中国の汚職まみれで脂ぎった役人と打って変わり、高学歴で頭が切れ、規律にも厳しいエリートたちだ。

彼らの表情は強張《こわば》り、焦りがありありと浮かんでいた。中国では解雇された従業員が暴動を起こす「群体性暴動」が社会問題になっており、もし発生すれば地方官僚は即時失脚である。

「この中米日の関係が一触即発のときに、あんたはいったい、なんてことをしようっていうんだ⁉」

大きなテーブルの向こう側に、革張りの高い背もたれが付いた椅子にずらりと並んですわった十人あまりの男たちが、これ以上ない怒りの表情で、畑中を睨《にら》みつける。

「今、工場を畳んだりしたら、マスコミが日系企業でこんなことが起きたと報道して、デモや暴動が起きかねんじゃないか！」

（こ、こういう展開になるのか……⁉）

城西ホールディングスのＣＴＯ（chief technology officer ＝最高技術責任者）兼社長室長の畑中は六十代後半で、ビジネスマンとしてはベテランだが、このような激しい反発を引き起こすとはまったく予期していなかった。

（地元政府や工商局には世話になったから、せめて工場閉鎖のお詫《わ》びにやってきたつもりだったが

……考えが甘かったか）

ペロシの訪台をきっかけに、日米中三国の関係は、緊迫の度合いを増していた。

ペロシは、台湾で蔡英文《さいえいぶん》総統と会談し、「台湾と世界の民主主義を守るため、アメリカの決意が揺らぐことはない」と述べ、特種大綬卿雲勲章を授与された。

一方、中国は、台湾を取り囲む形で軍事演習を始め、複数の方角から弾道ミサイルを発射し、その一部が日本のＥＥＺ（排他的経済水域）に落下した。これに対して日本は「重大な懸念」を中国に表明し、Ｇ７外相会議も、中国による台湾への軍事的威圧に懸念を表明した。これに対し中国は「（Ｇ７は）米国による中国への主権侵害行為の片棒を担いだ」と反発した。

台湾訪問のあと、ペロシは韓国をへて来日した。岸田文雄《きしだふみお》首相と朝食をとりながら会談し、日米同盟の強化や、台湾海峡の平和と安定のため、引き続き連携していくことを確認した。岸田首相は、中国のミサイルが日本のＥＥＺ内に落下したことは、日本の安全保障にかかわる重大な問題で、中国を強く非難し、抗議したと述べた。

「ミスター畑中、工場を継続することは、どうあってもできないんですか？　せめてあと半年とか」

男たちの一人が訊いた。

「申し訳ないのですが、正直いって、城西バックライトは、東京の本社を含め、もはや立ちいかない状態です」

畑中は、男たちの剣幕に気後れしながらも、懸命に説明する。技術畑出身者らしく率直な印象を与える細面はやや青ざめていた。

目の前の男たちは、顔を赤くしたり、青くしたりして、憤怒《ふんぬ》の表情を隠そうともしない。

「むうーっ……」

「労働債権は、どうするつもりなんだ？」

工商局の幹部の男が訊いた。普段は温厚だが、今は別人のように険しい目つきをしていた。

「従業員が七百人いたら、一人平均六万元として、四千二百万元（約八億三千万円）くらいの退職金が要るだろう？　用意はできてるのか？」

「いや、それは、債権債務を整理して、そのなかから優先的に支払う予定でいますが……」

「不要胡说《ブーヤオフーシュオ》！（馬鹿なことというな！）」

相手が怒鳴った。

「まず従業員に払わないと、暴動になるじゃないか！　最初に退職金ありきだろう！」

（えっ、そうなの⁉）

てっきり、工場を売って、それ以外の債権も回収して、その金で退職金を払えばいいと思っていたが、どうも様子が違う。

白い蛍光灯が煌々《こうこう》とともる大きな会議室には、怒りと焦りと疲労感が充満していた。

「工場には、いくら金があるんだ⁉　五千万元くらいあるのか？」

「いや、その四分の一くらいで……」

「なにぃーっ、四分の一だとー⁉」

男たちの顔が失望感と怒りで歪《ゆが》む。

「こうなったからには、あんたにはずっと中国にいて後始末をつけてもらうしかない。今後、出国することは禁止する」

公安当局の幹部が、宣告するようにいった。

中国では、出入国管理法第二十八条にもとづき、労働者の労働報酬を支払っていない経営者に対しては、国務院（他国の内閣に相当）の関係部門、または省、自治区、直轄市の人民政府が出国を禁止することができる。

「いや、そうおっしゃられても……わたしは、もう明日にも東京に戻って、裁判所に行って、各種の手続きをしないといけないんです」

畑中は必死の面持ちでいったが、中国人の男たちは、一顧だにする気配もない。深刻な顔つきで話し合い、うなずいたり、首を振ったり、天を仰いだり、携帯電話でどこかに電話をかけたりしている。自分たちの首を守るため、事態に対処する方法を議論している様子である。

窓のほうに視線を向けると、蘇州工業園区のビル群が、夜の闇を背景に輝いていた。一九九四年にシンガポールとの共同開発で誕生し、多くの企業が集まっている産業の最先端地区だ。ひときわ目立つのは、パリの凱旋門《がいせんもん》に似た、高さ三〇一・八メートルという超高層ビル「東方之門」である。

ふと窓の下をみると、建物の前にパトカーが集まり始めていた。

（いったいなにをするつもりなんだ？　俺を逮捕するのか？）

畑中はいい知れぬ不安で、背筋に寒気が走る。

（しかし、腹が減ったな……）

昼食のあとなにも食べていないので、空腹を感じた。

この日、午後四時頃、地元の招商局に挨拶に出向き、いったんホテルに戻って部屋で仕事をしていると、地区の人民政府からすぐきてほしいと呼び出された。

(重松《しげまつ》さんは、今も病院で眠り続けているのだろうか……？)

畑中をこの騒動の渦中に引っ張りこんだ、重松幸三《こうぞう》の好々爺《こうこうや》然とした顔が脳裏に浮かぶ。人をたらし込むことと、商売の嗅覚には長《た》けているが、それ以外は大雑把などんぶり勘定の社長である。畑中がついこないだまで苦労していた事業の立て直しも、ちょっとした庭掃除くらいに思っていて、それが終わったら、また復帰して、以前のように華々しく仕事をしようと考えていたようだった。

(やれやれ……)

心のなかでため息をついたが、重松を憎む気持ちは不思議となかった。

2

約四十年前――

畑中良嗣は、米国の自動車製造業の中心地、ミシガン州デトロイトにいた。五大湖の一つであるエリー湖とセントクレア湖に面した風光明媚《ふうこうめいび》な土地で、市街地にはＧＭやクライスラーなど、大手自動車メーカーの本社ビルが摩天楼のように聳《そび》えている。

市内の五つ星ホテルの大きな一室を使った会場に、四百人ほどの人々が詰めかけていた。皆、頭のよさそうな引き締まった顔つきで、ノートやペンを手に、発表を待っている。米国自動車技術者協会（Society of Automotive Engineers）の会員たちで、自動車メーカーの技術者が多い。

(まさか、こんなにくるとは思わなかった……！)

会場前方の発表者席で、畑中は人の大海原のような会場を見回し、ごくりと唾を飲んだ。

二十代後半の畑中は、背がひょろりと高く、率直な人柄を偲《しの》ばせる癖のない細面である。大学で電子工学を専攻し、音響機器メーカーに就職した。そこで電子回路の設計技術者としてレーザーディスクの開発に携わったあと、ヘッドハンティングされ、現在の大手ガラス・メーカーに転職し、液晶の開発に携わっている。

(液晶なんて、自動車とは縁遠い技術と思われがちだろうし、しかもこのジャパン・バッシングのご時世に、よくこんなに集まったもんだなあ!)

液晶は、静電気でも点灯するので、電気を食わない利点があり、もっぱら腕時計や電卓といった電池駆動の小物に使われている。

時代は、三年前にエズラ・ヴォーゲルの『ジャパン・アズ・ナンバーワン』が発表されるなど、日本の経済成長と大幅な貿易黒字が注目を集め、日本車の進出が米国の自動車産業に打撃を与えていると米国内で非難されていた頃だった。畑中はデトロイトにきて、いきなり「ジャップは乗せない」と、タクシーに乗車拒否されてショックを受けた。

(とりあえず駄目もとで、いっちょぶちかましてやるか)

自分の発表の番がくると、緊張しながらも会場正面のステージに進み出て、自己紹介をしたあと、手にしたリモコンを操作し、背後の大きなスクリーンに、液晶表示の自動車のメーター・パネルの画像を開いた。

速度、トルク、燃料の残量、走行距離、ウィンカー、シフト・レバーの位置、ブレーキなどに関するデータが、色とりどりの液晶で表示され、それまでの円のなかに針があるアナログ表示とは、まったくの別世界だった。

どよめきやため息こそ聞こえなかったが、会場は水を打ったように静まり返った。

「レディーズ・アンド・ジェントルメン、アイ・ストロングリー・ビリーヴ・ディス・ウィル・ビー・ザ・メーター・パネル・イン・ファイヴ・イヤーズ・タイム！（皆さん、これが五年後のメーター・パネルだと、わたしは確信しています）」

畑中は、マイクをとおして宣言するようにいい、液晶をメーター・パネルに使うメリットの説明を始める。

「アメリカの自動車では、アナログ計器に加え、スピード、燃料残量、水温といった表示に、蛍光管やＬＥＤ（発光ダイオード）によるデジタル表示が始まっています」

畑中の英語は、発音こそ若干日本的だが、技術者らしい律儀で正確な表現である。

「しかしながら、ＬＣＤ（liquid crystal display ＝液晶ディスプレイ）は受光型なので、自己発光型の蛍光管やＬＥＤに比べ、目が疲れないという利点があります」

液晶は自ら発光せず、背後からのバックライトを受けて発光する。

「さらに図形表示が可能になり、パネルの大型化にも対応できます」

畑中が示した画像では、燃料の残量は棒グラフで、速度は七〇マイルまでが緑色、そこから九〇マイルまでが黄色、そこから先は赤色で表示されるようになっていた。

（まあ、すぐに採用するようなメーカーはないだろうけど……）

説明しながら、会場内を一瞥《いちべつ》する。

参加者全員が、一心にスクリーンの画像をみつめたり、熱心にメモをとったりしており、強い手ごたえを感じさせた。

翌日――

畑中は突然、フォード・モーターの研究開発部門から連絡を受けた。至急本社にきてほしいという要請だった。

（へえ、あのフォードがねえ！）

名前を聞いただけで興奮を覚える、世界的自動車メーカーだ。

（ＬＣＤのメーター・パネルの追加説明でも聞きたいんだろうか？　だったら悪くない話だなあ）

先方の真意はわからないが、早速反応があったことに気をよくし、一緒に出張してきた技術研究所の上司とイエローキャブに乗り、デトロイト市街から西の方角に向かって走らせた。

摩天楼が林立するダウンタウンを抜けると、片側三車線の広々としたハイウェーで、周囲の建物は低く、頭上に空が大きく広がった。

デトロイト市街から九マイルほど走ると、ディアボーンという、周囲に森林地帯が残る、いかにも郊外といった雰囲気の町に到着した。フォード・モーターの創業者、ヘンリー・フォード生誕の地で、フォードの城下町だ。

インターシティ・ハイウェーのそばに一大コンプレックス（施設群）があり、本社、工場、研究開発部門、博物館、ヘンリー・フォード病院などが一つの町のように集まっていた。その周囲を多くの社員とその家族が暮らす住宅地が取り巻いている。

フォードの世界本社（World Headquarters）は、外壁に青緑色のガラスを使った涼しげな外観の十二階建てで、横長のビルだった。約三千人の社員が働いており、威風堂々たる佇《たたず》まいである。

ミーティング・ルームに案内されると、楕円《だえん》形の立派な会議用のテーブルがあり、十人以上の社員たちが待ち受けていたので、二人は驚いた。

「おお、あなたがミスター畑中か！　素晴らしいプレゼンテーションだったらしいね」

ダークスーツ姿で、いかにも上級幹部といった雰囲気の年輩の紳士がにこやかに握手の手を差し伸べてきた。

名刺を交換すると、技術部門のトップを務める役員だった。

「あなたがプレゼンした液晶の技術、うちの全車種に使いたいと思っている。ついては契約の話を進めたい」

役員と一緒にいたフォードの社員たちもにこにことうなずいていた。

「えっ、全車種に⁉」

畑中は驚いた。万一採用されるとしても、せいぜい一車種くらいだろうと思っていた。

かたわらの上司は、突然の超大型契約の話に、喜びと緊張で小刻みに震えていた。

数ヶ月後――

畑中は、所属するガラス・メーカーの神奈川県にある技術研究所で、自動車のメーター・パネルの試作品に厳しい視線を注《そそ》いでいた。

「やっぱり、色がきれいに出ないな……」

灰色の作業服姿の畑中が、メーター・パネルにあるスピード・メーターの一ヶ所を指さしていい、周囲の技術者たちも、重苦しい表情でうなずく。

フォードの乗用車のメーター・パネルの液晶表示は、緑、黄、赤の三色で、スピード・メーターなどは、一定の速度まで緑色、そこから黄色、さらに赤と変わり、それぞれの間がグラデーションになるように設計されていた。しかし、夜間を想定した暗い場所でみるとよくみえたが、昼間の光のなかでみると、色がくすんでいた。パネルの表示の色がきれいでないと、売れ行きにも影響するので、畑中らは頭を悩ませていた。

「畑中君、これじゃやっぱり駄目かね？　僕には十分に思えるけど……。アナログからＬＣＤ（液晶ディスプレイ）に変えるだけでも画期的だと思うけど」

畑中の上司がいった。

「いや、これでは駄目です。この色じゃ、ＬＣＤ本来の美しさじゃありませんし、フォードが求める水準に達していません」

「ミスター畑中、なんとかなりませんか？　今、うちの会社では、メーターのない車が何万台もできてきてるんです。……このままじゃ、わたし、アメリカに帰れないわ！」

金髪の米国人女性が悲痛な声でいった。フォードから派遣された三十代の女性技術者だった。


数日後——

「……畑中さん、やっぱりうちでは、そんな大量の反射板の生産は無理ですわ」

「うーん、そうですか……」

電話の受話器を握り締め、畑中は呻《うめ》く。

話の相手は、畑中が所属するガラス・メーカー関連の印刷工場の担当者だった。

昼間の光のなかで色がくすんでみえる問題は、液晶ディスプレイの後ろに、特殊開発塗料でカラー印刷を施した半透過の反射板を貼りつけ、何とかフォードの求める水準のものができた。

ところが、一枚の試作品はできても、自動車の数に合わせ、何万枚、何十万枚と反射板を量産する手立てがなかった。

印刷をするにあたっては、インク材料の色調合・ばらつきの防止、インク濃度、作業環境の温度・湿度、印刷機の押し圧（＝印刷膜厚）、印刷速度などを厳格に管理する必要がある。しかし、それを実行し、大量生産できる印刷会社がみつからない。

「まいったなあ……！」

畑中は天を仰ぎたい心境。

その日、全員で文献を調べたり、あちらこちらに電話したりして、大量生産の手立てを探った。

「畑中さん、それ、もしかすると、あの会社に訊いたらできるんじゃないかな」

ある研究機関の知り合いに電話したとき、埼玉県志木市にある印刷会社を教えられた。

「本当ですか⁉」

翌日、畑中は研究所の同僚、フォードの米国人女性技術者と一緒に、志木市に出向いた。

荒川沿いにある鄙《ひな》びた雰囲気の町で、畑中は、こんな場所にそんな高度な技術を持った印刷会社があるのかと訝《いぶか》った。

三人が、教えられた小さな印刷会社を訪れ、反射板の色味や透過率などのサンプルを示して、駄目もとの気分で事情を説明すると、急ぎの案件ということで、若手技術者が徹夜で取り組み始めた。

数日後――

畑中らは、技術研究所で歓喜の叫びを上げた。

「できたぞ！　きれいな色だ！」

志木市の印刷会社が生産した半透過反射板を使って液晶ディスプレイを点灯させると、昼間の光のなかでも鮮やかな色が浮かび上がった。

量産された反射板は、どれも均一な仕上がりになっていた。

（これだ！　これこそ本当のＬＣＤの美しさだ！　……よくやり遂げてくれたなあ！）

畑中は完成品をみて、息が詰まるほど感動した。

「いやー、助かった！　これでいけるぞ」

「あんな小さな印刷会社でも、すごい技術を持ってるんだなあ！」

「プライドと根性で、よく頑張ってくれたなあ！」

上司や同僚の技術者たちも嬉《うれ》しそうで、フォードの女性技術者も心底安堵《あんど》した顔つきだった。

それからまもなく、液晶ディスプレイのメーター・パネルを装備したフォードの車が売り出され、着実に売上げを伸ばしていった。

畑中の会社には、国内外の自動車メーカーからも注文が入り、会社は大量受注に沸き返った。

フォードからは、「デトロイトにミスター畑中を駐在させてほしい。これは今後の取引の条件である」と要請があった。

かくして畑中は米国に駐在し、フォードをはじめとする自動車メーカー各社との取引の面倒をみることになった。

3

二〇〇〇年の終わり――

四十代半ばをすぎた畑中良嗣は、コンピューター・メーカー、アップル（Apple Inc.）の本社を訪れた。

場所は、シリコンバレーの中心地であるカリフォルニア州サンノゼのやや西寄りである。北側にサンフランシスコ湾、西側に太平洋岸に沿って南北に伸びる山地や森林が連なり、風光明媚な土地である。

アップル本社の土地・建物は、つい二年前までもっぱら研究開発部門が使っていたものだ。その後、創業者の一人で、一九八五年に会社を追われたスティーブ・ジョブズが暫定CEOとして復帰してから、他の部門も移ってきた。約十三万平米という広々とした敷地のなかに、青緑色のガラス窓を持つ四～六階建てのビルが二十五棟くらい点在している。風景が大学そっくりなので、「アップル・キャンパス」と呼ばれている。

畑中は、三十代から四十代の初めにかけ、米国に八年間駐在し、自動車メーカーのほか、モトローラをはじめとする携帯電話メーカー、ゲーム機器メーカー、コンピューター・メーカーなどとの取引を開拓した。

現在は日本に戻り、神奈川県にある技術研究所の副所長として、米国、欧州、アジアの企業との取引の技術面を統括している。ディスプレイ業界ではかなりの有名人になり、「ミスター液晶」と呼ばれている。

アップル本社で案内された会議室は、若々しく、清涼感のあるインテリアだった。

窓の向こうには刈り込まれた緑の芝生、規則正しく植えられた木々がみえ、敷地内の舗装道路をデイパックを背負った若い社員が自転車で走っていた。

「ヨシ（畑中の愛称）、うちは今、新製品のプロジェクトを進めている。まだ極秘だが、こんな感じのものだ」

現れた三人の若手エンジニアのうち、旧知の一人が掌《てのひら》サイズの試作品を差し出した。

後退を始めた金髪の下の広い額と、目力《めぢから》のある鳶《とび》色の瞳が、高い知性を感じさせる。ミュージシャンかヒッピーのような、日本企業ではありえない派手な格好をしていた。

スティーブ・ジョブズの直轄プロジェクトの責任者で、フィリップスの米国子会社勤務時代、畑中の会社から液晶パネルを購入していた男だった。

「ほーう」

畑中はそれを受け取り、ためつすがめつする。

プラスチック製で、大きさはタバコのパッケージより少し小さく、厚さは二センチ弱だった。

「これは、ストレージデバイス？」

試作品から視線を上げて訊いた。

ストレージデバイスは、データ格納用のハードウェアのことだ。

「音楽なんかのデジタルデータをコンピューターからそこにダウンロードして、再生できるようにする。スピーカーじゃなく、イヤホンで聴く」

ファーデルという名の、旧知の技術者がいった。

「ほーう、要は、あれか、ウォークマンの小型版みたいなもんか?」

「うむ、簡単にいうとそうだ。ウォークマンと違うのは、カセットテープを使うんじゃなくて、データを自分でダウンロードして取り込む。だから著しく小型・軽量化できて、ジョギングしながらでも音楽が聴ける」

(アップルがコンピューター以外に進出するのか……)

この頃、アップルは、同社製品をデジタルライフスタイルのハブにするという新たな戦略で動き出していた。

「対応フォーマットは?」

「MP3、WAV、AIFFの三つ」

「これで、どれくらいの記憶容量を持たせるの?」

畑中が、手にした試作品を示して訊く。

「五ギガバイトを考えている」

「えっ、五ギガバイト!?」

既存機種の実に十倍だ。MP3なら、千曲くらいが入る。

畑中は、アップルが野心的な新製品を出そうとしていると感じた。

「このあと一〇ギガバイトのも出そうと思っているんです」

別のエンジニアがいった。青と白の爽やかな感じのギンガムチェックの長袖シャツ姿で、二十代後半くらいの男性だった。

「一〇ギガの⁉　そりゃすごいね！」

「当然、音楽でなくても音声データならなんでも入る。本の朗読とか、演説とか、外国語の学習用音声とか。日本のラクゴだって入る」

ファーデルがにやりとしていった。

「落語も聴けるのか。いいねえ」

「ダウンロードも高速にして、ＣＤまるごと一枚で十秒弱、千曲でも十分以内にする」

（相当野心的なプロジェクトだなあ……）

「俺たちは、これで世界をあっといわせてやろうと思っている」

三人の目のなかで、炎が燃え盛っているようだった。

アップルは、一九八四年に発売したマッキントッシュが売れたものの、ＩＢＭのシェアを追い抜くことはできなかった。一九九〇年代に入ると、インテルのＣＰＵにマイクロソフトのＷｉｎｄｏｗｓを搭載した「Ｗｉｎｔｅｌ連合」の低価格コンピューターに圧倒され、業績はどん底に陥った。ジョブズが復帰した一年八ヶ月後に、カラフルなパソコン、ｉＭａｃを発売し、ようやく黒字化に漕《こ》ぎつけたところだ。

「ヨシ、『ミスター液晶』と呼ばれるあんたの力を貸してほしい。俺たちはこれに、シンプルでスタイリッシュなディスプレイを搭載したい」

「どうしてうちに？」

液晶パネルのメーカーは、畑中の会社以外にもたくさんある。

「高速応答で、できるだけ白いＬＣＤを背景に使いたいと思っているので」

畑中の会社は、車載用の液晶パネルを開発しており、人命にもかかわるので、可能な限りの高速応答を目指していた。白い色にも自信があった。

「なるほど。どういう感じにしたいわけ？」

「この上のところに、二インチの操作用のディスプレイを付ける。それをコントロール・ホイールで、片手で操作できるようにする」

若いエンジニアが、手にした試作品の上半分あたりを指さしていった。

ホイールは「車輪」の意で、丸い形の操作盤だ。

（片手で、か……こりゃあ、斬新なアイデアだ！）

畑中は、わくわくしてきた。

こういう画期的な製品の開発に関与できるのは、エンジニアの本懐だ。

「ディスプレイの頭にプレイリストと表示して、スクロールで自分で編集したメニューを選択するようにしようと思っています」

若いエンジニアがいった。

「表示は文字だけ？」

「今のところ、その予定です」

畑中はうなずき、これだと一二〇×一八〇ドットくらいかと考える。

約一年後（二〇〇一年十月）――

畑中は、アップルの本社を訪問した。

自社から約三ヶ月間、液晶ディスプレイ専門のエンジニアを派遣し、新製品の開発に協力した。

大きな会議室に案内されると、アップルの幹部と開発チームの十人ほどがずらりとテーブルについていたので、ものものしさに驚いた。

「ミスター畑中、来月発売する新製品です」

ファーデルが、タバコケースより少し小さい製品をテーブルごしに差し出した。手つきに、ようやく捕まえた希少種の蝶《ちょう》でも手渡すかのような思い入れがこもっていた。

当然のことながら、まだ極秘である。

「名前は、『ｉＰｏｄ《アイポッド》』と名付けました」

アップルは、インターネットの「ｉ」をとって「ｉＭａｃ」「ｉＢｏｏｋ」といった名前の商品を発売してきた。

ｉＰｏｄは、映画『２００１年宇宙の旅』のなかに出てきた宇宙船ディスカバリー号に搭載されていた小型宇宙船「ＥＶＡ Ｐｏｄ」からヒントを得た名称だという。「Ｐｏｄ」は格納器というような意味だ。

畑中が手にしたｉＰｏｄは、白いプラスチック製で、ケース背面の磨き上げられたステンレスが光沢を放ち、高級感があった。

「そこはニイガタ（新潟）の金属加工メーカーにつくってもらった」

ファーデルが微笑をたたえていった。新潟県の燕三条は江戸時代から金属加工で名高い。アップルは品質にこだわり、世界中から分野ごとに、選《え》りすぐりのサプライヤー（納入業者）を起用したようだ。白いプラスチックの質感もよく、手にしっくりとなじんだ。

（このコントロール・ホイールは、ベアリングでも使っているみたいに、回転が滑らかじゃないか！）

畑中は、片手でホイールを操作し、心のなかでうなった。

ジョブズは、極力平易で使いやすい製品にするように指示し、「電源ボタンはなくせ」「三タッチ以内にすべての曲にたどり着けるようにしろ」といった厳しい要求を課した。

畑中は、日本のサラリーマン的な開発技術者には思いもつかないようなコンセプトで製品が開発されていることに、深い感銘を受けた。

（しかし、こういう高級化路線っていうのは、時代に逆行しないか……？）

ｉＰｏｄを手に、畑中がそう思ったとき、ファーデルが、畑中の心中を見透かしたかのように、自分の手元のｉＰｏｄをぎゅっと握りしめていった。

「俺たちは、この製品は絶対に売れると思う。これで世界をあっといわせてやる」

十一月――

畑中がディスプレイ部分に協力したアップルの超高機能デジタルプレーヤー「ｉＰｏｄ」が全世界で同時発売された。米国での価格は三百九十九ドル、日本では四万七千八百円という高級品だった。

色は、白、黒、メタリックな銀色の三種類で、シンプルなデザインは若者の感覚にフィットした。液晶スクリーンの下に丸いホイールが付いており、これで選曲、音量調整、早送り、巻き戻し、画像・動画閲覧など、すべての操作を直感的に行うことができる。

この頃、音楽ファイルのストレージといえば、せいぜい数十メガバイトのSDカードくらいだったので、突然五ギガバイトの音楽プレーヤーが登場したことは業界に衝撃を与えた。

当初、iPodは、アップル製パソコンでしか使えず、ユーザーに不満があったため、翌年七月、Windowsに対応した新製品を発売した。

iPodの成功で、アップルは息を吹き返した。ソニーの社長は新年祝賀式の挨拶で、「アップルのiPodにしてやられた」と悔しがった。畑中がその話をアップルのエンジニアたちに伝えると、皆、「俺たちが、ソニーにそこまでいわれるとは！」と感激していた。米国の「ビジネス・ウィーク」誌は、ファーデルを「iPod開発の父」として特集を組んだ。

アップルは、飽和感が漂うパソコン市場オンリーから脱し、音楽、娯楽、映像、デザインなどにこだわる特定のユーザーにアピールするブティック型家庭用IT機器メーカーへと舵《かじ》を切った。

二〇〇三年には、iTunes《アイチューンズ》 Music Storeという音楽や映画などのコンテンツ配信サービスを始め、ハードとソフトの両方を提供する「トータル・ソリューションズ」という新たなビジネスモデルで顧客を囲い込んでいった。日本の電機メーカーには到底真似《まね》のできない戦略である。

畑中は二〇〇七年に売り出された、ほとんどの操作を画面のタッチで行うことができるiPod touchなど、引き続きアップル製品の開発に関与した。

4

十年後——

畑中良嗣は、大阪の西天満にある高級料亭の一室で、床の間を背に夕食をとっていた。廊下に続くふすまの下のガラス窓の先に坪庭がみえていた。石灯籠、松、もみじなどがよく調和し、庭全体を照らす青みがかった照明が高級感を醸《かも》し出していた。

「……畑中さん、さあ、ぞんぶんにいきましょう」

座卓の向かいにすわった七十がらみの男が、冷酒を畑中のガラスの猪口《ちょこ》に注《そそ》ぐ。

オールバックの頭髪は灰色で、豊かな眉毛の端が、そこだけ染めたように白くなっている。値の張りそうな、べっ甲縁の眼鏡をかけた顔は、全体的に年齢相応のたるみが出てきている。長年営業マンをやってきて、人をたらし込むのに長けた、愛想のよい眼差《まなざ》しをしているが、その下に企業経営者特有の野心を深く秘めていて、人に化けた狸《たぬき》を思わせる。

「どうですか、お仕事のほうは？　そろそろアップルのｉＰｈｏｎｅ４ｓ《フォーエス》も近々発売ですかな」

重松幸三は、ぽってりとした指でつまんだ江戸切子の徳利を卓上に戻す。

畑中は数年前に大阪の阿倍野区西田辺に本社がある大手家電メーカーにヘッドハントされ、液晶部門の幹部を務めている。同社は長年アップル社のスマートフォン用の液晶パネルをつくってきた。

一方重松は、液晶ディスプレイに必要なバックライトのメーカー、城西バックライトの創業者で、畑中とは二十年以上の付き合いがある。現在は、同社を傘下にもつ、東証二部上場の機械・電子機器メーカー、城西ホールディングス社の社長である。

液晶自体は発光しないので、背後から光を当てる必要がある。この光源がバックライトと呼ばれるものだ。スマートフォンやiPodが年を追って薄型化され、それに対応してバックライトも薄型化のための高い技術力が必要とされるが、城西バックライトは、業界トップ・メーカーの一つで、重松は「ミスター・バックライト」の異名をとる。

「まあiPhone4sのほうは、何とか開発も終了しましたが、ただうちの社内が混乱気味で……」

畑中は、若干口ごもる。

「液晶とは関係のない、太陽光発電担当の副社長が、技術的に到底実現不可能な安請け合いをアップルにしたりするもんだから、それの尻ぬぐいなんかが大変です」

畑中は技術者らしい率直そうな細面に、疲れを滲《にじ》ませていった。

軽率で無思慮な安請け合いのおかげで、畑中が長年にわたって築き上げてきたアップルとの信頼関係にもひびが入った。

「どうも最近は船頭が多くなって、いかんようですなあ。わたしのほうにも、会長さんのラインからいろいろ注文がくるけれど、その話が当の液晶部門にとおっていないなんてこともありますよ」

重松はそういって、茶色い備前焼の皿に載った宮城県塩竈《しおがま》産の本マグロをダイス状に切った上に、キャビア、ウスイエンドウ、新タマネギ、キュウリを土佐酢ジュレであえた薄緑色のソースをかけた料理を箸でつまみ、口に運ぶ。

「うちは『キングギドラ経営』ですから」

畑中が自嘲するようにいい、伊万里ふうの絵柄のついた皿に載ったアマダイの炭火焼に箸を伸ばす。下にフキノトウ味噌《みそ》が敷かれ、上にフキノトウの素揚げが載っている。

「キングギドラですか……。ネーミングは面白いですが、社員はたまったもんじゃないでしょうなあ」

キングギドラは、東宝の「ゴジラ」シリーズなどに登場した、竜のような三つの頭をもった怪獣だ。畑中の会社が、会長、社長、副社長が互いに張り合う三頭政治であることを揶揄《やゆ》していた。

元々同社は、テレビを中心に、白物家電全般、電卓、電子辞書、ワープロなどをつくるメーカーで、無借金の堅実経営だった。しかし、独自開発のブラウン管「トリニトロン」が世界最高の画質と評され、ブランド力もあるソニーに比べると、業績も業界の地位もはるかに低かった。

四代目の社長（現会長）がこれを挽回《ばんかい》しようと、これまで培ってきた液晶技術を最大限に活用し、二〇〇五年までにすべてのテレビをブラウン管から液晶に置き換えると宣言し、三重県に五千億円という巨費を投じて液晶テレビ工場を建設した。社内外から「狂気の沙汰」「無謀な大博打《ばくち》」と批判されたが、テレビの薄型革命の波に乗って大成功を収め、世界トップ・クラスのテレビ・メーカーにのし上がった。

しかし、関西系の同社では珍しく東大工学部卒で「液晶のプリンス」と呼ばれてエリート街道を驀進《ばくしん》し、四十九歳の若さにして五代目に抜擢《ばってき》された現社長が、四代目を凌駕《りょうが》する業績を上げようと、一兆四千億円もの金をかけて堺に液晶パネルとその関連工場を建設した。ところが稼働を開始した翌二〇一〇年夏頃から、米国や中国で大型テレビの流通在庫が積み上がって液晶パネルが溢《あふ》れ出し、急激な円高で競争力も失われ、さらに家電エコポイントで急増した国内需要も冷え込んだ。その結果、堺工場の投資は大失敗となり、今期は約三千八百億円の赤字になる見込みで、かつて無借金経営を誇った会社は、一兆三千億円という莫大《ばくだい》な借入金を背負い込んだ。

「まあ、社長（五代目）は、引責辞任せざるを得ないでしょうね」

猪口の冷酒を口に運び、畑中が浮かない表情でいった。

「今、『テリーさんのところ』と、提携の話が出ているそうですな」

重松が何気ない口調でいった。

アップルの仕事も請け負っている台湾の世界的組立メーカーで、創業者テリー・ゴウ（郭台銘《かくたいめい》）が率いる鴻海《ホンハイ》精密工業のことだ。

「まあ、このご時世に、これだけ借金をつくってしまったら、自力再建は無理でしょう。テリーさんのところになるか、サムスン（韓国）になるか、あるいは経産省系の産業革新機構（現産業革新投資機構）になるのかは知りませんが、いずれにせよどこかに救済してもらわないことには立ちいかないと思います」

「そうですな……。今となっては、後知恵の批評にしかなりませんが、やはり堺の工場は、リーマンショックの最中に、いっぺん立ち止まって考えるべきだったんでしょうな」

重松の言葉に、畑中はうなずく。

「ところで畑中さん、いつうちにきてくれるのかね?」

「えっ、うーん……」

半年ほど前から、重松は畑中に、城西ホールディングスに入ってくれないかというようになった。最初は冗談のような感じだったが、段々と真剣味を帯びてきていた。

城西ホールディングスは、重松がバックライトの成功で儲《もう》けた金で、機械や電子機器のメーカーを次々と買収してつくった、重松のワンマン会社だ。みたところ、これといった人材もいないので、海外経験もあり、技術だけでなく、財務や経理の知識もある畑中に右腕になって助けてほしいと考えているようだった。

5

六年後――

渋谷区神宮前二丁目にあるマンションの一室で、パンゲア&カンパニーのパートナーの北川靖と「タイヤ・キッカー」のトニーがキッチンのテーブルで夕食をとっていた。

マンションは地下鉄銀座線外苑前駅から歩いて十分ほどの住宅地にあり、北川とトニーがニューヨークから長期出張でやってきて、パンゲアの東京事務所として使っている。広さは三十平米ほどで、入ってすぐのところに家庭用台所があり、食事用のテーブルが置かれている。

「……うーん、この『蜂屋』のラーメン、めっぽう美味いなあ！」

ずるずる音を立ててコシのある寒干し麺をすすり、トニーが感心した表情でいった。

「だろう？　たっぷりの魚粉と焦がしラードの風味が独特だよな」

トニーと向き合ってラーメンをすすりながら、縁なし眼鏡の北川靖がいった。

「どうやってみつけたんだ？」

「旭川に住んでる友達が教えてくれたんだ。蜂屋のラーメン食ったら、ほかのラーメンは食えんぞ、ってな」

北川はティッシュで口のまわりをぬぐい、微笑する。

旭川市内に二店舗を構える「蜂屋」は昭和二十二年創業の老舗ラーメン店だ。スープは豚骨ベースに魚介の旨《うま》みをきかせた醬油《しょうゆ》味で、焦がしラードで独特の風味を出す。

窓の外はとっぷりと暮れ、キッチンに続くオフィススペースの窓の向こうに、街路灯の銀色の光がみえていた。

二人は夕食を終えると、オフィスのデスクにつく。

オフィスには、パソコンのフラットスクリーンをそれぞれ数面備えた三つの灰色のスチールデスクが、日本の会社のように「島」の形に並べられている。

午後八時、二人は、ニューヨークにいるホッジス、グボイェガとウェブミーティングを始めた。

時差が十三時間あるニューヨークは午前七時で、二人とも自宅である。

「……ほーう、バックライトから発展した会社ねえ」

カジュアルな長袖シャツ姿のホッジスの顔が、四等分された画面の一つに映っていた。

がっちりした骨格の風貌《ふうぼう》で、正義感過剰のため、大手米国企業のトレジャラー（財務部長）をやっていた頃はしょっちゅう会社や上司とぶつかっていた。仕事にこだわりを持つと普通の組織では生きづらいが、カラ売り屋稼業においては欠くべからざる資質である。

「過大評価されてる可能性のあるテクノロジー関係の会社がないかと思って、リサーチしていたら浮き上がってきたんだ」

北川の手元には、城西ホールディングスの資料が置かれていた。

「かいつまんでこの会社の歴史をいうとだな、一九七〇年代に、今の社長の重松幸三が、テレビ・ラジオ局や電力会社向けに、押したら光るスイッチを売り込んだのが始まりだ」

数面のパソコンスクリーンを挟み、北川の向かい側のデスクにすわったトニーがいった。

「今じゃあ当たり前だが、昔は操作盤のスイッチは光らなかったんだな。それに後ろから光を当てて、赤や緑や黄色に光るようにしたら、こりゃあみやすいってことで、大いにウケたわけだ」

「なるほど……」

画面のなかでグボイェガが、モーニング・コーヒーを口に運ぶ。背後の壁に、ボランティアでやっているニューヨーク市の救急隊員（New York Rescue Response Team）の藍《あい》色の制服と聴診器が掛けられている。

「それからワープロや初期のパソコンなんかのバックライトを手がけてるうちに、東芝の『ダイナブック』の登場で、大躍進を遂げたんだ」

ダイナブックは、一九八五年に発売されたノートブック型パソコンだ（「ダイナブック」の商標使用は一九八九年から）。国内外で高く評価され、一九八六年から一九九三年までノートパソコンで世界第一位のシェアを獲得した。

「重松は、バックライトの関係で東芝に出入りしていて、向こうから『今度、こんなノートパソコンを出すんで、バックライトを提供してくれないか』といわれ、『じゃあ、やりましょう』と、茨城県にどでかい工場をぶっ建てて、一台四、五千万円もする射出成形機を四十台も買ったんだな」

バックライトは、それまで液晶パネルの真後ろに光源を置く「直下型」がほとんどだった。しかし、ダイナブックは薄型を実現する必要があったため、重松は「エッジライト方式」を使った。これは液晶パネルの横から光を照射し、それをアクリルやポリカーボネート（熱可塑性のプラスチックの一種）樹脂製の「導光板《どうこうばん》」で反射させ、パネルの背後に均一に光を照射するやり方だ。導光板は、厚さ一ミリ程度で、光をあらゆる方向に反射できるよう細かい凹凸などが付けられていて、大型の射出成形機で製造する。

「その頃、城西バックライトは従業員が五十人くらいの町工場みたいなもんだったから、一挙に二十億円くらいの設備投資っていうのは大博打だったんだな」

「そしてシゲマツは、博打に勝ったってわけだな？」

朝食のトーストを齧《かじ》り、ホッジスがいった。

「うむ。勝ちも勝ったりだ。ノートパソコンのバックライトを量産できるのは重松のところだけだったから、ＮＥＣもエプソンもソニーも、みんな門前市をなして、重松は『ミスター・バックライト』の異名を奉《たてまつ》られたそうだ」

その莫大な儲けで、重松は機械メーカーや電子機器メーカーを次々と買収し、持株会社として城西ホールディングスをつくり、東証二部に上場した。

またバックライトの増産に対応するため、中国の江蘇省蘇州市に大規模工場を建設し、約四百人の従業員を雇った。

「そのうち、携帯電話なんかの需要も出てきて、工場もだんだん大きくなって、そのあたりまでは左団扇《うちわ》でウハウハだったんだ。……ところが最近は、ちょっと風向きが変わってきている」

「有機ＥＬが出てきたわけだな」

グボイェガが手元の資料をめくっていった。

有機ELは、電流をとおすと赤、緑、青に光る炭素原子主体の有機化合物だ。一九五〇年代に発見され、二〇〇七年にソニーがテレビとして初めて商品化した。ディスプレイの厚さが三ミリメートルときわめて薄く、色彩の鮮やかさが話題を呼んだ。

液晶と比較すると、有機ELは色（特に黒）が鮮やかに出るという強みがある。液晶ディスプレイの場合、赤・緑・青のカラーフィルターの後ろからバックライトを当て、シャッターの開閉で色や濃さを表現するが、シャッターを閉じても、開いている箇所のバックライトの光が漏れ、完全な黒にはならない。これに対し、有機ELディスプレイは自発光素子を使っているので、映像の黒い部分は消灯し、完璧な黒が出る。また有機ELディスプレイは薄型化しやすく、パネルを曲げやすいという長所もある。一方、コストは液晶の二倍以上で、寿命も液晶より短いという欠点がある。

「今のところ、ディスプレイ市場における有機ELのシェアは数パーセントにも満たない。しかし今後、技術の進歩で価格も下がるだろうし、液晶のシェアを食っていくはずだ」

「液晶と有機ELのシェア争いか……」

「液晶のシェアが落ちれば、それと一体のバックライトのシェアも落ちる」

北川がいった。

「シェアを維持するためには技術開発が不可欠だが、最近、城西バックライトの開発力が落ちてきているようだ」

城西バックライトは、LEDなどの光源、導光板、カバー、輝度向上フィルム、拡散フィルム、反射板などを重ね合わせたバックライトユニット（装置）の厚さを二ミリメートルくらいまで減らし、直進するLEDの光を五インチから三二インチ程度の画面に拡散させ、高い輝度の均一性を実現するなど、技術革新を実現してきた。しかし、最近はこれといった新技術を生み出せていない。

「財務的には、利益のわりに、キャッシュフローが弱いわけか……。フィッシーな（ぷんぷん臭う）会社の典型例だな」

ホッジスが、自分のデスクの別のスクリーンに開いた、城西ホールディングスの財務分析表に視線をやっていった。

「財務諸表のデータ分析の結果はみてのとおり、資産の過大計上の可能性がある」

半女半鳥の海の精「セイレーン」のロゴ入りのスターバックスの黒いマグカップでコーヒーを口に運び、北川がいった。

米国型カラ売り屋の基本は、徹底した財務分析にもとづくアカデミックな企業評価だ。この点、仕手《して》筋が売りの勢力を糾合し、力ずくで株価を下げる旧来型の日本のカラ売りとは次元を異にする。

パンゲアは詳細な財務分析用のコンピューター・プログラムを持っており、まずそこにターゲット企業の財務の数字を入力し、不審な点がないか洗い出す。

「確かに、利益とキャッシュフローの比率がこの水準だと、資産の過大計上の可能性があるな」

グボイェガも財務分析のスプレッドシートに疑いの視線を投げかける。

在庫や売掛金を過大に計上すると、損益計算書上の利益が押し上げられるが、その部分は金が入ってこないので、キャッシュフローが弱かったり、マイナスになったりする。

「しかも、城西バックライトは決算書を公表していない。たぶん隠したいなにかがあるんだろう」

「決算書を公表しないのは、日本じゃ違法じゃないのか？」

ホッジスが訊いた。

「違法だ。上場・非上場を問わず、株式会社は貸借対照表を公告する義務がある」

北川がいった。

「だが、親会社の城西ホールディングスが有報（有価証券報告書）を提出してるし、誰もわざわざ城西バックライトの財務諸表をみたいといわなかったんで、これまではおかむりを続けてきたらしい。この点は、分析レポートで指摘する」

「株価は、今四千三百円台か……。この程度の収益力の会社にしては、妙に高いな」

グボイェガがいった。

「これまで、儲かってしょうがない高収益テクノロジー株の代表格という触れ込みだったから、相変わらずそのイメージで証券会社が売ってるんだろう。日本でスマホがぐんぐん伸びてるのも、株価の追い風になっていると思う」

北川がいった。

「証券各社のアナリスト・レポートを三つ四つ読んでみたが、根拠もなくバラ色の将来像を描いている。惰性で城西ホールディングスを推奨しているだけだ」

「それで株価が四千三百円台なら、格好のターゲットじゃないか」

ホッジスの言葉に、一同はにんまりした。

「そういえば、新生ディスプレイも資産の過大計上の可能性があったよなあ」

ホッジスが思い出したようにいった。

新生ディスプレイ（Shinsei Display Inc.）は、産業革新機構が主導し、大手総合電機メーカー三社の液晶ディスプレイ部門を統合してつくった「日の丸液晶」だ。従業員数約六千七百人、売上げ約三千億円、総資産約二千六百億円というマンモス企業だが、経済産業省が深く関与し、古くからある巨艦電機メーカーが設立母体のせいか、お役所的な体質を持っている。

「うむ、そっちのほうも今、調べてるとこだ。同じ業界の企業だから、なにかつながりがあるかもしれねえな」

トニーが、日本文学と資料の読みすぎで斜視がかった目を引き絞るようにしていった。

同じ頃——

重松幸三と畑中良嗣は、銀座八丁目の「久兵衛本店」で、取引先を接待していた。

昭和十年創業の老舗寿司《すし》店で、日本の首相が米国大統領との会食に使ったりするが、客の扱いは平等で、一見《いちげん》客も断らない。

（うーん、さすがに美味いワインだなあ！）

取引先の執行役員の左横にすわった畑中は、感心した表情でグラスの白ワインを傾ける。

だいぶ以前から重松に城西ホールディングス入りを懇請されていたが、三年前に、ＣＴＯ（Chief Technology Officer ＝最高技術責任者）兼重松を補佐する社長室長として入社した。重松からは取締役副社長として入ってほしいといわれたが、友人の弁護士に「会社の実態がわからないうちに、役員にならないほうがいい」と忠告された。

前の勤務先である阿倍野区西田辺に本社を置いていた老舗家電メーカーがいよいよ末期的状況になり、大正時代の創業の地である本社を手放しただけでなく、社員に自社製品を買うよう強制し、大量の希望退職者の募集も始めたので、さすがに潮時だと思った。六十歳の定年も近づいていたので、区切りとしてはちょうどよかった。

「畑中君、きみはワインばかり飲んでるねえ」

取引先の部長の右横で寿司をつまんでいた重松が苦笑した。

大阪の家電メーカーにいたときは「畑中さん」と丁重に呼ばれていたが、入社して部下になってからは「畑中君」になった。

白木のカウンターの内側では、白い和帽子に白の調理衣姿の職人たちが寿司を握っている。客は日本人より外国人のほうが多い。

「はっ、はあ、とても美味《おい》しいワインなもので」

六十歳をすぎて頭髪は若干薄くなったが、昔と変わらぬ実直そうな細面の畑中は、ワイングラスを手に恐縮したようにいった。

重松は、寿司屋やレストランには一本二、三十万円のワインを何本か持参するのが常だった。かつて接待を受ける側だった畑中も、ある程度知ってはいたが、一度の食事で八十万円の伝票とか、取引先幹部の自宅の新築祝いに百万円の調度品の伝票が社内で回ってくると、さすがにやりすぎだと思う。

「ところで『りんごさん』とのお取引は、いかがですか？」

馬糞《ばふん》海胆《に》の軍艦巻きを美味そうに口に運び、重松が訊いた。

りんごさんとはアップルのことだ。

「いやあ、相変わらずこちらの利幅は薄いですし、あちらの新製品の売れ行きにも波がありますし……なかなか厳しいものがあります」

重松の隣にすわった五十がらみの背広の男がいった。「日の丸液晶」新生ディスプレイの執行役員である。

「こんなに振り回されるんなら、いっそのこと取引なんかやめてしまえっていう話も、社内で何度か出てるんですけどねえ」

アップルのｉＰｈｏｎｅが売れなければ、それがそのまま新生ディスプレイの売上げ減になるので、先方の好不調の波をもろに受けていた。

「まあしかし、やめるといっても、そう簡単にはいかんでしょう」

そういって重松は、相手のグラスに白ワインを注ぐ。

新生ディスプレイの売上げのうち、アップル向けは約六割を占める。

「ええ。経産省さんもいい顔しませんし」

経済産業省は、日本の液晶メーカーは、スマートフォンやカーナビに使われる中小型液晶では競争力があるが、テレビのパネルに使われる大型液晶は汎用品で価格競争が起きやすく、韓国のサムスン電子などに比べて競争力が乏しいと考え、大手電機メーカー三社の液晶部門の統合を急がせた。同省が主導する産業革新機構が新生ディスプレイの株式の三五パーセントを握り、約二千八百億円の金融支援も行なっている。

そのため新生ディスプレイの重要事項に関する意思決定は、すべて経産大臣マターとなり、一度なにかを決めると、容易に変えられない。民間企業とは思えない硬直的な組織で、役員、社員、取引先は、要らぬ苦労を強いられている。

「ｉＰｈｏｎｅの売れ行きもですが、有機ＥＬっていう、厄介なものも出てきましたから、予断を許さぬ状況ですね」

畑中がいった。

「畑中君、なにか情報が入ってるかね？」

畑中のアップルとの太いパイプを印象付けようとするかのように、重松が訊いた。

「かなり有機ELのことを研究しています。まだコストの点が引っかかってるようですが、あの会社のことですから、一、二年のうちに、有機ELを使った新製品を出してくるに違いありません」

有機ELを使えば、液晶を使ったものより薄型で色も鮮やかな製品にできるが、まだコストが高い。そのため価格重視のユーザーは、液晶ディスプレイを使った製品を好むと予想される。

「怖いのは、今後、技術革新で有機ELも安くなっていく可能性があることですね」

畑中の言葉に、新生ディスプレイの執行役員が浮かない表情になる。

有機ELは半導体プロセスなので、新生ディスプレイのような液晶ディスプレイ・メーカーが、既存の技術を利用して、そちらに転換できるわけではない。

「うーん、しかし、それはまあ二十年後とか、まだだいぶ先の話だろう」

重松が悲観的な空気を打ち消すようにいった。


数日後――

城西バックライトの会議室で、畑中良嗣は、怒りもあらわに声を荒らげた。

「……きみは、自分の父親の給料の額をみたことがあるのか⁉」

ワイシャツにネクタイ姿の畑中は、黒い天板の大きな会議用テーブルを挟んですわった三十代後半の男を睨みつける。

男の肩書は研究開発部上級フェロー。これまでバックライト技術の開発を担ってきた技術者で、ボーナスを含め年間五千万円以上の報酬を手にしている。

「それだけの報酬をもらって、少しは責任を感じないのか⁉」

「は、はあ……、それはまあ、多少……」

研究開発部のグレーの作業着姿の技術者は、気まずそうな表情でうなずく。

「こんなのはもう、Ｂｌｕｅｔｏｏｔｈとか、遠赤外線通信とか、既存の技術がとっくの昔から存在してるじゃないか」

そういって畑中は、手にした書類をテーブルの上に思い切り叩《たた》きつけた。

「しかもうちの会社に、そんな光回線のインフラを整備できるような資金力があるとでも思ってるのか？　……こんな非現実的で、無責任なアイデアを、よく重松社長にプレゼンしたもんだな」

叩きつけた書類は、その技術者が重松に「素晴らしいアイデアがあります」といって、説明に使ったものだった。畑中は重松から「僕はよくわからんけど、彼が非常に画期的なアイデアを出したから、みてやってくれ」といわれ、資料をみたところ、バックライトに使っているＬＥＤは直流点火のみならず、高速応答できるので、照明用の直流に信号を重畳させ、光ファイバー通信ができる次世代の照明装置になり得るとするものだった。技術に疎《うと》い重松は、凄《すご》いアイデアだと喜んだが、ベテラン技術者の畑中からみると、箸にも棒にもかからない代物だった。

重松は、元々東京の私立大学の文系学部出身の営業マンである。操作盤のスイッチのバックライト程度の技術ならわかるが、ダイナブックの「エッジライト方式」あたりから、完全に自社の技術者頼みになった。

彼らが課題を克服し、大当たりにつなげ、さらにスマートフォン用のバックライトも開発したので、重松は大盤振る舞いの昇給とボーナスで報いた。

畑中がCTO兼社長室長として入社し、技術部門の幹部である三十代から四十代の三人の技術者の給与の額をみたとき、あまりの高額ぶりに目を剝《む》いた。

(毎年、五千万円以上の金を手にすると、人間はここまで駄目になるものなのか……)

技術者魂を失った目の前の男をみて、自分まで情けなくなる。

高額の報酬を手にした技術者たちは、高級外車を乗り回したり、クルーザーを買ったり、銀座のクラブで豪遊したり、愛人をつくって遊んだりして、まったく研究開発に身が入らなくなった。

彼らが何年間もやってきたのは、非現実的な打ち上げ花火を上げて重松を騙《だま》し、技術開発部門が今後も会社にとって非常に重要であると思わせ、そういう状況をあの手この手で引っ張り続けることだけだった。百戦錬磨の技術者である畑中には、彼らの魂胆が透けてみえた。

畑中が会社に入ってからも、技術者たちは、さらに薄く、高輝度で、大型化した液晶ディスプレイ用バックライトの試作品をつくって重松を感じ入らせたことがあった。しかし、そんなものは従来技術の延長でしかなく、国内、台湾、中国の競合メーカーが猛烈な勢いで技術開発を進め、あっという間に城西バックライトを追い越していった。

また白色LEDに代わるものとして、赤、緑、青のLEDを使えば、まぜると白色になり、必要に応じて全画面を赤、緑、青のそれぞれ一色にすることもできるというアイデアを打ち出したこともあった。デモンストレーションでは、スイッチで照明の色を変え、目先の変わったことをやって、重松を喜ばせた。しかし、実際には赤、緑、青をまぜても白色にするのは困難で、白色LEDに比べて輝度も低く、使い物にならない代物だった。

（この会社に移籍する前から、重松氏は、経済や技術に関しては素人で、勘や思いつきで動いて、どんぶり勘定で経営をしているように思えたが……まさかここまでとは！）

その勘が当たってダイナブックとスマートフォンで大成功し、二部上場企業に駆け上がったまではよかった。

（会社の規模が大きくなって、公私ともに使いきれないくらい金が入ってきて、周りからは持ち上げられ、眼鏡が曇って、会社の本当の姿がみえなくなったのか）

畑中は入社して間もない頃、新生ディスプレイからバックライトの納入業者十四社の製品の品質を採点した表を示され、城西バックライトが最下位だったのをみて、ショックを受けた。他の顧客からもクレームが多く、品質向上と信頼回復が急務だった。

業績が下り坂のため、青天井の営業用交際費や大盤振る舞いの技術者の報酬が会社の足を大きく引っ張っていた。

関西のある大手家電メーカーには、協力金の名目で半年ごとに一億円を払わされていた。そのため同社との取引は常に赤字で、資金も足りず、必要な工場の設備更新もされていなかった。

高給とりの三十代後半の技術者を厳しく叱責した後、畑中は会議室を後にした。

技術者の男は畑中に宿題を与えられ、しょんぼりと仕事場に戻っていった。

（また銀行の人間がきてるのか……）

エレベーターに乗ると、経理部長が訪ねてきた銀行の担当者と一緒に乗っていた。

(本当にうちの資金繰りは大丈夫なのか……?)

彼らを一瞥し、胸中に疑問が湧き起こる。

経理部の動きをみていると、どうも資金繰りに苦労しているようで、しょっちゅう銀行の担当者と鳩首《きゅうしゅ》協議をしていた。

畑中は上のフロアーでエレベーターを降り、自分の執務室に戻った。

肩書は城西ホールディングスのCTO兼社長室長だが、当面は主にバックライト部門をみるということで、城西バックライト本社に、こぢんまりとした個室を与えられていた。

(重松氏は勘が鋭いから、会社の先行きが明るくないのに気付いてはいるけれど、自分ではどんぶり勘定の経営スタイルを改めることができなくて、内心不安になって、自分をスカウトしたんだろうなあ……)

整理整頓がいき届いたデスクにすわり、顎に片手をあて、畑中は考える。

(それにしても、経営に関する資料をみせてくれないことには、手の打ちようがない)

舌打ちしたい気分であった。

畑中は入社前、城西バックライトの経営はどんぶり勘定だが、技術開発は畑中がこれまでの会社でやってきたように、年間と中長期の事業計画を出してきちんとやり、経理基盤もしっかり固めれば、立て直せるだろうと思っていた。

ところが、重松が城西バックライトの財務諸表をみせてくれないのである。経理部長に頼んでも「社長から誰にもみせてはいけないといわれていますので」の一点張りだった。重松からは「畑中君、きみは人の財布の中身を覗く趣味があるのかね？　そんなことを考える暇があったら、工場と技術開発のほうをしっかりみてくれよ」といわれ、（それとこれとは違うんですけど……）と思いながらも、創業社長の権威には勝てず、引き下がるしかなかった。

役員に訊いても、役員会で会社の財務に関する資料が提出されたことは一度もないという。そもそも役員会自体が重松の独演会で、発言する者は誰もいなかった。

机上の電話が鳴った。

「はい、畑中です」

受話器をとって、答える。

「おい、畑中、お前の会社、カラ売り屋のターゲットにされてるぞ！」

電話をかけてきたのは、高校の同級生で、大学卒業後、大手邦銀で支店長まで務め、現在は、インターネット証券会社の総務部長を務めている男だった。

「はぁー、カラ売り屋？　そりゃいったい、何者だ⁉」

畑中にとっては、ほとんど聞いたことがない業種である。

「企業の問題点を指摘して、株価を下げて儲ける連中だ。城西ホールディングスの株価をみてみろ。今、ガクンと下がってきてるぞ」

「えっ、本当に⁉」

畑中は慌ててキーボードを叩き、目の前のフラットスクリーンに城西ホールディングスの株価チャートを開く。

白い画面に現れた折れ線グラフのチャートの右寄りが、天から落ちる稲妻のような形になっていて、この三十分ほどで株価が急落していることを示していた。

（昨日の終値が四千百八十円だったのが、この三十分ほどで三千五百五十円まで下げている！　何なんだ、これは⁉）

「いったいどこのどいつが、こんなことをやらかしてくれてんだ⁉」

受話器を握り締め、愕然《がくぜん》とした表情で訊いた。

「パンゲア＆カンパニーっていう、アメリカのカラ売り専業ファンドだ。小規模だが、トラックレコードはかなりいいらしい」

「パンゲア＆カンパニー……？」

「連中のホームページに、城西ホールディングスに関する分析レポートが掲載されてるから、みてみろ」

元同級生が教えてくれたＵＲＬにアクセスすると、〈Josai Holdings - Sell（城西ホールディングス、売り推奨）〉という英文で二十四ページ、和文で三十三ページの分析レポートが現れた。

（むうーっ、これは……！）

畑中は険しい表情でレポートに視線を走らせる。

レポートは冒頭のサマリーで、城西ホールディングスの業績が、技術開発の遅れや、有機ＥＬの普及によって、将来下り坂になる見通しであると指摘していた。また資産の過大計上によって業績が大幅にかさ上げされてきた可能性があると述べていた。さらに城西バックライトが貸借対照表を公開していないのは、会社法四百四十条の一～三項に定められた開示義務違反であると指摘していた。

（これは、技術に関して相当理解している人間が書いたレポートだな……。痛いところをついてくる）

レポートの技術面に関する記述は、過去の城西バックライトの技術開発の歴史と、ここ七年ほどの業界の新技術を比較し、城西バックライトからはここのところ目立った新技術が出ていないことをわかりやすく解説していた。畑中は、自分が問題点だと認識しているところをずばり指摘され、ある意味、脱帽せざるを得ない気分だった。

（しかし、資産の過大計上っていうのは、いったいどっからそんな話が出てくるんだ？）

畑中は、レポートの後半に書かれている資産の過大計上と収益のかさ上げについての記述に両目を凝らした。

数日後――

畑中は、城西ホールディングスの応接室で重松と一緒に、取引銀行であるメガバンクの支店長、取引先課長と面談した。

「……カラ売り屋のレポートなんて、心配することないでしょう」

ソファーにゆったりすわった重松が、歯牙にもかけない表情でいった。着ているスーツは、英国製の生地を銀座のオーダースーツ店で仕立てたもので、艶のある高級品だ。

「まあ、興和《こうわ》証券さんのほうで、しっかりやってくれてますから、そのうち波風も収まるでしょう」

パンゲアがカラ売りを推奨して以来、城西ホールディングスの株価はじりじりと下げ、三千円割れ寸前までできていた。その程度の下げですんでいるのは、主幹事証券会社である興和証券が懸命に買い支えているからだった。

「はあ、そうですねえ……御社のことですので、手前どもも特には心配していないのですが……」

頭髪をきちんと七・三にわけた四十代後半の支店長がいった。言葉とは裏腹に、心配している気持ちがありありと表情に浮かんでいた。

「ただ、本店の審査部のほうがですね、ちょっと、あのう……」

この銀行は、城西バックライトから十分な情報開示を受けないまま、有力な技術を持っているハイテク企業ということで、無担保・無保証で多額の融資を行なってきた。

しかし、業績に翳《かげ》りがみえてきたため、パンゲアの売り推奨以前から、もう少し会社の実態を把握できないかと、審査部サイドが支店に要求し始めていた。

「ところで、この絵は、ご存じですかな?」

相手の言葉を遮り、重松が壁に掛けてある西洋画を指さして訊いた。

青を基調にした暖かみのある色彩で、人間の男女、動物、花などが描かれていた。壁のその一角だけがただならぬ存在感を放っており、普通の作品でないのは一目瞭然だ。

「はあ、あの……もしかして、シャガールかなにかでしょうか?」

絵には詳しくない支店長が、自信なげにいった。

「おお、よくご存じですなあ！　あの絵は、ソニーの社長にもらったものでしてな。右下に署名も入っておるでしょう?」

畑中が視線をやると、確かに右下にMarc Chagallと、比較的読みやすい文字で署名が入っていた。

（シャガールの署名入りか。これは値打ちものなんだろうなあ……）

「ソニーの社長とは、先週、赤坂の料亭で会食したんですが、近々、また新しいゲーム機を発表するそうです。そのディスプレイに力を貸してほしいということで……」

重松は、ひとしきりソニーの社長と自分の親交、絵をもらった経緯、同社からの受注拡大見通しについて話をする。

「これは何年かに一度のビッグ・プロジェクトになりますよ。我ながら震えがくるような話でねえ……」

（まったく、銀行を手玉にとるのは、お手のものだな……）

畑中は、重松の法螺《ほら》話に乗せられる銀行も銀行だと呆《あき》れる思いだった。

「……本日は、お忙しいところ有難うございました」

予定の時刻が来ると、銀行の二人は立ちあがって、頭を下げた。

結局、重松の迫力と長広舌の前に、訊きたいことはなに一つ訊けずに終わった。

数日後――

畑中は、別の銀行と重松との面談に同席した。やはり無担保・無保証で融資をしている銀行だった。

「……この書は、なんと書いてあるか、わかりますかな？」

株のカラ売りや資金繰りについて、銀行に質問されそうになると、重松は壁に掛けてある書を指さして訊いた。

赤みがかった和紙に、草書体でなにやら文字が認《したため》られ、掛け軸に仕立てられていた。

「いえ、あれはちょっと、わたくしには読めません……」

頭髪がやや薄く、銀縁眼鏡をかけた支店長が、ハンカチで額の汗をぬぐう。

「あの掛け軸は、東芝の社長にもらった室町時代のものでしてな。『古今和歌集』の藤原良房《ふじわらのよしふさ》の『年ふれば　よはひはおいぬ　しかはあれど　花をし見れば　もの思ひもなし』と書いてあるんですよ」

重松は、相手が気後れしたのにつけ込むように畳みかける。

藤原良房は、太政大臣にまで上り詰めた平安時代の公卿《くぎょう》である。歌は、自分は年をとってしまったが、美しい花をみているとなんの心配もないという意味で、天皇の母親になった自分の娘を花になぞらえて満足している心境を歌ったものといわれる。

「東芝の社長とは、おとといメシを食べたんだが……」

例によって重松は、ダイナブックに始まった城西バックライトの成功や、その後の技術革新、将来の明るい見通しについて、独演会のように喋る。

「まだ極秘なんだが、新規プロジェクトを考えているそうだ。社長の口ぶりでは、是非うちにやってほしいらしいね」

銀行の支店長、融資課長、取引先課長は、用意してきた質問をすることもできず、かしこまって拝聴する。

そのうち、まあ、業界全体も伸びているし、城西バックライトも技術力がある老舗だし、たぶん問題ないだろうという雰囲気になって、帰っていった。

「畑中君、カラ売り屋なんて、心配するには及ばんよ」

銀行の三人をエレベーターホールで見送ったあと、重松が自信ありげにいった。

「要は、カラ売りができなくすればいいんだろ？」

（ん？　この人はなにを考えてるんだ？）

畑中は、人を食ったような表情の重松の顔を思わず凝視する。

重松は妙に嗅覚が鋭く、常識に頓着せず、大胆なことをやってのける。賭けに勝てば大成功を収めるが、失敗すると破滅を招く、もろ刃の剣のような存在だった。


翌週——

北川靖は、渋谷区神宮前のマンションの事務所で、デスクの上のスマートフォンを前に首をかしげていた。

「……借りられる株が全然ない？　それ、本当？」

縁なし眼鏡の理知的な顔に、怪訝《けげん》そうな気配が浮かぶ。

「イヤァ、ザッツ・トゥルー。ウィ・トライド・ソー・ハード・トゥ・ファインド・ジョーサイズ・ストックス、バット・クドゥント（うん、本当だ。城西ホールディングスの株を懸命に捜したんだが、みつからない）」

スピーカー式にしたスマートフォンから、朴訥《ぼくとつ》とした発音の英語が流れてきていた。ソウルにいる韓国人のファンドマネージャーで、以前からパンゲアのレポートを評価し、カラ売りで同一歩調をとってくれている。

「そうなのか……。わかった、こちらでもちょっと調べてみるよ」

そういって北川は話を終えた。

「城西ホールディングスの株が借りられないってか？　……二、三日前にもそんな話があったなあ」

数面のパソコンスクリーンを挟んで向かい側のデスクにすわったトニーが思案顔になる。

「うむ。ここんところ、この手の話が多いな。マーケットでなにか起きてるのかもしれん」

そういって北川は、スマートフォンをタップし、米系投資銀行モルガン・スタンレーの担当者を呼び出した。

「……ええ、そうなんです。うちでもほかのお客さんの要望で、結構いろんな機関投資家にあたってみたんですが、どこももう貸し出してて、持ってないそうです」

スマートフォンから、パンゲアのプライムブローカーを務めるモルガン・スタンレーの担当者の声が流れてくる。

プライムブローカーは、ファンドの主要取引証券会社で、売買注文を執行したり、カラ売りのための株式を調達したりする。

「しかし、城西ホールディングスは、まだそんなにカラ売り残が増えてないようだけどなあ」

北川は目の前のスクリーンを一瞥する。

城西ホールディングスの株価分析ページが開かれており、分足《ふんあし》は緑（下落）と赤（上昇）の短い線（したがって株価の変動が小さい）がほぼ交互に現れ、一進一退のこう着状態であることを示していた。

分足の下にある、信用売り（カラ売り）の残高を示す水色の棒グラフの長さはここ数日変わっておらず、カラ売りの残高が増えていないことを示している。

「実はですね……どうも興和証券が、市場にある城西ホールディングスの貸し株用の玉《ぎょく》を片っぱしから借りまくってるらしいんです」

モルガン・スタンレーの担当者がいった。

「なに、興和証券が⁉」

トニーと北川が同時に声を上げる。

「カラ売りに使うわけでもないのに、借りられる株をかき集めてるのか？」

トニーが片目を吊《つ》りあげて訊いた。

「どうもそのようです。単に借りるだけじゃなくて、プレミアムを払って買い取ったりもしているようです。城西ホールディングスの依頼でカラ売りに使える株をなくそうとしてるんじゃないかと思います」

「くーっ、なんてこった、あのタヌキ爺《じじ》ぃが！」

パンゲアのカラ売りレポートに対し、城西ホールディングスは「当社の技術開発力はいささかも衰えていません。パンゲアのレポートは、株価を下げようという一方的な動機で書かれていて、バックライトに関する技術を十分理解しないまま、無理に問題点をあげつらおうとしています。また資産の過大計上に関しては、どの資産項目でどれだけ過大計上しているという指摘もなく、邪推の域を出ていません。当社の財務諸表は一流の監査法人から適正であるという意見書も得ております」というコメントを出したが、それ以外には特に表立ったアクションをとったりはしていなかった。

「静観するふりして、陰で必死んなって貸し株をかき集めてたってか、けっ！」

　トニーが忌々しげにいった。

「どうりで俺たちが笛吹けど、カラ売りが増えんわけだ」

「しかし、株をかき集めるのに、どんだけ金を使ってるんだ？」

　株を借りるには、借株料を払わなくてはならない。流通量の多い一流銘柄なら年率で〇・四〜一パーセントといったところだが、城西ホールディングスのような二部銘柄であれば、二パーセント程度払う必要がある。

「まあ、あの会社は重松が大株主だし、銀行との持ち合いなんかもあるから、貸し株の規模としちゃあ、せいぜい三百億円ってところだろう」

「だとすると、借株料は年間六億円ってとこか……。結構馬鹿にならない額だな」

「うむ。長引くとボディーブローのように効いてくるはずだ。買い取ってるものがあれば、資金負担はもっと大きくなる」

　北川の縁なし眼鏡の視線が、カラ売り屋特有のねっとりした光を帯びた。

6

　翌年春――
　畑中良嗣は、中国江蘇省蘇州市の城西バックライトの中国工場に出張した。

技術産業開発特区にある工場は、敷地約四万平米、工場の床面積約一万四千平米という大規模なもので、外観はクリーム色の壁に青みがかったガラス窓がずらりと並ぶ、清潔感のある佇まいである。

導光板成形工場は、ゴミを嫌うので、半導体ほどではないが、製造現場はクリーンルームになっている。なかに入るには、原発作業員のように全身をすっぽり覆う作業着姿になり、マスクを着けて目の部分だけを出し、エアシャワーを浴びなくてはならない。

メインの導光板成形設備は、天井から蛍光灯の白い光が降り注ぐなか、緑色のリノリウム張りの床に八五トンから四五〇トンまでの射出成形機五十八台が一定間隔でずらりと並んでいて、鏡の間に迷い込んだのかと錯覚させる。成形機は長方体の鋼鉄製の装置で、四五〇トンのものは、高さが三メートル近く、長さが六、七メートルある。

室内はもやっと暖かい。成形機の金型に走っている電熱線のせいだ。空気はフィルターをとおして循環しているが、アクリル樹脂やポリカーボネート樹脂が熱せられて発する有機的な匂いが漂っている。

成形は、金型が成形機にセットされ、表面を綺麗《きれい》なエアーで吹き飛ばしてから製造サイクルに入る。全自動で、金型のスライド合体、加熱、樹脂注入、水冷、金型のスライド・オープン、導光板剥離、取り出し、コンベアーに落下、人間による目視検査という順序である。

ギューン、ガシッ、シューッ、カシャン、プシュッという断続的な音が五十八台の装置やその他の設備から連続的に発せられ、いくつもの音楽がこだまし合っているようだ。

製造されるアクリル樹脂やポリカーボネート樹脂製の導光板は、スマートフォン用の五、六インチのものからテレビ用の三二インチのものまで、様々である。

出来上がった導光板は、ベルトコンベアーで組み立て工程へと送り出されていく。

全身を白や水色の作業着で覆ったオペレーターたちが、射出成形機側面のタッチパネルや成形機につながったパソコンを操作し、微調整をしたり、出来上がった導光板を無作為抽出して検査をしたりしている。

(ふむ、製造のほうは順調なようだな……)

オペレーターたちと同じように全身を白い作業着で包んだ畑中は、作業の様子をみて歩く。

続いて、最終点灯検査が行われている部屋を視察する。全身を白のクリーンルーム用防塵着《ぼうじん》ですっぽりと覆い、マスクをした検査員たち七、八十人がずらりと並び、手袋をした手にスマートフォン大のバックライトユニットの完成品を持ち、目視検査をしていた。

バックライトユニットは、導光板にカバー、二枚の輝度向上フィルム、拡散フィルムなどを重ね合わせ、LEDユニット、反射板、フレームを取り付けたものだ。

部屋の照明は控えめで、バックライトを点灯させた七、八十もの完成品が白い光を放ち、検査員たちの目のあたりを明るく照らしていた。

検査項目は、導光板、光学フィルム、それらの隙間に異物が入り込んだときにできる黒点、導光板と光学フィルムに問題があるときに生じる白色の抜け、LED異常や導光板の不具合で生じる輝度ムラなどだ。それぞれの項目について、顧客ごとに規格があり、クリアできているか否かをチェックする。たとえば黒点や抜けは、直径〇・一ミリ以上の許容個数の上限が顧客ごとに定められており、〇・二ミリになると二、三個が限度である。

こうした最終検査は光学ロボットで行うことも可能だが、時間がかかり、瞬時に検出する人間にはかなわない。そのため人海戦術で行なっており、作業員の人件費がまだ比較的安い中国に適している。

工場の視察を終えると、畑中は事務部門の会議室で、日本人工場長から生産や経理の状況について説明を受ける。

「……ふーん、給食費もまあまあの線で運営されているねえ」

畑中は、びっしりと数字が入ったエクセルの経営資料をめくりながら、うなずく。

「まだ多少のピンハネはやってるの？」

「まだ少しだけあると思います」

東京の本社から派遣されている日本人の工場長がいった。四十代で、工場管理の経験が長い。

「まあ中国みたいな国じゃ、仕方ないと思うしかないかねえ」

工場では昼食に弁当を支給しているが、五百人の工員と二百人の事務部門の社員がいるので、かなりの額になる。以前は、総務課長の親戚がやっている弁当屋を使っていたため、ぐるになって高額の費用を支払わされていた。これではひどすぎるというので、入札をして、新たな業者に替えた。それでも中国人同士で裏のやり取りがあり、給食の担当者が「お前のところに決めるから少し寄越せ」といって、一人当たり一元（約十六円）程度の賄賂をとっているらしかった。十六円でも七百人分であり、一ヶ月二十五日分と仮定すれば、二十八万円にもなる。担当者レベルの月給は日本円換算で五万円かそこらなので、莫大な額である。総務課長や総務部長はピンハネを当然知っているが、「俺にも一、二割寄越せ」といって、黙認している。

こういうことは弁当に限らず、工場のクリーンルーム用の使い捨ての手袋なども毎日大勢が使うので、ちょこちょこピンハネされると莫大な額になる。消耗品以外でも、工場の電気工事とか備品の購入とか、ピンハネのチャンスは無数に転がっている。

「まあ、中国人にとって、ああいうことは一つの文化ですから、あまり締め付けると、物事が機能しなくなると思います」

グレーの作業服を着た工場長がいった。

「全体として納得できるレベルかどうかという観点でコストを管理して、時々入札をかけて、定期的に掃除をするというやり方でいくしかないと思います」

「人治主義の国らしいね」

畑中が苦笑いする。

再び資料のページを繰り、工場の生産状況などをみていく。

「……ところで、蘇州のあたりもずいぶん発展してきてるねえ」

資料のページを繰る手をふと止めて、畑中がいった。

蘇州にくるたびに、斬新なデザインの新しい高層ビルができたり、工場が増えていたりして、中国の発展を肌で実感させられていた。

「そうですね。うちがこの工場をつくったのは、一九九〇年代前半でしたけど、立派なビルがあるのは経済特区だけで、路地を一本入ると牛が歩いているようなところでしたから」

「土地の値段もずいぶん上がってるんだろうね」

「はい。土地というか、中国では土地は国家のものなので、土地の使用権ですね。ずいぶん上がってると思います」

城西バックライトが江蘇省に工場をつくることにしたのは、納入先である日本の家電メーカーの工場があり、上海にも近くて交通の便がよいことが理由だった。


それからまもなく――

畑中は、城西バックライト本社の社長室で、重松幸三に直訴した。

「……液晶ディスプレイは、徐々に有機ELにシェアを侵食される運命にあります。テレビ、パソコン、スマホ、ゲーム機もやがて有機ELが主流になる時代がくるでしょう。したがって、うちとしては、既存の分野以外の新機軸を打ち出す必要があると思います」

最上階で見晴らしがよく、壁には重松が収集した西洋の風景画などが飾られた豪華な社長室のソファーで、畑中はいった。

昨年、アップルがスマートフォンに有機ELの採用を開始したので、畑中は危機感を強めていた。城西バックライトの製品も新生ディスプレイ、シャープ、韓国のディスプレイ・メーカーなどをつうじ、アップルのスマートフォンに使われているので、同社の動向は売上げに大きく影響する。

「畑中君、それはわかるんだがねえ、電車っていうのは、どうも嫌なんだよねえ」

重松は、老眼鏡を灰色の狸のような顔にかけ、手にしたプレゼン資料に視線を落とす。

資料は畑中がパワーポイントで作成したもので、電車の客車内のディスプレイや運転席のモニター画面のバックライト製造に進出することを提案するものだった。

すでに車両メーカーにはいくつか試作品を提出し、信頼性試験にはすべてパスしていた。

「万一、ディスプレイの不具合で事故になったりしたら、損害賠償がくるじゃないか」

その言葉を聞いて、畑中はなんでそんなことまで心配するんだと思う。

「社長、先方の信頼性試験をパスしてるんですから、あとは車両メーカーの責任です。われわれはもう関係ありません」

「いやいや、そんなことはないだろう。もし損害賠償請求がきたら、どうするのかね？　スマホやテレビはいいけど、人命にかかわる交通関係は怖いよ」

「社長、そんなことはありません。わたしは自動車のメーター・パネルの液晶ディスプレイもやりましたが、損害賠償なんてことは一度もありませんでした」

「でも自動車に乗るのはせいぜい数人だろう？　大量輸送の乗り物はまずいだろう」

（かーっ、なんてずれた発想なんだ!?　だいたい、自動車だって何十人も乗せて走るバスはあるし、よそのメーカーは飛行機のコクピットの液晶ディスプレイもやってるじゃないか！）

「それにね畑中君、うちに電車の車両のバックライトの交換のノウハウはないだろう？　不具合があって、交換しろといわれたとき、対応できるのかね？」

畑中の心中に頓着せず、重松は問題をあげつらい続ける。

「それはもう、きちんと対応できるように、体制をつくってやりますから」

「うーん、そうなのかね。そういってもねえ……」

重松は相変わらず煮え切らない表情。

「社長、今後、有機ELがシェアを伸ばすといっても、全部が全部置き換わるわけじゃありません。液晶はコストが安いですし、極薄化や究極の鮮やかさを求められない分野ではまだまだ残っていくと思います。そういう意味では、鉄道車両関係は有望な分野だと思います」

「まあ、きみのいいたいことはわかったから。この件は僕に預からせてくれ」

その言葉を聞いて、畑中は絶望的な気分になる。重松が預からせてくれというときは、そのままうやむやになって、二度と提案が復活しないことを意味していた。

畑中はなんとか会社を生き永らえさせようと苦心していたが、昔は嗅覚が鋭かったが、年齢とともに保守的になって、新分野への進出に躊躇《ちゅうちょ》する重松の腰の重さと、たっぷりの報酬をもらって、ハングリー精神を失った技術陣が大きな障害だった。

7

翌年春——

ニューヨークから出張でやってきたグボイェガが、北川、トニーと一緒に、都電荒川線の電車に揺られていた。

「東京の街を、こんなレトロ感のある路面電車が走ってるなんて、知らなかったなあ！」

ミラーレス一眼カメラを首にぶら下げ、吊り革につかまったグボイェガが、車内を眺めながらいった。

ウィーン、ガタンガタン、ヒューッと線路を軋《きし》ませながら走る小ぶりの車両の乗客たちは、くたびれた野球帽をかぶった老人、着物姿の高齢の婦人、スーツ姿のサラリーマン、大学生、女子高生など、沿線住民が大半だ。折り畳み式のベビーカーを持った若い白人男性と、子どもを抱いた日本人の母親のカップルや、中国語を話している母と男の子などもいる。乗車料金は一律百七十円、一日券は四百円である。

「東京は、明治三十六年から路面電車が走ってて、今の地下鉄みたいに都内じゅうに路線を張り巡らしてたんだ」

そばの吊り革につかまったトニーがいった。

「ほう、そうなのか」

「うむ。かつては東京の公共交通機関の代表格だったんだ。第二次大戦中も、一日百九十三万人もの乗客を乗せていたし。ところが高度経済成長でモータリゼーションが始まって、順次廃止されたんだな」

東京都が路面電車の廃止を決定したのは、東京五輪の三年後の昭和四十二年（一九六七年）で、その後五年間にわたって六回の撤去工事が実施された。今残っているのは、荒川区の三ノ輪橋停留場から新宿区の早稲田停留場までを結ぶ一二・二キロメートルの路線だけだ。

「そうか。この区間だけでも残ってよかったなあ。やっぱり路面電車は懐かしい感じがするし」

グボイェガは満足顔。

「しかし、よく停まる電車だね」

電車は、二分に一回くらい停留場に停まっていた。ドアが開くと、鳥の鳴き声のようなピピピッという甲高い音がし、発車するときはベルがリンリンと鳴る。

「沿線に三十の停留場があって、各区間の距離が平均四〇〇メートルちょっとっていう短さだからなあ」

吊り革につかまって、揺られながら北川がいった。

車内放送も頻繁で、日本語と英語で、次の停留場の案内、急ブレーキの注意、沿線の商店、私立高校、病院、バッティングセンターなどの宣伝を流している。

「この季節、東京は桜がきれいだなあ！」

グボイェガが感に堪えぬ表情でいった。

線路の左右は、家々、団地、学校、交番、消防署、商店、歯科医院、公園といった生活感のある下町風景で、この季節は満開の桜が目を楽しませる。

途中の王子駅前、大塚駅前の停留場はターミナル的な場所で、かなりの人数が乗降した。

東池袋四丁目（サンシャイン前）停留場を過ぎると、窓外に六十階建ての超高層ビル「サンシャイン60」の大きな姿が現れる。

始発の三ノ輪橋停留場を出てから五十五分後、車体に東京都の緑のイチョウのマークと信用金庫の宣伝文を入れた電車は、鬼子母神《きしぼじん》前停留場に到着した。

三人は電車を降り、線路を渡って、鬼子母神表参道を歩く。

「ほぉー、これは雰囲気あるなあ！」

五〇メートルほど歩いたところで、グボイェガが思わず立ち止まる。

目の前に、昼なお暗いという感じの、鬱蒼《うっそう》としたケヤキ並木の道が現れた。

「江戸時代っぽいだろう？　樹齢六百年超のものも四本あるそうだ」

トニーがいった。

石畳の参道の両側に高さが三〇メートルくらいあるケヤキの大木が立ち並び、その下に、一般の民家、レストラン、珈琲店《コーヒー》、案内所兼ギャラリー、会計事務所などが軒を連ねていた。

そこを一〇〇メートルほど進み、左折すると、目の前に雑司ヶ谷鬼子母神の境内が現れた。

敷地に入ると、左手に朱塗りの鳥居が連なる武芳稲荷《たけよしいなり》堂があり、高さ約三三メートル、幹の周囲約一一メートル、樹齢七百年超の大イチョウが、その前にそそり立っている。

境内はかなり広く、大きなイチョウやケヤキなどが植えられ、空気も少しひんやりとしていて、都心のオアシスのような場所である。

さらに進むと、石畳の参道の左右に、阿形《あぎょう》と吽形《うんぎょう》の二つの石の仁王像、創業一七八一年の「上川口屋」という駄菓子屋、大黒堂、法不動堂、鬼子母神石像、対の石灯籠などがあり、奥の正面が、国の重要文化財に指定されている鬼子母神堂（威光山法明寺）である。大きくはないが、青銅色の屋根の落ち着いた感じの流造《ながれづくり》で、本殿は寛文四年（一六六四年）に上棟されたものだという。七段の階段を上がった拝殿の入り口正面には、「鬼子母神」と太い金色の文字が書かれた朱色の大きな額が掲げられている。宗派は日蓮宗である。

なお「鬼」の字は、角が付かない「鬼」の字が用いられ、堂内にある鬼子母神像は、鬼形ではなく、羽衣と瓔珞《ようらく》（玉をつないだ首飾り）を着け、吉祥果を持ち、幼児を抱いた菩薩《ぼさつ》形をしている。

「ふーん、鬼子母神っていうのは、元々はインドのフィーメイル・デーモン（夜叉《やしゃ》）だったのか……」

グボイェガが英語のガイドブックを開き、興味深げに読む。

鬼子母神は多くの子を産んだが、性格が凶暴で、近隣の幼児を食べていた。お釈迦《しゃか》様は、彼女の末の子を隠し、嘆き悲しんでいるところに、「千人のうちの一子を失うもかくのごとし。いわんや人の一子を喰《く》らうとき、父母の嘆きやいかん」と戒め、改心させたという。その後、鬼子母神は安産・子育ての神となり、人々に崇拝されるようになった。

「とりあえず、お参りして行くか」

トニーがいい、三人は拝殿前に上がる。

拝殿内の左右に「鬼子母神尊神」と書かれた赤い筒型の提灯《ちょうちん》が下がり、奥に須弥壇《しゅみだん》があったが、距離があるので、どんな像が祀《まつ》られているのかはよくみえない。

三人は、足元の大きな賽銭《さいせん》箱に硬貨を投げ入れ、合掌し、神妙に頭を下げる。

右手の彼方《かなた》にサンシャイン60と、付近の高層マンションが何棟かみえており、都会のど真んなかの異空間であるのが実感される。

「あそこで一服するか？」

拝殿前の階段を下り、北川が左手前方にある大黒堂を指さした。

木造・平屋のお堂で、「おせんだんご」と書かれた看板が出ていた。

なかに入ると、二本の御幣の後ろに黒っぽい大黒天像が祀られ、その前に賽銭箱が置かれていた。

ここでは、大黒天は鬼子母神の夫であるとされているらしい。

「ほーう、時代を感じさせる店だなあ！」

グボイェガが店内をみまわす。

左手に団子やお茶を用意するカウンターがあり、白い三角巾を頭にかぶり、紺色のエプロン姿の年輩の女性が店番をしていた。

簡素な木製のテーブル席が二つあったので、三人はその一つにすわり、一人前六百四円の団子とお茶のセットを注文した。

団子は二串で、一つはこしあんのあん団子、もう一つは醬油だれのついた焼き団子だった。

「おせんだんごのしおり」という薄い緑色の説明書きが盆に添えられていた。

〈嘗《かつ》て江戸期より雑司が谷鬼子母神境内には、多数の茶屋、料理屋が立ち並んでおりました。時の流れと共にいつしかそれらが姿を消し、一軒の茶屋で売られていた「おせんだんご」の復活を望む声が多々聞こえる様になりました。鬼子母神には千人の子があったと言われており、「おせん」の名もそれに由来しております。小粒の五つ刺しのおだんごは、安産子育てと子孫繁栄を祈願する意味をこめております〉

「ふーん、なるほどねえ。昔の賑《にぎ》わいが目にみえるようだなあ」

説明書きをトニーに英訳してもらい、グボイェガが往時に思いを馳《は》せる顔つきで緑茶をすする。

「この焼き団子、ちょっと硬めで飾り気がなくて、江戸時代っぽいねえ」

北川が、ほどよく焦げ目のついた団子を頰張っていい、トニーがうなずく。

「ところで、城西ホールディングスは、なかなかしぶといな」

あん団子を一口食べ、グボイェガがいった。

二年前にカラ売りを始め、いったん三千円を割った城西ホールディングスの株価は、興和証券が懸命に買い支えたり、貸し株用の株を根こそぎかき集め、それが自社株買い的な効果をもたらしたりして、三千七百円台まで盛り返していた。カラ売りを始めたときの株価が四千二百八十円だったので、一三パーセント程度の下落で、六十万株カラ売りしたパンゲアは三億円程度、五万株カラ売りしたトニーは二千五百万円程度の含み益が出ているが、まだ納得のいく水準にはほど遠い。

「そうなんだ。会社はボロなんだが、今は東欧向けの輸出が好調でなあ」

北川が緑茶をすすっていった。

「東欧？　そっち方面にも輸出してるのか？」

「うむ。城西バックライトは一九九〇年代後半にスロバキアに工場をつくって、東欧向けのテレビを製造しているメーカーに納めるようになったんだ」

シャープが世界初の二〇インチの液晶テレビを発売し、薄型テレビ時代の幕を開いたのは一九九九年一月である。二〇〇一年には世界の薄型テレビの生産シェアの八六パーセントを日本が占めた。しかしその後急速に、中国などアジア諸国への生産シフトが起き、二〇〇四年になると日本のシェアが三三・八パーセントまで低下した。一方、アジアのシェアは一挙に四八・八パーセントへと上昇した。さらに二〇〇七年になると、欧州市場向けの供給拠点として、ポーランド、チェコ、スロバキアで組み立て工場の建設ラッシュが始まった。

「重松は、一九九一年にソ連が崩壊したのをみて、これから東欧が自由主義圏に入って、経済が伸びて、人々の暮らしも豊かになって、消費が伸びると踏んだんだ」

「ほう、さすが先見の明があるんだなあ」

「あの爺ぃは、やることは大雑把だが、方向性に関する勘だけは鋭いようだな」

「事実、東欧の経済は、その後、大幅に伸びて、城西バックライトにとってドル箱になったんだ」

北川が湯呑《ゆのみ》を木の盆に戻していった。

中東欧諸国は、独立後の混乱から一九九〇年代前半はマイナス成長となった国々もあったが、その後は、年率四パーセントから一二パーセントという高い成長率を実現した。

「ただ会社がボロだという事実は変わらん。あの会社は相当穴が開《あ》いている」

北川が厳しい目つきでいった。

「そろそろやるのか？」

グボイェガが、焼き団子を齧りながら訊いた。

パンゲアは城西ホールディングスに関する新たな分析レポートを準備していた。

「うむ、六月中旬に発表して、下旬の株主総会で徹底糾弾する予定だ」


六月中旬――

畑中良嗣は、城西バックライト本社の執務室で、研究開発部門の立て直しに関する資料に目をとおしていた。

畑中は、きちんとした分析と計画にもとづいた研究開発が行われるよう、ＳＷＯＴ分析や、基幹技術の分析・開発のフローチャートなどを取り入れた。ＳＷＯＴ分析というのは、特定のプロジェクトや全体的なビジネスプランについて、その強み（Strengths）、弱み（Weaknesses）、機会（Opportunities）、脅威（Threats）を特定し、戦略的に計画を立て、市場のトレンドを先取りするためのツールだ。

目下の重点的な開発分野は、ヒット機種に採用されれば百万台単位のビッグ・ビジネスにつながるスマートフォン向けだ。八～三二インチといったパソコンや産業用モニター向けバックライトは台湾メーカーに価格で太刀打ちできないが、小型・薄型化が要求されるスマートフォン用なら技術力で勝負できる。

机上の電話が鳴った。

「はい、畑中です」

「畑中CTO、ちょっと大変です」

電話をかけてきたのは、興和証券で城西ホールディングスを担当しているコーポレート・ファイナンス第五部の次長だった。

「例のパンゲアが、新たなカラ売り推奨レポートを発表して、御社の株価が暴落しています」

「えっ、また⁉」

パンゲアとの戦いは、一応こう着状態だと思っていたので驚いた。

「はい、残念ながらまたです。今度は相当突っ込んだ内容で、同調した投資家が現物株を激しく売ってきています」

株価は前日の三千八百六十円から、値幅制限いっぱいの七百円を下げてストップ安だという。

「いったいどういうレポートを発表したの？」

「城西バックライトが、不良在庫と売掛金の焦げ付きで七十億円、不動産の過大計上で九十億円、合計百六十億円の穴が開いていて、大幅な債務超過で、ホールディングスも債務超過寸前だという分析レポートです」

「城西バックライトが⁉　しかし、城西バックライトは、ごく大雑把な決算公告しか出していないでしょ？　あんなもんで、そんなに詳しくわかるものなの？」

二年前にパンゲアの指摘を受けた城西バックライトは、過去五年分のごく大雑把な貸借対照表と損益計算書をホームページ上で公開した。しかし、貸借対照表に記載された項目は、流動資産、固定資産、繰延資産、流動負債、固定負債、純資産だけ。損益計算書も似たような開示レベルで、会社の実態はほとんどわからない。

畑中自身、城西バックライトの詳しい財務諸表や資金繰り表をみたくてしようがなかったが、重松の厳命を受けた経理部が絶対にみせてくれない。

「パンゲアは、城西ホールディングスの連結財務諸表から機械部門と電子機器部門の財務諸表を差し引いて、城西バックライトの詳細な財務諸表や資金繰り表をつくり上げています」

「えっ……うーん、そんなことをやったのか⁉」

機械部門と電子機器部門は、それぞれ非上場の中堅企業を買収し、それらを中心につくり上げた部門だ。重松は口を出さないタニマチ型オーナーで、経営は被買収企業の元々の経営者に任せているため、各経営者の意向できちんとした財務諸表を公開してきた。

「前提となる城西バックライトの仕入れや支払いの条件は、最近辞めた元社員から聴いたり、御社の取引先に聴いたりして、かなり細かく把握しています」

「資産の過大計上っていうのは、どういう根拠でいってるの？」

「その点については、帳簿上の利益に比してキャッシュフローが弱い分が、資産の過大計上分であるとしています」

「うーん……」

基本的な考え方は間違っていないといわざるを得ない。

「それと城西バックライトは、債務超過であるだけでなく、借入れ過多で、資金繰りが破綻寸前だと指摘しています」

「えっ⁉　しかし、そんなのどうやってわかるわけ？」

「過去十年分の城西ホールディングスの連結財務諸表の債務の額から機械部門と電子機器部門の債務の額を差し引いて、城西バックライトの借入れが年々大幅に増加し、現預金の額は逆に枯渇気味で、他の部門から資金が流れていると指摘しています」

「げっ、そこまでやるわけ⁉」

単に財務諸表からの差し引きといっても、会計上の微調整が必要であり、それを十年分やるとなると、相当な労力が必要である。

「全体として、一定の仮定は入っていますが、相当詳細で、信ぴょう性があります。分析レポートは和文で百ページ以上あって、博士論文みたいです」

「うーん……」

容易ならざる相手と関わりを持ってしまったようで、重苦しい気分になる。

「それから、城西バックライトの所有不動産一つ一つの時価を洗って、過大計上が九十億円あると指摘しています」

「えっ、所有不動産も公開していないはずだけど……」

「都内の本社、茨城の工場は不動産の登記簿をみて時価を算出し、中国とスロバキアの工場は、現地のリサーチャーに調査させたらしいです」

「しかし、それ以外に不動産を持ってるかもしれないじゃない」

「確かにその可能性は完全には否定はできません。しかし連中は、データベースで城西バックライトの過去の記事や重松氏の発言を徹底的に分析して、これら以外に所有不動産はないと断定しています」

「うーん、そうなの……!?」

畑中自身も重松からそういう隠し不動産があるという話は聞いたことがない。

「とにかく、これだけ市場で売りが多いと、うちとしても支え切れません」

興和証券の次長は、悩ましげにいった。

「明日、御社に伺いますので、それまでにパンゲアの指摘に対して、どうやって反論するか考えておいて頂けませんか。それにもとづいて、反論のプレスリリースをつくりましょう」

「わかりました」

「それから、今月の株主総会が決戦の場になると思います」

城西ホールディングスの株主総会が二週間後に都内で開かれる予定になっていた。

「パンゲアが、このタイミングでレポートを発表したのは、株主総会で経営陣を徹底的に攻撃するためだと思います」


二週間後——

東京は梅雨のまっただなかだった。灰色の雲が空を覆い、時おり雨がぱらついていた。

城西ホールディングスの本社がある都内西部では、小平市のあじさい公園や、府中市郷土の森博物館のあじさいが青や薄紫や黄色の花を咲かせ、雨に打たれていた。

朝九時すぎから、城西ホールディングス本社に株主総会に出席する人々が到着し、受付で入場票を提示し、エレベーターで会場になった大会議室に向かっていた。

比較的小さな東証二部の会社なので、例年の総会は形式的でのんびりした雰囲気だったが、今年はカラ売り勢が出席するというので緊張感が漂っていた。

北川らが到着すると、受付の社員から「ご本人確認をしたいので、身分証かなにか、ご提示願えませんか？」と他の株主とは違う扱いを受けた。北川が「入場票があれば、身分証の提示は必要ないんじゃないですか？」というと、「提示は結構でございます」とあっさり引き下がった。

午前十時、定刻どおり株主総会が始まった。

会場正面に高さ二〇センチほどの壇が設けられ、白いクロスをかけた長テーブルの中央に社長の重松幸三がすわり、左右に十人ほどの役員が着席した。

彼らと向き合う形で、百五十人ほどの株主が、スチールパイプの折り畳み椅子にすわった。

最初に、八十歳近い重松に代わって専務取締役が議長を務めることに関し、出席者の了承をとった。創業期から重松と一緒に営業をやってきた腹心で、七十代の老人である。

続いて前期決算の報告が行われ、専務が決算概況を読み上げ、最後に「貸借対照表、損益計算書その他につきましては、会計監査人および監査役会より適法であるとの意見を頂いております」と締めくくった。

質疑応答に入ると、何人かの手が挙がった。

入場票番号二十七番の中年男性が名前を名乗り、最初の質問をした。

「先般、パンゲア＆カンパニーから、連結子会社である城西バックライトに百六十億円の簿外損失があって、城西ホールディングス自体も債務超過すれすれであると指摘がされました。これによって現在株価が三千円割れ寸前で、わたしも投資家としてずいぶん損を出すはめになりました」

マイクとスピーカーをとおし、男性の声が会場に響き渡る。

「この指摘に対し、御社は一応否定のプレスリリースを出されましたが、相変わらず城西バックライトの詳細な財務諸表や資金繰り表などは公開しておらず、同社はブラックボックス化しているように思います」

会場から「そうだ！」という声が上がり、一部の出席者から拍手が湧く。

壇上の専務がマイクを手にとる。

「城西バックライトを含む当社の連結財務諸表に関しましては、個々の子会社の決算書も精査した上で、大手監査法人から適切であるとの意見書を頂いており、会計処理は関係法規にのっとって適切に行なっております」

あらかじめ興和証券や顧問弁護士と打ち合わせたとおりに答えた。

「また内部統制報告、いわゆるJ－SOXについても監査法人より適正であるとの意見を頂いております」

内部統制報告は、金融商品取引法にもとづき、二〇〇八年四月一日以降の事業年度について義務となった。自社の財務報告に係る内部統制の有効性を表明する報告書で、その記載内容に関して監査法人または公認会計士の監査を受けなくてはならない。

北川は会場の一角に陣取り、じっと壇上の役員たちに縁なし眼鏡の視線を注ぐ。

かたわらではトニーがスマートフォンを使って総会の状況を逐一ツイートしていた。

「連結子会社に関しましては、当社グループに二十以上あり、個々の財務諸表の詳細や資金繰り表を開示することは労力的に大変で、商法上も求められておりませんので、従来より連結財務諸表に反映させるというやり方で開示しております」

別の出席者が指名を受け、マイクを手にする。

「申し訳ないのですが、そういう木で鼻をくくったような回答では、投資家としては到底納得できませんね」

北川もよく知っている外資系のファンドマネージャーの男性がぴしりといった。

「子会社二十社の財務諸表の詳細を開示してほしいなんて誰もいってませんよ。城西バックライトのだけで結構なんですけどね」

スーツ姿のファンドマネージャーはマイクを手にいった。

「それすらできないといわれるんなら、逃げているといわれても、仕方がないんじゃないでしょうか」

再び一部の出席者から拍手が湧く。

(ったく……みられるもんなら、俺だってみたいよ!)

役員たちと並んで壇上にすわった畑中は、苛立ちを懸命にこらえる。

重松を一瞥すると、みんな専務に任せたとばかりに、日向《ひなた》ぼっこをする狸のようなのんびりした顔をしていた。

「繰り返しとなりますが、子会社の財務諸表や資金繰り表に関しては、従前どおりの対応とさせて頂きたく、ご理解をお願い致します」

専務がやや嗄しわがれた老人特有の声でいう。

会場から「逃げてるだけじゃないか!」「簿外債務を認めたも同然だぞ!」といった野次が上がり、それに対し「監査法人が認めてるだろうが!」「いいがかりもいい加減にしろ!」と、社員や興和証券の人間が野次り返す。これに対し「監査法人からお墨付きをもらってたエンロンはつぶれたし、東芝は歴代の三社長が辞任したじゃないか!」と大声の野次が飛び、拍手が湧く。

(はぁーっ、うっとうしい総会だなあ。早く終わってくれないもんか……)

畑中は内心でぼやく。

「わたしは御社の経営方針について、支持している者です」

興和証券からの出席者と思《おぼ》しい男がいった。

「株価が下がっている今こそ、絶好の買いのチャンスではないかと思います。御社の今後の株価浮揚策について、お聞きしたいと思います」

「当社経営方針にご支持を賜り、有難うございます」

専務がほっとした様子でいった。

「当社は従来から、機械部門、電子機器部門、バックライト部門の三つをバランスよく、かつシナジー効果を生かして経営していくことを目指しております」

やや棒読みの感じでいった。

「前期の業績は、特に東欧関係の売上げが寄与しており、同市場に早くから着目した先見の明の結果であると自負しております。現在も引き続き東欧方面の開拓に注力し、業績を向上させるとともに、自社株買いで株価浮揚を図っております。自社株買いにつきましては、過去二年間で約二百五十億円相当の自社株を市場で買ったり借りたりし、株価浮揚の手段として参りました」

出席者の一部から拍手が湧く。

(貸し株に使われる玉《ぎょく》をかき集めた怪我《けが》の功名ってか……。しかし、資金負担は馬鹿にならない。自分で自分の首を絞めてるようなもんで、早晩破綻する)

北川は苦笑を浮かべながら、挙手した。

「十七番のパンゲア&カンパニーの北川靖です」

指名されて名乗ると、会場でどよめきが起きた。

「重松社長はご高齢で、議長役は専務に任されていますが、この会場におられるので、一言お訊きしたいと思います」

壇上の役員たちの顔が緊張する。

「わたしどもの分析レポートの含み損や資金繰り難の指摘は間違っているのでしょうか？ もし間違っていたら、この株主総会の場で、社長の責任をもって、どこがどう間違っているのか答えて頂けますか？」

会場の視線が一斉に重松に注がれる。

グレーの高級スーツを着た重松は、緩慢な動作で専務からハンドマイクを受け取る。

(果たしてなんと答えるのか？ どこが間違いであるか答えられるのか？)

パンゲアは、重松の答えを足掛かりに、さらに切り込んでいこうと目論《もくろ》んでいた。

会場が固唾を呑んでみまもるなか、べっ甲縁の眼鏡をかけた重松は、端が白くなった眉を少し動かし、口を開く。

（さあ、なんと答える？　本当に全面否定できるのか？）

自分の分析に自信を持つ北川は、獲物をみるような視線を注ぐ。

「そんなにうちの会社が気に入らないんなら、株など買わんでよろしい」

重松がいい放った瞬間、会場全体が唖然《あぜん》となった。

（あちゃー、いっちゃったよ！）

畑中は心のなかで渋面をつくる。

暴言であり、暗に疑惑を認めるような発言でもあった。重松は高齢のせいか、状況を考えずに本音を放言してしまう悪癖がある。

「誰も株を買って下さいなんて、いっとりゃせん。以上」

そういって重松は、平然として専務にマイクを返す。

次の瞬間、会場から罵声が暴風雨のように殺到してきた。

「社長、ふざけてんのか⁉」

「株主をなんだと思ってる⁉」

「責任放棄じゃないか！」

「いっていいことと悪いことがあるぞ！」

株主たちの激しい剣幕を前に、城西ホールディングスの社員や興和証券からの出席者は、さすがに気まずそうに沈黙した。

その様子に北川とトニーはにんまりする。

元々株主総会の場で、経営陣に質問をしてもまともな答えが返ってくるとは期待していない。会社側が取り乱し、投資家の疑念が深まれば十分である。

（こりゃ、一二〇パーセント狙い通りだな。笑いが止まらぬとは、このことだ、はっはっ）

トニーが重松の発言をツイートすると、城西ホールディングスの株価は一気に三千円を割り、二千七百円近辺まで下落した。


翌月――

城西バックライトの本社で、畑中は経理部長に激しく食い下がった。

「重松社長のいうとおりにしていいて、それでいいと思いますか？」

会議室のテーブルで、畑中は苛立《いらだ》ちを滲ませていった。

目の前に、畑中とあまり年齢が違わない経理部長が、神妙な顔つきですわっていた。

「もしカラ売り屋のいうことが本当だったら、会社が破滅するかもしれないんですよ」

「まあ……そうなんでしょうね」

すだれ頭で、しなびた瓜のような顔の経理部長は、疲れがにじんだ表情でいった。額にも頬にも手の甲にも皺《しわ》が深々と刻まれ、身体が不健康な痩せ方をしていて、いかにも苦労している雰囲気である。以前、重松幸三の自宅で、昔の会社の写真をいろいろみせてもらったことがあるが、そこに写っていたものに比べると異様なほど老けた感じがして、同一人物とは思えない。

「ところが重松社長は、『大丈夫だから』の一点張りでしょう？　もし社長のいうとおりじゃなかったら、あなたもわたしも大変な責任問題になりますよ」

「はあ……ただ、社長からは経理の数字は絶対みせるなということで、長年やってきましたもんでねえ」

経理部長は途方に暮れたような表情でいった。業務用のスイッチを光らせるようにした時代から重松に仕えてきた忠義者である。

「あなたは社員を路頭に迷わせてもいいんですか？　わたしたちには、彼らの生活を守る義務があると思うんですけど。違いますか？」

「………」

「わたしが数字をみても、それを外部に漏らすとか、社長になにかいうとか、そういうことは決してしませんから。もし問題があれば、それを解決しようとするだけです。信用してもらえませんか」

畑中はなんとか相手を説得しようと、懸命にかき口説いた。


翌月――

夜、畑中が一日の仕事を終え、そろそろ帰宅しようとしていると、執務室のドアがノックされた。

（ん？　今頃、誰だ？）

窓の外はとっぷり暮れ、南西の方角の夜空に左側が欠けた上弦の月がまるで鏡のように皓々《こうこう》と白い光を放っていた。

室内には、一日の疲れのようなものが淀《よど》んでいた。六月の株主総会以来、株価はじりじりと下げ、二千五百円前後まで落ちていた。

「どうぞ」

畑中がいうとドアが開き、どこか思いつめたような顔つきの経理部長が入ってきた。スーツ姿で、茶色い革の書類鞄を左手に、書類用の茶封筒を右手に持っていた。これから帰宅するところらしい。

「畑中さん、これここに置いていきますから」

そういって膨らんだ茶封筒を、部屋に入ってすぐのところにある応接用ソファーのコーヒーテーブルの端に置いた。

「置いていきますけど、みなかったことにして下さい。これみて、クビになった奴が何人もいますから」

すだれ頭の経理部長は、いい含めるようにいった。

どうやら城西バックライトの経理関係の書類のようだ。

「実は、重松社長も最近はこれをみてないいんですよ。……たぶん、みるのが怖いんだと思います」

(社長が経理関係の書類をみるのが怖い……⁉)

嫌な予感で背筋がぞわっとした。

「みて頂いたらおわかりになると思いますが、社長は個人で会社に相当金を貸しています」

「えっ、そうなんですか⁉」

「ええ、自分が持っている城西ホールディングスの株とか自宅を担保に入れて、銀行から金を借りて、会社に融通しているんです」

(そんなことまでしていたのか……⁉)

ますます嫌な予感がした。

「それじゃあ、畑中さん、わたしは失礼します」

経理部長はうつむき、人目を憚《はばか》るようにして部屋を出ていった。

畑中は、急いで封筒を手に取り、なかの書類を検《あらた》める。

(こ、これは……⁉)

記《しる》されていた会社の状況のあまりの悪さに、めまいがしそうになった。

パンゲアの指摘はほぼ事実だった。不良在庫と売掛金の焦げ付きが八十億円近くあり、中国の工場の借地権の評価額が異様に大きかった。売上げも低迷し、カラ売り防戦のための自社株買いの資金負担もあり、資金繰りはまさに火の車と化している。

思わず書類を置き、大きなため息をついて夜空に輝く月を放心状態で眺めた。

(これじゃあ、経理部長も老けるわけだ……。放漫経営のツケは、とうの昔に回ってきていたのか!)

重松の誘いにうかうかと乗って入社した自分自身を笑うしかなかった。

8

翌年一月下旬――

夜、北川とトニーは、ニューヨークにいるホッジス、グボイエガとウェブミーティングをした。

「……こりゃ、ちょっとヤバいかもなあ」

ニューヨークの自宅にいるグボイエガが憂い顔でいい、スクリーンに映ったほかの三人がうなずく。

「全世界で感染者が二千人を超えたのか……。拡大ペースが相当急激だな」

ホッジスがいう。

「中国の武漢で感染拡大防止のために都市封鎖をしたっていうのが、不気味だよな。実はとんでもない事態で、中国はそれを隠してるんじゃないか?」

「そりゃ、ありうるだろうなあ」

まだ新型ウイルスについての警戒感は世界的には広まっておらず、WHO(世界保健機関)も「国際的に懸念される公衆衛生上の緊急事態にはあたらない」とし、街の人出にもほとんど影響は出ていない。しかし、武漢などに滞在している日本人たちが全日空の政府チャーター便で帰国することになり、フランスも自国民に対して同様の対応をすることになった。

世界の株式市場は新型肺炎による景気後退への懸念から下げ始めており、日経平均株価は一日で五百円近く値下がりした。

「少なくともSARS(重症急性呼吸器症候群)のときぐらいは、いくんだろうな」

二〇〇三年一月にSARSが感染爆発した際には、S&P500(米国の代表的株価指数)が九・八パーセント下落し、元の水準まで回復するのに約一ヶ月半を要した。

「SARSぐらいですむかな……。もう少し、深刻な事態を想定しておいたほうがいいかもな」

「まあ、俺たちにとっちゃ、株価が下がってくれるのは有難いが」

トニーがにやりとした。

「しかし、医薬品株みたいに逆に上がる銘柄もあるだろうから、油断禁物だろう」

グボイェガの言葉に一同はうなずく。

その日、四人は、現在カラ売りしている十あまりの銘柄を一つずつ吟味し、新型感染症の拡大で値上がりする可能性があるバイオベンチャー株のカラ売りポジションを念のため手仕舞った。

二ヶ月半後（四月上旬）――

パンゲアのメンバーらの予想をはるかに上回る勢いで、新型コロナウイルスが全世界を襲っていた。

東京、神奈川、大阪、福岡など七つの都府県に緊急事態宣言が出され、飲食店は軒並み時短営業、夜の街にいたっては九割がた休業で、ゴーストタウン化した。外出自粛でアパレル業界は東日本大震災以来の売上げ不振に陥り、三月二十九日には、コメディアンの志村《しむら》けんが感染死した。

事態は未曽有のパンデミック（世界的大流行）の様相で、感染者数は全世界で百四十万人を超え、米国では一日の死者数が二千人を突破した。英国でも一日の死者数が千人を突破し、ボリス・ジョンソン首相も感染して、一時、危機的な容体に陥った。英米仏西伊など、欧米各国は軒並みロックダウン（都市封鎖）など行動制限に踏み切った。

「ヤス、城西ホールディングスの株価が上がり始めてるぞ」

渋谷区神宮前二丁目のマンションの事務所で、トニーがパソコンのスクリーンを睨みながらいった。しばらく二千五百円前後でうろうろしていた株価が、二千七百円台を付けていた。

「うーん、巣籠り需要ってことで、買われ始めたんだな」

向かいのデスクの北川は渋い表情。

百を優に超える国々で、全面的あるいは部分的なロックダウンが導入され、人々は自宅でテレワークを始めていた。

日本は、都市封鎖こそしていないが、外出や会合の自粛が呼びかけられ、人々は家にいる時間が長くなった。

「ゲーム機器、テレビ、パソコン、スマホなんかにバックライトを供給してるから、『コロナ恩恵銘柄』だと考えられたんだろうな」

株式市場では、任天堂、ソニー、ＫＡＤＯＫＡＷＡ、ニチレイなどが三月中旬あたりから上昇を始めていた。

「まあ、確かに巣籠り需要銘柄だよな」

「こりゃあ、相当上がりそうだが……どうする？」

パンゲアとトニーがカラ売りしたのは四千二百八十円だったので、まだ余裕はある。

「うーん、どうしたもんかなあ」

北川も悩ましげな表情。

「コロナワクチンは当面できないだろうし、パンデミックのほうは世界的にますます深刻化しそうだし……上がる株は上がり続けるだろうなあ」

そういって思案顔でコーヒーを口に運ぶ。

一方で、年初に二万三二〇四円だった日経平均株価は一万九〇〇〇円前後まで下落しているため、多くのカラ売り銘柄が利益を出し、パンゲアは余裕がある。

「厄介なのは、各国政府の経済対策だな」

トニーがいった。

「今後、給付金のばら撒《ま》きやＱＥ（quantitative easing＝量的緩和）でマーケット（市場）がマネーでじゃぶじゃぶになって、やることのない連中の投機に使われるんじゃねえか?」

そうなると、上がる銘柄は理論値をはるかに超えて暴騰する可能性がある。

「確かにそうだろうな。……だが、俺はもうちょっとやってみたい気がする」

「そうなのか?」

「うむ。俺たちがやりたいのは、単なる金儲けじゃない。風向きが変わったから、札束を鞄に詰めて、そそくさ立ち去るだけというのは面白くない」

その言葉にトニーがうなずく。

二人とも、城西ホールディングスは本来倒産してもおかしくない会社だと確信していた。

「俺たちはマネーゲームをやってるつもりはない。カラ売りは市場の歪みを正すとか、正義を実現するとか講釈を垂れる気もない。ただ自分の考えが正しいことを、カラ売りをつうじて立証したいだけだ」

北川は、自分の手で真実を摑《つか》み取りたいという、飢えに似た思いを吐露するかのようにいった。


一年後——

畑中良嗣は、赤坂にある富裕層向けの病院に入院した重松幸三を見舞った。

「いやあ、おかげさまで快適にすごさせてもらってるよ」

リモコンで上げたベッドの背もたれにパジャマ姿の上半身をあずけ、重松がいった。

初期の食道がんがみつかり、内視鏡による手術を受けたところだった。

「経過が順調でよかったです」

マスクを着けた畑中がベッドのそばの椅子にすわっていった。

新型コロナ禍は、感染力が強く、重症化リスクの高い変異株が世界で広がり始め、収束の見通しがまったく立たない状態だ。日本では、欧米に比べて数ヶ月遅れているワクチン接種の開始に人々の苛立ちが高まっていた。

「しかし、立派な病室ですねえ」

そういって畑中は室内を見回す。

広さは五十平米ほどもあり、高級感のある植物模様のカーペットが床に敷き詰められている。ベッドのほかに四人掛けの応接セット、大型液晶画面のテレビ、キッチンが備え付けられ、バス、トイレ付きだ。壁には、明るい色彩で南仏あたりの海辺の風景を描いた油彩画が飾られている。広い窓からは富士山のくっきりとした姿を望むことができ、カーテンは淡いピンク色である。

「きみには留守の間、苦労をかけて申し訳ないが、僕もすぐ元気んなって復帰するから」

重松がいった。

「はい。しっかりやっておきますので、ごゆっくり養生して、復帰して下さい」

畑中は笑顔で答える。

(もうしばらく入院しててもらっててもいいんだがなあ……)

どんぶり勘定の重松がいない間に、なんとか会社を立て直そうと思っていた。

一昨年、初めて城西バックライトの財務諸表をみたときは、脆弱《ぜいじゃく》な財務体質と綱渡りのような資金繰りで、もう倒産か民事再生しかないかと悲観した。しかしその後、新型コロナ禍の思わぬ恩恵で株価が上昇し、取引銀行からの信頼も回復したので、からくも窮地を脱した。

「うちの株価が、ずいぶん上がってるようだねえ」

「はい。今、五千円を突破したところです」

「五千円か⁉　そりゃあすごい！　……例のパンゲアとかいうカラ売り屋は大人しくなったのかね？」

「はい。彼らのカラ売りポジションは今は含み損だと思うので、相当苦しいと思います」

パンゲアとトニーがカラ売りしたのは四千二百八十円だった。

（ただ、株価がいつまで高いかはわからないしなあ……）

窮地を脱したといっても、相変わらず財務は脆弱で、資産の過大計上も修正できていない。再び株価が下がるとか、なにかマイナスの出来事があれば、また倒産や民事再生の可能性が頭をもたげる。

（いまのうちに、なんとか大口受注を獲得して、再建を軌道に乗せたいんだが……）

そう願って、新規の受注に走り回っているところだった。

「ところで社長、一つ教えて頂きたいのですが、パンゲアがうちの不動産が過大計上されていると指摘してるんですが、あれはスロバキアか中国の工場のことをいってるんですかね？」

経理部長にみせてもらった資料で、中国工場の借地権が異様に大きな評価額になっていると知っていたが、はっきりとは訊けなかった。

「畑中君、きみ、なにかみたのかね？」

重松がじろりとした視線を向ける。

「いえいえいえ、なにもみておりません！　ただ連中がずいぶん自信たっぷりにいうもんで、どういう根拠があるのかなと思いまして……。そのう、本社と茨城工場の評価額はだいたい見当がつくんで、スロバキアか中国のことかなあと思った次第で」

「ふん、そういうことかね」

重松は一応納得した顔つき。

「パンゲアの連中は中国工場の借地権の価値を知らないんだろう」

「ああ、中国ですか」

中国は土地は国家のものなので、土地に対する権利は借地権で、それを売買する。城西バックライトが保有している借地権は期間が五十年である。

「うむ。蘇州の工場のあたりは、今、ものすごい開発ブームだろう?」

「そうですね」

蘇州の工場は市街地まですぐの場所で、付近にオフィスビルや五つ星ホテルもある。

「あの工場も、ショッピングモールにしたいから百億円くらいで売ってくれないかっていう話もあるんだよ」

「そうなんですか!?」

「うむ。だから時価はそんなもんだってことで、貸借対照表に計上してあるんだ」

「なるほど。よくわかりました」

相槌を打ちながら畑中は、そんなに上手《うま》くいくものだろうかと思う。四十年以上ビジネスマンとして経験を積んできたが、うますぎる話は実現したためしがない。ただ不動産の評価額について、一応の根拠が示されたことで多少安心した。

秋――

「ヤス、本気でいってるのか？」

ウェブミーティング用のスクリーンに映ったホッジスが訊いた。

「本気だ。俺は城西ホールディングスの株価は本来二百円がいいところだと思う。七千六百円なんてクレイジーだ」

神宮前二丁目のマンションの事務所にいる北川がいった。

「確かに七千六百円なんて、クレイジーとしかいいようがないよなあ」

スクリーンのなかのグボイェガが、黒い顔に思案の気配を滲ませる。

「このクソ株、ミーム株（meme stock）の代表格みたいに扱われてるよな」

トニーが忌々しげにいった。

ミーム株とは、主にSNSやインターネットの掲示板で、素人や若者たちが面白半分ではやし立て、集団でタイミングを合わせて売りや買いを入れるので、業績や財務内容とは無関係に短期間で乱高下する銘柄のことだ。城西バックライトは、IT、ゲーム機器、PC、スマートフォン、テレビなど数多くのコロナ恩恵銘柄と結びついている「全方位コロナ恩恵銘柄」としてインターネット界隈《かいわい》で祭り上げられていた。

「今、七千六百三十円で五十万株をカラ売りするとなると、新たに三十八億千五百万円のポジションを持つことになるわけか……」

ホッジスが思案顔になる。

カラ売りをやるには、大して金はかからない。パンゲアの既存の城西ホールディングスのカラ売り六十万株を維持するのに必要な証拠金は三割の十三億七千三百四十万円（＝７６３０円×60万株×３割）で、これは当初カラ売りしたときに入ってきた売却代金二十五億六千八百万円（＝４２８０円×60万株）でカバーできていて、お釣りもくる。

怖いのは手仕舞ったときの損失で、今、手仕舞うと既存の六十万株分だけで二十億一千万円の損が出る（＝〈７６３０円－４２８０円〉×60万株）。

「城西ホールディングスはミーム株だし、いまのマーケットの状況からいって、今後倍になることもありうるだろうなあ」

コロナ前に比べると、ソニーは二・二倍、ＫＡＤＯＫＡＷＡは六・四倍になった。城西ホールディングスが今の倍の一万五千円、すなわちコロナ前の六倍になることもありえない話ではない。

市場全般の動きをみても、日経平均株価はコロナ禍前の約一・八倍、Ｓ＆Ｐ５００は約二倍になっており、カラ売り屋にとっては嫌な状況だ。

「それと、借株料も馬鹿にならないぞ。七千六百三十円で百十万株のカラ売りだと、年間で約一億六千八百万円になる」

グボイェガがいった。

借株料は、プライムブローカーが城西ホールディングスの株価を毎日値洗いし、それに年率二パーセントを掛けて算出する。

「城西ホールディングスの問題は会社の中身だ。ソニーやＫＡＤＯＫＡＷＡとは違う。俺は、この状態は長く続かないと思う」

北川が懸念を払しょくしようとする。

「確かにな。それにミーム株は暴落するのも早いしな。……ある意味、願ってもないカラ売りのターゲットではあるな。このチャンスを逃したら恥かもな」

ホッジスがいい、一同がうなずく。

「やるか？」

グボイェガが訊いた。

失敗すれば既存のポジションと合わせ、数十億円の損失が出る可能性がある。規模の小さなパンゲアにとってかなりのダメージだが、かといって屋台骨がゆらぐほどでもない。株式相場は天井感も出てきており、他のカラ売り案件も順調なので、二年間もあれば吸収できそうだ。

「よし、五十万株追加でやってみようや」

ホッジスがいい、一同がうなずいた。

「ところで、城西ホールディングスに対して、もう一、二発、なにか追い込める材料はないもんかな？」

「それなんだが、ちょっと攻めあぐねてる」

北川がいった。

「なにせ肝心の城西バックライトが詳細な財務諸表を公開してないからな。なにか公開してくれれば、攻撃の手がかりもみつかるかもしれないんだが」

「なるほど……。まあ、こういうときもあるよな。焦るとオウンゴールするし」

グボイェガがいった。

こういうときはじっくりかまえて、相手の自滅を待つしかない。

「ただ、城西バックライトの主要取引先の新生ディスプレイで、ちょっと動きがあるようだ」

トニーがいった。

経済産業省が主導してつくった「日の丸」液晶会社だ。

「六億円近くを着服したとして、去年の今頃、懲戒解雇された元経理担当の幹部が、経営陣からの指示で不適切な会計処理を行なっていたという内部告発をしたらしい」

事件は、今朝のニュースで報じられた。

「ほう、そうなのか?」

ホッジスとグボイェガは興味をひかれた顔つき。

「新生ディスプレイは、その件に関して社内調査を始めたと今日の午後発表している。今後の展開次第では、城西ホールディングスに影響してくるかもしれねえな」


同じ頃——

城西ホールディングスの畑中良嗣は、東京都立川市にある新生ディスプレイのR&D(研究開発)センターを訪れた。

立川市の中心部に近く、いぶし銀の外壁に青空を映し出すたくさんの窓が付いた、すっきりとした外観の高層ビルである。

「……こちらがサンプル(試作品)です」

スーツ姿でマスクをした畑中が、スマートフォンのバックライトの試作品数十個が入った小型の段ボール箱を差し出した。

かたわらには、城西バックライトの二人の技術者が会議用テーブルについていた。

「有難うございます。これは薄いですね！　よくここまでやられましたね」

銀縁眼鏡にマスクを着け、ワイシャツとネクタイの上に、襟の付いたグレーのR&D部門の制服を着た技術部主任の男性が、会議用のテーブル上の箱から試作品を取り出していった。

「従来のポリカーボネートに代えて、トパス®COC（環状オレフィン・コポリマー）を使って、可能な限り薄さを追求しました。出来栄えには自信を持っています」

畑中がいった。

城西バックライトにとっては、株価急上昇とともに、会社再建の切り札になりうる起死回生の大型案件なので、連日、技術者たちを総動員して開発を急がせた。

「トパス®COCですか。なるほど」

技術部の主任が感心した表情でうなずく。

アップルが再来年発売する予定のiPhoneの新型用のバックライトユニットであった。

アップルが液晶を採用するかどうかは未知数だが、超大型受注につながるので、新生ディスプレイも力が入っていた。

有機ELに勝つには、バックライトも含めた液晶ディスプレイの厚さを、限りなく一ミリメートルに近づける必要があった。そのため、バックライトの導光板は〇・二五ミリメートルを切るところまで薄くしなくてはならない。

従来の素材であるポリカーボネートは、射出成形の際の流動性が低く、それを高くしようとして成形温度を上げると、黄ばみが強くなるため、〇・三五ミリメートル程度が限界だった。

一方、環状オレフィン・コポリマーは、ガラスのように透明かつピュアな非結晶性樹脂で、医療や包装分野で使われている。高流動で射出成形に向いているが、超薄型にした場合、割れや反りの発生、高温化による化学安定性への影響などに留意する必要がある。

畑中ら技術陣は、成形時の温度、圧力、加圧時間、冷却などに注意を払い、試行錯誤の末に〇・二五ミリメートルを切る超薄型の導光板をつくり上げた。

輝度に関しては、新生ディスプレイから一〇〇〇カンデラ超の高輝度と均一性を求められていたが、それもクリアした。

「この導光板は、当然うちの信頼性試験にもパスしています。御社でもおそらく問題なくお使いになれるはずです」

畑中がいった。

信頼性試験の中心になるのは、想定される最終製品の使用環境において、メーカー各社が設定している寿命をクリアできるかどうかを確かめるための環境加速試験（製品を意図的に過酷な状況に置き、短時間で長期の耐久性を確かめる試験）だ。城西バックライトでは、温度八十度で二百四十時間、零下四十度で二百四十時間、温度六十度・相対湿度（ＲＨ）九〇パーセントで二百四十時間という信頼性試験を行い、試作品の耐久性を確認した。実際にはスマートフォンがこうした過酷な環境下に置かれることはないが、この基準をクリアすれば、実際の使用環境では十年の寿命があるとする考え方だ。

そのほか、動作状態についての信頼性試験もあるが、ＬＥＤの熱などが考慮に入れられ、条件は比較的ゆるい。

「それじゃ、早速テストさせてもらいます。とにかくアップルさんの案件は、スピードが勝負ですから」

相手の言葉に畑中らはうなずく。

スマートフォンのビジネスは、タイミングが非常に重要だ。アップルのようなスマートフォン・メーカーが必要としているときに、量産体制を整えて一気に納品できれば、百万台単位のビッグ・ビジネスを獲得できる。逆に、もたもたしていると、競争相手がいろいろな物を提案してきて、あっという間に商売をとられてしまう。

二ヶ月後――

東京の街は木枯らしが吹く季節になった。

オミクロン株が世界で猛威をふるい、日本を含む約六十ヶ国で感染が確認され、拡大の一途をたどっていた。一方、ウクライナとの国境地帯にロシア軍が十二万人規模の軍隊を集結させ、NATO（北大西洋条約機構）が「ウクライナを侵攻すれば、高い代償を払うことになる」と警告するという不穏な情勢である。

立川にある新生ディスプレイのR&Dセンターの会議室で、マスクを着けた畑中良嗣は、部下の技術者と一緒に表情を曇らせていた。

「うーん、やっぱり泡ができるんですか。うちで同じ条件で試験をやっても大丈夫だったんですけどねえ」

納得がいかない表情の畑中は、新生ディスプレイで信頼性試験を受けたバックライトユニットの試作品を手にしていた。

高温放置、低温放置試験は、新生ディスプレイの基準である五百時間をクリアしたが、高温高湿放置試験で五百時間に達する前に、導光板に微小な泡がいくつかできた。

「この泡、極小で、バックライトにはほとんど影響がないと思うんですが、やはりまずいんですかねえ？」

「畑中さん、申し訳ないんですが、うちの規格は通りません」

新生ディスプレイの品質保証部の男性がいった。襟の付いたグレーの作業服姿だった。

（そもそも高温高湿試験で五百時間っていうのは、そこまで必要なのか？　実際の製品寿命でいったら、二十年くらいに匹敵するんじゃないか？　スマホなんて、せいぜい五年で買い替えるのに）

畑中は釈然としない。

「うちでは五百時間の高温高湿試験をやっても問題がなかったので、御社の試験環境となにが違うのか、比較させてもらえないですか？」

「そうですね。比べてもらったら、なにかわかるかもしれませんね。試験室をご覧になりますか？」

畑中らは別フロアーにある試験室に案内された。

リノリウム張りの床に、何十もの灰色の恒温槽が一定間隔で並んでいた。高さ二メートル、横幅一・五メートル、奥行きが四、五メートルの鋼鉄製の箱である。一方の側面に大きなガラスがはめ込まれていて、なかに並べて入れられている十個から五十個ほどのスマートフォン用の液晶ディスプレイユニットなどを外からみることができ、みた目は食品の自動販売機に似ている。

別室には、物理解析や光学評価のための様々な機器が備え付けられ、白衣姿の研究者や、つばのある帽子に作業服姿の技術者たちが、何面ものパソコンスクリーンを前に、解析や評価作業を行なっている。

「これが今、御社の製品の高温高湿テストをやっている恒温槽です」

品質保証部の男性が、鋼鉄製の恒温槽の一つを示す。

一方の側面にその七割くらいの大きさのガラスがはめ込まれ、なかにある発泡スチロール製のトレイに城西バックライトが製造したバックライトユニット十個が平置きされていた。

ガラス窓のそばに、温度、湿度、経過時間などが液晶スクリーンでデジタル表示され、調整のためのつまみや、赤や緑のランプが付いていた。

試験は、ガラスの外側から目視を行い、どれくらいの経過時間でどんな不具合が出るのかチェックする。

「拝見させて頂きます」

畑中はうなずき、注意深く状態を観察し、メモをとっていく。

微小な泡のような不具合は、なにが原因となっているのか、一筋縄では特定できない。温度や湿度の精度、恒温槽内の空気の循環はもとより、サンプルが縦に置かれているか横に置かれているか、恒温槽内のどのあたりに置かれているか、恒温槽が置かれている試験室内の環境や空気中の物質なども原因となっている可能性がある。

(どこが違っているんだ……?)

畑中らは、恒温槽やその周囲の状態を慎重に確かめていく。

（なんとか原因を特定して、受注につなげなければ）

畑中らに試験の状況を説明する新生ディスプレイの技術部や品質保証部のスタッフたちも真剣な顔つきだった。

新生ディスプレイは、アップルが一年あまり前に発売したｉＰｈｏｎｅ12シリーズをすべて有機ＥＬにしたため、売上げが千五百億円減り、株価は五十円の額面を割っていた。

今回のアップルの大口案件をなんとしてでも受注し、会社の生き残りにつなげたいという思いは、両社とも同じである。

9

翌年二月二十四日――

渋谷区神宮前二丁目のマンションの事務所で昼食の焼きうどんを食べながら、インターネットのニュースをみていたトニーが、うなるような声を漏らした。

「うーん、ロシアがついにウクライナに侵攻したみたいだぞ」

カタールの衛星テレビ局「アルジャジーラ」が〝Russian forces launch full - scale invasion of Ukraine〟（ロシア軍がウクライナに全面侵攻開始）と速報で伝えていた。

「本当か⁉」

向かいの北川が驚き、手にしていた食後のコーヒーを置いて目の前のスクリーンに向き直る。

間もなく英国のＢＢＣのサイトが、空港や軍事施設にミサイルが着弾し、黒煙と炎が噴き上がっている動画などを掲載した。

「ロシアが、ウクライナ各地の軍事施設や空港だけでなく、東部ハルキウ州チュグエフの集合住宅もミサイル攻撃で破壊し、多数の死傷者が出た、か……」

北川が厳しい表情で、ニュース記事に視線を走らせる。

ロイター通信社は、ウクライナ軍のザルジヌイ総司令官が、キーウ周辺の空港の支配権をめぐって、ウクライナ軍がロシア軍と戦っていると述べたと報じていた。

「きのうウクライナが全土に非常事態宣言を発したから、相当緊張が高まってるんだろうとは思っていたが」

箸を持ったトニーの手は止まったままで、焼きうどんは冷め始めていた。

三日前にロシアのプーチン大統領が、ウクライナ東部で親ロシア派組織が樹立したとする「ドネツク人民共和国」と「ルガンスク人民共和国」の独立を承認する大統領令に署名してから、事態は急激にきな臭くなっていた。

「過去のチェチェン紛争や、クリミア紛争でも短時間のうちに相手を制圧してるから、今回も電撃戦で決着を付けるつもりなんだろうな」

北川がパソコンスクリーンに目をくぎ付けにしていった。

朝日新聞のニュースサイトでは、ロシア・スクールの元外交官、佐藤優《さとうまさる》が、プーチンの目的は「ウクライナの軍事力に壊滅的打撃を与えて、二度とロシアに対抗しないようにすること」「戦闘は比較的短期間で、ロシアの勝利によって終結すると考えています。その後、ウクライナ国内で内紛が起きて、ゼレンスキー大統領は失脚すると考えています」とコメントしていた。

「ロシアは世界屈指の軍事大国だから、ウクライナに勝ち目はねえだろうなあ」

トニーがため息をつく。

「小さな国は、大国に蹂躙《じゅうりん》されるしかないのかねえ……。まあ、これで株価は下がるんだろうが」

北川が別のスクリーンに視線をやると、日経平均株価がぐんぐん下がっていた。この分だと、一月につけた二万六一七〇円を下回って、昨年来の最安値更新は確実だ。

「戦争はすぐ決着が付くんだろう。ただロシアに対する西側諸国の全面的制裁で、世界的不況になるかもなあ」

株価が下がること自体はカラ売り屋にとって好都合だが、ロシアの不正義とそれへの制裁で不況が引き起こされての株安では、心から喜べない。カラ売り屋が目指すのは、ジェームズ・チェイノスが二〇〇一年にエンロンの不正会計を暴き、「最も先進的な米国企業」として隆盛を誇っていた同社があっという間に崩壊したときのように、ターゲットだけを劇的に倒すことだ。


数日後――

北川とトニーが、パソコンスクリーンをみながら、思わず声を上げていた。

「おい、城西ホールディングスの株価が、がんがん下がってるぞ！」

「ほんとだ！　こりゃ、すごいな」

二人の顔に驚きと喜びが入りまじっていた。

ロシアのウクライナ侵攻前に七千円前後だった株価が、連日のストップ安で三千円台まで急落していた。

「城西バックライトの売上げの三割程度は東欧向けだったんで、ネット投資家連中が、一斉に売りに転じたようだな」

北川が、株価チャートの下の信用売り（カラ売り）の残高を示す棒グラフに視線をやっていった。

水色の棒グラフの長さが、ここ数日で侵攻前の十倍を超えていた。

ロシアのウクライナ侵攻で、ポーランド、ウクライナ、ルーマニア、ハンガリーといった周辺国へのテレビやスマートフォンなどの輸出が、ぱたりと止まっていた。

「やっぱりミーム株は、メッキが剝《は》げるのも急激だな」

二人は顔を見合わせ、にんまりした。

翌週——

畑中良嗣は、城西ホールディングスの本社で、経理部長と深刻そうな顔を突き合わせていた。

「……この分でいくと、あと三ヶ月くらいで資金が枯渇しますね」

目の前の資金繰り表をみて、畑中がごくりと唾を飲む。

「はい、東欧向けの輸出が壊滅状態なので、売上げの三割が吹っ飛びましたから」

皺が多く、しなびた瓜のような経理部長の顔が苦悩で灰色になっていた。

「ロシアのウクライナ侵攻が長引きそうなんで、輸出再開の目処《めど》がまったく立たないんですよ」

当初、すぐに決着が付くと思われたロシアの侵攻に対し、ウクライナ軍が予想以上の反撃を続けていた。ロシア軍は、三月一日にウクライナ北東部にある第二の都市ハルキウ中心部やキーウのテレビ塔を攻撃し、二日には南部の都市ヘルソンを制圧、四日にはザポリージャ原発を攻撃、その二日後にはハルキウの核研究施設を攻撃した。西側諸国はロシアに対する経済制裁に踏み切り、国連は緊急特別会合でロシア非難決議を賛成百四十一、反対五、棄権三十五で採択した。

「ところで、例の新生ディスプレイさんのプロジェクトのほうはどうですか？　あのアップルの大口受注が獲《と》れれば、この状況でもなんとか乗り切れると思うんですが」

「それが、暗礁に乗り上げてまして……」

畑中が苦渋の表情を浮かべる。

新生ディスプレイの信頼性試験で導光板に微小な泡ができる問題が克服できていなかった。

先方の試験環境と自社の試験環境を比較するなど、考えられるあらゆる可能性を検討したが、原因は究明できていない。

「とにかく、新生ディスプレイさんのテストは異様に厳しすぎるんです。あんな五百時間の高温高湿テストなんて、どこもやってませんよ」

「そうなんですか」

「ええ。ついこないだも、うちが納めてる台湾の大手の液晶（ディスプレイ）メーカーの会長と話したんですが、『そんな五百時間のテストなんて、やりすぎだ。日本人は一〇〇パーセントにこだわりすぎる。だから商売を取り逃がすんだよ』といわれましたよ」

「確かに、中国や台湾のメーカーはスピードが速いですよね」

経理部長の言葉に畑中はうなずく。

「とにかく、あのプロジェクトはなんとしてでも獲らないといけないので、必死で原因究明をしてるところです。……もうあまり時間の余裕もありませんが」

数日後——

畑中は、五反田にある新生ディスプレイの本社を訪ね、技術本部長に面会した。

微小な泡ができる問題はどうやっても克服できず、もはや相手の技術部門のトップに直談判《じかだんぱん》するしかないと思って乗り込んだ。

「……微小な泡の原因究明ができていないまま、このようなお願いをするのは、技術者として忸怩たるものがありますが……信頼性試験のハードルをもう少し下げて、プロジェクトを前に進めてもらえないものでしょうか？」

マスクを着けたスーツ姿の畑中は、応接室のソファーでいった。

「御社の信頼性テストでも、四百時間はクリアできています。四百時間だと、十五年以上の寿命に匹敵すると思います。それにこういう微小な泡は、バックライトの機能にもほとんど影響しません」

その言葉に、技術本部長がうなずく。

年齢は畑中より五歳くらい下で、セイコーエプソンやソニーモバイルディスプレイの技術部門で要職を歴任した液晶技術者だ。畑中との付き合いは二十年以上になる。

「スマートフォンなんかせいぜい五年くらいで買い替えるものですから、十五年の寿命があれば、製品としては十分だと思います」

「畑中さんのおっしゃる通りでしょうねえ」

技術本部長は痩せ型で眼鏡はかけておらず、目の下や頬骨のあたりに加齢によるシミがあるが、青年技術者時代の面影を留《とど》めている。

「確かに、自動車みたいな人命にかかわる製品でしたら、慎重の上にも慎重を期すべきでしょうけど、スマホみたいな民生品で人が死ぬことはないですからねえ」

「そうなんです」

畑中は我が意を得たりとばかりにうなずく。

「大事なのは、タイミングです。ここでＬＧ（韓国）やＢＯＥ（京東方科技集団、中国）の有機ＥＬを叩いておかないと、液晶のシェアがますます食われてしまいます」

畑中は懸命の思いでかき口説く。

「わかりました。うちの連中も、統合前のやり方にこだわって、元々厳しすぎるところがありますし。それに本件は有機ＥＬだけじゃなく、中国や台湾の液晶メーカーとの競争にもなっていると聞いてますから、四百時間で決断するように話しましょう」

「本当ですか⁉　是非、よろしくお願いします」

畑中は深々と頭を下げる。

これで倒れかけた会社を急浮上させられる可能性が出てきた。


翌日——

畑中が城西バックライトの執務室で仕事をしていると、机上の電話が鳴った。

「はい、畑中です」

「畑中さん、昨日は弊社までご足労頂きまして、有難うございました」

新生ディスプレイの技術本部長だった。

「あの後、技術部と品質保証部の担当者たちと話をしましてね。今回は、四百時間でいくことにしました」

「えっ、本当ですか⁉　有難うございます！」

受話器を握り締めたまま頭を下げる。

（しかし、いい報せなのに、なんかトーンが微妙だな……）

相手の声が、どこか沈んだ感じなので、畑中は嫌な予感がした。

「ただちょっと、別の問題が起きてしまって……」

相手はいいづらそうに続ける。

「六億円近くを着服して懲戒解雇された元経理担当の幹部が、経営陣からの指示で不適切な会計処理を行なっていたという内部告発をしたことは、ニュースなどでご存じですよね？」

「はい、存じています」

半年くらい前の出来事だ。内部告発をした元幹部は、その四日後に自殺した。

新生ディスプレイは、当初、「会計処理は適切に行われてきた」としつつ、特別調査委員会を設置し、社内調査を行なった。しかしその後、不正な会計処理が行われていた疑いが濃くなったため、弁護士や会計の専門家など、社外委員のみで構成される第三者委員会に調査を委ねた。

「第三者委員会の調査報告書が今日の午後発表されるんですが、総額で四百八十七億円の不適切会計を認定する内容です」

「四百八十七億円⁉　それは相当な額ですね！」

(これは……アップルのプロジェクトを失注するかもしれないな)

畑中は重苦しい気分になる。

アップルは米国企業で、法令遵守やサプライヤーの信用力審査には非常に厳しい。

(ロシアの侵攻で東欧も駄目、アップルも駄目となると……)

考えたくないことだったが、倒産が視野に入ってきた。


夜――

神楽坂の裏通りにあるレストランで、北川とトニーがチーズフォンデュを食べながら、新生ディスプレイが発表した第三者委員会の調査報告書を読んでいた。

店内の壁、床、テーブルは温《ぬく》もりが感じられる木製で、天井は白、椅子は薄いベージュ、カーテンは赤と白のチェック柄という、あか抜けた雰囲気の内装である。

「……棚卸資産の過大計上二百九十一億円、営業費用の過少計上八十九億六千万円、建設仮勘定の過大計上五十億一千万円、そのほか、売上げの過大計上、減損特損の過少計上、有形固定資産の過大計上、営業外費用の過少計上などなど、累計の不正会計は四百八十七億円か……。こりゃ、不正会計のオンパレードじゃねえか」

トニーが呆れ顔でいい、手にした細長いフォンデュ用のフォークで小さな四角に切ったバゲットを突き刺す。

「過去六年分の決算をさかのぼって修正するっていうのも、ちょっと大ごとだよな」

北川が報告書を片手に、溶けたチーズをからめてジャガイモを口に運ぶ。

「有価証券報告書も虚偽記載をしていたことになるから、東証から課徴金二十億円くらいはくらうだろう。まあ、経産省肝いりの会社だから、政治的配慮で、刑事罰は科されないんだろうが……はふはふ」

溶けたチーズは熱く、気を付けないと口を火傷《やけど》する。

「ホリエモンは五十三億円の一期だけの粉飾で刑務所にぶち込まれたがなあ」

トニーが、目の前で湯気を立てている鉄の鍋にバゲットを刺したフォークを入れ、チーズをからめる。

「上級国民や上級会社は別扱いなんだろう」

北川が白けた表情でいった。自分自身、元霞が関の高級官僚で、上級国民予備軍だったのは皮肉である。

「これ、なかなか切れねえな……」

トニーがバゲットを刺したフォークを鍋から引き上げたが、チーズが長い糸を引くので、顔をしかめながらフォークをくるくる回したり、高く持ち上げたりして切ろうとする。

「しかし、この第三者委員会の調査報告書は、経営陣に忖度《そんたく》しまくりだな。責任をすべて自殺した元幹部におっかぶせてるじゃないか」

北川が、赤ワインのグラスを傾けていった。「ハラウアー（Hallauer）」というスイス北部のシャフハウゼン州（ドイツ語圏）の大衆ワインで、軽く、フルーティな味わいである。

調査報告書には、「2017年12月、当時のCFO（最高財務責任者）が（内部告発をした）元幹部に対し、『三月期の決算を黒字化するため、なにかできることはないか？』と尋ね、元幹部が損失計上されている費用の資産勘定への振り替えや、営業外利益に計上されているものの営業利益への振り替えなどを提案したところ、当時の社長とCFOから前向きに進めるに値するという考えが示されるとともに、元幹部の提案に対し賛辞が送られた」とか、「2020年1月に、当時の社長から元幹部に対し、『なんとしてでも予想営業利益を達成しないと、きみも責任を問われる立場にある。どんな会計処理が可能か、あらん限りの知恵を絞ってくれ』という強力なプレッシャーがかけられた」といった記述があった。

その一方で「元幹部が関与したほとんどのケースでは、上位者から元幹部に対し、具体的な不適切会計の指示があったと認めることはできなかった」「元幹部は、業績不振にあえぐ会社をなんとかしたい、上長であるCFOをなんとか守りたいという『男気』から不適切会計に手を染めた」としていた。

「第三者委員会っていうのは名ばかりで、経営陣とグルなんだろう。結局、第三者委員の連中も、この元幹部は六億円近く横領してるし、もう死んでるから、すべてこいつのせいにすりゃいいって考えを経営陣と共有したのかもな」

トニーがチーズをからめたバゲットを食べながらいう。

「まあ、常にアップルに振り回されるって点は、気の毒といえば、気の毒だが」

報告書には、アップルのスマートフォンが売れないときは、大量生産した液晶パネルが一転して引き取りを拒否され、不良在庫になると書かれていた。新生ディスプレイは、引き取られる見込みのない不良在庫の評価損を計上せず、棚卸資産を過大計上していた。

「アップルもサムスン（韓国）に追い付け、追い越せで、なりふり構ってられないしな。サプライヤーに無理もいうんだろう」

スマートフォンの世界シェアは、六年前は一位のサムスンが約三三パーセント、二位のアップルが約一九パーセントだったが、昨年十月にアップルが二八・二パーセントで、二七・一パーセントのサムスンを追い抜いた。その後、サムスンが猛然と巻き返し、来月あたり再び首位を奪還しそうな勢いだ。

「新生ディスプレイがこければ、城西ホールディングスもこけるだろうから、俺たちにゃ文句はないんだが」

城西ホールディングスの株価は坂道を転げ落ちるように下がり続け、現在は千円を割り、六百円台まで落ちた。

四千二百八十円で六十万株、七千六百三十円で五十万株カラ売りしたパンゲアの含み益は約五十六億七千万円、四千二百八十円で五万株カラ売りしたトニーの含み益は約一億八千二百万円になった。

「ところで、ヤス……」

トニーが報告書を置いていった。

「このチーズフォンデュ、美味くないな」

「うん、俺もそう思ってた」

北川が手にしたフォークのチーズをからめたパンをみながらいう。

「なんかコクがないよな。ほかで食べたフォンデュは、もっとがっつりコクがあったんだが」

「これは、たぶん……白ワインをあんまり入れてないいんじゃないか？」

「うーん、なるほど。たぶんそうだな」

「この店は、若い女性客が多いから、アルコールに弱い人でも食べられるように、ワインを控えめにしてあるのかもな」

そういって北川が店内を見回す。

お洒落《しゃれ》で値段も安い店なので、若い女性客が多かった。

「まあ、今年の夏はスイスで美味いチーズフォンデュを食おうや」

ワクチンによって新型コロナ禍が落ち着いてきたヨーロッパ諸国が入国規制の撤廃を始めたので、パンゲアは夏にスイスで三年ぶりのオフサイトミーティングを開く予定である。ツェルマットで登山鉄道やロープウェーに乗り、サンモリッツまで氷河特急で移動し、そこから別のパノラマ列車「ベルニナ急行」でイタリアのティラーノまで往復したりする計画だ。


六月——

蒸し蒸しした鬱陶しい梅雨の日だった。

城西バックライトに、住之江銀行本店の審査部長が訪ねてきた。

重松と一緒に畑中と経理部長が応接室で面会した。

重松は一年あまり前に食道がんの手術をして以来、会社には用事のあるときだけ顔を出している。

「本日は、お忙しいなか、お時間をとって頂き恐れ入ります」

禿頭《とくとう》で背が低く、小太りの身体に仕立てのよいグレーのスーツをまとった審査部長がいった。

物腰は一見紳士的だが、最も厳しく、最もえげつないといわれる関西系の大手銀行の審査部長だけあって、視線は油断のない光を宿していた。傍らには取引店の支店長と取引先課長が控えている。

(本店の審査部長が直々に来るっていうのは、ただごとじゃないなあ……)

畑中は胸騒ぎを抑えられない。

「実は、弊行では昨今、お客様の状況をきちんと把握して融資をするよう、方針が打ち出されておりますもので」

審査部長は丁重にいった。

「これはコロナ禍で行われた『ゼロゼロ融資』にずいぶんと焦げ付きが出たことの反省でもありまして」

「ゼロゼロ融資」は新型コロナ禍の経済対策として、実質無利子・無担保で提供された融資だ。債務者は、事業計画や返済原資を訊かれることもなく、コロナで売上げが減少したことを示すだけで借りることができた。一方、元本の八割か全額を信用保証協会が保証するので、金融機関にとってリスクはきわめて低く、融資合戦となった。その結果、融資を受けた金で高級車や宝飾品を買う経営者も現れ、約一兆円が回収不能といわれている。

「城西バックライトさんからは従来、簡単な財務の数字を頂いておりましたが、今後は資金繰り表を含め、財務の詳細な情報を頂きたいと思って、お願いにやってきた次第です」

そういって審査部長は、相手の言葉を待つように、出されていた茶をすすった。

「そんなもん、急に出せといわれても困りますなあ」

重松が遠慮のない口調でいったので、住之江銀行の三人は驚いた表情になる。

「今までだって、そんなのなしでなんの問題もなくやってきたでしょう?」

「いや、そうおっしゃられても、昨今の情勢ではそうも参りません」

「事業計画や収益の見通しは、先般、この畑中がご説明したはずだけどね」

畑中は、重松による銀行への説明だけではまずいと思い、重松を説得し、事業計画や収益の見通しの資料をつくって、各銀行に説明するようにした。

「計画や見通しは頂戴《ちょうだい》しました。しかし、手前どもが知りたいのは、御社の現在の状態なんです」

審査部長は鋭い視線を重松に注ぐ。

「ときに部長さん、あの絵は誰の作品かわかりますかな?」

相手の言葉を遮り、重松が壁に掛けてある絵を指さして訊いた。

「はい、シャガールと承っております」

審査部長は、事前に支店長から聞いたらしい。もしかすると、絵の話でごまかそうとするという話も聞いているかもしれない。

「うむ、あれはソニーの社長にもらった絵でしてなあ……」

重松は我が意を得たりという表情。

「先日、ソニーの社長と新橋の金田中《かねたなか》で会食したんですが、また新しいゲーム機のディスプレイで大口の受注を頂けることになりましてね。おかげさんで来期の売上げも飛躍的に伸びる見込みになって、嬉しい限りです……」

重松は例によって根拠のない話を景気よくぶち上げる。金田中は料理だけで一人数万円かかる老舗高級料亭だ。

「それは結構なことですね。……ところで社長、先ほどの資金繰り表と財務諸表の件ですが、ご用意頂けませんか？」

審査部長が重松の話を無視していった。

端《はな》から絵に描いた餅《もち》としか考えていないのがみてとれる。

「またその話ですか？　まいりましたなあ。うちはソニーの大口受注もあるので、心配には及びませんよ」

「しかし、親会社さんの株価もここのところ低調ですし、弊行としても財務内容のご開示なしでは、内部的に説明がつきません」

しばらく押し問答が繰り返される。

「どうあってもご開示頂けないのでしたら、城西バックライトさんに対する二十一億四千万円のご融資は、引き揚げさせて頂くことになりますが、よろしいですか？」

（えっ⁉）

審査部長の言葉に畑中と経理部長は驚く。

「引き揚げる？　なにをおっしゃるんですか。あれはおたくの銀行が『どうしても借りてくれ』っていうもんだから、借りてあげたんじゃないですか」

重松はいかにも心外だという表情でいった。

確かに当時、銀行は貸すのに必死で、融資は無担保・無保証だった。

「返せるもんなら、もうとっくの昔に返してますよ」

畑中と経理部長は、その言葉に身を固くする。また悪い放言癖が出てきていた。

「あれはね、貸したあんたがたが悪いんです。自業自得というやつです」

（あちゃー、いっちゃった……！）

畑中は愕然とし、住之江銀行の三人の顔に驚きと不快感が交錯する。

結局、話し合いは完全な物別れに終わった。

畑中は自分の執務室に戻ると、高校の同級生で、大手邦銀で支店長まで務め、今はインターネット証券会社の総務部長を務めている友人に電話をかけた。

「……げっ、そんなこといっちゃったの⁉　うーん、それは相当まずいぞ」

相談を受けた友人は、うめくようにいった。

「やっぱりまずいよな？」

「まずいまずい。ましてや泣く子も黙る住之江銀行だろ？」

「向こうは、どう出てくると思う？」

「最悪の場合、期限の利益喪失で、融資の一括返済を求めてくるだろうな」

「期限の利益喪失……」

期限の利益とは、一定の期日が到来するまで債務を返済しなくてよいという利益（特典）である。それを失うと、債務を一括返済しなくてはならない。

「そんな簡単に期限の利益を喪失させられるもんなのか？」

「銀行取引約定書とか金銭消費貸借契約書には、銀行に有利なことがいろいろ書いてあるからな。たとえば、『銀行が債権保全を必要とする相当の事由が生じたとき』とか」

「うーん……どうしたらいいと思う？」

「とりあえず、住之江銀行にある預金を全部別の銀行に移せ。期限の利益を喪失したら、融資と相殺される可能性があるから」

「そ、そうか、わかった」

「それとそういう状態になってるんなら、もう弁護士に相談したほうがいいと思う」

そういって友人は、民事再生や破産に強い法律事務所を一、二紹介してくれた。


翌日――

恐れていた銃の引き金が引かれた。

住之江銀行が「城西バックライトは期限の利益を喪失したので、融資を全額一括返済せよ」という通知を内容証明郵便で送ってきたのだ。幸い、預金はすべて別の銀行に移してあったので、当面の運転資金が奪われることはなかった。

一方、新生ディスプレイからは、不正会計により、アップルへ製品を納められる見込みはなくなったと連絡があった。監査を行なってきた大手監査法人が、過去の決算を含め、新生ディスプレイの決算に監査意見を表明しないと通告してきたことも、同社の信用にダメージを与えた。

同社がアップル案件を断念したことで、城西バックライトが再浮上する最後の可能性もなくなった。

畑中は経理部長を交え、破綻処理に強い法律事務所の弁護士とミーティングをもった。弁護士から、このままだと風評被害などで城西ホールディングスの機械部門と電子機器部門まで共倒れになるおそれがあるので、城西バックライトを切り離し、破綻処理すべきだとアドバイスされた。

弁護士との話し合いを終えると、畑中は重松の自宅に向かった。

すでに日は落ち、暗い夜道に白い街路灯がともっていた。

重松の家は、都内西部の小金井公園の近くの一軒家である。大邸宅というほどではないが、どっしりとした造りの二階建てで、広い敷地に桜、梅、もみじなどが植えられ、四季折々に美しい花や紅葉が目を楽しませる。

（この家も、担保に入っているのか……）

家を一瞬眺め、胸が痛む思いがした。

「あら、畑中さん、いらっしゃい。主人がいつもお世話になっております」

玄関で七十代の夫人が丁寧に頭を下げた。

腰が低く、明るい人柄で、金持ちの社長夫人であるという様子は微塵《みじん》もみせない。容姿も清楚《せいそ》で、畑中は前々から女性の鑑《かがみ》のように感じていた。

夫人は畑中を応接室に案内した。

空調が利いており、壁には、髯《ひげ》を生やした画家が、仮面を着けてあぐらをかいた裸婦を描いている絵が掛かっていた。赤、ピンク、黄、水色など明るい色を使い、しっかりしたタッチの作品だった。

（これも有名な画家の作品なんだろうか……？）

まもなく重松が作務衣《さむえ》のような服装で現れた。

「重松社長、夜分申し訳ありません。急ぎでお伝えしたいことがありましたので」

畑中はソファーに浅く腰掛けていった。

「今日、住之江銀行が内容証明郵便で、融資を即刻全額返済してくれといってきました」

「えっ、なにぃ⁉　そんな馬鹿な！」

重松は愕然とした表情。

「あいつらめ、借りてくれ、借りてくれとしつこくいっておきながら、自分たちの都合で急に返せとは何事だ⁉　これから頭取に電話して抗議してやる！」

重松は腰を浮かせかける。

「社長、ちょっとお待ち下さい！　ことは住之江銀行だけではすまないと思います」

「住之江銀行だけではすまない……？」

怪訝そうな顔で訊き返す。

「はい。遅かれ早かれ、ほかの銀行にも住之江銀行が、期限の利益を喪失させたことが伝わると思います。そうすると一斉に返済を要求されます」

「うっ、うぅーん……」

重松は青ざめた顔でソファーに沈み込む。

気を落ち着けようとするかのように、夫人が運んできた日本茶を一口すすった。

「それで、こっちはどうしたらいいのかね？」

やっとの様子で息をつき、訊いた。

「アップルの大口案件も駄目になりましたし、もはや城西バックライトを浮上させる手立ては、残念ながら、もう残っていないと思います」

畑中の脳裏を、（あなたがどんぶり勘定の放漫経営をやって、技術者を甘やかしていたツケなんですよ）という思いがよぎったが、もちろん口には出さなかった。

「もう残っていない……」

重松は青ざめた顔で繰り返す。

「とにかく銀行に引き金を引かれたら、資金繰りは破綻するしかありません」

「じゃあ、どうするのかね？」

「グループから城西バックライトを切り離して、破綻処理するしかないと思います。このままでは、城西ホールディングスまで倒れてしまいます」

「破綻処理……？」

「破産、会社更生、民事再生のどれかです」

「城西バックライトを、失うということかね？」

「最悪の場合、そうなります」

破産は会社がなくなり、会社更生の場合は経営陣は全員退任しなくてはならない。民事再生の場合は、裁判所が認めれば現経営陣が引き続き経営にあたることは可能である。

「なんとか、城西バックライトを存続させて、再建してもらえないかね？　ほら、中国の工場を売れば、百億円くらい入ってくるんじゃないかね」

「その可能性は、もちろん追求します」

しかし、弁護士からは、中国は人治主義の国で、何事も法律どおりには進まないので、楽観視しないよう、釘を刺されていた。

ただそのことを目の前の八十歳すぎの老人にいっても、仕方がないと思い、口には出さなかった。

「最優先は、社員の雇用だと思います」

その言葉に重松がうなずく。

「ところで社長、会社にあるシャガールの絵とか、そちらの壁に掛かってる絵を売って、資金繰りの足しにできないもんなんですか？」

畑中はかねてからの疑問を口に出した。

五年前にニューヨークのオークションで、シャガールの絵が二千八百五十万ドル（約三十七億円）で落札されたというニュースをみたことがあった。

「あのシャガールの絵をかね？　ふわっ、はっ、はぁ……」

重松は力のない表情で、空気が抜けたように笑った。

「畑中君、あれはリトグラフ（版画）だから、十万円かそこらで買えるもんなんだよ」

リトグラフは画家が絵を描き、専門の職人などが版画にして、何百枚、何千枚と刷るものだ。

「えっ、そうなんですか⁉　シャガールの署名もあるのに⁉」

「シャガールのリトグラフは本人の署名入りのものが結構存在するんだ。だから値段はそんなもんだよ。じゃなきゃ、ソニーの社長といえど、おいそれと人にくれたりはできんだろう？」

「はぁー、そうなんですか。まあ、そうでしょうねえ」

畑中はがっかりした。

「そこに掛かってるのは、ピカソのリトグラフだ。署名はないが、真作保証書は裏に付いてる」

そういって壁の画家と裸婦の絵を視線で示す。

「あれで十六万円だ」

「十六万円……そんなもんですか」

全身の力が抜けた。

重松がソファーから立ち上がって、壁際の戸棚から赤ワインを一本取り出した。

「畑中君、きみには苦労をかけるな……。まあ、一杯やっていってくれ」

そういって二つのワイングラスを並べ、コルクを抜く。

古くなって茶色いシミだらけの白のラベルには黒い文字で「Romanée-Conti（ロマネコンティ）」と書かれていた。畑中でもよく知っている、フランス・ブルゴーニュ地方の超高級ワインだ。

ラベルの左下に、「１９４５」の文字があった。

（一九四五年物……⁉）

「これはニューヨークのオークションで落札したものなんだ」

重松は、赤ワインをいったん重厚な感じのクリスタルガラスのデカンターに移してから、二つのワイングラスに注ぐ。

「なにかめでたいことがあったら飲もうと思ってとってあったんだが……どうやら当面、機会はなさそうだ。今日、きみと飲むことにしよう」

重松は畑中にワインを注いだグラスを差し出した。

「さあ、やってくれたまえ。デカンティングの時間があまりなくて申し訳ないが」

デカンティングとは、ワインの風味を高め、澱《おり》を取り除くため、デカンターなどに移し替え、一定時間、空気に触れさせることだ。

重松に促され、畑中はワインの香りをゆっくり嗅いでから、口に運び、味わいながら飲む。

(こんなものか……)

どれほど美味いものかと思っていたが、少し酸化していたのか、思ったほど芳醇《ほうじゅん》でもなかった。

重松のほうは、やや青ざめた顔で、少ししか飲まなかった。

あとで畑中は値段を調べて、グラス一杯分が一千万円くらいするというので魂消《たまげ》た。


翌日——

畑中は城西バックライトの執務室で、朝から忙しく電話をかけた。

会社を支援ないしは買収してくれるバックライト・メーカーを探していた。

城西バックライト級の会社を支援ないしは買収できる会社の数は限られており、「ミスター液晶」として四十年以上も業界にいる畑中には、それぞれの会社の幹部に知己がいる。

三件目の電話の相手が興味を示した。

「……うーん、そういう状況ですか。畑中さんもご苦労されますねえ」

相手は、東海地方に本社がある東証プライム上場の電気部品メーカーの企画担当常務執行役員だった。同社は、バックライトの生産では城西バックライトの倍くらいの規模がある。

「できたら会社ごと買収してくれると有難いんだけど」
七、八歳年下で、米国駐在中に現地で知り合った相手にいった。
「うーん……会社ごとというのは、ちょっと難しいというのが、わたし個人の第一印象です」

国際部門や企画部門を歩んできた相手は、慎重な口ぶり。頭が切れて、率直な人柄である。

「仮に引き取らせて頂けるとしても、国内部門だけかなあという気がします。……茨城の工場には何人くらいいらっしゃるんでしたっけ?」

「二百三十人です」

「そうですか、わかりました。うちはご存じのとおり、中国にはすでに工場がありますし、海外生産の主力はタイ工場です」

「そうですね」

「ですから、御社の中国工場はちょっと興味がなくて、ましてや今ウクライナがあんなことになってるんで、スロバキアの工場はまったくの論外ということになろうかと思います」

西側諸国から武器の供与を受けたウクライナ軍がロシア軍に対して抗戦を続け、同国東部のセベロドネツクなどで激戦が繰り広げられている。ポーランドには約四百万人のウクライナ人が避難し、ルーマニア、モルドバ、ハンガリー、スロバキアなどへもそれぞれ数十万人規模で避難していた。

「ところで畑中さん、新生ディスプレイの件は惜しいことしましたね」

「なにかお耳に入ってますか?」

「ええ。御社がトパス®COCを使って超薄型のバックライトユニットをつくったという話は、業界で鳴り響いていますよ」

「ご存じでしたか……」

「新生ディスプレイが、あんなことにならなかったら、アップルの契約、獲れていたかもしれませんねえ」

相手は同情をこめた口調でいった。

「城西バックライトさんの研究開発部門も、一時は低調でしたけれど、畑中さんが行かれて立て直されましたね。こないだ新生ディスプレイで、サプライヤーの評価一覧表をみせてもらいましたが、一位でしたよ」

「いや、それほどでもありません。お恥ずかしい限りです」

「うちも有機ELを迎え撃つには、コントロールが十分に利く国内工場で高品質の製品をつくって、海外工場はもっぱら廉価な汎用品をつくろうという戦略を持っています」

「なるほど」

「ですから、御社の研究開発部門と茨城工場には興味があります」

国内部門だけでもなんとかなりそうなのは、救いである。

「もちろんこういうことはわたしの一存では決められません。もう少し実務レベルで内容を詰めた上で、経営トップの判断を仰ぎたいので、一週間程度お時間を頂けますか」

「もちろんです。よろしくお願いします」

同じ頃――

渋谷区神宮前二丁目のマンションのオフィスで、北川とトニーが話し合っていた。

「……やはり、城西バックライトは万事休すのようだな」

お気に入りのエチオピア産のシダモという豆で淹《い》れたコーヒーを手にいった。

シダモはモカ特有の甘い香りを持ち、味は苦みと甘みが上手く溶け合っている。

「銀行筋から一斉に期前返済を求められたら、よほど手元に流動性でもない限り、生き延びられないわな」

向かいのデスクのトニーがにやりとする。

「株価も二百四十円を切ってきたか。そろそろ手仕舞うか？」

その晩、二人はニューヨークのホッジス、グボイェガとウェブミーティングを行い、城西バックライトのカラ売りを手仕舞うことに決めた。

北川が、プライムブローカーのモルガン・スタンレーに、ポジションを手仕舞ってくれるよう電話で依頼すると、担当者は「えっ、あっ、そうですか。クローズですね」と、若干がっかりした感じでいった。

相手の言葉を聞いて、北川とトニーは「相変わらず、クローズのときは元気が出ないみたいだな」と苦笑した。

パンゲアがモルガン・スタンレーに払う取引執行手数料（売買手数料）は取引額の〇・二パーセントなので、カラ売り開始時の高値のときは大きく、株価が下がって手仕舞うときは小さくなる。

結局、モルガン・スタンレーは、平均価格二百三十五円で百十万株を市場から買い戻し、パンゲアのカラ売りポジションを解消した。九ヶ月前に、七千六百三十円で五十万株を追加でカラ売りしたとき、彼らに払った取引執行手数料は七百六十三万円だったが、百十万株の買い戻し分は五十一万七千円にすぎなかった。

パンゲアは、五年間に及んだ城西ホールディングスのカラ売りで、二億六千七十三万円の借株料と千三百二十八万三千円の取引執行手数料を払ったが、キャピタルゲインは六十一億二千四百五十万円に上った。

特に、七千六百三十円で五十万株を追加でカラ売りした効果が大きく、この部分は九ヶ月という短期の勝負だったが、三十六億九千七百五十万円の儲けをもたらした。

トニーのほうは、個人なので、借株手数料や取引執行手数料が若干高く、当初の五万株のみのカラ売りにとどめたので、差し引きの儲けは、一億七千三百十七万二千円だった。

パンゲアとトニーは、それぞれ儲けの五分の一を、全米で貧しい人々が住む地域の教会を使って、無料で教育を施しているNPOに寄付した。かつてパンゲアが創業まもない頃、北川がコロンビア大学の学生たちと一緒にボランティアで数学を教えていたハーレムの木造の教会でも教室を運営しているNPOである。


八月——

コロナ鎖国が続く日本と、二ヶ月ほど前に行動制限が解かれた上海を結ぶフライトは、がらがらだった。客室乗務員も乗客も皆マスク姿で、キャビン内にはジェットエンジンの音と機体が風を切るゴーッという音だけがしていた。

畑中良嗣は、エコノミークラスの席で、時おりボトルのミネラルウォーターを飲んだりしながら、物思いにふけっていた。

(重松社長が倒れたのは、自分があんなことをいったからだろうか……?)

畑中はマスクをした口で小さなため息をついた。

重松幸三は、畑中が自宅を訪問し、城西バックライトを破綻処理するしかないと告げた翌々日、倒れて昏睡《こんすい》状態に陥り、今も病院のベッドで眠り続けている。

（会社を破綻処理するには、社長に告げざるを得なかったが……それ以外に、やりようがなかったのだろうか……？）

東海地方に本社がある東証プライム上場の電気部品メーカーからは、城西バックライトの国内部門を引き取りたいという意向が正式に示された。条件は、一度破産して、債務をきれいにしてほしいということだった。同社以外には城西バックライトに興味を示す会社はなかった。

弁護士を交えて話し合った末、日本における雇用を最優先して、破産を選択することになった。

中国とスロバキアの工場は、それぞれ現地法人になっているので、本社が東京地裁に破産を申し立てる日に、中国とスロバキアでも破産を申し立てることになった。

スロバキアには、設立当初から関わっている重松の腹心の専務が赴き、現地の弁護士と打ち合わせを始めたところだ。

厄介なのは、規模も大きく、「人治主義」のために一筋縄でいかない中国工場で、畑中が現地で手続きをすることになった。


十日後——

上海市内のホテルでテレワークをしながら、海外からの渡航者に課される十日間の隔離および健康観察期間をすごした畑中は、朝、車で蘇州へと向かった。

午前中に蘇州のホテルにチェックインし、工場長兼現地法人の社長（総経理）を務めている日本人、現地で破産申請を担当する中国人弁護士と打ち合わせをした。工場を閉鎖することは、まだ従業員には極秘にしていた。

午後四時頃、畑中は地元の招商局に挨拶に出向いた。外資企業の誘致などを担当しているところで、工場の運営などに関して何度か便宜を図ってもらったりしたことがあった。破産申請手続きとは直接関係はないが、世話になったお礼と、工場閉鎖のお詫びをしておこうと思った。

「どうしても破産を申請するんですか⁉　もうどうにもならないんですか⁉」

畑中から破産申請のことを聞くと、ワイシャツにネクタイ姿の中年の担当者は、驚きのあまり取り乱した。

その中国語を、畑中に同行した現地法人の社長の秘書兼通訳が日本語に訳す。李という名の三十歳すぎの男性だった。

「申し訳ないんですが、会社が業績不振で、もう資金繰りの目処が立たないんです」

会議室のテーブルについた畑中は、身を縮《ちぢ》めるようにしていった。

「中国の工場だけでも、なんとか操業を続けることはできないんですか？　液晶の需要はまだまだあるでしょう？」

相手はすがるような目つきでいう。

「中国だけというのは難しいです。スロバキアの工場も閉鎖することにしました」

しばらく押し問答のようなやり取りが続いた末に、相手はようやく諦めた。

「本当に申し訳ありません。今日のところは、これで失礼します」

畑中はまだ戸惑っている相手に深々と頭を下げ、招商局を辞した。

蘇州市内のホテルに戻り、明日、東京地裁に破産申請をする段取りを確認したり、東京の弁護士とメールでやり取りをしたりしていると、午後七時頃、スマートフォンに李から連絡が入った。

「畑中さん、地区の人民政府から、すぐにきてほしいと要請がありました」

「えっ、地区の人民政府から⁉」

スマートフォンを耳にあてた畑中は驚きの表情。

「破産の申請について、話し合いたいそうです」

「本当に⁉」

まもなく李が車でホテルに迎えにきた。すでに日は落ち、あたりは薄暗くなっていた。

李が運転する車は、市内の官庁街みたいな場所に向かった。立派な門がまえで漢字の看板を掲げている大きな建物が集まっていた。

人民政府の建物は、十階建てくらいの堂々とした雰囲気だった。

なかに入って、エレベーターで上の階に上がり、とおされた部屋には、大きな会議用のテーブルが置かれ、厳しい顔つきをした背広姿の中国人の男たち十人あまりが高い革の背もたれが付いた椅子に着席していた。

一目みてかなり高位の役職の男たちだと思ったが、名刺交換をしてみると、案の定、地元の幹部級の役人たちだった。

話し合いが始まると、米国のペロシ下院議長が台湾を訪問し、日中関係が緊張しているときに、なんということをしてくれるのだと、散々非難され、労働債権を支払う金の用意はできていないと告げると、激怒された。

男たちは畑中に出国禁止を申し渡し、明日には東京地裁で破産の申請をしなくてはならない畑中は窮地に陥った。

ふと部屋の窓から下をみおろすとパトカーが何台かやってきており、畑中は逮捕でもされるのかと、表情を強張らせた。

「ミスター畑中、我々に一つ提案がある」

テーブルの向こう側で、鳩首協議をしたり、スマートフォンでどこかに連絡をとったりしたあと、地元政府の市場監督管理局の査察部門の幹部がいった。

「おたくの工場を買い取ってもよいという中国企業がある」

「えっ⁉」

「そこの責任者を今呼んだから、話し合ってもらいたい」

さすが中国というべきか、今日の今日だというのに、買収候補がやってくるというのだ。

名前を聞くと、北京に本社を置く、中国屈指のディスプレイ・メーカーだった。

夜十時頃、件《くだん》のディスプレイ・メーカーの上海支社の責任者が到着し、別室で畑中との話し合いになった。

「畑中さん、五億円で買収したいそうです」

会議用テーブルで、社長秘書兼通訳の李が、相手の言葉を日本語に訳していった。

上海からやってきたという四十歳くらいの男は、エネルギッシュなやり手という雰囲気だったが、さすがに全権は委任されていないようで、スマートフォンで北京の本社と連絡をとりながらの交渉になった。

それにしても北京にいる社長か重役か知らないが、夜の十時すぎに突然降って湧いた買収話の指揮をとるというのも、日本企業にはない異様なスピードとエネルギーを感じさせた。

「李さん、五億円じゃ無理だと思うよ。城西バックライトの本社から中国工場への貸付金が三十億円以上あるし、上手くいけば借地権が百億円くらいで売れる可能性もあるし」

畑中は李にいった。

そもそも工場を売却する算段はしておらず、今すぐ決められる話ではない。またこの場で合意したとしても、どの程度の信ぴょう性があるのかもわからない。

「やっぱり五十億円くらいもらわないと、債権者は納得しないと思います」

本社とスロバキア工場は明日破産の申し立てをする。もし中国工場が売れれば、売却代金はそちらの債権者にも配当される。

一時間ほど話し合ったが、かみ合わないままで、大手ディスプレイ・メーカーの上海支社の責任者は引き揚げていった。

「皆さん、申し訳ないのですが、わたしは明朝の飛行機で東京に帰って、親会社の破産を申請しなくてはなりません」

畑中は元の大会議室に戻り、男たちにいった。

東京では弁護士が、破産手続開始申立書、取締役会議事録、委任状、債権者一覧表、財産目録、直近の貸借対照表と損益計算書、従業員名簿・賃金台帳、預貯金通帳の写し、不動産登記簿謄本など、破産申し立ての書類一式を調《ととの》え、畑中と一緒に東京地裁に持ち込む手筈《てはず》になっている。

「労働債権のことは最優先できちんとしますから、今日のところはこれで終わりにしてもらえないでしょうか？」

李が通訳した中国語を聞き、男たちは悩ましげな顔つきで押し黙った。

男たちは再びテーブルの向こう側で話し合いを始める。下手をすると全員失脚なので、相変わらず緊迫した雰囲気である。

しばらくしてから、人民政府の副区長がいった。

「ミスター畑中、労働債権の四千二百万元（約八億三千万円）は、地元政府が立て替えることにする」

「はぁ？」

畑中は呆気《あっけ》にとられる。

（民間の、しかも外資の工場の退職金を地元政府が立て替えるって？）

近代資本主義社会では、まったくあり得ないことだ。しかも、地元政府が八億円を超える金を自由自在に動かせることも驚きだ。

「ミスター畑中、今日のところはこれで終わりにする」

時刻は午後十一時半を回っており、さすがに彼らも疲れた顔をしていた。そもそも本来なら家族で団らんでもしている時刻なのに、急きょ駆け付けてきたのだ。

（それで、出国禁止の件は……？）

畑中は喉元まで出かかったが、皆、引き揚げ始めたので、訊ける雰囲気ではなかった。

畑中は、李と一緒に蘇州市内のホテルに戻った。地元資本の比較的安い四つ星ホテルだった。疲労感で身体が重かった。

時刻は真夜中になっていた。コロナの影響で宿泊客は少なく、寂しげなオレンジ色の明かりがともるロビーは、がらんとしていた。

李のスマートフォンが鳴った。

「対《ドゥイ》、我是小李《ウオシーシャオリー》。……是的《シーダ》。……诶《オー》、真的《ジェンダ》!?（はい、李です。……はい。……えっ、本当に!?）」

スマートフォンを耳にあて、李が真剣な表情で答える。

畑中は、その様子をぼんやり眺める。

「……明白了《ミンバイラ》。我会告诉畑中的《ウオフゥイガオスーディエンジョンダ》（……わかりました。畑中さんに伝えます）」

李は通話終了のアイコンをタップし、畑中のほうを向く。

「畑中さん、今、工場に従業員たちが集まり始めているそうです」

「えっ、本当に!?」

「はい、工場を閉めるという話が漏れたんだと思います。地元政府の役人たちが焦ってあちらこちらに電話をかけまくっていましたから」

畑中は舌打ちしたくなる。

失脚の危機に直面した彼らの焦りようは、尋常ならざるものがあった。

「工場に公安（警察）のパトカーが何台もやってきて、入り口を封鎖したそうです」

「うーん……」

「それから、従業員の一部がこのホテルに向かっているそうです」

「げっ、本当に!?」

「畑中さん、ここにいると吊し上げられて、下手すると退職金を払うまで拉致監禁されるかもしれません」

「うえーっ！　どうしたらいい⁉」

「もうこのまま上海に行って下さい。そして明朝のフライトに乗って下さい。もうそれしか手はないと思います」

畑中は一瞬考え、同意した。

「わかった、そうします。でも出国禁止の件は、大丈夫なのかね？」

「わかりません。人民政府から出入境管理局に連絡がいってたら、出国を止められると思います。ただいっているかどうかはわかりません」

「こればっかりは、やってみないとわからないってことか？」

「そうです」

李がうなずいた。

畑中は急いで部屋に行き、荷物を持ってきて、ホテルをチェックアウトした。

「裏に車を用意してあります」

李にいわれ、裏口からホテルを出ると、シルバーのセダンが待機していた。

「運転手には、上海の浦東《プードン》空港に直行するようにいってありますから」

上海の玄関口である国際空港で、上海市中心部から東に約三〇キロメートルのところにある。

「有難う。それじゃあ」

畑中は李と握手を交わし、車に乗り込んだ。

浦東国際空港までは約一四二キロメートルで、高速道路経由で一時間半ほどかかる。

シルバーのセダンは蘇州市内を抜けると、まもなく道幅の広い高速道路に入り、速度を上げる。

畑中のスマートフォンが鳴った。

「はい、畑中です」

「畑中さん、大丈夫ですか⁉　今、どちらですか？」

電話をかけてきたのは、明日、東京地裁での破産の申し立てを担当する予定の東京の男性弁護士だった。

「ああ、先生！　今、車で蘇州から上海の浦東空港に向かってるところです」

「そうでしたか。ご無事でよかったです！　畑中さんがそちらで拘束されたって話を聞いたもので」

「拘束一歩手前でした」

畑中は、人民政府庁舎での話し合いの様子を伝える。

「……えっ、労働債権を地元政府が立て替え払いする⁉　本当にそんなこと、やるんですか？」

「ええ、そういってましたよ」

「ふーん、さすが中国といいますか……、もうなんでもありですねえ！」

車は高速道路を快調に走り続けていた。

遠くにどこかの高層住宅が夜の闇を背景に浮かび上がっていた。真夜中すぎの時刻なので、明かりがともっている部屋は少ない。

「無事出国できるかどうかわかりませんが、もうトライするしかないと思ってます」

「そうですか。もしなにかありましたら、すぐに連絡して下さい」

通話を終えると、畑中は目を閉じ、シートに身体をあずけた。

（しかし……新生ディスプレイが、もしあそこまで信頼性試験にこだわっていなければ、世界初の超薄型ディスプレイで有機ＥＬメーカー勢を撃破して、こんなことにはならなかったんだが……）

今さらたらればをいっても仕方ないが、あの案件を摑みとれなかったのは、悔やんでも悔やみきれない。

（日本の電子産業凋落の象徴みたいな案件だったなあ……）

車は一路上海に向かって走り続け、時おり文字や数字が白で記された緑色の標識が頭上を通過する。やがて疲れが出て、眠気が押し寄せてきた。


目を覚ますと、車は上海市内の高架の道路を走っていた。

さすがに二千四百八十九万人の人口を持つ中国最大の都市だけあって、高層ビルが林立している。あまりに建物が大きいので、覆いかぶさってきそうな威圧感がある。

まもなく上海浦東国際空港に到着した。

一九九九年に開港した空港で、ターミナルビルはガラス張りのパビリオンのような巨大建築である。なかに入ると、ゆるやかに弧を描く高い天井は、白い杭《くい》が無数に打たれたような斬新なデザイン。フロアーは、頭上から降り注ぐ照明を受け、水面《みなも》のようにてらてらと光っている。

コロナ禍前は、出国審査に長蛇の列ができていて、気が遠くなるほど時間がかかったが、今は青いテープで仕切られた審査待ち用の通路には誰もいない。ずらりと並ぶ航空会社のチェックインカウンターもほとんどが無人である。空港内のカフェ、レストラン、商店はすべて閉まっている。コロナの検査などに従事する空港職員は全身を原発作業員のような白の防護服で包み、案内の係員たちはマスク、フェイスシールドを着けた上で、制服の上から青の貫頭衣を着用している。

中国人はコロナ禍で原則海外旅行を禁止されているため、フロアーを歩いているのはごく限られた数の旅行者だけだ。特大の液晶スクリーンが、マスク着用を促すビデオを上映し、挿絵付の看板に、必要のない出国はしない、マスク着用、他人と一メートル以上の距離をとる、多人数で飲食をしない、海外からの小包は消毒する、といった注意書きがされていた。

（もう行くしかないだろう）

畑中は航空会社のチェックインカウンターで搭乗手続きを済ませると、覚悟を決め、出国審査のカウンターへと向かった。

出国審査官は襟に徽章《きしょう》の付いた黒っぽい制服にネクタイ姿の男性だった。

畑中は出国カードや搭乗券と一緒にパスポートを差し出し、顔のマスクをずり下げる。

審査官がパスポートの顔と畑中の顔を何度もみくらべる。

畑中は緊張した面持ちで審査官の視線を受ける。

やがて男性審査官はパソコンのキーボードを操作し、データを入力し始めた。

ところが少し入力したところで、手を止《と》め、スクリーンを訝しげに凝視する。

（ん、なにかあったのか？　……もしかして出国禁止の指示があるとか？）

畑中の動悸《どうき》が速まる。

（まさか刑務所にぶち込まれるんじゃ？　やっぱり無理するのは止めとけばよかったかなあ……）

以前、中国人労働者にまだ賃金を払っていない日本人の経営者が出国しようとしたら、一年の刑をいい渡され、慌てて金をかき集めて一千万円以上の罰金を支払い、解放されたという話をインターネットの記事で読んだことがあった。

「这个《ジョーガ》、能不能告诉我操作方　法《ノンブーノンガオスーウオツァオズオファンファー》？（これ、操作方法を教えてもらえますか？）」

目の前の審査官の男性が、背後の年輩の係官に中国語で何事かいった。

畑中は、拘束されるかもしれないと思い、身を固くする。

「诶《オー》、出来一个奇怪的屏幕《チューライイーガチーグアイダピンムー》。先返　回　到之前的那个《シエンファンフウイダオジーチエンダナーガ》屏幕《ピンムー》（あれ、変なスクリーンが出てるな。一回、前のスクリーンに戻ってみなさい）」

年輩の係官が審査官の背後からスクリーンを覗き込み、なにやら中国語で指示をする。

畑中にはなにを話しているのかまったくわからない。

警官たちが現れるのではないかと思い、周囲に落ち着きなく視線を走らせる。

目の前の二人の中国人係官は、中国語で話をし、時おり畑中の顔に視線を向けたりしながら、パソコンの操作を続ける。

出国審査官が、畑中のパスポートの査証欄のページを素早くめくり始めた。

なにを探しているのか、いったん最後までみてから、再び最初に戻ってページをめくる。畑中のパスポートは五年以上使っているので、査証欄のスタンプは多い。

（いったいなにを探してるんだ？　今回の入国スタンプなら、すぐみつかるだろうに……。なにかそれ以外のものを探してるのか？）

シャッ、シャッ、シャッ、シャッと紙の音を立てながら、一心にページを繰る審査官をみながら、畑中はますます不安になる。

しばらくして出国審査官が査証欄のページを繰る手を止めた。大きなスタンプを取り上げ、ドンと音を立てて畑中のパスポートに押印する。

「ユー・キャン・ゴー（行っていいです）」

出国審査官は、畑中にパスポートと搭乗券を返す。

（えっ、出国できるの⁉）

畑中は胸を弾《はず》ませ、それを受け取った。

少し離れた場所で、パスポートのスタンプを確かめると、「中国辺検　ＣＨＩＮＡ」「浦東［出］」の文字と日付がある赤い四角の出国印が押されていた。

その後、保安検査をへて、搭乗待合エリアに進んだが、突然警官が現れ、拘束されるのではないかと気が気ではなかった。会議で畑中の出国禁止を宣言したのは公安当局の幹部だったので、嫌な気分だった。

ようやく安心できたのは、飛行機に乗り、滑走路を離陸した瞬間だった。

（助かった……！）

緊張が解けると同時に、どっと疲れが出て、日本までの約三時間のフライト中、ひたすら眠った。

成田空港に到着すると、タクシーで都内の弁護士事務所に直行し、破産申し立ての書類を無事東京地裁民事第二十部に持ち込んだ。

この日、スロバキアと中国でも、それぞれ現地法人（工場）の破産が現地の弁護士の手で申し立てられた。

畑中が蘇州の工場の工場長兼総経理の日本人に電話をかけると、工場は警察の車両で封鎖されたという。一部の従業員がなかに入り、女性が一人屋上に上がって「死んでやる！」と喚《わめ》いたりしたが、地元政府の担当者が「退職金は数日後に支払われる」と伝えると、騒ぎは鎮静化したという。

10

一年一ヶ月後——

スイスの古都ルツェルンから三十分ほど船でフィアヴァルトシュテッター湖を渡り、その後、登山電車で四四〇メートルの高さの急斜面を上ると、切り立った山の尾根にビュルゲンシュトックのリゾートがある。ここに高級ホテルが建てられたのは一八七三年で、現在は三つのホテル、長期滞在者用レジデンス、十二のレストラン、巨大なスパ施設、ショッピングアーケードなどがある。

季節は九月中旬で、時おり小雨がぱらつく天候だった。

「……へーえ、これがオードリー・ヘップバーンが結婚式を挙げた教会ねえ」

トニーが片目を吊り上げ、ホテルのそばにある教会をしげしげと眺める。

平屋で三角屋根の小さな白壁の礼拝堂があり、やはり三角屋根の鐘楼が隣接していた。いかにも山の教会という感じで、礼拝堂の扉は木製である。扉の左右に白い花の鉢植えが置かれ、生と死を表すものなのか、美女と骸骨が背中合わせになったブロンズ像が鐘楼の前にあった。周囲は緑の木立である。

一九五四年にここでオードリー・ヘップバーンが最初の夫である米国の俳優で映画監督のメル・

ファーラーと結婚式を挙げた。

「オードリー・ヘップバーンゆかりの場所だと思うと、なんか有難味があるよなあ」

グボイェガがミラーレス一眼カメラでパシャパシャ写真を撮る。

「ヘップバーンは六十三歳で亡くなったのか……。まさに美人薄命ってやつだなあ」

北川がスマートフォンの記事を読んで、感慨深げにいう。

緑の急斜面の下の谷に三角屋根の農家が点在しているのがみえた。牛たちがのんびり草を食《は》んでおり、首のカウベルの音がカランカランと斜面を渡って聞こえてきて、スイスらしい風情がある。

パンゲアは、この年もスイスでオフサイトミーティングを開いた。

一行は、フィアヴァルトシュテッター湖と周囲の山々や陸地を一望するレストランでお茶を飲み、再び赤い登山電車で船着き場まで下り、ルツェルンに戻る船に乗り込んだ。

「……スイスは本当に美しい国だよなあ！」

湖面を進む船のデッキで舷側の鉄柵にもたれ、ホッジスが感に堪えない口調でいった。

鈍いコバルトブルーで、さざなみ立つ湖面の彼方に、緑溢れる陸地やその向こうの尖った青い山々がみえ、山の中腹には白い雲がかかっていた。時おり赤地に白十字のスイス国旗を船尾にはためかせる白い二層建ての遊覧船などがすれ違う。

「目ん玉が飛び出るほど物価が高いのには閉口するけどな」

隣に立った北川が苦笑する。

スイスは世界でも群を抜く物価の高い国で、世界各国からやってくる旅行者たちのなかにはレストランやホテルで食事をせず、もっぱらスーパーで食料品を買う人々も少なくない。

「日本人は、失われた三十年で賃金もさっぱり上がってないから、海外にくると世界の物価の高さと日本の国力衰退を実感するよな」

北川がいった。

「確かに、日本は年々貧しい国になってるんじゃないかって感じがするなあ」

グボイェガがいった。

「うむ。ヨーロッパでも貧しいギリシャやポルトガルに行くと物価が安いから、外国人は快適にすごせるが、日本もそんな感じになってきてるよな」

ホッジスがいい、一同がうなずく。

「ところで、城西バックライトが破産を申請してから一年ちょっとだなあ」

グボイェガが、長期にわたった攻防戦を思い出した口ぶりでいった。

「城西バックライトを切り離して、ホールディングスのほうは生き延びたが、株価は相変わらず二百円前後の低空飛行だな」

トニーがいった。

「こないだ、たまたまあの会社の破産申請を手がけた弁護士と知り合って聞いたんだが、中国の破産手続きでは散々な目に遭ったらしい」

北川がいった。

「ほう、そうなのか。どんなふうにだ?」

ホッジスが訊き、グボイェガも興味深げな顔つきになる。

「まず、重松が百億円とれると思っていた借地権が、二十億円でしか売れなかったそうだ」

「えっ、そんなに安く⁉　買ったのは誰なんだ？」

「地元政府だ」

「地元政府⁉　自治体がそんな不動産投資みたいなことをやるのか？」

「ああいう国だから、なんでもありなんだろう。入札を二回やったそうだが、一回目は最低競落価格より低い十億円の札《ふだ》が一件あっただけで、二回目は誰も応札しなかったそうだ」

「なぜなんだ？　百億円からの価値があるんだろう？」

「みんな地元政府に遠慮したらしい。地元政府は、八億三千万円の退職金を立て替え払いして、あの借地権を虎視《こし》眈々《たんたん》と狙っていたそうだから。たぶん裏で話し合いもできていたんだろう」

三回目の入札で地元政府だけが応札し、二十億円で落札したという。

「それと城西バックライトが中国工場に貸し付けていた三十五億円の融資債権や、売掛金になっていた二十億円以上の部品材料代の全額を、破産管理人に否認されたそうだ」

破産管理人というのは、日本でいう破産管財人である。本件に関しては、基層人民法院（日本の地裁に相当）によって上海の会計士事務所の蘇州分所の会計士たちが選任されていた。

「そういうの、どうやって否認するんだ？　正当な権利だろ？」

「融資や売掛金の証拠の原本が確認できないって理由だったそうだ。城西バックライトの日本の破産管財人が、証拠の原本は工場の金庫のなかにあるから開示してほしいと再三要請したが、中国の破産管理人に撥《は》ねつけられたそうだ」

「まったく、なんでもありだな！」

「中国の破産法の第二十二条で、破産管理人は法により公正に職務を執行することと規定されているそうなんだがな。そんなもんはまったく無視っていうのが実態らしい」

「さもありなんて感じだな」

「しかも、親会社の融資債権や売掛金を否認したおかげで残余財産が出そうになると、地元の税務署と市場監督管理局が、追徴課税とか罰金だとかいって、新たに巨額の債権の届けを出してきたそうだ。要は、日本に残余財産を送金させたくないってことらしい」

「はぁー、聞いてるだけで疲れるなあ！」

ホッジスとグボイェガが、げんなりした顔になった。


同じ頃――

畑中良嗣は、東京都東村山市にある都立霊園を訪れていた。

終戦後間もない昭和二十三年に開園した歴史ある施設で、周囲を木立に囲まれている。敷地面積の半分が墓地で、残り半分が並木道や芝生になっている。ケヤキ、サクラ、リギダマツ（三つ葉松）などが植えられ、四季折々の風景が墓に参る人々の心を癒す。

残暑は厳しいが、都心よりは多少涼しかった。

畑中は薄手のスーツにネクタイを締め、白菊の花束と手水桶《ちょうずおけ》、柄杓《ひしゃく》を手に、掃き清められた通路を歩いていった。左右には、比較的高さの低い墓が、整然と並んでいる。

（あれは……？）

半年ほど前に亡くなった重松幸三の墓の近くまで来ると、一人の婦人が線香を焚《た》き、手を合わせていた。

重松の妻であった。

「あら、畑中さん！　きて下さったの？」

畑中に気づくと、明るく上品な笑顔でいった。

「どうもご無沙汰しています。今日が月命日なので、久しぶりにお参りさせて頂こうと思って」

「それは有難うございます。どうぞ」

畑中は墓に柄杓で水をかけ、花束を供え、合掌した。

「お変わり、ありませんか？」

顔を上げ、夫人に訊いた。

「ええ、おかげさまで元気にしています」

七十代半ばの夫人は穏やかにほほ笑む。

重松は城西ホールディングスの株券を担保に、複数の銀行から融資を受けていたが、株価が大幅に値下がりしたため、追加担保の差し入れや返済を求められ、財産のほとんどを失った。親会社の代表取締役だったので、放漫経営で城西バックライトを倒産させた損害賠償を債権者から求められる可能性もあったが、本人が亡くなり、財産も残っていないので、訴訟などは起きなかった。

夫人のほうは、重松が何年も前に吉祥寺の介護付き高級マンションを契約し、金も払い込んでいたので、そちらに引っ越した。時々子や孫たちが遊びに来て、満ち足りた暮らしを送っているようだった。

「わたしは今も、社長に申し訳なくて……」

畑中が悔いを滲ませていった。

もう破産しか手がないというのをわざわざ知らせて、死期を早めてしまったのではないかと、自責の念にかられていた。

（破産申請には取締役会決議が必要だから、あのときは、もういわざるを得ないと判断したんだが……）

ほかになにかやりようがなかったのかという思いはずっと消えない。

「畑中さん、そうじゃないのよ。重松もね、いろいろな弁護士さんに相談していたのよ。でも最後は『畑中にやらせる。それで駄目なら覚悟する』っていっていたのよ。がんも脳とか肺に転移してましたしね」

「そうですか……」

「城西バックライトはもう時代遅れで、なくなる運命だったんだと思います」

確かに、重松の放漫経営や、甘やかされた技術陣の劣化もあったが、業界自体が衰退期にあった。一九九〇年代、日本の電子産業は世界を席巻し、それに使われる液晶ディスプレイが他のディスプレイ方式を圧倒した。城西バックライトは、先行メーカーとしてのノウハウ蓄積もあり、優位性を維持した。しかし、二〇〇〇年代に入ると、世界をリードしていた日本の電子産業が徐々に衰退していった。日本の携帯電話メーカーは、ノキアやモトローラに敗れ、それら勝者もやがてアップルやサムスンにとって代わられた。液晶ディスプレイでは、サムスン、ＬＧの韓国勢、台湾のＡＵＯ（友達光電）のスピードや価格に太刀打ちできなくなった。

外国企業が主役になると、サプライヤーは純粋に製品の性能とコストだけで評価されるようになり、重松が得意にしていた接待や贈り物で企業のトップに渡りをつけ、人の結びつきで商売を獲るやり方は通用しなくなった。

それでも一度甘い汁を吸った大手企業の幹部たちは、引き続き重松の豪華な接待や贈り物を受け、利益の出ないような仕事を与え続けた。畑中が入社した頃には、重松は食い物にされるだけの存在になっていた。

(もし自分がもう少し早く入社していたら……。あるいは住之江銀行の審査部長との面談のとき、間に入って、あの場をとりなしていたら……)

畑中は自問する。ただ正解がみつかったとしても、もはや覆水は盆に返らない。

「畑中さんは、お変わりなく?」

夫人が優しく訊いた。

「はい、おかげさまで。あと半年くらいしたら、お役御免になる予定です」

城西ホールディングスでは、電子機器部門のトップが新社長に昇格した。畑中はCTO兼社長室長から退《ひ》き、もっぱら破産の後始末や、東海地方の電気部品メーカーに吸収された国内部門の移管作業をしていた。

「そうですか。本当にいろいろご面倒をおかけしました」

そういって夫人は深々と頭を下げ、畑中も礼を返す。

「それじゃあ畑中さん、お元気で。またいつかお会い致しましょう」

夫人はにっこりとして踵《きびす》を返し、敷地の南側にある正門のほうへと通路を歩いていった。

極楽浄土のような夕方の茜《あかね》色の光がその後ろ姿を包んでいた。

(しかし……あそこで告げる以外に、やりようがなかったのだろうか?)

畑中は何十回となく繰り返した自問をまた繰り返す。

近くの木立で、ツクツクボウシが哀愁を帯びた声で鳴いていた。

水素トラック革命

1

マンハッタンに林立する摩天楼に、夏の接近を感じさせる陽射《ひざ》しが降り注いでいた。

新型コロナウイルスの流行で、三月二十二日の夜から続いていたロックダウンが、つい先日一部解除され、ゴーストタウンのようだった街に少しだけ人が戻ってきていた。

地下鉄は乗車率を一五パーセント以下にして通常ダイヤに復帰し、乗客は全員マスクを着用。市内各所で止まっていた建設工事も再開され、ヘルメット姿の作業員と建設用車両が目立つ。広い通りには、まだ車は少なく、食べ物の宅配の自転車が行き交っている。

新型コロナウイルスによる死者は世界全体で四十万人を超え、依然予断を許さぬ状況である。米国の累計死者数は十万人超で世界最多だが、ロックダウンによって一日の感染者数は四月のピーク時の三分の一まで減った。

パンゲア&カンパニーのパートナー、ジム・ホッジスとアデバヨ・グボイェガは、タイムズ・スクエアにいた。ミッドタウンの四十二丁目と七番街の交差点を中心に広がる繁華街だ。

一帯には、今は休演でひっそりとしたブロードウェイ・ミュージカルの劇場が軒を連ねている。ガラスで仕上げられた高層ビルが地上の人々や車を取り囲む屏風《びょうぶ》のようにそそり立ち、レストランの「プラネット・ハリウッド」やミュージカル『オペラ座の怪人』の看板に交じって、ビルの壁面にいくつもの大型スクリーン《ビルボード》の広告が設置されている。

その一つに、早口で喋っている男の顔が映し出されていた。

オールバックの頭髪で、大きなフレームの眼鏡をかけ、どこか軽い感じがする男だった。

「……this is where our opportunity today is to celebrate with all of you.（今日、ここに皆さん全員と祝う機会がやってきたわけです）」

喋り続ける男を、通りかかった人々がみあげていた。

「わたしは、トラックテックの上場に力を貸してくれたすべての政府とすべての投資家に感謝したいと思っています」

ホッジスとグボイェガも、通りすがりの人々に交じって、スクリーンの男をみていた。

二人は、二ヶ月半あまり続いたロックダウンの気晴らしと打ち合わせを兼ね、パンゲアのオフィスがあるミッドタウンを散歩していた。ファンドマネジメント業はまだ出勤が認められていないので、自宅勤務が続いている。

「次の十年で、フェラーリのような自己表現のための車以外は、すべてEV（電気自動車）になります。電気や水素より優れたものはないし、我々トラックテックは、その両方でリーダーになります」

喋り続ける男は、最近ナスダック（ニューヨークの新興企業向け株式市場）で株式の取引が開始された燃料電池トラック・メーカー、トラックテック・コーポレーション（TruckTech Corporation、本社・アリゾナ州フェニックス市）の創業者でCEO（最高経営責任者）のジェイク・トラヴィスだった。年齢はまだ三十八歳である。

「我々のやろうとしていることは、アマゾンに非常に似ています。アマゾンが成功したのはなぜでしょうか？　それは単にオンラインで物を売るからではありません。そんなことは誰にでもできます。アマゾンの成功は、背後にヴァーティカリー・インテグレイテッド・ロジスティクス（垂直統合した物流システム）があるからです」

「我々トラックテックが成し遂げたことも同じです。What we've done is（我々が成し遂げたのは）、単にトラックを売るだけではなく、トラックのためのエネルギーも売ることです。実に我々は、テック・エナジー・カンパニーなのです。我々はまもなく、全米に八百の水素ステーションを完成させ……」

スクリーンのなかのトラヴィスは、止まらない勢いで喋り続ける。

「この男、なんかインチキ臭くないか？」

肩幅の広いがっしりした身体に、すっきりとしたグリーンのリネンのシャツを着たホッジスがいった。

「確かになあ。目が常にきょろきょろしてるし、いってることにほとんどサブスタンス（中身）がないよな」

細身の長身に紺の丸首のシャツを着たグボイェガがうなずく。

「早口の人間は基本的に信用できないよな。なにかを隠したいから、早口で喋るんだろ」

その言葉に、ホッジスがうなずく。

「トラック業界のイーロン・マスクを自任してるようだが、マスクのような知性の輝きも感じられん。……どういうバックグラウンドの男なんだ？」

「元々はユタ州のセント・ジョージという小さな町の防犯アラームのセールスマンだったらしい。学歴はユタ・ヴァレー大学中退だ」

ユタ・ヴァレー大学は、米国西部に百二十ある地方大学のランキングで九十〜百十七位で、底辺に近い。

「田舎大学のドロップアウト（落第生）で元アラームのセールスマンね……。そんな男が、革命的な燃料電池トラックを開発して、今やビリオネア（十億ドル〈＝約千八十億円〉長者）って、根本的におかしくないか？」

ホッジスは、ますます疑念を深めた表情。

五日前、ナスダックで取引が始まったとき、トラックテックの株価は三十六ドルだった。それが瞬く間に六十四ドルまで上昇し、時価総額は二百八十七億九千九百万ドルに達し、同二百四十六億九千万ドルのフォードを上回った。

「車を一台も売ったことがない会社の時価総額が、年間五百三十万台も売って、百年以上の歴史がある世界的自動車メーカーより多いって、クレイジーだよな」

スクリーンのトラヴィスをみつめるグボイェガの目が強い光を帯びる。

理屈に合わないことがあるということは、カラ売りの鉱脈があることを示唆する。

「テスラに乗り遅れた個人投資家が買ってるんだろう。きょうびの素人は、ちょっと上がるかもしれない程度の銘柄には興味がなくて、大化けする株を発見するのに血眼だからな」

「それに乗じて、トラヴィスが高々とファンファーレを鳴り響かせて、自分の会社を売り出したってわけか」

「これはちょっと調べないわけにはいかないよな」

グボイェガの言葉にホッジスがうなずいた。

二週間後――

経済活動再開が第二段階に入り、ようやくオフィスに出勤できるようになった。

ホッジスとグボイェガは、ミッドタウンの高層ビルに入居しているパンゲアのオフィスで、呆れ顔を突き合わせていた。

「……このジェイク・トラヴィスって男は、先天性の嘘つきじゃないのか?」

オフィスにある小さな会議室のテーブルで、ホッジスがいった。

「確かに、相当なもんだよな」

テーブルの上には、ここ二週間で集めたトラヴィスやトラックテックに関する資料が積み上げられていた。

東京にいる北川とトニーも手伝い、四人でネット情報を中心に集中的に調べたところ、トラヴィスの発言はほとんどすべてが口から出まかせだった。

たとえば、去年「アリゾナのわが社の本社は、屋上に三・五メガワットのソーラーパネルを備えていて、外部から電気の供給は一切受けないオフ・ザ・グリッドである」と雑誌のインタビューなどで自慢していたが、ホッジスとグボイェガがＧｏｏｇｌｅ Ｅａｒｔｈプロで調べると、屋上にはソーラーパネルなど設置されていなかった。

これなどまだ可愛いほうだが、四年前に、数百人を前に「トラックテックが、従来の製造方法に比べて八二パーセントの低コストを実現する革命的な水素製造技術を開発し、すでに一日一トンの生産を始めた」とプレゼンテーションを行なったが、数ヶ月後に、あるメディアのインタビュアーに問い詰められ、「水素はまだ全然製造していない」と渋々認めていた。

トラヴィスは、トラックテックが天然ガスの鉱区を保有していると発言し、トラックテックのホームページにもその旨が記載されていた。しかし、会社のSEC（米証券取引委員会）への届出書やそのほかの資料を調べても、そのような事実を裏付けるものは一切存在しない。

トラヴィスは去年、「トラックテックは次世代のオフロード車を開発した。数週間以内にお披露目する」と発表したが、その後、製造上の問題から実現困難となった模様で、翌月には発言自体がトラックテックのホームページからこっそり削除されていた。

これら以外にも多数の嘘があり、重度の虚言癖があるとしか考えられなかった。

「奴の唯一のよりどころは、一応、完成したトラックが走ってるあの動画だが……」

動画は二年前に公開されたものだった。トラックテック社の最初のセミトラック「T－ONE《ティーワン》」が土漠地帯に延びる道路を走る様子を写したもので、雰囲気を盛り上げるセンセーショナルなサウンド付きだった。動画は関係者や投資家を熱狂させ、同社への期待と評価を一挙に高めた。

「あの動画だって、車両の内部をみせてるわけでもないし、衆人環視の場で走らせたわけでもないからなあ。細工しようと思えば、いくらでもできるだろう」

グボイェガが冷めた表情でいった。

「うむ。ブルームバーグも、トラックテックのインサイダー（社員）から情報をとって、四年前にT－ONEが発表されたとき、トラヴィスがいうような、fully functional vehicle（完全に機能する自動車）じゃなく、動かない未完成品で、重要な部品も搭載されていなかったと記事にしているしな。野郎の嘘がばれるのも時間の問題だろう」

ブルームバーグが記事を発表するときは、最低二人から裏どりをするという社内ルールがあるので、信ぴょう性は高い。その日、トラックテックの株価は四ドル値下がりした。

記事に対してトラヴィスはツイッターで〈この記者は解雇されるべきだ。ブルームバーグの人間は、我が社の社屋や我が社主催のイベントには二度と足を踏み入れさせない。このhack job（やっつけ仕事）でブルームバーグの名声は地に堕ちた。わたしはブルームバーグを徹底的に叩きのめす〉と猛然と反発した。

しかし、その後、トラヴィスがブルームバーグを訴えることもなく、反論の証拠を示すこともなかった。

「とにかくこいつは、久々に暴き甲斐《がい》のある案件になりそうだな」

二人はほくそ笑む。

企業の幹部が核心的な部分で一つ事実と違う発言をしていれば、株価が下がる要因になる。それが二つ三つになると、下げは決定的だ。ところがトラヴィスの場合、何ダースもの嘘をついていた。

二人は話し合いを終えると、仕事用のデスクに戻った。

パンゲアの本拠地であるニューヨーク・オフィスは、二人のほか、法務部長、管理・決済部長、秘書兼アシスタントの女性がいるだけだ。三人のパートナーの一人、北川靖は、長期出張で渋谷区神宮前二丁目の東京事務所で働いている。

ホッジスとグボイェガの席は、田の字形に集まった四つのデスクのうちの二つで、それぞれ数面のフラットスクリーンが備え付けられ、色とりどりのチャートやグラフが、相場の動きを映し出していた。

ホッジスがパソコンのキーボードを叩きながら仕事をしていると、デスクに置いたスマートフォンが振動した。

スクリーンに視線をやると、801で始まる、みなれない電話番号が表示されていた。

（801？　ソルトレークシティか？　誰だ？）

訝りながら、通話ボタンをタップした。

「ハロー、ミスター・ホッジス。初めまして。わたしはソルトレークシティで弁護士をやっているルイス・アンダーソンといいます」

若干かすれ気味だが、芯のありそうな落ち着いた声が、スマートフォンから聞こえてきた。

（弁護士？）

「オゥ、ハロー。ハウ・メイ・アイ・ヘルプ・ユー？（どんなご用件でしょう？）」

普段縁のない西部ユタ州の、しかも弁護士からの連絡に、いったい何事だろうと思う。

「単刀直入に申し上げます。わたしが今手がけているSEC（米証券取引委員会）への告発案件に関して、御社の力を貸してほしいのです」

（ほう、SECへの告発案件か！　なるほど）

米国には内部告発者に対する報奨金制度があり、それを商売にしている弁護士がいる。

この制度は、リーマンショック後の二〇一〇年に、オバマ政権下で金融規制を抜本的に強化するドッド・フランク法が成立した際、設けられたもので、「内部告発者報奨金プログラム」と呼ばれている。内部告発者の情報が役に立ち、SECが企業から百万ドル以上の制裁金を得た場合、その一〇～三〇パーセントを報奨金として与えるものだ。制裁金が日本円に換算して数百億円になる場合もあるので、報奨金は莫大な額になる。日本には、こうした報奨金制度はなく、逆に内部告発者が会社から嫌がらせの配置転換を受けたりするが、米国の場合は、後顧の憂いなく内部告発ができるので、企業不正の摘発に大いに寄与している。告発者の代理人を務める弁護士にとっても儲けの大きい商売で、一人で百件以上の告発案件を抱えている弁護士もいる。

「どこの会社の案件ですか？」

ホッジスが訊いた。

「極秘扱いにして頂きたいのですが……トラックテックです」

「ほーう！」

ホッジスは思わずため息を漏らす。狙いを定めた途端、面白い話が転がり込んできた。

「それで、力を貸してほしいというのは、どういったことに関してですか？」

「トラックテックの財務諸表やＳＥＣへのファイリング（報告書）を読み込んで、問題点を指摘してほしいのです」

米国の上場企業は、ＳＥＣに対して10Ｋ（年次報告書）、10Ｑ（四半期報告書）、８Ｋ（決算短信）などのほか、株式の保有に関する報告書、取締役等《インサイダー》の自社株売買に関する報告書など、様々な報告書を提出しなくてはならない。それぞれ数十ページから百ページ以上あり、読むだけでも骨が折れる。

「それから貴社に、インパクトのある売り推奨レポートを書いてもらって、問題点を広く世間に知らしめたいのです。ＳＥＣを動かすのは世論の風向きと株価です。それにはショートセラー（カラ売り専業会社）の売り推奨レポートがベストだと思っています」

「なるほど……。ショートセラーのなかで、あえてうちにやってほしい理由はなんですか？」

米国では数十社のアクティビスト型のカラ売り屋がおり、随時売り推奨レポートを発表している。パンゲアもそのうちの一つだ。

「御社のトラックレコードと破壊力に期待してです。売り推奨レポートをいくつか読ませてもらいましたが、裏どりがしっかりされていて、論旨も明快で、マーケットで高く評価されています。御社のレポートが発表されただけで、自動的に売るプログラムを組んでいる投資家も多いと聞いています」

「それは光栄です」

ホッジスは微笑を浮かべる。

「内部告発者の方は、相当いい情報を持っているんですね？」

「はい、トラックテックの元技術者とか、ジェイク・トラヴィスの昔の会社の共同経営者たちですから、ばりばりのインサイダー情報を持っています。詳しくはお目にかかってご説明したいと思います」


翌週——

ホッジスとグボイェガは、ソルトレークシティで借りたレンタカーを南へ南へと走らせていた。

目的地はユタ州のほぼ南西端でアリゾナ州との州境にあるセント・ジョージ市だ。

ホッジスがハンドルを操るセダンが走っていたのは、グレートソルトレーク砂漠を縦貫して南へ下るハイウェーで、晴れ渡った青空の下、右手彼方にネヴァダ州の緑と茶色の山並み、左手にはワサッチ山脈の尖った山並みがみえる。時おりすれ違う長距離バスは、乗客もまばらで、運転手を含め、全員がマスクを着けている。

二人は、ソルトレークシティで、弁護士のアンダーソンに会ってトラックテックに対する内部告発情報に関する説明を受けた。

アンダーソンは、五十代半ばで、きちんと整えた頭髪や口の周りの髭《ひげ》には白いものが交じり、大学教授ふうの風貌をしていた。企業の内部告発専門の弁護士で、主にSEC、CFTC（米商品先物取引委員会）、IRS（米内国歳入庁）への告発を商売にしており、それに関連した損害賠償請求訴訟なども扱っているという。茶色いフレームの眼鏡をかけた青い目は、さすがに油断のなさそうな光を湛《たた》えていた。

ホッジスとグボイェガは、アンダーソン弁護士に紹介され、告発者の一人でセント・ジョージに住んでいるマーク・ロビンソンという名のエンジニアに会いに行くところだった。コロナ禍でもあり、ウェブミーティングで話を聴くことも可能だが、どうしても隔靴《かっか》搔痒《そうよう》感があるので、相手が初対面で、かつ重要な話の場合、極力足を運び、対面でやることにしていた。一度会っておけば、その後のウェブや電話でのやり取りも格段にスムーズになる。

二人が乗った車は、ソルトレークシティを出発して四時間半ほどでセント・ジョージに到着した。市の人口は約九万六千人で、約六八パーセントがモルモン教徒である。

モルモン教は一八三〇年にニューヨーク州フェイエットで立ち上げられたキリスト教の教派の一つだ。いつの日かシオン（神の国）が米国に実現すると教えるが、一夫多妻制を認めていたことなどから白眼視された。十九世紀半ばに約一万六千人の信徒団がニューヨーク州を捨て、西へ西へと移動し、ソルトレークシティに本部を置き、現在に至っている。規律は保守的で、勤勉さと家族の絆《きずな》を重んじ、妊娠中絶・同性婚・婚前交渉・麻薬・酒・タバコ・ギャンブルなどは絶対禁止である。

「ほー、セント・ジョージっていうのは、こんなところなのか」

「なんか、アフリカのどっかの国の首都みたいだなあ」

「でかいサソリも出るらしいなあ」

初めてやってきた二人は、強い陽射しのなかで、珍しげに周囲を見回す。

空気は乾燥しており、気温は三十度以上あった。北側と東側にグランドキャニオンのような台地状の赤茶色の岩山が迫っており、西側と南側もネヴァダ州とアリゾナ州の赤茶色の山岳地帯。赤茶色の土漠に囲まれた盆地に碁盤の目のように道路が延び、商店、レストラン、ガソリンスタンド、ホテル、図書館などがあり、砂漠植生の木々に囲まれるようにして家々があった。高い建物でもせいぜい五階建てで、高層ビルは皆無。車で移動するのが普通の土地らしく、人影は少ない。

二人はカーナビ代わりのスマートフォンに住所を入力し、ロビンソンの家へと向かった。

場所は、市内の西の郊外の住宅地だった。

片側一車線の道沿いの家で、広めの前庭があり、三角屋根の平屋の住居に作業場兼用の大きなガレージがつながっていた。

玄関の前に立って呼び鈴を押すと、ドアが開いて、中年の女性が現れた。

「オゥ、ハーイ。マーク・イズ・ウェイティング・フォー・ユー」

肩まであるウェーブのかかった栗色の髪で、日焼けした、明るい笑顔の女性だった。白地に薄紫色の上品な模様の入ったニット・シャツにフェミニンな裾の広いスカート姿で、シャツで隠れていない胸元にはそばかすがあった。

二人がフローリングのリビングに入ると、マーク・ロビンソンが笑顔で迎えた。

「ようこそ、セント・ジョージへ」

いかにも技術者といった感じの、飾り気のない五十歳すぎの男性で、握手の右手を差し出した。

三人はソファーにすわり、話を始めた。

「ジェイクと知り合ったのは、もう十六年も前のことだね」

ジュリーという名の夫人が淹れたコーヒーを一口飲み、ロビンソンが話し始めた。

「その頃、わたしはトラックの荷台に保護用のコーティングを施す仕事をしていて、ジェイクが客でやってきたんだ」

コーティング剤は缶入りの液体で、刷毛《はけ》やスプレーで荷台に塗る。

「わたしは自動車に関しては独学で技術を身につけていたので、コーティング以外にも修理とか塗装とか、いろいろやっていた。ジェイクは黄色いシボレーのピックアップ・トラックを持っていて、コーティングをしてやったら、『ヘイ、バディ（相棒）、これはオフィスのカウンターにも使えるのかい？』と訊いてきた」

ピックアップ・トラックは、ＳＵＶふうのスポーティな感じのキャビンの後ろに開放式の荷台を持つ小型貨物自動車で、米国で広く使われている。

「『使えると思うよ』といったら、ジェイクが自分のオフィスのカウンターを持ってきたんで、それにグレーのコーティングをしてやったよ」

「当時、トラヴィスは何歳でしたか？」

マスクを着けたホッジスが訊いた。

「二十二歳だったと思う。わたしより十五歳くらい年下だ」

「でもバディと呼ぶわけですか？」

「うん」

ロビンソンは苦笑した。

バディというのは、かなり親しい同年配の相手に使うのが普通である。

「それからベスパの小さなスクーターを持ってきて、黄色に塗装してくれっていうから、やってやった」

ベスパ（ＶＥＳＰＡ）はイタリアのピアッジオ社が製造しているスクーターで、名前はイタリア語でスズメバチを意味する。

「トラヴィスはちゃんと金を払いましたか？」

白いマスクを着けたグボイェガが訊く。

「金は払った。でも儲けがほとんどないような料金だった」

ロビンソンは、やれやれといった表情。

「トラヴィスはいつも『Hey, buddy. What's the best deal you can give me? Give me a buddy deal! Buddy, buddy, buddy deal!』（ヘイ、相棒！　俺への最高のディールはいくらだい？　バディ・ディールで頼むぜ。バディ・バディ・バディ・ディールで！）」

ホッジスとグボイェガも苦笑を禁じ得ない。

「そういう意味では、トラヴィスは昔から人を説得するのが上手かったわけですか？」

「エネルギッシュでね。年齢のわりには弁の立つ男だった。それにしつこかった」

ロビンソンは顔をしかめる。

「当時、トラヴィスは、家々を訪問して防犯アラームを売って歩くセールスマンで、自分の会社を持っていた。付き合いでアラームを買ってやったら、九十九ドルの設置料をチャージしてきた」

防犯アラームは、毎年使用料を払うので、設置料は本来無料だったという。

「九十九ドル！　払ったんですか？」

「ああ。その頃は忙しくて、そういうくだらないことで、いちいち揉《も》めるのも面倒だったから。こういう田舎じゃ、みんなで仲良く暮らしていくために、多少のことには目をつぶるものだし」

その後、トラヴィスは自分の防犯アラームの会社を三十万ドルで他人に売却した。しかし、新しいオーナーが売掛金を回収に行ったら「もうトラヴィスに払った」といわれたり、従業員が必要な資格を持っていなかったりしたため、二、三年で倒産したという。

「当然、買った相手とはトラブルになったが、あれこれ屁理屈をつけて、三十万ドルの一部しか返さなかったらしい」

「それからしばらくしてトラヴィスと天然ガスエンジンの会社をつくったわけですね？」

「うん。あれは知り合って五年くらいたってからだったから、今から十一年前か……」

2

十一年前――

セント・ジョージは、暑く長い夏が終わり、澄み渡った青空が頭上に広がっていた。木々が赤茶色や黄色に色づき、ユタ州最古のモルモン教寺院である聖ジョージ・ユタ寺院の白亜の建物を際立たせていた。

マーク・ロビンソンの家のガレージで、妻のジュリーが歓声を上げた。

「マーク、これ、本当にクールだわ！　絶対、みんな喜ぶわよ」

「そうかい？　そりゃよかった」

照れ笑いを浮かべるロビンソンのそばに、自家用のピックアップ・トラックがあった。

「ガソリンは四ドルもするけれど、これなら六十七セントで済むって、夢みたいじゃない！　これ、お友達の車に付けてあげたら？」

ロビンソンは、ガソリンエンジン車を圧縮天然ガスで走らせる装置を試作し、自分のトラックで走らせてみたところ、上手くいったのだった。

前年に起きたリーマンショックで、保護用コーティングを売る仕事が激減し、生活も苦しくなったので、ガソリン代節約のために考案した苦肉の装置だった。ユタ州は天然ガスを豊富に産出し、州政府がクリーン・エネルギーとして利用を促進しており、価格も安い。

翌月――

ロビンソンは、行きつけのスポーツ・ジムで汗を流し、マシンのそばのベンチでひと息ついた。

ふとみると、一人の若者が、ダンベルをいくつか手に取って、吟味していた。

「Oh, hey, buddy! What have you been up to, man?（やあ、相棒じゃないか！　あれからどうしてたんだい？）」

男がロビンソンの視線に気付いていった。

Tシャツにスウェットパンツ姿の男は、ジェイク・トラヴィスだった。

「やあ、ジェイク」

ロビンソンはベンチに腰かけたまま、歩み寄ってきたトラヴィスと握手をした。

あまり好きな男ではなかったが、モルモン教の教会をつうじて人々が密接につながっているセント・ジョージのような小さな町では、無視もできない。

「世の中不景気で、コーティングの仕事はもうほとんどなくなったよ。今は、ガソリンエンジンを天然ガス駆動に切り替える装置を売ってるんだ」

ロビンソンは、数人の友人の車に装置を取り付け、感謝されていた。それをぼちぼち商売にし始めていた。

「ワォ、イェー、マン（man）！　俺もちょうど、そうしようかと考えてたところなんだ。デュード（あんた）、俺のピックアップをいくらでやれるか、ビッド（価格提示）してくれよ」

それを聞いてロビンソンは顔をしかめたくなる。執拗《しつよう》に価格引き下げを求めてくるトラヴィスの仕事は正直やりたくなかった。

しかし、仕事もなく、家も買ったばかりで、金に困っていたので、ノーとはいえなかった。

数日後、ロビンソンはトラヴィスのピックアップ・トラックに、天然ガス利用装置を設置してやった。

これが、その後、二人の人生を大きく変える最初の一歩になるとは、想像すらしていなかった。


それから間もなく——

ジェイク・トラヴィスが、興奮してロビンソンの家にやってきた。

「ヘイ、バディ！　イット・ワズ・オーサム！（ありゃあ、本当にすごいぜ！）」

キッチンの大きな木製のテーブルで、トラヴィスは興奮していった。

「燃費を大幅に減らせるだけじゃなくて、パワーも増すんだから。こりゃあもう信じられないぜ！アイ・ミーン・イッツ・ア・ロケット！（まるでロケットだ！）」

頭髪をオールバックにし、大きなフレームの眼鏡をかけたトラヴィスは、いつものように早口でべらべら喋る。

「そうかい、気に入ってくれて嬉しいよ」

テーブルについたロビンソンは微笑した。

かたわらでジュリーが、かいがいしくコーヒーやクッキーを出していた。

「ところで、あの装置を、ピックアップじゃなくて、セミ（トラック）に取り付けられるかい？」

セミトラックは、セミ・トレーラー・トラックの略称で、トラクターヘッドの後ろに長いトレーラーを連結して牽引《けんいん》する。魚にたとえると、頭の部分に相当する車で、米国を代表する大量輸送用手段だ。

「うーん、そうだなあ……いろいろ改良が必要だと思うけれど、可能だと思うよ」

セミトラックは、ピックアップ・トラックとは比べものにならないほど大きな車両なので、今までの試作品で間に合わせるわけにはいかない。

「そうか、そいつは素晴らしいぜ、バディ！」

トラヴィスははしゃぐようにいった。

「あんた、このアイデアを誰かに話したりしたことがあるかい？」

「いや……セミまでは、考えていなかったし」

「オーケー、デュード。We need to be in business, man.（俺たちはビジネスに入る必要がある、うん）」

「ビジネス？」

ロビンソンもジュリーも、やや驚いた顔つき。

「イエス。俺たちは50／50《フィフティ・フィフティ》（対等）のパートナーになるんだ。俺のおやじの友人が、ネヴァダ州の知事をよく知ってる。そのコネとか、とにかくそういうものを全部使って、ビッグ・ビジネスにするんだ」

「うーん……」

ロビンソンは心配そうな表情。

「上手くいけば、月に二十万ドルや三十万ドル、簡単に稼げる。会社を上場すれば、三千万ドルとか五千万ドルだ。失敗したって、たかが知れてる。やらない手はないだろ？　俺たちの目の前に、ビッグなチャンスが転がってるんだ」

ロビンソンが金に困っているのを見透かしたかのように、金の話を始めた。金銭的な夢を語り、相手をその気にさせる説得方法は、その後も変わらなかった。

「こんなチャンスは、ハイヤー・コーリング（神様が与える使命）以外の何物でもない。俺はこのビジネスに、強いスピリチュアル・フィーリングを感じるんだ」

ロビンソンもトラヴィスもモルモン教徒で、教会に通っている。

「俺たちは50／50《フィフティ・フィフティ》でやろう。俺があんたの分の面倒をちゃんとみるから」

ロビンソンがトラヴィスの顔をみると、目をぎらぎらさせ、野心とエネルギーを発散していた。金のないロビンソンは、誘惑にかられる。

「わかった。50／50でやろう」

ロビンソンはトラヴィスと握手を交わした。

住人が教会を通じて結びついているセント・ジョージでは、弁護士を立てて契約書を交わすようなことはあまりしない。相手の言葉を信じ、握手だけで物事を進める。

「ところで、セミ用の装置を開発するには、作業用のセミが要るよ」

ロビンソンがいった。

セミトラックは、中古でも一台数万ドルはする。

「大丈夫だ、俺がなんとかするから」

トラヴィスは、自信ありげにいった。

新会社は、ガスの「g」を頭に付けて、ジー・ハイブリッド社（gHybrid Inc.）と名付けられた。

十二月――

マーク・ロビンソンは、キッチンの大きな木製のテーブルで、パソコンのキーボードを叩き、セミトラック用の圧縮天然ガス利用装置の設計を行なっていた。

ロビンソンの自動車改造に関する知識はすべて独学である。

（ふーむ、セミの場合、レギュレータ〈減圧弁〉は、こんなタイプのやつを使うのか……）

ロビンソンは、自動車改造に関するインターネット・コミュニティの記述を熟読し、設計方法を調べていた。

装置は複雑なものではなく、通常二本のガス容器（ボンベ）を車両のどこかに収め、そこから燃料の配管を伸ばし、レギュレータやインジェクタを介し、エンジンに注入する。

（このタイプは、売ってるのかなあ……？）

今度は、自動車部品の通販サイトを検索する。

ロビンソンにとって難しいのは、資金力のある自動車メーカーと違って、自分で部品をつくったり製作を外注したりできないことだ。ネットサイトで市販のものをみつけ、それらを組み合わせていくしかない。

かたわらに置いたスマートフォンが振動した。

スクリーンに視線をやると、ジェイク・トラヴィスの名前が表示されていた。

「ヘイ、バディ、アイ・ジャスト・ゴット・バック・フロム・フェニックス（今、フェニックスから戻ったところだぜ）」

声が弾んでいた。

トラヴィスはこの日、アリゾナ州の州都フェニックスにあるスイフト・トランスポーテーション社を訪問した。全米最大のトラック輸送会社で、保有トラック数は二万三千台以上、従業員数は約一万六千五百人、年間売上高は約二十五億ドル（約二千二百二十五億円）という巨大企業だ。

先日、トラヴィスからスイフト社とのアポイントメントがとれたと聞かされたとき、ロビンソンは、いったいどうやって渡りをつけたのかと驚いた。

「スイフトの幹部に、あんたが改造した俺のピックアップを運転させたんだ。そしたら非常に素晴らしいといってくれて、俺たちに試作用のセミを送ってくれるそうだ」

「ホーリィ・クラップ！（何てこった！）ワォ！」

半信半疑だったが、トラヴィスがスイフトという巨大企業のドアをいとも簡単にこじ開けたことに驚嘆した。

それから間もなく、スイフト社からロビンソンの家にセミトラック（トラクターヘッド）が送られてきた。家と同じくらいの高さがある巨大な自動車で、車寄せに何とか駐車させたが、車道にはみ出しそうだった。

与えられた時間は二ヶ月あまり。

期限までに改造を完了するため、ロビンソンは昼夜の別なくキッチンのテーブルで設計し、様々な工具を使って、セミトラックを改造していった。

ある程度改造ができると、ロビンソンはそれを近くのモルモン教会の駐車場で何度も走らせ、テストをした。

家計の足しにするため、スーパーのレジ係をやっているジュリーも、改造作業やテスト走行でのデータ集めを手伝ったりして、二人は寝る間も惜しんで働いた。この間、ロビンソンは時々便利屋的に舞い込んでくる自動車の塗装や修理の仕事でわずかばかりの収入があるだけだった。その上、部品を買うための金が収入を超えて出ていった。

翌年三月のある晴れた日――

出来上がったセミトラックの性能をテストするため、スイフト社から三人の男たちがやってきた。ドライバーと二人の技術部門のスタッフだった。

テスト走行は、いつもロビンソンがやっていた教会の駐車場やテスト走行用のサーキットではなく、セント・ジョージから州間高速道路15号線を北約一〇〇マイル（約一六〇・九キロメートル）のところにあるビーヴァー（Beaver）市まで走る。しかもトラクター部分だけでなく、二、三〇トンの貨物を積んだトレーラーを牽引するという実戦的なテストだった。

ロビンソンの家の前に停めたトラクター部分のキャビンにスイフト社の三人が並んですわり、背後の席にトラヴィスとロビンソンがすわった。

（自分は、やれるだけのことはやった。……何とか上手くいってくれますように！）

ノートパソコンを膝の上に置いたロビンソンは、無言で祈る。かたわらのトラヴィスは、いつものように饒舌《じょうぜつ》にスイフトの三人に改造の成果を売り込んでいた。

ドライバーが、車を発進させた。

発進はスムーズで、順調に速度を上げていく。

まもなく五人を乗せたセミトラックは州間高速道路15号線に乗り、北東の方角からセント・ジョージの市街地を抜け、中央分離帯で仕切られた片側二車線のハイウェーを北上して行く。

道の左右にレッド・クリフス国立保護区の赤茶色の岩山が迫り、高低様々な岩山が車窓に現れては過ぎ去っていく。景色をみていると、山間部を切り拓《ひら》いてつくったハイウェーだというのがよくわかる。

道は緩やかに蛇行しながら、北へ北へと延びていた。

走っている車の数は多くなく、快適なドライブだ。空は水色に近い青空で、白いちぎれ雲が浮かんでいた。

市街地を出て一五キロメートルほどで、国立保護区の赤茶色の岩山が姿を消し、左右が薄茶色の土漠地帯となる。左手のやや遠くにパイン・ヴァレーの岩山、右手にザイオン国立公園付近の岩山の茶色く尖った姿がみえる。

（順調に走っている！　いいぞ！　その調子だ！）

ロビンソンは心のなかで自分が改造したセミトラックを励ます。車は振動したり、異音を出したり、エンストを起こしたりすることもなく、滑《なめ》らかに走り続けていた。

おそらくこの調子で最後まで走り切れるのではないかという期待が湧く。

（問題は燃費だ。果たして、スイフトが満足できる燃費で走れるだろうか……）

スイフト社全体の大きな経費項目の一つが燃料費だ。ここを抜本的に改善できれば、会社の業績がぐっと上がる。海のものとも山のものともつかないジー・ハイブリッドの改造車をわざわざテストするのもそのためだ。

ドライバーの隣では、スイフト社のエンジニアが、腕時計に視線を落としたりしながら、クリップボードに挟んだチェックリストにこまごまと書き込みをしている。

左右の山々が近づいたり、遠のいたりし、道沿いにちょっとした林が現れたり、それが途切れ、薄茶色に乾燥した平原が現れたりする。正面に低い山がみえることもある。山は離れている距離によって、赤茶色の岩山であったり、青い山であったりする。

時々ガソリンスタンドとスーパーを備えたパーキングエリアが現れ、乗用車、ピックアップ・トラック、トレーラーを連結したセミトラックなど、様々な車が停まっている。自然豊かなユタ州は屋外のリクリエーションも盛んで、自転車を後部に括《くく》り付けたバンや、小型トレーラーに載せたボートやキャンピングカーを引っ張っている車もある。

「ヘイ、ウィ・アー・オールモースト・ダン！（よう、ほぼ走り切ったぞ！）」

道の両側に平地が広がり、商店、ガソリンスタンド、民家などがみえ始めた頃、トラヴィスが意気揚々といった。

ハイウェー沿いに、ＢＥＡＶＥＲという大きな文字を掲げ、「＃１ ＷＡＴＥＲ」という文字を白抜きにした青い横長の大きな看板が現れ、ビーヴァー市に入ったとわかる。ここは十九世紀後半にモルモン教徒が先住民の襲撃を受けながら開拓した町で、二〇〇六年に全米で美味しい水を競うコンテストで優勝した実績がある。

まもなくセミトラックは、市街地の外れに停車した。

全員が車から降りた。

スイフト社のエンジニアが、セミトラックの車体側面のカバーを開け、なかに収められている二本のガス容器に取り付けられた計器をチェックする。

その様子を、ロビンソンは固唾を呑んでみまもる。

（走行はまったく問題がなかった。あとは燃費だ……）

計器の数字を確認した中年のエンジニアは、クリップボードの上で小型の電卓を叩く。

表示された数字をみて、ほう、という驚きの表情になった。

再び計器の数字を確認した上で、チェックシートに書き込みをした。

「六一パーセント、燃費が減っています。マイル当たりで」

エンジニアがチェックシートから顔を上げ、興奮を隠しきれない表情でいった。

「ワォ！」

「ウワァーオ！」

「ブラヴォー！」

全員が興奮状態に陥った。

（六一パーセント！　信じられん！）

ロビンソンは、歓喜のあまり眩暈《めまい》がしそうだった。一〇パーセントも燃費が削減できれば上出来だと思っていたところに、六一パーセント削減できたというのだ。

「ヘイ、バディ、ウィ・ディド・イット！（相棒、俺たちはやったぜ！）」

トラヴィスが満面の笑みで右手を差し出し、ロビンソンがそれをがっちり握る。

ちょうど昼時だったので、五人は市内のメキシコ料理店でランチをとることにした。ユタ州は元々メキシコ領で、米墨戦争（一八四六～四八年）を終結させたグアダルーペ・イダルゴ条約によって米国に割譲されたので、今もメキシコ料理店が多い。

五人は興奮状態で話をしながら、タコス、チラキレス（トルティーヤチップスにソースをかけて煮込んだ料理）、エンチラーダ（トルティーヤを巻いて具材を詰め、サルサをかけた料理）などを頬張った。

店は近々内装を替える予定だそうで、客に自由に天井に落書きをさせていた。みんなの歓声を浴びながら、トラヴィスがテーブルの上に上がり、黒いマジックペンで「61% cost per mile savings!（一マイル当たり六一パーセントのコスト削減！）」と書いた。

それをみて一同は拍手喝采を送った。テストの成功で、今や誰もがバディとなった。

3

スイフト社の最初のテストに合格したあと、トラヴィスは、ロビンソンの知らないところで、資金集めを始めた。

高校の同級生、教会で顔なじみの人々、友人をつうじて知り合った高校の同窓の大学生、アフガニスタン紛争帰りの兵士などに、それぞれ一万ドルから五万ドルを投資させた。

「もしいくらか金を持っているんなら、それを投資して、倍にしない手はないじゃないか。これはセミトラック業界に革命をもたらすプロジェクトだ。俺たちはもうすぐスイフト社と契約して、莫大な金を手にする。数年以内に売上げは数億ドルだ」

トラヴィスは、ぎらぎら目を輝かせ、事業のバラ色の将来を語って、人々から金を集めた。

夏休みのアルバイトなどで小金を貯めたマシュー・ベネットという名の大学生には「今、投資すれば確実に倍になる。来年の夏休みは働かなくてよくなる。素晴らしいと思わないか?」といって勧誘した。トラヴィスの高校の後輩で、共通の知人もいるベネットは、親や親戚から借金もして三万ドルを投資した。

しかし、トラヴィスが人々に投資をさせた会社は、ジー・ハイブリッド社ではなかった。投資先は、五年前に防犯アラームの会社を他人に売り飛ばしたあと設立したクラシファイド広告の会社で、一応ジー・ハイブリッド社の親会社になっていた。

クラシファイド広告とは「売ります」「買います」「募集」「致します」等の三行広告を地域やジャンルごとに掲載するタイプの広告だ。

アフガニスタン帰りの兵士に「自分は投資というものをやったことがないんだが、これでジー・ハイブリッド社に投資したことになるの?」と訊かれたときは、「このスキームは実は素晴らしい投資方法で、ジー・ハイブリッドだけじゃなく、クラシファイド広告のほうも上手くいけば、追加で金が入ってくるんだ」と説得した。

トラヴィスは人々に数ページの契約書にサインさせた。そこにはジー・ハイブリッド社の名前は一切なく、通常必要とされる事業の概要・組織・ビジネスプラン・個々のリスクについての記述もなく、「投資家は本件に相当なリスクがあることを承知している。また投資家は投資の全額を失うことに耐えられる資力があることを表明する」と書かれていた。

当然多くの人々が不安を覚えた。しかし、彼らのほとんどがセント・ジョージという地方の町とその周辺で生まれ育った純朴な人間だったので、トラヴィスが裏切ったりすることはないはずだと、自分にいい聞かせた。投資家の一人は、トラヴィスに四万ドルの小切手を渡した三十分後に、自分の銀行口座から現金が引き出されたので、異様な感じを受けたと、のちに語った。

スイフト社のテスト走行から数ヶ月後――

マーク・ロビンソンは、自宅のキッチンでパソコンに向かって仕事をしていた。

つい先日、スイフト社と正式な契約を交わし、同社がジー・ハイブリッドに、開発費用として二百万ドル（約一億八千万円）を前払いし、スイフト社のいくつかの種類のトラックで、ジー・ハイブリッドの技術をテストすることになった。

テストには、前回と同様に期限が設けられていたので、ロビンソンは必要な技術を開発するために、ますます忙しくなり、寝る間も惜しんで働いていた。

特に難しかったのは、米国の厳しい排ガス規制をクリアすることだった。クリアできなければ、どんなに出力があって、どんなに経費効率がいい装置であっても意味がない。

（な、なんだこれは……!?）

その日、必要な技術を探すため、たまたま特許の申請サイトをみていたロビンソンは、驚きと憤慨で目をみはった。

（ジェイク・トラヴィスが単独の開発者だとぉ!?）

そこには、トラヴィスのピックアップ・トラックにロビンソンが装備した圧縮天然ガス装置が特許申請されたと書かれており、トラヴィスが単独開発者になっていた。

（何てことをするんだ、あいつは……!?）

さらにジー・ハイブリッド社が商業登記され、トラヴィスがＣＥＯ（最高経営責任者）兼ＣＦＯ

（最高財務責任者）で、ロビンソンの名前はなかった。役員はトラヴィスやトラヴィスの父親、弟など、家族一同で固められていた。

ロビンソンはすぐにトラヴィスに電話をかけた。

「ヘイ、ジェイク、いったいあれはどういうことなんだ!? 俺たちは、50／50でやってるんじゃなかったのか？」

ロビンソンが、特許申請と会社の商業登記のことを問いただすと、トラヴィスは若干動揺した様子でいいわけをした。

「マーク、誤解を与えて申し訳ない。あれはたぶん弁護士が間違えて申請書をつくったんだと思う。俺も忙しくて、よくみないでサインしたから、気が付かなかった」

「間違いであることを祈るよ」

ロビンソンは皮肉をこめていった。

「もちろん間違いさ、バディ。すぐに申請をやり直すよ」

トラヴィスは、ロビンソンを怒らせると、会社が立ち往生することをよく知っていた。

「それと、ジー・ハイブリッドの商業登記をみたんだけど、きみがCEO兼CFOになってるじゃないか。これも50／50という約束と違うと思うけど」

「CEO兼CFOというのは、形式だよ。要は、マークが技術面をやって、俺が会社の実務の面倒をみるっていうことだ」

内心不安なのか、早口でまくし立てる。

「俺はあんたに事務的な負担をかけたくない。開発に専念してほしい。技術開発は、ジー・ハイブリッドの命だ」

「………」

「俺の仕事は会社のために契約を獲ることだ。それにはＣＥＯの肩書が要る。それと資金を集めて、それを配分し、会社の財務諸表もつくる。これはＣＦＯの仕事だろ？」

ロビンソンとトラヴィスはしばらく話し合ったが、トラヴィスは、ＣＥＯ兼ＣＦＯの肩書や役員になったことに関しては譲らなかった。その代わり、会社からロビンソンに年間五万四千ドルの報酬を払うことになった。ロビンソンは、トラヴィスの類まれな対人折衝能力には一目置いており、ジー・ハイブリッドの発展のためにはそれが必要だと思っていたので、提示された条件に同意した。


まもなく、トラヴィスの弁護士が、ロビンソンを共同発明者として、特許の申請をやり直した。五万四千ドルの報酬は月払いで支払われる約束だったが、きちんと支払われたのは最初の二ヶ月だけだった。それからは金額が減ったり、支払いが遅れたりした。ロビンソンが苦情をいうと、トラヴィスは「スタートアップ企業の支払いが不安定なのは、普通のことじゃないか。どの創業者も、最初は自己犠牲を払うもんだ。俺も払ってる。でも将来、ジー・ハイブリッドは、ものすごい価値の会社になる。そのとき俺たちは、自己犠牲の何十倍、何百倍、何万倍ものリターンを回収できるんだ。素晴らしいと思わないか？」といって、説得した。

妻のジュリーは生活費を補うため、賃金のよい建設現場に働きに出るようになった。ヘルメットをかぶり、作業服の上に目立つ黄色いチョッキを着て、粉塵まみれで資材・機器・工具などの受け渡しと管理をする仕事をした。

一方、トラヴィスは、新しいキャンピングカーを買ったり、ボートを買ったりし始めた。ロビンソンがトラヴィスの家を訪ね、ガレージにぴかぴかのポルシェのオープンカーがあるのを目にして、驚いたこともあった。一台十四万ドルもする高級車だった。

そんなある日、ロビンソンは知り合いから一枚のチラシを受け取った。ジー・ハイブリッドの親会社である、トラヴィスのクラシファイド広告の会社が配ったカラー刷りのチラシだった。

〈Come to The World's Largest Silly String Event in Salt Lake City!〉
（ソルトレークシティで開かれる世界最大のシリー・ストリング・イベントにきたれ！）

シリー・ストリング（直訳は「おバカな糸」）とは、スプレー缶のなかに合成樹脂を入れ、噴射すると樹脂が糸状になって出てくるものだ。結婚式やパーティーなどで、紙吹雪と同じ感覚で使われる。

「いったいこれはなんだ？」

ロビンソンは妻と顔を見合わせた。

どうやらクラシファイド広告会社の宣伝のために、トラヴィスが企画したイベントらしかった。

二人は招待されていなかったが、様子をみるため、当日、車で四時間かけてソルトレークシティまで出かけた。

モルモン教徒が拓いたソルトレークシティは、人口約十八万七千人。すぐ東側にロッキー山脈の西端に位置するワサッチ山脈（最高峰はネボ山で標高三六三六メートル）の緑と茶色のごつごつした山並みが迫り、西側に琵琶湖の約八倍という巨大な面積の塩水湖、グレートソルトレークが広がっている。

二人が到着したとき、街の中心部の近代的なビル群やワシントンDCの合衆国議会議事堂によく似たユタ州議会議事堂に、グレートソルトレークの方角から茜色の夕陽が降り注いでいた。

シリー・ストリング・イベントは、夜の九時半に始まった。

会場は市内にある倉庫のような建物である。

一歩なかに足を踏み入れると、ストロボライトが点滅し、大音響でディスコミュージックが流れ、煽《あお》るようなDJの声が響き渡るなか、三千人ほどが興奮状態で踊っていた。彼らは用意された八千缶のシリー・ストリングをかけ合い、無数の蜘蛛《くも》の糸に絡まったような姿だった。会場のいたるところに「$」のプラカードが掲げられ、正面のステージでは「Money Cannon（金の大砲）」と書かれた大きな筒を持った男たちが、筒の先からドル札を噴射し、人々が争うように拾っていた。YouTubeに事前にアップされていたイベントのプロモーションビデオによると、十分ごとに五百ドルをばら撒くそうなので、三時間半のイベントで、一万五百ドルを使う計算になる。イベントの最後には、籤引《くじび》きで乗用車が当たるという。

（こんな馬鹿騒ぎをやって、いったいなんのメリットがあるっていうんだ？　どこから金が出ているんだ……？）

ロビンソンとジュリーは、異様な光景に立ちすくむばかりだった。

あとでわかったことだが、ジー・ハイブリッドからクラシファイド広告の会社に、二百六十万ドルもの金が貸付金として流れていた。

それから間もなく――

ロビンソンとトラヴィスは、インディアナ州コロンバス市にある、カミンズ社（Cummins Inc.）のテストコースにいた。

スイフト社が、同社が使っている車両のエンジンを製造しているカミンズ社でテストを受けるよう、ジー・ハイブリッド社に要請したのだった。

カミンズ社は、米国屈指のエンジン・メーカーだ。従業員数は三万九千二百人で、約百九十ヶ国に輸出やサービスの提供を行なっている。

テストコースはコロンバスの市街地から五キロメートルほど南西の郊外にあった。一周二キロメートルのサーキットで、周囲に畑や草地が広がり、近くにカミンズ社の下請けの金属加工会社や部品工場がある。東側にはアメリカン・フットボールの競技場があり、プロテクターを着けた中学生や高校生が練習をしていた。西の方角には、イエローウッド州立森林公園の黒っぽい緑色の森林地帯が横たわっている。

晴れ渡った青空から夏の日差しがかっと照り付け、ロビンソンもトラヴィスも、時おりハンカチで汗をぬぐっていた。

サーキットには、カミンズ社のテストドライバーと四人の技術者がきていた。米国トップクラスのエンジン技術者たちで、右袖に「C」の文字に社名を入れた会社のロゴを白抜きした黒のポロシヤツ姿だった。

運送会社であるスイフト社の簡単なテストと違い、ロビンソンが改造したカミンズ社のセミトラックに様々な計測機器を取り付け、本格的で詳細なテストを行う。

(今日は、さすがに駄目なんじゃないだろうか……)

サングラスをかけたロビンソンは、不安な気持ちをぬぐえないまま、セミトラックのそばで計測機器の調整を行う技術者たちをみていた。ここ数週間、徹夜続きだったので、身体がふらつき、皮膚は生気を失って灰色がかっていた。

改造は、カミンズ社が求める水準まで達していない可能性が大きかった。

(最低でも、あと二ヶ月必要だったんだが……)

トラヴィスが寄越す資金もわずかばかりだったので、それも開発の足を引っ張る原因になった。

(あんなシリー・ストリング・イベントをやる金があったんなら、開発に回してほしかった……)

トラヴィスに苦々しげな視線をやると、ロビンソンの想いなどまったく眼中にない様子で、カミンズの技術者たちに盛んに話しかけ、売り込んでいた。

「オーケィ、じゃあ、そろそろ行こうか」

計測機器の調整が終わると、リーダー格の技術者がいった。

ドライバーがトレーラーを連結したセミトラックに乗り込み、車を発進させる。

ロビンソンは、祈るような気持ちで、それをみまもる。

ドライバーがアクセルを踏むと、セミトラックはものすごい勢いで発進した。

「ワォ!」

「オー・マイ・ガーッ！」

技術者たちが驚きの声を上げる。

（パワーの出すぎだ……）

ロビンソンは内心舌打ちした。

セミトラックは、あっという間に、青空の下のサーキットコースを遠ざかって行く。

耳を澄ますと、普段出ないような騒音が聞こえ、車体も振動しているようだった。

瞬く間に一周し、ロビンソンらの目の前を猛スピードで通過した。

「すごいパワーだな……」

技術者たちが声を漏らす。感心しているのではなく、懸念している顔つきだった。

ドライバーは懸命にスピードをコントロールしようとしていたが、パワーが出すぎるので苦労していた。

セミトラックはトレーラーを引っ張ったまま轟音《ごうおん》を立て、コースを走り続ける。

「タイヤがヤバいんじゃないか？」

技術者の一人が顔をしかめる。

「停めましょう。このままだと危険です」

技術者たちがドライバーに停止の合図を送り、やがてセミトラックは、一同の前に停車した。

「……タイヤがバースト寸前だ」

タイヤをチェックした技術者が顔をしかめた。

分厚いタイヤに裂け目ができていた。

（やはり、パワーの調整が足りていなかったか……）

ロビンソンは暗澹《あんたん》たる思いで、様子をみまもる。

技術者たちは、車の側面のカバーなどを外し、計測用の計器類をチェックする。

「こりゃ、駄目だ……！」

スマートフォンのチェックシートに数値を入力しながら、技術者たちが首を振る。

「ルック（みてみな）」

一人がスマートフォンをロビンソンとトラヴィスのほうに向けた。

そこに示された、二酸化炭素の排出量をみて、ロビンソンは絶望的な気分になった。

基準値の実に二十倍の排出量だった。

窒素酸化物《ノックス》と粒子状物質《ピーエム》にいたっては、排出量過多で計測不能だった。

他の計測数値も、ほとんどが異常か不合格だった。

「ディス・イズ・ナッツ！（こりゃ、いかれてるぜ！）」

技術者の一人が馬鹿にしたようにいった。

4

カミンズ社でのテストが、これ以上ない大失敗《ディザスター》に終わったあと、ロビンソンは必死になって問題点を克服しようとした。しかし、必要な部品や機器を買う金がなかった。トラヴィスに「スイフトからの二百万ドルはどうしたんだ?」と問いただしても、「マーケティングなんかにいろいろ金が要るんだ」とのらりくらりとごまかされるだけだった。

ロビンソンに払われる報酬も、年間五万四千ドルの約束が、翌年には一万七千ドルしか払われず、翌々年には、一万一千ドルまで減った。


ある日の深夜、ロビンソンがガレージで懸命に作業をしていたとき、ジュリーが家の地下室にある深さ九フィート（約二・七メートル）の食料貯蔵用の穴に誤って転落した。ジュリーは背中をしたたかに打ち、息もほとんどできない状態になった。しかし、つま先に力を入れると、なんとか動かせたので、必死の思いで梯子《はしご》をよじ登り、穴から這《は》い出た。本当はロビンソンに助けを求めたかったが、一人で寝室に這い戻り、ベッドに入って痛みを我慢した。ロビンソンが、スイフト社に課された締め切りの直前で、昼夜を分かたず働いているのを知っていたからだ。

朝日が戸外を照らし始めた頃、ロビンソンは仕事を終えて寝室に戻った。臥《ふ》せっているジュリーをみて驚愕し、すぐに病院に連れて行った。診断の結果、ジュリーは脊椎骨を三ヶ所骨折する重傷だった。

ロビンソンはジュリーにかけてきた苦労を思い、涙が止まらなかった。

二人とも、もう限界だと思った。

この頃、スイフト社が契約違反を理由に、ジー・ハイブリッドを訴えてきた。

ジー・ハイブリッド社と契約して二年がたったが、技術開発が進まないので業を煮やしたのだった。訴状では「前払いした二百万ドルの大半が、開発作業とは関係がない幹部の個人的な支出に使われたため、ジー・ハイブリッドは相変わらずエンジン関係の問題を抱えている」と主張した。

これに対してトラヴィスは反訴し、「スイフト社は、若い経営者であるジェイク・トラヴィスの疑いを知らない性格につけ込み、技術を盗もうと目論んだ」と主張した。

双方は相手の主張を真っ向から否定し合い、訴訟に入った。


それからさらに二年後のある日——

マーク・ロビンソンは、自宅で地元紙を読んでいた。

ジー・ハイブリッドの仕事はかなり前に辞め、地元の公立職業訓練校であるディクシー・テクニカル・カレッジの講師の職を得ていた。高校生くらいの年齢の生徒たちに、機械製作の技術などを教える仕事だった。

ジュリーは引き続き建設現場で働き、破産寸前だった家計を二人で立て直しているところだった。

〈Worthington takes majority stake in gHybrid for $12 million（ワージントンがジー・ハイブリッドの過半数の株式を千二百万ドルで取得）〉

読んでいた地元紙のビジネス面の見出しに、ロビンソンの視線が釘付けになった。

（ジー・ハイブリッドの株を千二百万ドルで売った……⁉）

ワージントン・インダストリーズ（Worthington Industries Inc.）は、オハイオ州の州都コロンバスにある世界的な金属製品メーカーだ。社員数は約一万人で、圧縮天然ガス・プロパン・酸素・ヘリウムなどの圧力容器、水用のタンク、建設用鋼材その他を製造している。

記事を読むと、ワージントンが出資したのは、ジー・ハイブリッド（gHybrid Inc.）ではなく、ジー・ハイブリッド・システムズ（gHybrid Systems LLC）という会社だという。

（ジー・ハイブリッド・システムズ？　そんな会社があるのか……？）

ロビンソンは急いでネットで情報を検索した。

商業登記などをみると、スイフト社から訴えられた直後に、トラヴィスが設立した会社だった。トラヴィスやトラヴィスの父親などが役員になっていて、ジー・ハイブリッド社の権利関係を引き継いだことになっていた。

（トラヴィスは、こういうことをやっていたのか……！）

啞然とするとともに憤慨した。

トラヴィスは、誰にも気づかれないうちに、自分専用の救命ボートを用意していたのだった。

（しかし、あの技術は未完成のはずだが……。そんなものに、れっきとした大会社が千二百万ドルも出すっていうのか？）

ロビンソンは、ワージントン社で働いている知り合いがいたので、電話をかけて事情を聴いた。

「あれは、会社の上のほうが決めた案件で、ろくなデューディリジェンス（買収監査）もやってないらしい」

電話に出た知人の男がいった。

「おそらく、ジー・ハイブリッド・システムズ側の口車に、上手く乗せられたんだろう。弁の立つセールスマンがいるのかもな。そのうち失敗して、ライトオフ（償却）するだろうな」

知人の男は、批判的な口調でいった。


のちにトラックテック社の疑惑を調べるため、パンゲアのホッジスとグボイェガが訪ねたとき、ロビンソンは「ジェイクは、一種の精神的欠陥者だと思う。なにかをぶち上げて、人々を熱狂させ、金を集めたら、あとはまったく無関心になる。普通の人間なら、なんとか実現しないと責任問題になると考えるが、彼は、そういう感覚が完全に欠落している」と語った。

「天性の嘘つきということですか？」

ホッジスが訊いた。

「そういって差し支えないと思う。当時、そこまでとは、自分も気が付かなかった」

「トラヴィス自身も、『自分の役割は、革新的なビジョンを打ち出し、投資家に夢を与えることだ。それをどうエクシキューション（実行）するかは、ほかの人間の仕事だ』と、テレビのインタビューで語っていますね」

グボイェガがいった。

「そういう男だ。とにかく普通じゃない。ある意味で、モンスターだよ」

「しかし、トラヴィスのビジョンは、イーロン・マスクのような、緻密で科学的かつ論理的な計算にもとづいたものではないですよね？」

「ただの妄想だ」

ロビンソンは吐き捨てるようにいった。

その妄想に引きずられ、トラックテックが三百億ドル（約四兆八百億円）近い企業価値のある会社として躍り出たのは、汗水流さずに一攫千金を夢みる人々の欲望のなせる業《わざ》だった。

5

ワージントン社が、トラヴィスのジー・ハイブリッド・システムズに千二百万ドルの出資をした翌年の一月——

コロンビア川とウィラメット川に挟まれ、風光明媚なオレゴン州ポートランド市郊外のガレージで、二人の韓国人の男が、トヨタのランドクルーザーの改造に取り組んでいた。

白い車体で、形はピックアップ・トラックに似ているが、窓も屋根もないオープン・スタイルだった。鉱山の地下の採掘現場で使われる予定の車両で、ゴルフ場のカートのように黒い鉄製の枠組みが付いていた。

「オゥケーイ、ディス・イズ・ダン！（よし、こっちはできたぞ）」

車体の下から出てきた、長身にブルーの作業着姿のアジア系の顔の男がいった。

金道賢《キムドヒョン》という名の韓国人だった。クルーカットの頭髪で、黒縁眼鏡をかけ、一年半の兵役を経験した身体は引き締まっている。韓国の理系の大学ではトップクラスの韓国科学技術院で学んだあと、スタンフォード大学で電気工学の修士号を得ている。年齢は三十代半ばである。

「メイビー・ウィル・ゴー・オンナ・テスト・ドライヴィング・ネクスト・ウィーク（たぶん来週には、テストドライブができるんじゃないかと思います）」

車のそばで、別の韓国人の男が話していた。

金道賢の二歳違いの弟の民俊《ミンジュン》だった。道賢より背が低く、ふっくらした顔つきで、銀縁眼鏡をかけている。兄同様、韓国科学技術院で学び、ミシガン大学で機械工学の学位を得ている。

「そう？　じゃあ、スケジュール的には順調だね」

金髪の白人の男が民俊のほうをみて、満足そうにいった。

鉱山用のカスタム・カーを販売しているカナダの会社の担当者だった。

カナダ政府は、鉱山の地下で使用するディーゼル車の数を制限しているが、温室効果ガスを発生させないＥＶ（電気自動車）であれば、使用台数に制限はない。

今、金兄弟が改造に取り組んでいる車両は、鉱山の採掘現場に配備され、事故が起きた際の救急用に使われるものだ。

ガレージでは、二人の他に数人の米国人や韓国人のエンジニアが、別の車両の改造や試作に取り組んでいた。

金兄弟が、地元でビジネスを営んでいる親戚を頼り、ポートランドで「ＥＶラボ」という会社を創業したのは七年ほど前のことだ。仕事は、ＥＶ製造に関する設計や助言である。数年前に、ドイツの大手自動車メーカーの主力モデルのＥＶ化の設計に成功したことが、飛躍のきっかけになった。会社の名前が広く知られ、折からの世界的なＥＶ化の趨勢《すうせい》も追い風となり、既存の自動車メーカーやスタートアップのＥＶベンチャーから、数多くの依頼や相談が寄せられるようになった。

現在、最も力を入れているのが、ＵＴＶ（Utility Task Vehicle）と呼ばれる、オフロード車だ。農業、林業、鉱業、キャンプ場運営、軍事、警備などの用途で、一般道ではない場所で用いられる。

四つの車輪それぞれに電動モーターを取り付けると、ガソリン自動車とは比較にならないほど強力な馬力が出るので、需要が高まっている。

（ええと、次にやるべきことは……）

道賢は、タブレット端末を手に取り、ランドクルーザー改造のプロセスを確認する。

作業服のポケットに入れたスマートフォンから小さな着信音が鳴った。

（ん？　メールか？）

道賢は、スマートフォンを取り出し、受信ボックスをチェックする。

見知らぬ人物からのメールが入っていた。

ＥＶラボのホームページに掲載してあるメールアドレスをみて、連絡してきたらしい。

〈Hi, I'm Jake Travis. I'm CEO of TruckTech Corporation in Salt Lake City. We manufacture EV semis……〉（こんにちは。ソルトレークシティにあるトラックテック社のＣＥＯジェイク・トラヴィスです。我々はＥＶのセミトラックを製造していて……）

（ほう、セミトラックのメーカーか……）

道賢は興味を惹《ひ》かれる。

セミトラックは手がけたことはなかったが、ある意味でＵＴＶの延長線上にある車種だ。

トラヴィスのメールには、ＥＶラボと提携し、セミトラックをＥＶ化したいと書かれていた。

セミトラックのＥＶ化は難しく、ＥＶのトップメーカーであるテスラですら、まだ実用化できていない。大きな理由は、二五トンとか三〇トンの貨物を積んだトレーラーを引っ張って何百キロメートルも走らなくてはならないため、バッテリーの重さだけで数トンになることだ。その分、牽引できる貨物の重量や荷室スペースが減り、かつ充電に長い時間がかかる。

米国では約四百万台のセミトラックが走っているので、未開の巨大マーケットだ。

(こいつぁ、ビッグ・アイデアだ!)

翌月——

金兄弟は、ポートランド空港で、初対面のトラヴィスを出迎えた。

空港は市街地の北東一四キロメートルのところのコロンビア川沿いに位置している。オレゴン州では群を抜いて大きな空港で、一日約五百便が発着し、州の旅客と貨物の九割を扱う。空港ターミナルと立体駐車場の間の道路の上に、白い鉄骨で支えられ、緩やかに弧を描く巨大なルーフが差し渡されていて、ガラスをとおして陽光が降り注いでくる。

「……僕の親父は、ユニオン・パシフィック鉄道に勤めてたんだ。ラスベガスの駅長なんかをやっていた」

道賢が運転する車の助手席にすわると、トラヴィスは猛烈な勢いで話し始めた。

ユニオン・パシフィック鉄道は、一八六二年に設立され、米国中西部に路線網を張り巡らしている。営業キロ数は、全米一の五万一五〇〇キロメートルで、日本のJR六社合計の約二・六倍という全米で一、二を争う鉄道会社だ。

「僕は、鉄道と一緒に育ったようなもんでさ。子どもの頃は、よく蒸気機関車の機関室に乗せてもことだ。


らったよ。そうしたら、車掌がさ、『俺たちは将来、ロコモーティヴ・セミトラック（蒸気機関車みたいなセミトラック）をつくる』っていうんだ」

「ほう、ロコモーティヴ・セミトラックねえ」

道賢がハンドルを操りながら、相槌を打つ。

「そのとき、電球が爆発したね。僕は六歳だった」

a light bulb goes off（電球が爆発する）は、突然なにかを理解したり、アイデアが閃《ひらめ》いたりすることだ。

「わかるかい、意味が？　蒸気機関車みたいなセミトラックだ。要は、いちいち充電のために停まったりしないで、走りながら発電して充電できる。いわば発電所を備えた車だ」

「車に小型発電機を搭載するってことですね？」

道賢の言葉に、トラヴィスは「イエス、ザッツ・イット（そのとおり）、ザーッツ・イット！」と繰り返す。

「僕が今考えているのは、圧縮天然ガスで動く小型発電機だ。これを車に装備して、充電量が下がったら、バッテリーパックに電気を送り込む。そうすれば航続距離は一気に伸びる」

「そのとおりですね」

「誰も考えつかなかったハイブリッド・セミをつくるんだ。そのために僕は、今、世界最高水準のチームと一緒に作業している」

トラヴィスは目をぎらつかせ、憑《つ》かれたような勢いで喋り続ける。

ポートランド市街への道は片側四車線のハイウェーで、芝の中央分離帯には木が植えられている。

冬から春になる季節で、ハイウェーの左右に続く常緑樹の並木が、午後の明るい陽射しを浴びていた。

「これは実にビッグなプロジェクトだ。これを実現するのは世界最高のチームだ。あなたがたにも、たぶんこのエリート・チームに加わってもらえるんじゃないかと思っている」

トラヴィスは、ベスト・チーム、ベスト・ピープル・イン・ザ・ワールドと何度も繰り返す。

「このプロジェクトを実現すれば、あなたがたの名前は自動車産業史に燦然《さんぜん》と輝くことになる。そして僕らはビッグなペイデイ（給料日）を迎える」

トラヴィスはいつものように、将来大金が儲かるという話をする。相手の頭に夢を植え付けて焚きつけるのが常套《じょうとう》手段だ。

「このプロジェクトが上手くいったら、トラックテックがあんたがたの会社をバイアウトしてもいい。そうすれば、あんたがたは、億万長者だ」

金兄弟は、そんないい話がそうそう簡単に実現するとは思わなかったが、エリート・チームに加わる資格があるといわれ、悪い気はしなかった。

「電池と圧縮天然ガスのハイブリッド・セミよりも、さらに一歩進んで、電池だけで動くセミをつくってみてはどうなんです？」

後ろの席の民俊が、身を乗り出すようにして訊いた。

「そうすれば、完全なゼロ・エミッション車になると思いますけれど」

圧縮天然ガスは、ガソリンに比べると環境に有害なガスの排出量は格段に少ないが、完全なゼロ・エミッションではない。

金兄弟は環境問題への関心が深く、EVラボをやっているのも、ビジネスをつうじて地球環境を守りたいという思いからだった。

「アイ・ドント・ギヴ・ア・シット・アバウト・ジ・エンヴァイロンメント（環境なんて、クソだ）。俺は金を儲けたいだけだ」

トラヴィスが下品な言葉で吐き捨てるようにいったので、金兄弟はぎょっとなった。二人は、トラヴィスという男の本性を垣間見《かいまみ》た思いがした。

しかし、一緒に仕事をしてみたいという気持ちまでは失わなかった。トラヴィスの持っているアイデアは、画期的かつ巨大なスケールで、EVラボにとっても、大きな飛躍のチャンスになる可能性があった。またトラヴィスの動機がどうであれ、プロジェクトを実現すれば、地球環境改善に貢献できると考えた。

この頃、トラヴィスは、三年前に訴訟沙汰になったスイフト社と和解をした。和解条件は公表されなかったが、トラヴィスは、ジー・ハイブリッドの親会社であるクラシファイド広告の会社に出資した人々に、スイフトから百七十万ドルの和解金をもらうことになったと手紙を書いた。しかし、人々は半信半疑で、実はトラヴィスがスイフトに和解金を払うことになり、ワージントン・インダストリーズにジー・ハイブリッド・システムズの過半数の株を売り付けて手にした千二百万ドルのなかから捻出するのではないかと疑った。

一方、ワージントン・インダストリーズは、出資して早々、ジー・ハイブリッド・システムズの技術が使い物にならないと知り、出資を償却し、トラヴィスを訴えるかまえになった。

6

それから間もなく、金兄弟はトラックテックと契約し、セミトラックのＥＶ化を引き受けた。トラヴィスや先方のエンジニアの要望を聞き、パワートレーン（駆動装置）などの設計を行い、試作品をトラックテックに送った。圧縮天然ガスで駆動する発電システムの設計は、トラックテック側で行うということだった。

仕事を始めて気づいたことは、トラヴィスが締め切りに厳格で、少しでも遅れたりすると烈火のごとく怒り、口を極めて二人を罵ることだった。金兄弟は、その剣幕に恐れを抱いたが、それはトラックテックのほうの作業が順調に進んでいることの裏返しだと好意的に解釈した。

その後一年間近く、金兄弟は、トラックテックの仕事に没頭した。その甲斐《かい》あって、研究開発作業は着実に進み、プロジェクトが現実味を帯びてきた。二人は、これまで誰も成し遂げていない、ヘビー・トランスポーテーション（重量物輸送）のＥＶ化という輸送革命を実現できそうなことに、胸を高鳴らせ、作業に邁進《まいしん》した。

年明け、二人は、トラックテックでの組み立て作業の進捗状況を確かめるため、ソルトレークシティに出向いた。

しかし、トラックテックの作業場を訪れると、あるはずの完成間近のＥＶセミトラックは、影も形もなかった。体育館くらいの大きさの作業場はがらんとしていて、あちらこちらに二人が送ったパワートレーンや部品の試作品が、梱包《こんぽう》も解かれずに放置されていた。

二人が愕然として、トラヴィスにわけを尋ねると、「今は、マーケティングに忙しいので、そちらに力を入れている。それが一段落したら、うちの優秀なエンジニアたちが、あっという間に組み立て作業を行う。組み立てが終わったら、大々的に発表イベントをやって、世間を驚かせる」と平然として答えた。

五月——

ポートランドは初夏を迎え、コロンビア川は豊かに水を湛えていた。カナダ南部に源を発し、市街北側のワシントン州との境を流れ、太平洋に注ぐ大河である。

東の方角から街をみおろすフッド山（標高三四二六メートル）の富士山に似た山頂部には、まだ白い雪が残っていたが、汗ばむ陽気の日も出てきていた。

ＥＶラボのガレージでは、金兄弟が、カナダの鉱山用とは別のＵＴＶの試作作業を行なっていた。

金道賢の作業着のポケットに入れたスマートフォンが振動し、ジェイク・トラヴィスからメールが入ったことを知らせた。

〈We decided it's time to come out of stealth mode.（我々はステルス・モードから脱するタイミングだと決めた）〉

「이봐《イボァ》、제이크가《チェイクガ》 이런《イロン》 말을《マルル》 하더군《ハドグン》（おい、ジェイクがこんなことをいってきたぞ）」

道賢がスマートフォンの画面を弟にみせる。

「세간에《セガネ》 신제품을《シンジェプムル》 발표하겠다는《パルピョハゲッタヌン》 걸까요《コルカヨ》？（世間に新製品を発表するってことですかね？）」

銀縁眼鏡をかけた民俊が、画面に表示されたメールを読み、首をかしげる。

「発表するってことだろうなあ……。しかし、そんなに早く組み立て作業ができるもんかね？」

二人がソルトレークシティの作業場をみて以来、なにか作業が進んでいるという気配は一切なく、二人もトラックテックの仕事はもうほとんどしていなかった。

数日後、トラックテック社が華々しくプレスリリースを行なった。

ＥＶと圧縮天然ガス発電を組み合わせたハイブリッド・セミトラックが完成し、「Ｔ－ＯＮＥ（Tech One）」と名付けられ、仮予約（pre-order）を開始したという発表だった。

ホームページには、艶やかな赤色で塗装されたセミトラックの写真が掲載され、「これは運送革命を引き起こす車で、八万ポンド（約三六・三トン）の貨物を牽引し、一二〇〇マイル以上の距離をノンストップで走ることができる」と説明されていた。金兄弟は、そんなに性能が高いのかと驚いた。

さらに通常のセミトラックが、四百から六百馬力であるのに対し、二千馬力以上が出ると書かれていたので、二人はこれにも驚かされた。

自動車関係のメディアは、いまだ成し遂げられていないセンセーショナルな技術革新であると絶賛した。ただし、まだ自動車の実物は披露しておらず、ウェブサイトのデジタル画像だけなので、今後、実物を公開し、実際の性能を示すことが必要であると指摘した。

翌六月、トラックテックは、プレスリリースで、T－ONEの仮予約が七千台を超え、金額にして二十三億ドル以上に達したと発表した。さらに十二月一日に発表会を開き、T－ONEの実物を公開するとした。

八月初め——

金兄弟は、EVラボの作業場であるガレージで、顔を突き合わせ、驚きを隠せないでいた。

「これって、いったいどういうことなんだ!?　なにかの間違いじゃないのか？」

「圧縮天然ガスを使うなら、ゼロ・エミッションにはなりようがないですよね」

二人のタブレット端末には、この日、トラックテックが発表したプレスリリースが開かれていた。

そこには、赤いT－ONEの写真とともに、〈T-One Achieves Zero Emissions（T－ONEは、ゼロ・エミッションを実現した）〉という大きな見出しが掲げられていた。

プレスリリースのなかで、トラヴィスが「トラックテックは、トラック業界の『ホーリィ・グレイル（聖杯）』を技術力によって獲得した。すなわち、T－ONEは、セミトラックとしては世界初のゼロ・エミッションを実現した。また、これまで他社が発表したEVセミトラックの航続距離が二〇〇マイル程度で、充電に四～八時間を要しているのに対し、十五分の充電で一〇〇〇マイルの距離を走ることができる」と宣言した。

ホーリィ・グレイル（Holy Grail）は、イエス・キリストが最後の晩餐《ばんさん》で用いた杯で、手に入れた者は永遠の若さや無限の富を手にすることができるという伝説がある。そこから転じて、人々が強く欲しているが、入手困難なものを意味する。

「これ、本当なのかな？　いったい、どうやれば、そんなことができるんだ……？」

金兄弟は、首をかしげた。

トラックテックは、どのようにしてゼロ・エミッションを実現するかは、主要サプライヤーとの合意ができ次第明らかにするとしていた。


八月の終わり——

トラックテックが、新たなプレスリリースを出し、ゼロ・エミッションの実現方法を明らかにした。

T－ONEの動力源を、リチウムイオン電池と圧縮天然ガス発電機の組み合わせから、燃料電池に替えるというのだ。

燃料電池は、水素を車載の高圧タンクに貯蔵し、それを空気中の酸素と化学反応させて発電する、一種の発電装置だ。化学反応の結果生まれるのは電気と水だけという、ゼロ・エミッションである。

プレスリリースには、ゼロ・エミッションの太陽光発電プラントで水を電気分解して水素を製造し、全米五十ヶ所以上に建設する水素ステーションに供給すると書かれていた。

トラヴィスは「汚いディーゼルと、排ガスの後処理に、グッバイといおう」と述べていた。

金兄弟の驚きと疑念はますます大きくなった。

燃料電池は、リチウムイオン電池とはまったく異なる技術で、開発は簡単ではない。それまでトラヴィスから、燃料電池の話などまったく出ておらず、トラックテックの技術者たちも、燃料電池関連の作業をしている気配は微塵もなかった。

金兄弟は、すぐにトラックテックの技術者たちに電話をかけ、トラックの完成が十二月一日の発表会に間に合うのか尋ねた。

返ってきた答えは一様に「We have no idea. We have no hydrogen anything like that we're working on.（まったくわからない。水素みたいなものに関して、作業なんてなにもやっていない）」というものだった。

7

十一月下旬――

金兄弟は、数日後に迫ったT－ONEの発表会の準備を手伝うため、ソルトレークシティに赴いた。

会場は、トラックテックの作業場で、ターンテーブルがついた大きなステージが用意されていた。

金兄弟が驚いたことに、T－ONEの開発は、二人が年初に作業場を訪れたときから、まったく進んでいなかった。燃料電池を開発しようとしている形跡も皆無だった。

発表会のために用意されていたのは、セミトラックの外側だけだった。なかは見事にがらんどうである。会場でヘッドライトなどを点灯させたりするため、ステージの下には、がらんどうのセミトラックに接続した電気ケーブルが、無数の蛇のように伸びていた。

「兄さん、これは下手すると詐欺になるよ。もうトラヴィスとは距離を置いたほうがいい。ポートランドに帰ろうよ」

金民俊が、ふっくらとした色白の顔に懸念を滲ませていった。

「確かに俺も、あいつの正体がわかったよ。……ただせっかくソルトレークシティまできたんだから、発表会はみておこう」

「えっ、そうなの……!?」

民俊は今すぐにでも帰りたそうな表情。

「いったいどうやって、トラヴィスがこれを本物であると人々に信じ込ませるのか、俺は興味がある。こういう機会は滅多にないだろうから、後学のために、この目でみておきたい」

クルーカットで黒縁眼鏡の道賢は、興味津々の表情でいった。


十二月一日――

T－ONEの発表会がやってきた。

三階分くらいある高い天井には、舞台芸術で使われるようなスポットライトがいくつも設置され、青を基調にした照明で会場を照らし出していた。ステージのターンテーブルの上には、車高約四メートルのT－ONEが置かれ、白い布がかけられていた。ステージを取り囲むように大型の液晶スクリーンが四つ設置され、青を背景に白いTruckTechのロゴを映し出している。

ステージ前のスペースに椅子がぎっしりと並べられ、招待された数百人の人々が詰めかけていた。

金兄弟は、会場前方の壁際から様子をみまもる。

戸外がとっぷりと暮れた午後七時、発表会が始まった。

最初に三十歳くらいのチーフ・エンジニアの男が音楽とともに登壇し、自己紹介と出席者およびオンライン視聴者への謝辞を述べ、「CEOで創設者のジェイク・トラヴィスをご紹介できることを光栄に思います」と締めくくった。

拍手と歓声が湧き、トラヴィスがバギーカーふうの白いUTVを運転して現れ、軽快な音楽のなか、ステージへの階段を駆け上がる。

「ワォ！　ア・グッド・クラウド・アウト・ヒヤ・トゥナイト！（うわぁ、今夜はたくさんの人だ！）」

薄い青色のボタンダウンシャツを肘までまくり上げ、スリムフィットのジーンズに茶色い革靴姿で話し始める。

「有難うございます。皆さんに感謝します。これは本当にインクレディブルな（信じられない）イベントです」

若い頃に比べると肉付きがよくなり、腹も少し出てきたトラヴィスは、顔を輝かせて話す。

「今日は、ノルウェー、ドイツ、オーストラリア、アメリカ全土、南アメリカ全土から、インクレディブルなグループが来場しています」

そういって、T－ONEの説明を始める。

「皆さんが今夜目にするトラックは、世界に革命を起こすトラックです」

テスラがEVの製造技術を開発し、それを踏み台として、T－ONEを開発したこと、トラック・リースとメンテナンス大手のライダー・システム（Ryder System, Inc.、本社・フロリダ州マイアミ）と提携したこと、仮予約が三十億ドル分近くあること、水素ステーションの重要性や、それを全米三百六十四ヶ所に設置し、水素を無料で提供する計画などについて話す。

「水素は、地球上で数少ないエミッション・フリーの動力源です。このセミトラックから出てくるものは、水だけです」

スクリーンには、ライダー・システムの赤と黒のロゴや、三百六十四の設置場所を青いマークで示した全米地図が映し出され、プロジェクトの現実味を視覚的に印象づける。

「我々は、水素ステーションの建設を一年後に開始します。そして、アメリカを代表するブランド、ライダー・システムが販売代理店となり、全米八百ヶ所以上でトラックの販売とメンテナンスを行います」

トラヴィスは身振りたっぷりで、シリコンバレーの先進企業のプレゼンテーションのように話し続ける。

「顧客には、月額五千ドルから七千ドルでトラックをリースするという選択肢も用意します。そして三年間あるいは走行距離百万マイルまで保証とメンテナンスを行い、水素を無料で提供します」

「これらは、トラックテックには難しいことだといわれましたが、我々はやり遂げました」

「さて、トラックをどうつくるかです。これがハーデスト・パート（一番難しい部分）です」

トラヴィスが手にしたリモコンを操作し、スクリーンに「ＦＩＴＺＧＥＲＡＬＤ」という文字と、セミトラックの製造計画を映し出す。フィッツジェラルドは、テネシー州の車体メーカーだ。

「最初の五千台は、フィッツジェラルドに発注します。これによって、初期の設備投資負担を軽減します」

その後、四、五年のうちに自社工場を建設し、年間五万台を製造する計画で、工場の建設場所は来年発表するとした。

その後、T－ONEに続いて製造を始める「T－TWO」のデザイン画像とT－ONEの運転席の画像をスクリーンに映し出す。

「これがT－ONEの運転席です。タッチパネルでほとんどの操作が行えます。これは現実のものです。我々はやり遂げました。リアリィ・インクレディブル！」

（なにがリアリィ・インクレディブルだ⁉ それはただの画像で、そんな運転席はどこにも存在しないじゃないか）

壁際で説明を聴きながら、金道賢は呆れる。

「T－ONEは、千馬力、二〇〇〇フィート・ポンド・トルク、航続距離一二〇〇マイルで……」

トラヴィスは性能の説明に入る。

現在使われているセミトラックの倍近い駆動性能だ。

「我々の燃料電池のエネルギー効率は七〇パーセントです。ディーゼルエンジンは、マッチ・マッチ・ロウアー（ずっとずっと低い）、発電機はマッチ・マッチ・ロウアーです」

スクリーンに各種データが表示される。

「我々の燃料電池は、PEM《ペム》を使っています。PEM……」

トラヴィスは一瞬いいよどむ。

PEMはproton exchange membrane（プロトン交換膜）の略で、燃料電池の電解質として用いられるイオン伝導性を有する高分子膜のことだ。

「ポール、エコー、マンゴー……ホワットエヴァー（何でもいい）！ 専門用語なので、みなさんそれぞれ理解して下さい」

苦し紛れにごまかし、様々な性能を並べ立て、Ｔ－ＯＮＥが、いかにオーサムな（驚くべき）車であるか絶賛する。

会場の人々は真面目に聴いていたが、金兄弟ら内情を知っている人間にとっては、妄想を聞かされているだけだった。

その後、安全面の設計について説明したあと、二十分あまりのプレゼンテーションを締めくくる。

「我々企業家の使命は、誰も可能だと思わない、誰もとれるとは思わないリスクをとることです。失敗すれば大惨事を招く。しかし、我々はリスクをとった。そして成し遂げた。これは実にインクレディブルなストーリーです」

相変わらず堂々とした態度で、口調は自信に溢れている。

「わたしは、過去、いくつもの事業を起こし、成功したものもあれば、失敗したものもあります。トラックテックは、バイ・ファー・ザ・ベスト・サクセス（抜群の成功）です。こうして、皆さんにみて頂けることを誇りに思います」

そして白い布に覆われた巨大なセミトラックを手で示す。

「今、世界じゅうからやってきたすべての人々が、Ｔ－ＯＮＥを目にするときがきました。Ｔ－ＯＮＥを世界に紹介することはわたしの大いなる喜びです」

話し終えると拍手と歓声が湧いた。

会場の照明が消され、雰囲気を盛り上げる勇壮な音楽が流れる。

白い布をかぶったＴ－ＯＮＥのヘッドライト、フロントグラスの上のライト、車体後部のテールライトとトラックテックのロゴに光がともり、ターンテーブルの上で、トラックがゆっくりと回転を始める。

音楽が徐々に高まり、人々の期待感をいやが上にもかき立ててゆく。

やがてターンテーブルが停止し、会場が明るくなった。

T－ONEの白い布が外され、艶やかな白い車体が姿を現した。

車体の前面が弧を描いており、横からみると、SF映画『スター・ウォーズ』のストームトルーパー（銀河帝国軍の機動歩兵）のヘルメットのようだ。

「ほーっ……」

会場からため息が漏れる。

車体には、パートナーである大手のトラック輸送会社、USエクスプレス（U.S. Xpress, Inc.、本社・テネシー州チャタヌーガ市）の赤と青のロゴが描かれていた。また車両の側面に、T－ONEの文字と、H_2 Zero Emission Hydrogen Electric の文字が入っていた。

会場の人々が、全員椅子から立ち上がり、スマートフォンで撮影する。

やがて大きな拍手、歓声、口笛、カメラのフラッシュのなか、トラヴィスが再びステージに上がる。

「ハハハッ……オゥ、ザット・シング・イズ・ソー・オーサム！（何てすごいことなんだ！）」

感極まった表情で、両手で顔を覆う。

「我々は、このトラックを世界にお披露目する日をずっと待っていました。これは現実に存在する、完全に機能する自動車です。プッシャー（pusher ＝はりぼて）ではありません」

そういってから、会場をみわたす。

「我々はこれから、世界の巨大企業と闘っていかなくてはなりません。そんじょそこらの会社ではありません。相手は、三百億ドルとか四百億ドルのマーケットキャップ（時価総額）を持つ、世界のビッグネームです」

そういってT－ONEのほうを振り返る。

「これが、我々の力を証明するものです」

両方の掌《てのひら》を上にして車のほうに向け、誇らしげな笑みを浮かべてT－ONEを示す。

カメラのフラッシュが焚かれ、人々は感じ入った表情で話を聴く。

「このトラックの実現は、数多くのパートナー企業の協力のたまものです。……まず、最初に、ライダー・システム社の皆さん。ステージに上がって下さい」

呼びかけに応じ、二人の男性と一人の女性がステージに上がる。三人ともジャケットを着ており、いかにも大企業の社員というきちんとした雰囲気である。

「サンクス、ガイズ！　サンキュー」

会場からの拍手を浴びながら、トラヴィスは笑顔で三人と握手を交わす。

「それから、メリトール社とプラット・アンド・ミラー社の皆さん。ステージにどうぞ」

トラヴィスは会場の参加者に拍手を促し、やはりジャケット姿の六人の男性がステージに上がる。

メリトール（Meritor, Inc.）は、ミシガン州トロイに本社を置く、フォーチュン５００（全米の総収入上位五百社）に名前を連ねる企業で、トラックや軍用車両の部品を製造している。プラット・アンド・ミラー（Pratt & Miller Engineering & Fabrication, LLC）はミシガン州ニュー・ハドソンに本社を置き、レーシングカーの製造と保守を行なっている。

「メリトールのサスペンションのデザインがなければ、T－ONEがここに生まれることはありませんでした。プラット・アンド・ミラーのインクレディブルな人々も、多大な貢献をしてくれました」

トラヴィスはさらに、トラックテックの社員たちに呼びかける。

「カム・ヒヤ、バディ！」

二十人ほどの社員がステージに上がる。

全員が会社のロゴの入った揃いの黒のポロシャツ姿で、統一感があった。

「我々のチームは非常にユニークなチームです。一人一人が企業家で、エネルギーがあり、人々がクレイジーと呼ぶリスクをとる。そして我々は成し遂げました」

トラヴィスはwe did itという過去形を常に使っていた。これがあとで問題になる。

「サンキュー・ガイズ・フォー・ユア・ハード・ワーク！　サンキュー・ソー・マッチ」

パートナー企業やトラックテックの社員たちは、T－ONEの前に並び、会場から盛んな拍手を浴びる。まるで舞台芸術のカーテンコールのようだ。

「いくつかお伝えしたいことがあります」

全員をステージから降ろしたあと、トラヴィスがいった。

「今日は、インクレディブルな食事を用意しています。あちらにバーベキューその他、たくさん用意してあります。グレート・ディナーを楽しんで下さい。飲み物もたくさんあります」

会場の参加者たちにいった。

「ステージには警備員がいます。安全のため、ステージには上がらないで下さい。もし誰かがT－ONEを運転して、ステージから落としたりしたら、大変なことになるので。そんなことになったら、これをもう一度つくるより、ジェット機を買うほうが安上がりです」

その後、会場の最前列にいたユタ州知事に呼びかけた。

「今日はユタ州知事もおみえになっています。……知事、ステージに上がって頂けますか」

トラヴィスに促され、ユタ州知事、ゲイリー・ハーバートがゆっくりとステージに上がり、トラヴィスと握手を交わす。六十九歳の男性で、昨年から全国知事会の会長も務めている。がっちりした体形で、紺色のスーツに柄物の茶色いネクタイを締め、貫禄がある。

「知事にきて頂き、光栄に思います」

知事は、ズボンのポケットに両手を入れ、トラヴィスのかたわらで話を聞く。用心深いベテラン政治家なので、ステージには上がるが、発言は一切しないと事前に伝えているようだ。

「今日のイベントにきてくれたすべての人々に感謝します。このことは、なによりもわたしにとって嬉しいことです。このトラックは、市場で売り出されます。皆さんにお約束します。疑う人々は、これが本当のはずがない、どうしてそんなことができるのかというかもしれません。しかし、わたしたちは成し遂げました」

We've done itと現在完了形でいって、トラヴィスはプレゼンテーションを締めくくった。

(嘘しかないプレゼンテーション……なんてことだ！　こんなペテンが、衆人環視のなかで、堂々とまかり通るなんて)

金道賢は、唖然となった。

〈これが嘘であることを知っている人間は、二十人以上いる。トラヴィスは平気なのか?〉

金は、これ以上トラヴィスにかかわるのは危険だと判断した。

この日のイベントは、この六年後、証券詐欺の犯行現場として、マンハッタンのニューヨーク州南部地区連邦地裁で、検察と弁護人が議論を戦わせることになる。

T-ONEの発表は、業界、メディア、ユーザーなどに非常に好意的に受け止められた。

発表会の動画がYouTubeで公開されると、瞬く間に千五百以上のコメントが寄せられた。

〈オーサム! 誰かがトラックをEV化するのを待っていた。これで環境問題が劇的に改善する〉

〈アメイズィング! トラックテックが創造した可能性に敬意を払う。彼らに是非成功してもらいたい〉

〈素晴らしいプレゼン! イーロン・マスクより上手いよ〉

勢いに乗じて、トラヴィスは、世界の名だたる企業との提携を加速し、大量の資金が奔流となってトラックテックに流れ込み始めた。

発表会の九ヶ月後、自動車機器、家電、工具などの世界的メーカー、ロバート・ボッシュ(Robert Bosch GmbH、本社・ドイツ・ゲルリンゲン市)が、トラックテック向けにパワートレーンを開発し、一億三千万ドルを出資することで合意した。

その二ヶ月後、トラックテックは、ノルウェーの首都オスロにある水素製造大手、ネル(Nel

ASA）に、燃料電池トラックの試作品のためのデモ用燃料供給ステーション二基を発注し、将来、電気分解機能を備えた水素ステーションのすべてをネルに独占的に請け負わせるという契約を締結した。トラヴィスはプレスリリースで「我々は世界最大の水素ネットワークを構築しようとしています。ネルの電解槽は十分に実証されており、非常に効率的で信頼性が高く、当社のメガステーションに採用するのは自然なことです。ネルの皆さんと協力し、同社の画期的な技術を米国に導入できるようになったことは、この上ない喜びです」と語った。

T－ONE発表会から一年一ヶ月後——

トラックテックは本社と工場をソルトレークシティからアリゾナ州の州都、フェニックスに移転すると発表した。

トラヴィスは、ユタ州の経済開発局に工場を建設するから、二億ドルの補助金の前払い、トラックの千台購入、一部設備の無償提供などをしてほしいと申し入れた。しかし州側から「我々は法人税控除のインセンティブは与えるが、補助金の前払いやトラックの発注はしない」と断られた。トラヴィスはハーバート知事に面会し、「それならば我々はテネシー州に行くしかありません。テネシー州は我々に様々なインセンティブを与えてくれます。けれど自分としては、故郷であるユタ州に工場をつくりたいのです」とハードネゴを試みた。しかし、知事に「そうかね。幸運を祈るよ」とあしらわれた。

その後、テネシー州と交渉したが、そちらでも色よい返事はもらえず、五百万ドルの補助金と四千万ドルの税額控除をオファーしたアリゾナ州に進出することになった。

その日、ポートランドのＥＶラボのガレージで、金兄弟がタブレット端末に映し出された動画をみて、驚愕していた。

「야《ヤ》、진짜《チンチャ》 달리고《タルリゴ》 있어《イッソ》！（おい、本当に走ってるぞ！）」

「어떻게《オトッケ》 이럴《イロル》 수가《スガ》 있지《イッチ》⁉（こんなことって、あるんかな⁉）」

画面のなかで、発表会でお披露目されたものと同じセミトラックが、大きなコンテナを載せたトレーラーを引いて平坦な道を疾走していた。

場所はどこかの土漠地帯に延びるアスファルト道路で、片側一車線の道の左右に茶色く冬枯れした土漠が果てしなく広がっていた。遠くの淡褐色の低い岩山をバックに、未来感あふれるデザインのトラックが、人も家もビルもない異星のような空間を走り抜けて行く。

音楽が緊迫感を盛り上げ、ただならぬトラックの出現であることを印象づける。

「これ、合成じゃないよなあ……」

金道賢は、四十秒ほどの動画を何度も再生し、食い入るようにみつめる。

「合成を示すような、不自然な点はみあたりませんねえ」

民俊も動画に視線を凝らし、微細な兆候もみのがすまいとする。

動画は、会社のフェニックス移転の発表に合わせ、トラックテックが公開したもので、「T-One in Motion」というタイトルが付けられていた。

「あれから技術開発をして、フューエル・セル（燃料電池）で走れるようにしたんだろうか？」

道賢は信じられないといった表情。

「この動画は、車の内部はみせてないので、本当にフューエル・セルかどうかはわからないですけどね」

民俊も理解に苦しんでいる表情。

「連中に訊いてみよう」

道賢がスマートフォンを取り出した。

メッセージ用アプリを開き、トラックテックのエンジニアの一人の電話番号をタップした。

トラックテックの社員と連絡をとるのは、T－ONE発表会以来だった。

〈Hey, I saw the video. Did you guys get this truck up and running?（ヘイ、動画をみたぜ。あんたがた、あのトラックを走れるようにしたのかい？）〉

テキストメッセージを送信すると、すぐに返事が来た。

〈No, it hasn't been touched since the show.（いや、発表会以来、トラックには触っていない）〉

返事をみて、金兄弟は顔をみあわせた。

8

トラックテックは、この翌年四月には、T－TWOにドライバーが乗り込み、運転席のパネルを操作して車を走らせる動画も公開した。

トラックテックは動画によってプロジェクトの信ぴょう性を高め、提携を加速し、さらに資金を獲得していった。

韓国の大手財閥、ハンファ・グループ（Hanwha Group、本社・韓国ソウル市）に太陽光発電設備を発注し、同グループから一億ドルの出資を受けることになった。

トラック、バスなど商用車両を製造するイタリアのＩＶＥＣＯ（Iveco Group N.V.、本社・ピエモンテ州トリノ市）と、北米と欧州でトラックを共同生産する契約を結び、同社から二億五千万ドルの出資を受け入れることになった。

またベンチャーキャピタルやヘッジファンドもトラックテックへの投資を始めた。

トラックテックは、まだ一台もトラックを売っていなかったが、トラヴィスは「我々は来年には販売を開始する」といい続けた。


翌年――

中国湖北省武漢市で、新型コロナウイルスによる初の死者が出たと報じられていたが、まだ局地的な発生で、世界各国は対岸の火事にすぎないととらえていた。

まもなく三十八歳になるジェイク・トラヴィスは、アリゾナ州フェニックスの高級ステーキ・レストラン「Steak 44」で夕食をとった。

「……ジェイク、そろそろ上場を考えてもいいんじゃないか?」

金色がかった髪を横分けにし、ドイツ系らしいがっちりした印象の風貌で、日焼けしたロバート・マイヤーがいった。

ロサンゼルスに拠点を置くアクティビスト系ヘッジファンド「シグマ・アクティブ・キャピタル」の会長である。年齢は五十八歳で、ペンシルベニア大学ウォートン校でＭＢＡをとり、投資信託大手のフィデリティ・インベストメンツやプライベート・エクイティ（未公開株）投資会社、ブラム・キャピタルなどで実績を上げたあと、二十年前にシグマ・アクティブ・キャピタルを創業した。運用資産額は九十三億ドル（約一兆二百三十億円）である。

同ファンドは昨年、トラックテックに一株あたり七ドル五十四セントで、一億五千四百万ドルの投資を行なった。

「そうだなあ……。上場すると、どれくらい金が入ってくるのかね？」

トラヴィスは、ほどよく焦げ目のついたステーキにナイフを入れながら興味津々の表情。

金回りがすっかりよくなり、白いボタンダウンのワイシャツの上に、光沢から一目で高級品とわかるグレーのジャケットを着ていた。

「上手くいけば、マーケットキャップ（時価総額）で三百億ドルはいくと思うよ。ジェイクの持ち分は四分の一だから、七十五億ドルってとこだろう」

日本円に換算すると八千二百五十億円である。

「ヒューッ、そりゃあ、ごついねえ！」

トラヴィスは嬉しそうにいった。

客を騙したりしながら防犯アラームを売って生計を立てていた十五、六年前は、想像すらできなかった巨万の富だ。

「しかし、上場っていうのは、いろいろ手続きが面倒なんじゃないのか？」

そういって、ウェイターに目配せし、自分と相手のグラスに赤ワインを注がせる。シャトー・マルゴーの一九九五年物で、一本二千四百九十五ドルである。

店内は木を多く使った落ち着いた雰囲気の内装で、会員制クラブを思わせる。革張りの椅子にすわり、洗い立ての白いクロスをかけたテーブルで食事をしているのは、上流階級の人間か、接待をする一流企業の社員とその客である。

「大丈夫だ。SPAC《スパック》（特別買収目的会社）を使えば、簡単に上場できる」

ストライプのボタンダウンシャツにグレーのジャケットを着たマイヤーが、赤ワインを傾けていった。成功した金融人独特の自信と傲慢さを漂わせていた。

「SPAC？」

「special purpose acquisition companyだ。未公開会社を買収する目的で設立されたペーパーカンパニーで、もう上場している。そこがトラックテックを買収すれば、トラックテックも自動的に上場企業になる」

「うちが買収されるということか？」

「形式的にはそうだ。買収後はSPACの社名はトラックテックになる。ジェイクは引き続き二五パーセントの株を持って、会社を経営する。要は、SPACが増資を引き受けて、同時にトラックテックが上場企業になるということだ」

「ううーむ、そんな手があるのか⁉　素晴らしいじゃないか！」

トラヴィスは目を輝かす。

「これを使えば、普通のIPO（株式上場）で求められる財務基準とか業績に関する審査も受けなくて済む。スピード重視のスタートアップにはうってつけだ」

マイヤーはにやりとする。

未公開株に投資し、株式上場で儲けるファンドにとっても、手っ取り早く金を稼げるSPACは、いたって都合のいい制度だ。

二ヶ月後――

東京は春を迎え、各地の桜も開き始め、日一日と暖かさを増していた。

新型コロナウイルスによる感染者数は世界で十二万六千人超、死者数は四千六百二十四人になったが、日本ではまだそれほど危機感は持たれておらず、新種のインフルエンザくらいに思っている人が多かった。

パンゲア&カンパニーのパートナーの一人、北川靖と、提携関係にある「タイヤ・キッカー」のトニーは、四谷の「嘉賓《かひん》」で夕食をとった。

一九七六年創業の老舗の中華料理店で、年季を感じさせるフローリングの床に飴《あめ》色の光沢を放つテーブルが並べられている。木製の椅子は中国本土のレストランにありそうな簡素なものである。天井のランプの笠がステンドグラスで、どこかノスタルジックな光を降り注いでいる。

「……ほー、これが開高健《かいこうたけし》の好物の焼きそばねえ」

北川がビールを飲みながら、運ばれてきた焼きそばを興味深げに眺める。

「しかし、ずいぶんシンプルだな。具が入ってないじゃない」

北川が、キツネ色の極細麺の焼きそばに顔を近づける。

「味付けはオイスターソースで、生姜《しょうが》とネギが入ってるらしい」

やや薄い頭髪のトニーが、目をすがめるようにして、焼きそばに視線を注ぐ。

日本文学好きで、文豪が贔屓《ひいき》にした店を食べ歩くのを趣味の一つにしている。

「まあ、食ってみようや」

トニーが皿から取り分け、二人で焼きそばを食べる。

「ふーん、まあ、悪くはないけど……やっぱり具がないっていうのは、物足りないなあ」

北川は、箸を手に複雑な表情。

「元々は夜食用につくられたものらしい」

「なるほど。だからシンプルなのか」

「開高健は、戦争中食べ物がなくて、水で腹を膨らませていたくらいだから、繊細な高級料理より、こういうB級で腹いっぱい食べられるものが好きだったらしいな」

トニーの言葉に、北川がうなずく。

続いて、広東風おこげ料理が運ばれてきた。やはり開高健が好んだ料理だという。

給仕の女性が、香ばしく焦がしたご飯の上に、豚、エビ、イカ、ホタテ、椎茸《しいたけ》、チンゲン菜、竹の子、ニンジンなどを熱々に炒《いた》めた餡《あん》をジャーッとかけると、食欲を刺激する香りが立ち昇る。

「うーん、こっちは文句なしに美味いね……はふはふ」

北川がおこげ料理をかき込む。

「ところでヤス、最近、アメリカで、SPACが流行し始めてるな」

トニーが、おこげ料理を食べながらいった。

「確かにな。去年は五十九件だったらしいが、今年は二百件は超えそうな勢いだな」

「ああいうけしからん裏口上場を認めてるから、アメリカの資本市場は、いつまでたってもワイルド・キャピタリズムっていわれるんだよな、けっ」

トニーは苦々しげにいった。

通常のＩＰＯは、監査済み財務諸表の作成から始まって、ＳＥＣに提出する目論見書（フォームＦ１またはＳ１）作成、デューディリジェンス、目論見書に対するＳＥＣからの複数回のコメント受領とそれへの回答、ロードショー（投資家説明会）、価格決定と売買開始といった手続きがあり、最短でも一年半から三年の準備期間を要する。また各証券取引所が定めている財務内容、業績、浮動株比率などに関する条件も充足しなくてはならない。

しかし、ＳＰＡＣ上場の場合、ＳＰＡＣのオーナーがこの会社に投資してもいいと決めれば、ＩＰＯのような手続きや上場基準の多くを回避することができる。

「ＳＰＡＣは設立してから二年以内に投資をしないと解散になるから、ヤバい会社でも無理して買っちゃうんだろうな」

北川がいった。

「ああいうのをみてると、アメリカ人として嘆かわしいぜ」

「最近は上場企業の数が減ってるから、証券取引所も背に腹は代えられないんだろう」

一九九六年のピーク時に約七千五百あった米国の上場企業の数は、二十一年後の二〇一七年には約三千五百社へと激減した。

理由は、二〇〇一年のエンロン事件を契機に定められたサーベンス・オクスリー法（上場企業会計改革および投資家保護法、略称・ＳＯＸ法）が監査、コーポレート・ガバナンス、財務報告などに関して様々な義務を上場企業に課して企業の事務負担が増えたこと、アクティビスト投資家の台頭で訴訟が増加したこと、ベンチャーキャピタルなどから資金調達が容易になったことなどが挙げられている。

「まあ、ヤバい上場企業が増えれば、カラ売りのネタになるから、俺たちにゃあ好都合ではあるんだがな」

そういってトニーはすっきりしない顔つきで、おこげ料理を頬ばる。


同じ頃――

ユタ州セント・ジョージの自宅のリビングで、テレビをみていたマーク・ロビンソンは、我が目を疑った。

世界最大の金融、経済、ビジネス専門のチャンネルであるＣＮＢＣで、以前みたことのある男が立て板に水で喋っていた。

「……大衆投資家は、今、新たな投資先に飢えています。我が社の上場には、これ以上、いいタイミングはないと考えています」

オールバックの頭髪で、頬や口の周りに無精髭を生やし、仕立てのよい青のブレザーを着た男は、紛れもなくジェイク・トラヴィスだった。

初めて会った二十二歳の頃は痩せていたが、年齢相応に肉付きがよくなり、自信めいたものまで漂わせていた。

「トラックテックは、非常にユニークな会社です。我々は単なるＥＶトラック・メーカーではありません。我々は、エナジー・テック・カンパニーであり、トラック業界のアマゾンです」

早口で喋るトラヴィスをみながら、ロビンソンは頭を掻《か》きむしる。

（あの詐欺師まがいのジェイクが、ＣＮＢＣに出演して、ビジネスを語っている……！　いったいどういうことだ⁉）

信じられない面持ちで、画面を凝視する。

「我々は、ＳＰＡＣとの合併で、第２四半期中にナスダックに上場する予定です。ヴァリュエーション（企業価値）は数百億ドルになるでしょう」

（数百億ドル⁉　ジェイクの会社が、数百億ドルになるのか⁉）

ロビンソンの方はといえば、ジー・ハイブリッド社からもらうべき給料ももらえず、借金をして同社に投資した金も時間も水泡に帰した。

「ヘイ、ジュリー！　ルッカッ・ディス！（これをみてみろよ！）　マイ・ガーッ！」

キッチンにいる妻を大声で呼んだ。

それから間もなく——

ロビンソンのスマートフォンに電話がかかってきた。

みると８０１という市外局番で始まる見知らぬ番号が表示されていた。

（ソルトレークシティ？　またテレマーケティングか？）

なにかの勧誘の電話はしょっちゅうなので、いったんは無視した。

ところが、同じ番号から何度も電話がかかってきた。

もしかすると誰かが用事でかけてきたのかもしれないと思い直し、受信のアイコンをタップした。

「ハロー、イズ・ディス・マーク・ロビンソン？（こんにちは。マーク・ロビンソンさんですか?)」

若干かすれ気味の年輩の男の声がした。

「イヤァ(そうだよ)」

ロビンソンはややぶっきらぼうに返事をする。

「昔、ジェイク・トラヴィスとジー・ハイブリッドをやっていたマーク・ロビンソンさんですか?」

「イヤァ」

(いったい何事だ?)

「わたしはルイス・アンダーソンといいます。企業の内部告発を専門にしている弁護士です」

「あ、ああ、そうですか……。それでどういうご用件でしょう?」

「今、不正の告発を受けて、ジェイク・トラヴィスについて調査しているところなんです。ご協力頂けませんか?」

(ジェイク・トラヴィスの不正!? マイ・グッドネス!)

アンダーソンは、ジー・ハイブリッドの親会社であるクラシファイド広告の会社に三万ドルを投資した元大学生から告発を受け、調査を始めたところだという。元大学生は、トラヴィスから一万五千ドルしか返してもらえず、最近、トラヴィスが三千二百万ドル(約三十三億六千万円)の豪邸を買ったという新聞記事を読んで憤慨し、アンダーソンに連絡してきたという。

トラヴィスの豪邸は、ソルトレークシティの東八〇キロメートルほどの山麓にあり、敷地面積は一九一八エーカー(東京ドーム約百六十六個分)だという。敷地内にいくつかある建物はアジアの高級リゾートホテルを思わせる木造建築で、天井が吹き抜けになっている。総床面積は約一五六一平米。敷地のそばをウェバー川の清流が流れ、敷地内に池や林がいくつもあり、牛の牧場、テニスコートがあり、フライフィッシング、乗馬、鹿狩りができ、冬にはスノーモービルで遊べるという。

（マーン！　俺はこの電話を八年間待っていたぞ！）

ロビンソンは、スマートフォンを握り締め、興奮を抑えられなかった。

翌日――

ロビンソンは電話でアンダーソン弁護士に二時間にわたって、トラヴィスとの経験を話した。几《き》帳面《ちょうめん》なロビンソンは当時の契約書、資料、ｅメール、写真などをほとんど保管していたので、整理した上で提供することになった。

アンダーソン弁護士は、ジー・ハイブリッドに関する詐欺より、もっと金がとれるトラックテックに関する詐欺を立証しようと目論んでいた。ロビンソンはそれを手伝うことになり、ツテを頼ったり、インターネットで検索したりして、トラックテックの関係者を探し始めた。

六月――

トラックテックは「テックＱアクイジション・コープ」という自動車やテクノロジー株のスタートアップに投資するＳＰＡＣを使い、ナスダックに上場した。初日の終値は三十三ドル七十五セントで、時価総額は約百二十億ドル（約一兆三千六十六億円）に達し、二五パーセントの株を保有するトラヴィスは、一挙に約三千二百六十七億円の資産を持つ富豪になった。

トラヴィスは投資家心理を煽るように、インタビューやツイッターで、トラックテックのバラ色の未来を語り続けた。

〈我々は完全なゼロ・エミッション・トラックを実現した〉

〈既存のディーゼル（軽油）エンジン・トレーラーは一マイルあたり一ドル十五セントのコストで走っている。我々はそれを八十五セントまで減らした〉

〈我々のトラックは、荷物一個あたりの収入がパッカー社のトラックの五倍である〉

パッカー（PACCAR Inc.、本社・ワシントン州ベルビュー市）は米国屈指の中・大型トラック・メーカーだ。


上場五日後には、ピックアップ・トラック「キラー・ホエール（シャチ）」を発表した。

トラヴィスはツイッターで、〈我々は間もなく、『キラー・ホエール』というゼロ・エミッションのピックアップ・トラックを市場に投入する。これはフォードの『F－150』を王座から引きずり下ろす強力兵器だ〉とツイートした。

「F－150」はフォード社製の米国で最も売れているピックアップ・トラックだ。

〈『キラー・ホエール』は燃料電池により、六〇〇マイル・レンジの走行が可能になる〉

〈我々はセミという重量級の車種だけでなく、ピックアップを加え、総合的なEVトラック・メーカーへと躍進する〉

ピックアップ・トラックは米国で特に人気の高い車種で、投資家たちはトラヴィスのツイートに興奮した。特に、「ロビンフッド」など、手数料無料の証券会社をつうじてスマートフォンで株を売買する、若くて経験の浅い投資家たちが熱狂し、インターネットの掲示板で〈これは次のテスラだ！〉〈ジェイク・トラヴィスは、18ウィーラーのイーロン・マスク！〉と囃し立てた。

「18ウィーラー（十八の車輪）」はセミトラックを意味する。トラクターヘッドの前部に二つの車輪、後部の左右各二ヶ所に二つ重ねの車輪が計四セット、トレーラー後部に二つ重ねの車輪が同じく四セットあるからだ。

〈『キラー・ホエール』の世界へのお披露目は今月二十九日。フェニックスで発表会を開催し、仮予約の受付を始める〉

ツイートには、いぶし銀と黒のスタイリッシュなデザインの「キラー・ホエール」の画像も添えられ、現実味を演出していた。

この日、トラックテックの株価は、一気に倍近くに跳ね上がって六十四ドルに達し、トラヴィスの個人資産は約六千百九十五億円へと膨れ上がった。

〈トラックテックの企業価値は、今やフォードやＦＣＡ（フィアット・クライスラー・オートモービルズ）をしのぎ、ＧＭを捉えようとしている。自分は大人になって以来、こういえる日を目指してきた〉

株価が上がって大儲けしたトラヴィスは、ユタ州の三千二百万ドルの豪邸のほか、プライベート・ジェット用のガルフストリームＧ５５０型機や、カリブ海のタークス・カイコス諸島の別荘を購入し、八千万ドルほどをあっという間に使った。

9

翌月上旬——

ユタ州のセント・ジョージでマーク・ロビンソンの話を聴いたホッジスとグボイェガは、近郊の町のモルモン教系の病院で事務職員として働いている三十歳の男性に会った。

十年前の大学生時代に、夏休みのアルバイトで貯めたり、親や親戚から借金したりしてかき集めた三万ドルをトラヴィスのクラシファイド広告の会社に投資したが、半分しか返してもらえなかった人物だ。

二人は、男性の自宅を訪ね、キッチンのテーブルで話を聴いた。

マシュー・ベネットという名の男性で、面長の朴訥とした雰囲気で、話し方もゆっくりだった。人を疑ったりせず、つけ込まれやすい、典型的な地方の人のようにみえた。

「投資した金を返してほしいと、トラヴィスと電話で話し合ったときの音声データがあります」

ベネットは、大学時代の友人から「三万ドルはもう返ってこないだろう」といわれたが、トラヴィスが一部の投資家に返金し始めたという噂《うわさ》を聞き、電話をかけたという。

「電話した時期は、ジェイクが、ジー・ハイブリッド・システムズの株を千二百万ドルでワージントンに売って、何ヶ月かたってからです」

そういってテーブルの上に置いたノートパソコンのキーボードを叩く。

音声データの再生が始まると、ベネットがノートパソコンを二人のほうに向ける。

「ディスズ・ジェイク」

トラヴィスが乱暴に答えた。

「ヘイ、ジェイク！　ハウ・ユー・ドゥーイング？」

ベネットはやや間延びした話し方。

「グッド」

トラヴィスの答えはぶっきらぼうである。

「オーサム・マン。ディス・イズ・マット・ベネット。プロバブリィ・（アイ）ドント・リング・ア・ベル（たぶんピンとこないかな）」

マットはマシューの愛称である。

「マット、ちょっと……ちょっと悪いけど、一分ほど待ってくれ。今、別の電話に出ているから。オーケー？」

トラヴィスは性急な調子でいう。

「ノー、待てない。僕はあんたと話さなきゃならないことがある。怒ってるわけじゃないが、あんたがほかの投資家に払い戻しをしてるっていう話を……」

「待ってくれって！　今、カンファレンス・コール（電話会議）の最中なんだ。三十秒待ってくれ。終わりにするから」

トラヴィスが強い口調でいった。

ベネットを二分ほど待たせてから、トラヴィスは会話を再開した。

「オーライ、アイム・バック（戻ったよ）。それで、あんたは誰だっけ？　申し訳ない、忘れちまって」

トラヴィスは恐ろしい早口でいった。

「オゥ、ノー！　僕は、マシュー・ベネットですよ、同じ高校の」

五年前、トラヴィスが「今、投資すれば確実に倍になる。来年の夏休みは働かなくてよくなる。素晴らしいと思わないか？」と勧誘したときは、「きみは僕と同じ高校だろ？　ワォ、イェー！憶えてるよ、その頃から！」といっていたが、掌を返したような話しぶりだ。

ベネットが、共通の知人の名前を何人か持ち出し、投資をした経緯を話すと、トラヴィスはようやく思い出したといった。

「それで、あんたが、投資家に返金する準備をしてるって聞いたんだけどね」

ベネットの口調は朴訥としていて、いかにも金融やビジネスに疎い地方の人という感じである。

「イヤー、アイ・ミーン（つまり）、まあ、僕が個人的にね」

トラヴィスは途端に歯切れが悪くなる。

「何人かの人たちにね。いっぺんに全員というのは無理だし。それで、なんでもってわけでもなくて……まあ、困っている人たちがいたら、何人か助けようってことで」

トラヴィスは早口で曖昧にいった。

「それで僕はその助けてもらう人たちのリストに載っているんですか？」

「オゥ、イャー、エブリワンズ・オン・ザ・リスト（全員がリストに載ってるよ）」

「オーケー」

「つまりその、一定の条件があるわけだ。財産を担保に入れて投資した人たちとかね。彼らは当然最優先だ。ただ僕がやろうとしていることは、基本的には、僕にいくらぐらい金があって、誰を助けられるか次第ってことになる」

音声データを早送りしたような喋り方で、言葉自体もなにをいっているのかわかりづらい。

「ワージントンにジー・ハイブリッドの株を売って、十分儲かったんでしょう？」

「いや違う。売ったのはジー・ハイブリッド・システムズだ。まったく違う会社だよ。天然ガスをタンクで供給する会社だ。ジー・ハイブリッドとは何の関係もない」

「そうかい。僕には理解できないね」

ベネットは一蹴した。

「知りたいのは、投資を払い戻す計画があって、僕がリストに載ってるかどうかってことなんだけど」

「いや、だから僕がたぶんそれをやるだろうってことだ。つまり、できる限り払い戻すってことで。ただ全員は無理だ。八百万ドル以上の投資家がいるからね」

（ほーう、トラヴィスは、ジー・ハイブリッドの事業に八百万ドル以上の金を集めていたのか！）

ホッジスとグボイエガは驚く。

（にもかかわらず、マーク・ロビンソンにはろくに金を渡さないで、破産同然の状態に追い込んだってわけか）

「お願いしたいのは、僕がサインした書類を捜して、メールで送ってほしいんだけど」

ベネットは当時、トラヴィスが持ってきた書類にサインをしたが、控えは受け取っておらず、株券も送られてこなかった。

「イヤァ、それはたぶん、正直いって、まあ最低二ヶ月はかかるだろうね」

「二ヶ月⁉　はあー？」

ベネットは呆れる。

「アイ・ミーン、書類はいろいろな場所で保管してるんだ。セント・ジョージのいろいろな場所でね。僕は今、ソルトレークシティとコロンバス（オハイオ州）で仕事をしてるから、セント・ジョージまで出向いて、金庫のなかの書類の山のなかからそれを掘り出さないといけない。これは実にビッグなプロセスになる」

それからしばらく似たような応酬が続き、電話は十五分ほどで終わった。

「ひどいもんですね」

グボイェガが顔をしかめていった。

「ええ、お金はもう諦めるしかないと思いました。若かったとはいえ、自分は馬鹿でした。それから毎日必死で働きました」

ベネットは、苦い記憶を噛《か》みしめるような表情でいった。

「それで、その後、どうなったんですか？」

ホッジスが訊いた。

「電話の何ヶ月後かに、ジェイクから、『スイフト社との訴訟が和解で解決したので、ジー・ハイブリッドを清算し、残余財産から投資家に配当する』っていうメールが送られてきました。これがそのメールです」

ノートパソコンのスクリーンに示されたメールを二人がみると「貴殿の三万ドルの投資をベース

に計算し、貴殿がジー・ハイブリッドおよびジェイク・トラヴィスに対する一切の請求を放棄するという条件で、九百三十一ドル六セントを配当する」と書かれていた。

「これまたひどい話ですね」

パンゲアの二人は呆れる。

「もちろん断りました。三万ドルに対して、九百三十一ドル六セントですからね。これはもう侮辱ですよ。違いますか？」

ベネットは憤りを滲ませていった。

「そして去年になって、一万五千ドルを払うといってきたんです。『払う義務はないけれど、良心と誠意からこれを提案します』ってね。たぶんトラックテックに金が入ってきて、懐具合がよくなったんでしょう」

「アクセプトしたんですか？」

「しました。半分でも返ってくれればと思って。その頃には、子ども二人できていましたから」

しかし、その数ヶ月後、トラヴィスがユタ州で最も高価といわれる三千二百万ドルの牧場付きの豪邸を買ったという新聞記事を読んで憤慨し、弁護士のアンダーソンに連絡したという。

同じ頃――

東京は梅雨の季節を迎え、連日のように曇り空から雨が降り、蒸し蒸ししていた。

新型コロナの感染者数は欧米に比べて格段に少ないが、宿泊・飲食サービス業、遊園地・劇場など対個人サービス業、自動車、鉄鋼、運輸・郵便業などの落ち込みが顕著で、最新の日銀短観の大企業・製造業の業況判断指数はマイナス34となり、リーマンショック後の二〇〇九年六月のマイナス48以来の低水準となった。ワクチンが開発されるのもまだ相当先で、原因が明らかだったリーマンショックに比べ、出口のみえない不穏な状況が続いていた。

梅雨前線が停滞している九州では豪雨が発生し、熊本県だけで六十五人が死亡、七千三百九十五の家屋が全壊、一部損壊、浸水などの被害を受けた。

渋谷区神宮前のマンションの一室のパンゲアの東京事務所で、北川とトニーが、サンドイッチとコーヒーの朝食をとりながら、それぞれのデスクで仕事をしていた。

「しかし、このトラヴィスって男は、空前絶後の嘘つきだな。ヒー・ライズ・アバウト・エブリシング！」

トラヴィスのツイッターやインタビューをチェックしながら、トニーが呆れ顔でいった。

「しかも、ものすごいお喋りじゃねえか」

「それが全部文字や音声で残ってるってのが、有難いよな」

北川が苦笑する。

アンダーソン弁護士から連絡があって以来、パンゲアの三人のパートナーとトニーは寝る間も惜しんで調査を続けていた。

ホッジスとグボイェガが米国で現地調査を行い、北川とトニーが、主にインターネットで裏付け調査をしていた。

すでにパンゲアはトラックテック株を六十六ドルで六十万株カラ売りし、トニーも同じ価格で五万株カラ売りした。普通はもう少し遅いタイミングでやるが、トラヴィスの嘘の数と程度を考慮すれば、今後株価が急に下がることも考えられるので、早めに実行した。

「しかし、この革命的燃料電池技術っていうだぼらには呆れるよな」

北川がサンドイッチを齧りながらいった。

トラヴィスは去年十月、「革命的な燃料電池の技術を開発した。この技術は、ハンドレッズ・オブ・ビリオンズ・オブ・ダラーズ（数千億ドル）の価値がある。これは本当のことだ！　私自身がこの目で確認している！」と大々的に発表した。しかし実は、ある小さな電池メーカーを買収し、そこの技術で間に合わせようとしていたことがわかった。北川らが調べると、その技術は、従来のものとなんら変わりなく、さらに電池メーカーの社長が、売春婦を買った費用をＮＡＳＡ（米航空宇宙局）のプロジェクトの経費として請求していたという破廉恥な不祥事で、ずいぶん以前に刑事訴追されていた。トラックテックによる買収計画も当然不成立となった。

「しかも、燃料用水素の開発責任者が、ハワイで私道の舗装をやってたトラヴィスの弟だっていうんだから」

水素技術は燃料電池の核心部分で、可燃性で着火しやすいため、開発には高度な専門知識を要する。本来であれば世界トップクラスの技術者が責任者であるべきだ。

しかし、トラックテックの director of hydrogen production and infrastructure（水素燃料製造・補充施設部長）は、ジョナサンという名のトラヴィスの弟だった。

北川らが、ビジネス特化型ＳＮＳ「ＬｉｎｋｅｄＩｎ」でジョナサンの経歴を調べてみると、トラックテックの部長の肩書は四年半前からだが、その前の十年間はハワイのマウイ島で家の車寄せなど私道の舗装業を営んでいた。

「ジョナサンの舗装技術は結構よかったよな。俺のアメリカの実家にもやってもらいたいぜ」

トニーが苦笑した。

北川とトニーは、ジョナサンがやった車寄せの舗装の写真や、勾配のある私道に滑り止めのエポキシ顆粒を塗り込んでいるジョナサンの写真を掲載しているサイトをみつけたので、売り推奨レポートに入れる予定である。

「結局こいつら、自社ではなに一つ技術を開発してないじゃないか」

トラヴィスのやっていることは、自社で画期的な技術を開発したと大宣伝をやって、その裏で他社からこっそり技術を買い付けようとすること、もしくは、大宣伝のあと、ほっぽらかしにすることだ。

「なにが『EVトラックのテスラ』だよな、けっ」

テスラは、EVの部品、充電インフラ、販売網にいたるまで、一貫して自社で開発した新技術を用いており、それが強みになっている。


翌週――

ホッジスとグボイェガは、コロナ禍でガラガラの国内線の飛行機で、オレゴン州ポートランド市に向かった。

マーク・ロビンソンが、トラックテックの関係者をみつけたと、アンダーソン弁護士に連絡し、アンダーソンからパンゲアへ調査に同行してほしいと依頼があったのだった。

何事にも緻密で熱心なロビンソンは、インターネットでトラックテックに関する情報を漁《あさ》り、同社の実態を告発している匿名のツイッター・アカウントを発見した。

「トラックテック・インサイダー」というハンドル名で、四年前の発表会の数日前に撮影されたT－ONEの写真を掲載し、〈これが発表会数日前のT－ONEです。内部にはパワートレーンはおろか、なにも搭載されていません。トラックテックには十数人のエンジニアがいますが、トラック製造の経験がある者はいません。この状態で数日後に、トラヴィス氏が発表会でいったような、fully functional vehicle（完全に機能する自動車）がつくれると、あなたは思いますか？〉と投稿していた。

ロビンソンは、「トラックテック・インサイダー」にコンタクトし、自分のジー・ハイブリッドでの経験をメールで説明した。できればトラックテックの不正を決定づけるような証拠を得たいと思っていたが、相手はロビンソンがいかなる人物か知らず、また豊富な資金を持つトラヴィスからの訴訟を恐れ、一定程度以上の情報を提供しそうになかった。

そこでアンダーソン弁護士に依頼し、相手に連絡してもらった。

アンダーソンは、法的な保護を約束し、SECから多額の報奨金をもらえる可能性があることも説明し、協力の約束を取り付けた。その上で、パンゲアにインタビューへ同行してくれるよう依頼してきた。

「はじめまして。金道賢です。こちらは弟の民俊です」

EVラボのガレージの隣にある簡素な事務所でホッジスら三人と握手を交わすと、金道賢は弟を紹介した。

五人は、ミーティング用のテーブルで話を始める。

部屋にはホワイトボードがいくつもあり、自動車の改造工程や各種の問題点を議論した際の図や数字などが黒のマーカーペンで書かれていた。壁には、彼らがこれまで手掛けた自動車や依頼者との写真が飾られている。

「トラックテック・インサイダーのハンドル名でツイートされた動機は、どういうところからきているんですか？」

黒いマスクを着けたアンダーソン弁護士が訊いた。

「まあ、憤りといいますか、あそこまで嘘をつくのは見過ごせないと思いました」

クルーカットに黒縁眼鏡の道賢は淡々とした口調で答えた。長身で背筋が伸びていて、いかにも兵役で鍛えられた感じの雰囲気である。

トラックテックの上場直後、ブルームバーグが、T－ONEは四年前の発表会の際、トラヴィスがいったような、fully functional vehicle（完全に機能する自動車）ではなく、動かない未完成品で、重要な部品も搭載されていなかったと記事にした。その情報を提供したのは金道賢だった。

「ブルームバーグの記事に対してトラヴィスが、ブルームバーグと情報提供したインサイダーを嘘つき呼ばわりして、徹底的に叩きのめすと息巻きましたよね。あれをみて、『この男はどこまで嘘の上塗りをするんだ⁉』とますます腹が立ちました」

道賢の言葉に、三人はうなずく。

「ツイッターには、発表会の何日か前に撮った、T－ONEのトラクターヘッドの外枠を吊り上げている写真が掲載されていますが、それ以外に、中身がからっぽだったことを示す写真はありますか？」

アンダーソン弁護士が訊いた。

ＳＥＣに告発するため、なるべく数多くの証拠写真を集めたいと思っていた。

「いくつかあると思います。トラックテックのエンジニアにも訊いてみましょう。情報提供してくれる人間がいるので」

「ツイートのなかで、インバーターのことを指摘されてますよね。あれは非常に興味深く読みました」

茶色がかった金髪で、がっしりした身体に白のポロシャツとブルーの夏用のジャケットを着てマスクを着けたホッジスがいった。

インバーターは、直流電流を交流に変換するほか、効率的にモーターを駆動させるために、周波数や電圧を調整する装置だ。通常、箱型で、そこから何本も電気ケーブルが伸びている。

トラヴィスは、主要な部品はすべて自社開発しているといい、動画でインバーターを公開した。その際「トラックテックのインバーターは、わたしが知る限り、おそらく世界で最も先進的なソフトウェア・システムです。なぜそれがわかるかって？　なぜなら、ほかの自動車メーカーがこぞってうちのインバーター技術を使いたがっているからです」と説明した。しかし、道賢は、公開されたインバーターは誰でも買える市販品であると指摘した。

「あの嘘はすぐわかりましたね」

道賢と民俊は苦笑した。

「僕らもよく使っているポピュラーな市販品ですから。カスカディア社のＲＭ３００という製品です。そもそもあれをトラックテックに紹介したのは、僕らです」

Cascadia Motion, LLC（本社・オレゴン州ウィルソンヴィル市）は、ＥＶ用のモーター、バッテリー、インバーターなどを製造している会社だ。

「あの動画も、杜撰《ずさん》なでっち上げでした」

民俊が呆れ顔でいった。

「インバーターにマスキングテープを貼って、カスカディアのロゴと製造番号を隠してるんですから」

マスキングテープは、塗装などをする際に、周囲にペンキや塗装剤がはみ出さないように貼るテープだ。

「それから、Ｔ－ＯＮＥが走ってる動画がインチキだっていうのは、どういうことからわかるんですか？」

黒い肌に白の半袖のポロシャツを着たグボイェガが訊いた。先祖はナイジェリアから連れてこられた奴隷である。

「あの動画にはわたしも驚きました。がらんどうだと思ってたトラックが、マジで走ってるんですから」

道賢がいった。

「すぐにトラックテックのエンジニアにメールを送りました。……これがそのときのやり取りです」

そういってスマートフォンのスクリーンショットをみせた。

〈Hey, I saw the video. Did you guys get this truck up and running?（ヘイ、動画をみたぜ。あんたがた、あのトラックを走れるようにしたのかい？）〉

〈いや、発表会以来、トラックには触っていない〉

〈ホーリィ・シット！（何てこった！）〉

〈俺からは聞かなかったことにしといてくれ〉

〈発表会からもう一年以上だろ。投資家は、走ってるところをみたいっていわないの？〉

〈間違いなくいってる。しかし、あのトラックを走れるようにするには、想像もつかないぐらいの作業が必要だ〉


「要は、トラックは走れるような状態じゃなかったってことですよね。じゃあ、あの『T-One in Motion』の動画は、どうやってつくったんです？」

ホッジスが訊いた。

「それが、聞いて驚きなんですが……」

道賢は注意を惹きつけるように一呼吸置く。

「エンジンもないトラックを勾配のある坂道の上まで運んで、そこから転がしたんだそうです」

「はぁー!?」

三人はマスクの下の口をあんぐり開ける。

「しかし、あの動画は坂道にみえないですよね？」

グボイェガがいった。

「確かにぱっとみた感じでは平地を走っているようにみえます。ただ少しの勾配でも、距離を転がせば、速度はかなり出ると思います」

そういってスマートフォンの画面に別のメールを開く。

「これがトラックテックの友人から送られてきたメールです」

〈I asked the chief engineer how it was working and he said they had towed the truck to the top of a super low grade hill and let it roll.（俺はチーフ・エンジニアにどうやってやったのか訊いた。彼いわく、トラックを勾配のすごく緩い坂のてっぺんまで引っ張って行って、転がしたと）〉


それから間もなく——

夜遅く、渋谷区神宮前二丁目のパンゲアの事務所で、北川とトニーがそれぞれ二面のパソコンスクリーンを使って、検索を続けていた。

スクリーンの一つに「T-One in Motion」の動画が開かれ、それを始終確認しながら、別のスクリーンでＧｏｏｇｌｅマップを使い、検索していた。

「はぁー、なかなか骨の折れる作業だなあ」

北川が縁なし眼鏡を外し、鼻筋の上のほうをつまんで押す。

「まあ、頭を使わんでいいから、たまにゃこんなのもいいだろ」

向かいのデスクにすわったトニーが、二つのスクリーンをみくらべながら、眠気覚ましのブラックコーヒーを一口飲む。

二人は、トラックテックがT－ONEを転がした場所を特定しようと、検索を続けていた。

探していたのは「T-One in Motion」の動画の風景と、Ｇｏｏｇｌｅマップに表示されるストリートビューの風景が合致する場所だ。

進行方向を示す矢印マークを前に進めたり、画像を回転し、周囲の風景を確かめたりする。

「ヤス、やっぱりユタ州内の『モルモン・トレール』の近辺のどっかだろうな」

しばらくしてトニーがいった。

モルモン・トレールは、一八四六年から一八四七年にかけて、モルモン教徒たちが移動した総延長一三〇〇マイルの道である。

それまでモルモン教徒たちは、イリノイ州のノーブーを主要な拠点の一つにしていた。しかし、教会内部の不一致や教会への敵対者たちとの紛争のため同地を追い出され、創始者ジョセフ・スミス・ジュニアに続く二代目の最高指導者（大管長）ブリガム・ヤングに率いられ、西へ西へと移動した。現在のアイオワ州、ネブラスカ州、ワイオミング州をへて、ユタ州に到達し、ソルトレークシティを主要な拠点に定め、そこからユタ州全土へ布教していった。

「確かに、動画の黄色いセンターラインとか、片側一車線のアスファルト道路とか、道の左右に広がる土漠とか、遠くの山の形とかが、モルモン・トレール近辺の風景とほとんど同じだよな。季節が違うんで、土漠の植物の色はちょっと違うが」

Ｔ－ＯＮＥの動画は公開された時期である冬に撮影されたらしく、土漠に生えているヤマヨモギの低木などは冬枯れしてキツネの毛皮のような色だが、Ｇｏｏｇｌｅマップの画像はそれより前の季節で、植物はまだ緑色である。

「動画のほうは、電線が写ってないから、電線のないところだな」

Ｇｏｏｇｌｅマップには、点々と立ち並ぶ鉄塔を結ぶ高圧線が写っている箇所があった。

北川とトニーは、ソルトレークシティから遠くない場所にまず狙いをつけた。撮影用のトラック・カメラ等の機材・スタッフなどを調達する場所は、大都市であるソルトレークシティの可能性が高く、撮影するとしたら、そこから遠くない所で、かつ「T-One in Motion」の動画にある一定程度の距離の直線道路がある場所だと考えた。

二人は黙々と検索作業を続けた。

時計の針は真夜中を回り、窓に、近くの公園の街灯が闇を背景に銀色に滲んでいた。

「ここじゃねえか⁉」

午前一時すぎ、トニーが興奮ぎみの声を上げた。

「えっ、みつかったのか⁉」

北川が椅子から立ち上がり、トニーの背後からスクリーンを覗き込む。

「おーっ、本当だ！　そっくりじゃない！　ここだぞ、きっと！」

スクリーンに映し出された動画の静止画像と、Ｇｏｏｇｌｅマップのストリートビューの風景がほぼ一致していた。

静止画像は、トラックが走り出してすぐの時点のもので、左右に写っている二つの山影や道から少し離れた場所の岩が多い一帯の風景がＧｏｏｇｌｅマップのストリートビューに酷似していた。

場所は、ソルトレークシティの西約三〇キロメートルのところにあるグランツヴィル

(Grantsville)の町から南へ延びるサウス・モルモン・トレール・ロードの一地点だ。

「ここからなら二マイルばかり直線が続いてるから、動画の条件どおりだ」

トニーの言葉に北川がうなずく。

Ｇｏｏｇｌｅマップで道の高低差を調べると三度の勾配がついていた。トラックテックのエンジニアが金道賢に伝えたa super low grade hill(勾配のすごく緩い坂)という特徴にも合致する。

「あとはジムとバヨ(アデバヨの愛称)にやってもらおうぜ」


翌週――

グボイェガは、北川とトニーが特定したサウス・モルモン・トレール・ロードの地点に停車したセミトラックの助手席にすわっていた。

空は青く晴れ渡り、夏の強い太陽がじりじりと照りつけ、周囲の土漠は乾き切っている。

トラックは、運送会社から運転手付きで借りたもので、Ｔ－ＯＮＥが動画で牽引していたのと同じサイズのトレーラーを後部に連結している。

「じゃあ、行きましょうか」

グボイェガがいうと、男性運転手がエンジンを始動し、ギアをニュートラルにした。

その様子をグボイェガがスマートフォンで撮影する。

運転手がハンドルのそばの赤い八角形のトレーラーのパーキングブレーキと、黄色い四角形のトラクターのパーキングブレーキを押し、ブレーキを解除すると、車は自重でゆっくり動き出した。

セミトラックは傾斜三度の坂道を下りながら、徐々にスピードを増していく。

片側一車線の道の左右の土漠や遠くの山々が過ぎ去るスピードも徐々に増す。

「おお、結構スピードが出るもんだなあ!」

グボイエガは速度計の動きを、スマートフォンで撮影する。時速二〇マイルから三〇マイルへと針が動いていく。

途中で、カメラマンと一緒に道路脇でセミトラックの動画をカメラで撮影しているホッジスのそばを通り過ぎる。

トラックの速度は時速四〇マイル(約六四キロメートル)に近づいた。

二マイルあまり惰走《だそう》したところでトラックを止め、Uターンして、ホッジスがいるところまで引き返す。

「どう、上手く撮れた?」

グボイエガはトラックを降り、ホッジスと女性カメラマンに訊く。乾いた空気をとおして、頭上から容赦ない陽光が照りつけていた。

「うん、まあまあだな」

頭にサングラスを載せたホッジスは、三脚付きカメラで撮影した動画を再生し、手にしたスマートフォンの「T-One in Motion」の動画とみくらべる。

「場所はここで間違いないな。ディス・イズ・イット!」

ホッジスが晴れやかな表情でいった。

「オゥ、グーッド!」

グボイエガは両手の拳を握り締める。

「トラックテックの動画は、斜め前方から写してるので、道に傾斜があるのがわかりづらいですね」

サングラスをかけた長い金髪の女性カメラマンがいった。

「走るトラックのすぐそばで写した動画は、たぶんカメラを三度分傾けて撮ったんでしょう。そうすれば平地を走っているようにみえますから」

「なるほど」

「スピードはどれくらい出た？」

ホッジスがグボイェガに訊いた。

「四〇マイル近くまでいったよ」

「そうか。こんな坂でも結構出るもんだなあ」

「トラックテックの動画も、それくらいの感じだよな」

グボイェガの言葉に、ホッジスがうなずく。

「もう一回やるか？」

「ああ、せっかくここまできたんだ。あと二回くらいは撮っておこう。次は接写でやってみるか」

「オーケー」

グボイェガがうなずき、セミトラックの助手席に戻り、車を発進させた。

10

九月八日――

夜、渋谷区神宮前二丁目の賃貸マンションの事務所で、北川とトニーは、トラックテックの売り推奨レポートの最後の仕上げをしていた。

写真、動画、地図などを盛り込んだ英文で八十六ページのレポートはほぼ完成し、ニューヨークと東京で最終チェックを行なっているところだった。レポートは、明後日のナスダックの取引開始の三十分前、すなわち米国東部時間の午前九時にリリースする予定である。

デスクの上に置いた北川のスマートフォンが振動した。

「モーニング、ジム！」

北川はスマートフォンをスピーカー式にして、電話をかけてきたホッジスに呼びかける。

「モーニング、ヤス！　今ニュースが入ったんだが、トラックテックがＧＭと提携するらしいぞ」

ホッジスが緊迫した声でいった。パンゲアにとっては嬉しくない知らせだ。

「えっ、本当に⁉　どんな内容？」

「ＧＭがトラックテックの株の一一パーセントを取得して、取締役も派遣して、ＥＶトラックやバッテリーの生産を受託するらしい」

「はっ、馬鹿じゃねえか！　あんなインチキ会社と提携するなんて」

北川の向かいのデスクにすわったトニーが吐き捨てるようにいった。

「メアリー・バーラも、ＥＶ化でテスラに大きく水をあけられて、焦ってるのかもな」

メアリー・バーラ（Mary Barra）は、間もなく六十歳になるＧＭの女性ＣＥＯだ。ミシガン州生まれで、父親はＧＭの金型工だった。自身も高校卒業後、ＧＭの工場労働者になり、働きながらＧＭの職業学校で電気工学を学んだ。二十代後半でスタンフォード大学のＭＢＡを取得し、ＧＭに復帰したあとは主に技術畑を歩んで順調に出世し、六年前にCEOになった。

「あと三十分ほどで提携に関するメディア説明会がカンファレンス・コールで行われるから、聴いてみよう」

日本時間の午後七時半（米国東部時間午前六時半）、GMとトラックテックの資本・業務提携に関する説明会が始まった。

「モーニング、エブリワン！　まだアリゾナは夜明け前です」

アリゾナ州の本社にいるらしいジェイク・トラヴィスが口火を切った。

神宮前二丁目の事務所にいる北川とトニーが音声に耳を澄ます。

パソコンのスクリーンには、「GM-TruckTech Partnership Media Briefing」という文字が水色のバックに黒い文字で表示されていて、音声だけの会見である。

「今日は皆さんにヒューマンガス（超巨大）な発表があります。トラックテックとGMはピックアップ・トラック『キラー・ホエール』の製造に関して提携し、相互のバッテリーや燃料電池、その他すべてのリソースを最大限活用することになりました。アブソルートリィ・ワンダフル！」

トラヴィスが興奮気味の早口でいった。

「今日は説明会に参加してくれて、本当に感謝します。非常に楽しい会になるでしょう。ヴェリー・エキサイティングな発表です。トラックテックの歴史において、株式上場に匹敵するビッグストな発表です」

そういって、GMのCEOメアリー・バーラを紹介した。

「サンキュー、ジェイク。皆さん、お早うございます。今日はショートノーティスにもかかわらずご参加頂き、有難うございます」

バーラの声はフェミニンな高音だが、世界的自動車メーカーのCEOらしい威厳も感じさせる。

「この資本・業務提携は、二つの革新的な会社を固く結び付けるもので……」

GMは、一株あたり四十一ドル九十三セントでトラックテックの株式四千七百七十万株を取得するという。総額約二十億ドル（約二千百二十六億円）を注ぎ込む巨額の提携だ。

バーラは、この提携に非常にエキサイトしていると話すと、Q＆Aセッションに入った。

「一つお訊きしたいことがあります」

ウォール・ストリート・ジャーナルの男性記者が名前を名乗っていった。

「トラックテックは、なにかIP（知的財産）をGMに提供するのでしょうか？　つまり、GMはこの提携で、トラックテックからなにを得るのでしょうか？」

提携の実態に関して懐疑的なトーンだった。

「ジェイク、あなたが答える？」

バーラは、トラヴィスに振った。

「イヤァ、我々が提供できることはたくさんあります。GMのような巨大組織には普通存在しないようなものですね。状況によっては、彼らを居心地悪くさせるかもしれません」

（なんだ、この意味不明の発言は？）

北川とトニーは、眉間に縦皺を寄せる。

「いい例が、我々はGMとは、別のストラテジーを持っていたりします。たとえば、まあその、インフォテインメントに関してとか、制御に関して、スマホで車を制御することに関してですね。それとインフォテインメントで、これはいろいろ似たようなシステムがあって……」

トラヴィスは、いつもの早口で、中身のない話をとりとめもなく続ける。

結局、提携の内容はほとんどなにも決まっていないということがわかっただけだった。

「GMはちゃんとデューディリ（買収監査）をやったのか？」

カンファレンス・コールが終わると、トニーが首をかしげた。

「だいたいGMくらいの巨大自動車メーカーだったら、あんなインチキ会社と提携しなくても、全部自前でやれるじゃねえか」

GMはピックアップ・トラックを年間九十万台前後販売しており、燃料電池の開発に関しても、すでに巨額の費用を投じて進めている。

「まあ唯一の狙いは、注目を集めて、自社のイメージと株価を上げようってことじゃないか」

北川がいった。

「トラックテックの実態はがらんどうだが、証券市場のホット・ストック（注目株）ってステータスだけは持ってるからな」

確かにその日、提携の発表で、GMの株価は八パーセント上昇し、三十二ドル三十八セントとなった。トラックテックのほうは、上場後の熱狂が一段落し、ブルームバーグの指摘などで一部の投資家が懐疑的になったため、株価は三十五ドル五十セントまで落ち込んでいたが、この日は四一パーセントの爆騰を演じ、五十ドル五セントを付けた。

翌日——

パンゲアのトラックテックに関する売り推奨レポートが完成した。

タイトルは〈TruckTech : How to Parlay an Ocean of Lies into a Partnership With the Largest Auto Manufacturer in America（トラックテックはいかにして嘘の大海を米国最大の自動車メーカーとのパートナーシップへすり替えたか）〉で、冒頭に指摘する点を要約して列挙した。

〈我々はこのレポートで、トラックテックがジェイク・トラヴィスによる「何ダースもの嘘の上に成り立っている巧妙な詐欺（intricate fraud built on dozens of lies）」であることを明らかにする。

①トラヴィスの行動パターンは、嘘をついて金を集め、投資家や出資企業とトラブルになり、さらに大きな嘘をついてまた金を集め、その金で過去のトラブルを解決するというものである。本レポートでは、トラヴィスから防犯アラームを買った会社、訴訟になったスイフト社、クラシファイド広告の会社の投資家、訴訟になったワージントン社とのケースを詳述し、当時のメールのやり取り、書類、写真、関係者の証言などによって彼の行動パターンを裏付ける。

②四年前の十二月のT－ONE発表会は、冗談以外の何物でもない。我々はT－ONEがトラヴィスのいったようなfully functional vehicleには程遠く、pusher（はりぼて）そのものであったことを複数の写真およびトラックテックのエンジニアとのメールのスクリーンショットで示す。

③T－ONEが完成したと宣伝するためにトラックテックが一昨年公開した「T-One in Motion」の動画は、パワートレーンのないセミトラックを坂道の上に運び、転がしただけのものだ。我々は動画が撮影されたのと同じ場所でそれを再現したので、地図、動画とともに詳述する。

④トラヴィスは、世界で最も先進的なインバーターを開発したと動画で発表したが、動画のインバーターはカスカディア社のRM３００という市販品で、マスキングテープを貼って、カスカディア社のロゴと製造番号を隠していた。このことを動画のスクリーンショットとカスカディア社のインバーターの写真、およびトラックテックのエンジニアとのメールのスクリーンショットで裏付ける。
⑤トラヴィスは、昨年十月、「革命的な燃料電池の技術を開発した」と発表した。しかし事実は、小さな電池メーカー、ザップ・ゴー社（ZapGo Inc.、本社・ノースカロライナ州シャーロット市）を買収し、そこの技術で間に合わせようとしていた。その技術は、従来のものとなんら変わりなく、さらに同電池メーカーの社長が、売春婦を買った費用をＮＡＳＡのプロジェクトの経費として請求していたという破廉恥な不祥事で、ずいぶん以前に刑事訴追されており、買収は不成立に終わった。そのためトラックテックは、ＧＭの燃料電池技術を使おうと目論んでいる。
⑥ＶＯＬＶＯからスピンオフしたスウェーデンの燃料電池製造会社で、過去、トラックテックと提携したことがあるパワーセルＡＢ社のスポークスマンは、トラックテックが喧伝《けんでん》するバッテリーや燃料電池の技術はただの「だぼら（hot air）」であると証言している。
⑦四年前、トラヴィスは、「トラックテックが、従来の製造方法に比べて八一パーセントの低コストを実現する革命的な水素製造技術を開発し、すでに一日一トンの生産を始めた」とプレゼンテーションを行なったが、今に至るまで水素を製造したことはない。
⑧トラックテックの水素燃料製造と補充施設開発の責任者は、ジェイクの弟のジョナサンであるが、彼はその前の十年間はハワイで家の私道の舗装や内装の職人をやっており、水素に関する専門知識はゼロである。

⑨今年七月、トラヴィスは自社のポッドキャストで「ちょうど今、T-THREEが五台、ドイツのウルム市の製造ラインから送り出されるところだ」と説明した。しかし、同地に工場を有する提携先のロバート・ボッシュ社に数日前に問い合わせると「トラックテックのトラックは今まで一台も製造していない」という回答だった。
⑩トラックテックは一万四千六百台以上のT-ONEの予約があり、その三分の一以上がUSエクスプレス社からのものだと宣伝している。しかし、USエクスプレス社の最新の10Q（SECに提出する四半期報告書）記載の貸借対照表によると、同社は百三十万ドルの現預金しか保有していない。トラックテックがいう予約を履行するには、三十五億ドル程度の資金が必要であり、そもそもそれだけの予約が本当に存在するのかも疑わしい。
⑪ボッシュ、ワージントン、シグマ・アクティブ・キャピタルなど、トラックテックのパートナー企業や投資家は、六月の上場以来、猛烈な勢いで同社株を処分した。トラヴィスとの過去の訴訟の和解金としてトラックテック株を受け取っていたワージントンは、七月に、二日間で二億三千七百万ドル相当の株を処分し、八月に二億五千万ドルの株を処分した。彼らは、トラックテックとのやり取りをつうじて、同社の正体をよく知っていたものと考えられる。
⑫トラヴィス自身も、自分用に救命ボートを用意した。彼は上場前後に株を売って一億ドル以上を得た。また株式の売却禁止期間《ロックアップ》を一年から百八十日に短縮した。
⑬これら以外にもトラヴィスは無数の嘘をついているので、本レポートで詳述する。〉

翌日——

夜九時過ぎ、北川とトニーは、渋谷区神宮前二丁目の事務所のキッチンで日本茶を淹れていた。マンションは大きな通りから離れた住宅地に建っており、近くには熊野神社やいくつかの寺もあり、夜はひっそりとしている。いつものように、近くの公園の街灯が窓に銀色に滲んでいた。

「……よし、そろそろいいかな」

トニーが茶葉を入れた急須の取っ手を握る。

「うーん、深みのある香りだなあ！」

湯呑みに注がれる茶の香りを嗅いで、北川がいう。

「だろ？　静岡から取り寄せたばかりの玉露だからよ」

玉露のような浅蒸しの高級茶は、ひと夏過ぎると熟成が進み、渋みがとれてまろやかになる。

「はー、いよいよだな……」

茶を一口すすって北川がいった。

あと一時間弱で、ニューヨークのヘッジスとグボイェガが、トラックテックの売り推奨レポートを公表することになっている。

「発表前はいつも緊張するよな」

目を細めて玉露をすすりながら、トニーがいった。

ＧＭとの提携に注目している投資家たちを一つの売り推奨レポートで果たして目覚めさせることができるか、北川たちは確信を持てていなかった。

「要は、ＧＭがどう出るかだろうな」

北川がいい、トニーがうなずく。

トラックテックとGMの二十億ドルの提携は今月末までに実行されることになっている。もし提携が実行されれば、ついた嘘を誰かの手で現実にしようとする行動パターンのトラヴィスは、安全地帯に逃げ込むことができる。

「あのトラヴィスって男は、ボルネオのオランウータンみたいな野郎だな」

トニーが歌舞伎役者のように片目を凝らしていった。

「えっ、オランウータン？」

「ああ。嘘をつきながら、木から木へと飛び移って、最後は安全地帯に逃げ込もうってやつだ」

「ふふっ、そうかもな」

「あのオランウータンは、何としてでも仕留めてやらなきゃならねえ」

トニーの言葉に北川は表情を引き締め、うなずいた。

カラ売り（ショート）は買い持ち（ロング）よりリスクが大きい。買いなら株価が将来投資額の何倍にもなる可能性があり、株価が下がっても投資額の一〇〇パーセントを失えばすむ。これに対し、カラ売りは最大でもカラ売りをした額しか儲からない反面、ロスは無限大だ。

また買いはターゲット企業に喜ばれるが、カラ売りは名誉毀損で訴えられるリスクもある。特に訴訟費用をいくらでも払えて、カラ売り屋を破産させるために「スラップ（恫喝）訴訟」を仕掛けてくる大企業は怖い相手だ。

そこまでして売りから入るのは、儲けよりも自分の見立てが正しいことを証明したいと熱望し、企業の不正を追及したいという、ジャーナリストやハンターに似た心理があり、それによって社会や投資家に貢献できるという確信があるからだ。

間もなく、パンゲアがトラックテックの売り推奨レポートを公開した。

米国東部時間午前九時、時差が十三時間の東京は午後十時である。

企業のプレスリリース配信の世界的ネットワーク「ＰＲニュースワイヤー」も〈パンゲア＆カンパニー、トラックテックを売り推奨、同社の実態は嘘の大海と指摘〉というタイトルで、レポートを配信する。

パンゲアとトニーは、ツイッターやフェイスブックでもレポートを発信した。

三十分後、ナスダックの取引が始まった。

北川の目の前の青、赤、黄、緑、水色で鮮やかに色づけされたスクリーンで数字や記号が点滅し、トラックテックの株価がいきなり下げ始めたのを伝える。

（始まったな……）

スクリーンをみながら北川は気持ちを引き締める。

目の前の電話が鳴り始めた。

分析レポートをみた投資家たちが、さらなる情報を求めているのだ。米国人投資家はだいたいパンゲアのニューヨーク・オフィスに電話をかけるが、日本語で説明を聴きたい日本人ファンドマネージャーや日頃コンタクトのあるアジアの投資家などは、北川に電話をかけてくる。

北川はかかってきた三つの電話のうち二つを保留にし、受話器を取った。

「北川さん、あのレポートすごいですね！　大スキャンダルじゃないですか！　あれ、みんな信じていいんですよね？」

ニューヨークにいる日本の大手生保のファンドマネージャーが驚きまじりでいった。

「大丈夫です。信じて下さい。今回も徹底して裏どりをしてありますから」

北川は微笑を浮かべていう。

「要は、あの会社は実体がないハウス・ビルト・オン・サンドかハウス・オブ・カーズ（カードで組み立てた家）みたいなもんだってことですよね？」

「そうです。もしお持ちだったら、早いとこ処分したほうがいいと思います」

「ははは、もうしました。御社のレポートをみた瞬間に。そのほか、プット（オプション）も買いました」

株のプットオプションは、将来、対象となる株を特定の価格で売ることができる権利で、プレミアム（権利料）を払って買う。株価が下がれば利益が出るので、カラ売りと同じ効果がある。

「……ウェル、イーロン・マスク・イズ・ジ・オンリー・ワン・ジーニアス・インナ・センチュリー（イーロン・マスクってのは、百年に一人の天才だぜ）」

向かいのデスクで、トニーが、親しい米国人ファンドマネージャーからかかってきた電話に答えていた。

「そんな人間が、ごろごろいるかよ。第二のテスラを探すなんてのは、しょせん夢物語なんだ。ましてやジェイク・トラヴィスなんて田舎のカレッジ・ドロップアウト（大学落第生）じゃないか」

二人が話している間にも、トラックテックだけでなく、GMの株価もじりじり下がっていく。

同じ頃、ユタ州の牧場付きの豪邸にいたトラヴィスは、幹部からの電話で叩き起こされた。

「ワッツ・ザ・ヘル・イン・サッチ・アン・アーリー・モーニング!?（この朝のクソ早い時刻に何

事だ⁉)」

前日の酒がまだ身体に残っているトラヴィスは、ベッドのなかでスマートフォンを摑み、不機嫌そうに答えた。

隣には、三年前に結婚した妻が寝ていた。栗色の髪の三十代前半の白人女性である。

「ジェイク、パンゲアというショートセラー(カラ売り屋)がうちの売り推奨レポートを発表して、大騒ぎになってます!」

アリゾナ州フェニックス市にいる幹部の男がいった。

「はぁーん、ショートセラー? なんだそりゃあ? そんなもん、無視しときゃいいだろ」

「しかし、株価が相当下がってます。取引開始からもう一〇パーセント下がりました」

「えっ、一〇パーセント⁉ そんなにか⁉」

トラヴィスは慌てた表情になる。

上場直後のブルームバーグの暴露記事でも下がったのはせいぜい五、六パーセントだった。株価が下がれば、GMへの一株四十一ドル九十三セントという売却価格にも影響が出る可能性がある。

「いったいぜんたい、どういうレポートなんだ?」

上半身裸で、胸毛を生やしたトラヴィスは、苛々しながら訊く。

「レポートは八十六ページあります」

「はっ、八十六ページぃ?」

「写真、動画、地図なんかを盛り込んだ、非常に詳細なレポートです。『トラックテックはいかにして嘘の大海を米国最大の自動車メーカーとのパートナーシップへすり替えたか』というタイトルです」

「なんだとー⁉」


同じ頃、ミシガン州デトロイトのGM本社の社長室で、CEOのメアリー・バーラが深刻な表情で、デスクのスクリーンに開いたパンゲアのレポートを読んでいた。

(トラックテックは、スタートアップ特有の荒っぽさはあると思っていたけれど……これが本当だとしたら、相当ひどいわね)

栗色がかった金髪を肩のあたりまで伸ばし、虹彩《こうさい》が鳶色で輪郭がくっきりした両目に落ち着きのある光を湛えたバーラは、悩ましげな表情でレポートを読む。

(これが本当なら、一一パーセントの出資なんて、とんでもない話だわ)

提携発表を急ぎすぎたことを悔やんだ。

テスラがGMの約四倍の株価をつけていたので、何とか挽回したいという焦りがあった。

(けれども、今なら引き返せる……。いずれにせよ、もう一度徹底してデューディリをやり直さないと話にならない)

バーラは、デスクの電話の短縮ボタンを押し、トラックテックとの提携の担当者を呼び出した。

同じ頃、ソルトレークシティの弁護士、ルイス・アンダーソンがSECに、トラックテックに対する内部告発状を電子メールで送信した。告発人は、マーク・ロビンソン、金兄弟、パンゲア&カンパニーら三人と二組で、アンダーソンが代理人である。パンゲアの売り推奨レポートも証拠の一つとして添付した。

テレビやインターネットのニュースサイトでは、パンゲアの売り推奨レポートでトラックテックの株価が大幅に下落したことをレポーターたちが速報《ブレーキング・ニューズ》として報じた。それは瞬く間に関係者や投資家の間で広まり、株価の下落に拍車をかけた。特に、坂道からセミトラックを転がし、走っているようにみせかけたことは、衝撃をもって受け止められた。

その日、トラックテックの株価は一一パーセント下落し、三十七ドル五十七セントで取引を終えた。パンゲアにとっては、まずまずのスタートだったが、戦いは始まったばかりだ。

トラヴィスは、ツイッターで盛んにファイティング・ポーズをとった。

〈臆病者は逃げるが、リーダーは留まって闘う。わたしは、レポートで指摘された点すべてにつき反論し説明する。わたしは攻撃者に対して、大人しくすることはない〉

〈世界を変革し、よいことをしようとする企業家がいれば、それを挫《くじ》こうとする者たちがいる。彼らが攻撃すればするほど、我々は強くなる〉

〈パンゲアには感謝する。多くの人々が、連中のクソみたいなレポートを読み、わたしの反論を聞くことになる。人々は最後には、我々を愛することになるのだ〉

翌日（金曜日）――

弁護士のアンダーソンは、いつものようにソルトレークシティのオフィスに出勤した。

デスクにすわり、パソコンのスクリーンでトラックテックの動向をチェックすると、同社がパンゲアのレポートに関し、声明を出していた。

〈パンゲアのレポートは、強欲なカラ売り屋による襲撃で、数多くの間違いがあり、誤解を招く。当社はパンゲアの行為をSECに告発した〉

アンダーソンは、髭をたくわえた口の端に苦笑を浮かべる。

（盗人猛々《ぬすっとたけだけ》しいとはこのことだな。まあ、こんなことぐらいしかいえんのだろう）

デスクの電話が鳴った。

「ミスター・アンダーソンですか？　こちらはSECです。提出された内部告発の件で、お話しできますか？」

男性の声がいった。

「もちろんです。どの件に関してでしょう？」

アンダーソンは数十件の内部告発をSECに提出していた。

「昨日提出されたトラックテックに関する告発です」

「えっ、トラックテックの⁉　……あ、ああそうですか。わかりました」

アンダーソンは驚いた。

普通、SECから反応があるのは、告発状を提出して数ヶ月から二、三年後である。

（こりゃあ、やる気満々じゃないか！）

嬉しそうな顔で、右手の親指と人差し指をパチンと鳴らした。

午前中、ニューヨークのホッジスとグボイェガは、マンハッタンのオフィスでトラヴィスのテレビ・インタビューをみた。

「……パンゲアのレポートは九九パーセント嘘であると、今この場で断言します。少しだけ真実がまぶしてありますが、それはクビになった従業員から聞いたものでしょう。我々は駄目な人間はクビにするしかありません。彼らは恨みを抱いています。真実を一部話しますが、全部は話さず、ミスリードするのです」

トラックテックの白いTシャツを着たトラヴィスは、いつもの早口でいった。

「この男、昨日まで結構落ち着いてたが、今日は相当苛々してるようにみえるな」

ホッジスがスクリーンに視線を凝らす。

三ヶ月間の調査の過程で、トラヴィスのインタビューを山ほどみたので、微妙な違いもわかるようになっていた。

「心配してる気持ちが、表情の端々に表れてるよな」

グボイェガがうなずく。

その日、トラックテックの株価はさらに一四・五パーセント下げ、三十二ドル十三セントを付けた。GMの株価も提携発表直後の株価から五・九パーセント下がり、三十ドル四十六セントとなった。

パンゲアが火をつけたトラックテックのスキャンダルは、ウォール・ストリート・ジャーナル、

ＣＮＮ、ＡＢＣ、ＣＮＢＣ、フィナンシャル・タイムズ、ＢＢＣ、日経新聞など、世界中のメディアで報道され、大炎上していた。どのメディアも、坂道でトラックを転がしたことを大きく取り上げた。

夕方、それまで盛んにファイティング・ポーズをとっていたトラヴィスは、「自分はいくらでも反論できるが、顧問弁護士のアドバイスにしたがい、本件についてもう発言しない」とツイートした。どうやら社内で対策会議を開き、弁護士にこれ以上発言するなといわれたらしい。

週明けの月曜日――

トラックテックが、パンゲアのレポートに反論するプレスリリースを発表した。

弁護士の手になるプレスリリースは、「パンゲアは、株価を下げて儲けるカラ売り屋で、ＧＭとの提携発表直後という今回のレポート公開は、市場を操作し、彼らにとって最大限の利益をもたらそうとするものです。当社はパンゲアの行なったことをＳＥＣに説明し、今後のＳＥＣの調査に全面的に協力する予定です」とした上で、指摘された問題点のいくつかについて釈明した。しかし、いたって歯切れの悪い内容だった。

〈「T-One in Motion」の動画の撮影の際、モーターなどは安全面を考慮して取り外されていた。当社はセミトラックが自力で走行しているとはいっていない。動いているという事実を「in Motion」と表現したまでで、「車自身の推進力で」とか「パワートレーンの駆動で」といったような表現はしていない〉

〈当社は、動画で示したインバーターが当社独自の開発品であると説明したことはない。当社は長年にわたってインバーターの研究を続けており、当該インバーターは、いずれ当社独自開発のインバーターに置き換えられる可能性がある。試作段階で他社製品を用いる際、ロゴ等を隠すのは業界の一般的な慣行である〉

〈当社は、計画中の水素ステーション・ネットワーク、および水素の製造と流通が、長期にわたって競争上の優位性をもたらすと信じている。世界的な水素メーカーであるネル社と提携し、本社に一〇〇〇キログラムの水素貯蔵・分配のデモンストレーション装置を設置し、三千万ドル以上する電解槽も発注した〉


このプレスリリースを受け、数多くのメディアが「トラックテック、セミトラックを坂道から転がしたことを認める」と報じた。

一方、取引開始直後に一〇・五パーセント下がった株価は、この日、先週金曜日の終値から一一・四パーセント上昇し、三十五ドル七十九セントで取引を終えた。プレスリリースの効果があったというより、トラックテックとトラヴィスが、株を買い支えているらしかった。


翌火曜日――

パンゲアがトラックテックのプレスリリースに対し、新たな二十六ページの反論のレポートを発表し、同社を袋叩きにした。

冒頭で「トラックテックの新しい法律顧問、カークランド&エリス法律事務所が絶望的な状況のなか、必死にいいわけを考案し、焦点をぼやかそうとする顧客志向の努力には敬意を表するが、同社の反論は皮肉にも我々の指摘を裏付ける結果になった」と総括した。

パンゲアの反論は三ヶ月にわたる調査ぶりを反映し、徹底した内容で、トラックテックの顧問弁護士たちが週末の二日間で慌ててまとめたプレスリリースに比べると、緻密度の点で圧倒的に勝っていた。

〈トラックテックは「T-One in Motion」の動画を公開するにあたって、「Behold, the 1,000HP, zero-emission T-One semi-truck in motion.（みよ、千馬力でゼロ・エミッションのT－ONEが走っている）」とコメントを付している。しかし、パワートレーンのないセミトラックは千馬力どころか一馬力も出すことができない。またトラックテックは動画を自社のフェイスブックにアップし、自走していることを前提に、読者の質問に答えている。またトラヴィスは、セミトラックが「fully functional」「fully built」「a real truck」「not a pusher」と、四年前の十月から十二月にかけ、少なくとも六回発言している〉

〈トラックテックがプレスリリースで、動画のインバーターが自社製品でないと認めたことは、我々の指摘の正しさを裏付けるもので、結構なことだ。しかし、「インバーターが当社独自の開発品であると説明したことはない」という釈明は、同じ動画に記録されているトラヴィスの発言と真っ向から矛盾している。トラヴィスは、「インバーターを含む主要な部品はすべて自社開発している。トラックテックのインバーターは、わたしが知る限り、おそらく世界で最も先進的なソフトウエア・システムです」と発言している〉

〈トラックテックのプレスリリースは、今に至るまで同社が水素を製造したことはないというパンゲアの指摘を認めており、こちらも結構なことだ。しかしトラヴィスは、四年前に「トラックテックが、従来の製造方法に比べて八一パーセントの低コストを実現する革命的な水素製造技術を開発し、すでに一日一トンの生産を始めた」とプレゼンテーションをしており、それは動画に記録されている。また今年七月十七日には自社のポッドキャストで「当社は製造中の水素のコストを従来の一キロあたり十六ドルから三ドルまで引き下げるのに成功した」と話している。また二年前の「T-One in Motion」の動画を公開した際に、自社のフェイスブックで「当社は今まさに、八つの水素ステーションをオープンするところだ」と発言している。八つの水素ステーションは、どこにオープンしたというのか?〉

その日の午後、フィナンシャル・タイムズが、衝撃的なニュースを報じた。SECだけでなく米司法省も本件に関心を寄せ、ニューヨーク南部地区の連邦検事局が詐欺罪の立件を視野に捜査を始めたというのだ。

トラックテックの株価は再び下落し、前日比八・三パーセント安の三十二ドル八十三セントとなった。

翌週月曜日(九月二十一日)——

ホッジスとグボイェガがマンハッタンのミッドタウンのビルの高層階にあるオフィスでニュースをみていた。

「Shares of electric-truck maker TruckTech plunged on Monday after its founder Jake Travis stepped down as CEO in the wake of fraud allegations against the embattled company.（詐欺の指摘によって追い詰められたEVトラック・メーカー、トラックテックの創業者ジェイク・トラヴィス氏がCEOを辞任し、本日月曜日、株価が急落しています）」

女性アナウンサーがニュースを読み上げ、画面に自社のトラックを前にプレゼンテーションをしたり、トラックの運転席に笑顔ですわったりしているトラヴィスの過去の写真が次々と表示される。

「トラックテックは、同社を『何ダースもの嘘の上に成り立っている巧妙な詐欺』とするパンゲア&カンパニーの指摘をすべて拒否し、法的措置をとると表明しています。一方、SECと司法省が、レポートの指摘について調査を始めました。後任のCEOには、元GMの副会長で、トラックテックの取締役である……」

女性アナウンサーは、新CEOの名前を読み上げ、交替は即日であると告げた。

「いい感じで下がってきたじゃないか、はっはっは」

ホッジスが、ニュース番組のサイトを開いた自分のデスクのパソコンスクリーンから隣のスクリーンに視線を移し、嬉しそうにいった。

黒の背景にオレンジ色で表示されたトラックテックの株価チャートが、地上に落ちる稲妻のような形を描いていた。すでに先週末比で三〇パーセント近く下落していた。

「あとはGMがどう出るかだなあ」

襟の付いた紺色の長袖シャツ姿で、コーヒーカップを手にしたグボイェガがいった。

「まあ、こういう状態の会社に二十億ドルは突っ込めんだろう。何とかメンツを保てるように、いろいろいいわけをしながら、退《ひ》いていくだろうな」
ホッジスの言葉に、グボイェガがうなずいた。

トラヴィスの辞任から三日後、トラックテックの株価は二十ドルを割り込み、十九ドル十セントまで落ち込んだ。

その四日後、弱り目に祟《たた》り目で、CNBCが、二人の女性が過去、トラヴィスから性的暴行を受けたとユタ州の警察に告発したと報じた。

一人はトラヴィスの従妹《いとこ》の女性で、未成年だった十五歳のとき、葬儀のあと家族や親族が集まった家の一室で、当時十七歳のトラヴィスにマッサージをしてやるといわれ、ブラジャーをはぎ取られ、胸を触られたりしたという。

二人目の女性は三十二歳の弁護士で、トラヴィスの防犯アラームの会社で時給のアルバイトをしていた十五歳のとき、事務所にあった映画の映写室で、当時二十二歳のトラヴィスに身体を触り回され、指で処女を奪われたという。

二人の女性の代理人の弁護士は、彼女たちについてトラヴィスから話を聞いたことがあるトラヴィスの昔の友人など複数の証人がいることを明らかにした。ユタ州の警察は事件の捜査を始めており、未成年に対する強制猥褻《わいせつ》は、最長で禁固十五年の刑が科されるという。

その翌日、CNBCなど複数のメディアが、GMが「トラックテックとの資本・業務提携は完了していない。協議は継続中で、必要に応じて追加情報を提供する」と述べたと報じた。

市場は提携が解消される可能性があるとみて、トラックテックの株はさらに売り込まれ、十七ドル八十八セントまで下がった。

十一月三十日——

GMはトラックテックとの資本・業務提携を見直し、二十億ドル規模のトラックテック株の引受けを撤回し、提携範囲を大型商用トラック向けの燃料電池の供給などに絞ると発表した。要は、トラックテックのリスクはとらず、物だけ売るということで、実質的な提携解消だった。

これを受け、トラックテックは、GMからピックアップ・トラック「キラー・ホエール」に関する協力が得られなくなったので、開発計画を中止し、大型商用トラックの開発に専念するとした。「キラー・ホエール」の事前注文で受け取った金は返金するという。

GM以外の提携相手も、続々と提携を解消し始めた。

それから間もなく——

パンゲア&カンパニーとトニーは、ウェブミーティングを開いた。

「……まあ、トラックテックは、あとは下がるだけだろう。トラヴィスの口車と馬鹿な投資家の投資でもっていた会社に、打てる手があるわけないよな」

ニューヨークの自宅で、モーニング・コーヒーのカップを手に、ホッジスが余裕の表情でいった。

「しかし、GMだけじゃなくて、ロバート・ボッシュとか、ハンファ・グループとか、IVECOとか、シグマ・アクティブ・キャピタルとか、テックQアクイジション・コープとか、トラックテックに大金を注ぎこんだ名だたる企業やファンドは、いったいぜんたい、どんなデューディリジェンスをやったっていうんだろうな？」

縁なし眼鏡の北川が呆れ顔でいった。

東京は夜の遅い時刻なので、ノンアルコール・ビールで喉を潤していた。

「確かになあ、俺も呆れるぜ。なんにもみてねえじゃねえか。デューディリをやった連中とか、資本提携を決めた経営者は、全員クビにすべきだぜ」

トニーがすがめ気味の表情でいった。

「最初から資本提携ありきで、みてみぬふりをしたとか、あるいはホット・ストックで右肩上がりだから、どっかで売り抜けられると思ってたとか……まあ、いろいろなんだろうなあ」

ニューヨークの自宅にいるグボイェガがいった。そろそろ寒くなる季節なので、黒い薄手のタートルネック・セーター姿だった。

「ところで一つ提案があるんだけどな」

グボイェガが続けていった。

「最近、ローズタウンとか、フィスカーとか、カヌーとか、SPACを使って上場するEVのスタートアップが目白押しだろ。あれ全部カラ売りしてみたらどうかな？」

ローズタウン・モーターズはオハイオ州のEVメーカーで、去る十月にナスダックに上場した。フィスカーはカリフォルニア州のEVメーカーで、同じく十月にニューヨーク証券取引所に上場した。カヌーも、カリフォルニア州のEVメーカーで、十二月に、ナスダックに上場する予定である。いずれもSPACを使っての上場だ。これら以外にも、エクソス、ファラデー・フューチャー、ルーシッド・モーターズなど、数多くのEVスタートアップが、SPAC上場を計画している。

「ははっ、そりゃ面白い」

ホッジスが笑う。

「確かに、EVスタートアップでSPAC上場ときたら、ヤバさ二乗だよな」

トニーもにやりとする。

「まあ、世の中に警鐘を鳴らす意味でも、やってみたい気がするな」

北川の言葉に一同がうなずいた。

11

翌年七月二十九日——

ニューヨークでは前年三月七日に出された非常事態宣言が先月解除され、十八歳以上の成人のコロナワクチン接種率は七割を超えた。夏本番で街の人出も増え、レストランやヤンキースタジアムでは、誰もがマスクなしで食事や観戦を楽しめるようになった。

その日、ニューヨーク州南部地区連邦検事局が記者会見を開いた。

同検事局のビルは、ニューヨーク市警、裁判所の合同庁舎、メトロポリタン矯正センター（刑務所）などが集まっているマンハッタン島南部の司法街にある。八階建ての地味な建物だが、米国でホワイトカラー犯罪を最も多く摘発している検事局ならではの権威と威圧感を放っている。

会見は建物内の一室で開かれた。

縁なし眼鏡の年輩の女性が、司法省の丸い紋章入りの演壇を前に立ち、話し始めた。紋章はオリーブの枝と十三本の矢を摑んだ白頭鷲《はくとうわし》である。演壇に向かって左手に星条旗が、右手に白頭鷲が描かれた灰色のニューヨーク州南部地区連邦検事局の旗がスタンドに立てられている。

室内には数多くの記者が詰めかけ、多くの者がノートパソコンを膝の上に置き、会見が始まるのを待っていた。

「グッド・モーニング！　わたしの名はオードリー・ストラウス、ニューヨーク州南部地区連邦検察官です」

ショートヘアに白いものが交じった七十四歳のストラウスは、柿色のジャケット姿。よく聞こえるよう、一語一語を区切るようにして話す。ロシア系移民の娘で、コロンビア大学で法務博士号（JD）を取得し、弁護士や検察官として主にホワイトカラー犯罪を取り扱ってきた。この年一月には、トヨタ自動車に対し、排ガス規制に関する報告義務に組織的に違反したとして、一億八千万ドル（約百八十七億円）の制裁金を科した。

「本日、我々は、トラックテックの前CEOジェイク・トラヴィスを起訴しました。嫌疑は、個人的営利を目的に、自社の製品開発や技術に関し、嘘や誤解を招く発表をし、個人投資家を騙したことです。トラヴィスは本日午前中、逮捕され、午後、連邦治安判事のセーラ・ネットバーンの勾留尋問を受ける予定です」

ストラウスに向かって右隣には、それぞれ黒と白のマスクを着けたスーツ姿の、郵便詐欺や電信詐欺を取り締まる郵便監察局（US Postal Inspection Service）の捜査官である白人男性と、ＳＥＣ

の執行部門の長であるインド系男性が立っている。後者はシーク教徒らしく、頭に黒のターバンを巻いている。

「トラヴィスは、トラックテックのビジネスのほぼすべての面に関し、虚偽ないしは誤解を招く説明をしました」

ストラウスは、演壇の上に開いたファイルをみながら説明を続ける。

「すなわち、①T-ONEの試作品が動かないと知りつつ『fully functional vehicle』であると説明し、②『キラー・ホエール』に自社の独自技術はなに一つ使われないことを知りながら、独自に開発した技術や燃料電池を使ってゼロから製造したピックアップ・トラックだと説明し、③水素をまったく製造していないことを知りつつ、低コストで水素を製造していると説明し、④バッテリーその他の重要部品が他社からの購入品であることを知りつつ、自社で独自開発したと説明し、⑤セミトラックの予約の大半はいつでもキャンセル可能か、トラックテックが近い将来製造する可能性がない製品に関するものであるのを知りつつ、予約は法的拘束力があり、数十億ドルの売上げをもたらすと説明しました」

ほぼパンゲアの売り推奨レポートを踏まえた起訴理由である。

「これらが、トラヴィスが、投資家の関心を高めるために利用したセミトラックとピックアップ・トラックです。後者は、プロトタイプ（試作品）すらできておらず、コンピューター・グラフィックによるデザインイメージしか存在しません」

ストラウスは演壇から降り、トラックテックのT-ONEとキラー・ホエールのパネル写真のそばに立ち、指さしながら説明する。

「トラックテックはSPACという審査がきわめて緩い制度を利用して、上場しました」

演壇に戻り、説明を続ける。

「同社の株を買った何万人もの個人投資家は、トラヴィスの詐欺的スキームの犠牲になったのです。老後の蓄えをすべて失ったり、投資のための借金だけが残ったりした人々も少なくありません。一方、トラックテックの実情を知っていた大手企業や投資ファンドなどは、株を高値で売り抜け、巨利を得ました」

会見で正義を強調するのが、米国の検察の流儀である。

「本日、我々はトラヴィスを二件の証券詐欺と二件の電信詐欺の嫌疑で起訴しました。今後、彼は裁判において、自分の行為を説明しなくてはなりません」

その後、郵便監察局とSECの協力に感謝し、本件に携わっているニューヨーク州南部地区連邦検事局の担当者たちの名前を列挙し、謝意を述べた。

最後に、ジェイク・トラヴィスの行為によって被害をこうむった人や本件に関する情報を持っている人は連絡してほしいと、eメールアドレスを伝え、十二分間のスピーチを終えた。

続いて、郵便監察局の捜査官である白人男性が演壇に立った。大柄な身体にダークスーツをまとい、白のワイシャツに赤茶色の細かい格子柄のネクタイというフォーマルな服装である。

「ハロー、グッド・モーニング！」

黒いマスクを外し、ワイシャツの胸ポケットから取り出した眼鏡をかけ、話し始める。

ストラウスが説明したトラヴィスの詐欺的行為を要約して指摘したあと、この手の投資詐欺に遭わないよう、個人投資家は三つの点に注意してほしいと述べた。

「第一に自分でリサーチをし、相手のいうことを鵜呑《うの》みにしないこと。第二に、『今すぐ投資しないとチャンスを逃す』といったプレッシャーを与える勧誘には十分注意すること。第三に、投資スキームの実態を確認すること。少しでも疑わしいことがあれば、それは詐欺です」

続いてSECの執行部門の長である大柄なターバンの男性が演壇に立った。名前はグルビール・S・グレウォール（Gurbir S. Grewal）。ジョージタウン大学で外交学の学士号、米国最古のロースクール、ウィリアム・アンド・メアリー大学（ヴァージニア州）の法科大学院で法務博士号を得ている。検察官歴が長く、前職はニュージャージー州司法長官、その前は同州バーゲン郡（Bergen County）検察官である。

「本日、SECは検察の刑事訴追と並行し、ジェイク・トラヴィスに対し、民事訴訟を提起しました。トラヴィスはSNSなどを使って、嘘や誤解を招く情報を繰り返し発信し続け、投資家を騙し、損害を与えました」

肌が浅黒く、頬と口の周りに立派な髭を生やしたグレウォールは、太く、聞き取りやすい声で話し始めた。

「本事件がハイライト（注意喚起）するのは、トラヴィスのようなコーポレート・オフィサー（会社役員）は、完全で、正しく、正確な会社の情報を常に伝える義務があるということです。この義務に例外はありません。このことはすべての公開会社に当てはまります。最近上場した会社にもです」

「本事件はまた、会社役員が、SNSで好き勝手なことをいってはいけないという点もハイライトします」

「我々は、発信形態を問わず、すべての嘘や誤解を招く情報発信の責任を追及します。トラヴィスはSNSを使い、連邦証券取引法を破りました」

「本件が起訴に至ったのは、SPAC市場における不正を取り締まろうというSEC執行部門の努力の成果です」

グレウォールは、検察庁と郵便監察局との長年にわたる協力を讃《たた》え、SEC執行部門の担当者たちの名前を列挙し、ハード・ワークに対する謝意を述べた。

その後、五分間ほどの質疑応答セッションをへて、約二十二分間の会見が終わった。

この日、トラックテックの株価は前日終値から一五・二パーセント下げ、十二ドル三セントとなった。

逮捕されたトラヴィスはユタ州の豪邸などを担保にして一億ドル（約百九億七千三百万円）の保釈金を積み、即日保釈された。

十二月二十一日——

CEOが替わったトラックテックは、前年から同社の調査を続けていたSECに対し、一億二千五百万ドル（約百四十二億八百万円）の制裁金（civil penalty）を支払うことで和解したと発表した。支払いは同月末を一回目とし、二年間にわたり五回分割で行う。虚偽説明に関する認否の表明は避けた。

同社はプレスリリースで「今回の和解で、政府関係の調査はすべて終了した。当社は顧客にトラックを引き渡し、製造設備およびセールスとサービスのネットワークを拡大し、水素製造と水素ステーションを建設するという計画を実行していく。創業者ジェイク・トラヴィスに対しては、政府当局の調査に関連した費用と損害を請求していく」と述べ、トラヴィスと距離を置く姿勢を明確にした。

制裁金のなかから告発者へ報奨金が支払われるかどうかが決まるのは少し先になるが、本件については支払われる可能性が高いとみられていた。もし上限の三〇パーセント（三千七百五十万ドル）が支払われる場合、マーク・ロビンソン、金兄弟、パンゲア&カンパニーら三人と二組、および代理人のアンダーソン弁護士で等分すると、一人（一組）あたり六百二十五万ドル（約七億一千万円）となり、最低限の一〇パーセントでもその三分の一になる。

翌年十月――

米国の新型コロナ関連規制は、ほぼすべてが撤廃され、バイデン大統領が「パンデミックは終わった」と発言するなど、コロナ禍は収束モードに入っていた。観光客はコロナ禍前に比べるとまだ少ないが、街は活気を取り戻しつつある。

ニューヨーク州南部地区連邦地裁で、十二日間にわたってジェイク・トラヴィスの陪審員裁判の審理が行われた。十二人の陪審員は、男性が九人、女性が三人だった。

トラヴィスは株価が下がる前にトラックテック株を売って得た金で、トランプ・オーガナイゼーション（ドナルド・トランプの企業グループ）やイーロン・マスクの弁護を務めたこともある強力な弁護団を雇った。

弁護団は、マーク・ロビンソン、金兄弟をはじめとする検察側証人の信用を挫く作戦に打って出た。彼らの反対尋問は、証人に恐怖を感じさせるほど強圧的だった。

　証人のなかに、トラックテック株をカラ売りして六十万ドル儲けた者がいたので、「トラヴィス氏が有罪になれば、あなたはもっと儲けられるわけですよね？　証人になったのは、金銭が目的なのではないですか？」と訊いた。証人は「金銭が目的ではありません。しかし、あえて拒む理由もありません」と答えた。

　別の証人は「あなたがトラックテックのことをSECに内部告発したのは、莫大な報奨金が目当てだったのではないですか？」と訊かれ、「内部告発したのは、目の前で嘘がまかりとおっていることに対して憤りを感じたからです。あなたの質問は、政府やSECが内部告発を促進するために設けた制度そのものを否定している」と反論した。

　弁護団はまた、トラックテックの幹部たちが、トラヴィスの情報発信を評価し、どんどん発言するよう鼓舞していたので、トラヴィスは違法なことをしているという認識がなかったという議論も展開した。

　しかし、検察側証人として出廷した元GM副会長で、トラヴィスの後任のCEOになった男性は「トラヴィスが事実と異なる情報を発信するので、社内では非常に警戒されていた。トラヴィスがこれ以上誤った情報を発信しないよう、会社のSNSのパスワードを変更したこともあった。しかし、彼は社員の一人に命じて、新しいパスワードを手に入れた」と証言した。これに対して弁護側は反対尋問で、同氏がトラヴィスに送ったeメールを法廷で朗読させた。〈Just caught your CNN interview. You've always had a gift for battle in the war of ideas, but you've clearly worked and focused yourself to a whole other level. So cool for me to see it.（貴兄のCNNのインタビューをちょうど今みた。貴兄はアイデア競争において、すぐれた才能があるが、明らかにまったく異なる次元に達し、集中している。みていて非常にクールに感じる〉という称賛の文面だった。

弁護側はハーバード大学の証券取引法の教授を証人に呼んだ。教授は、トラヴィスの発言と株価の動きに因果関係はなく、市場のボラティリティ（変動率）やアナリスト・レポートなど、それ以外の要因が株価を動かしているという分析を、モデルを使って説明した。

これに対して検察側は、弁護側同様、証人の信用性を挫く作戦に打って出た。反対尋問で教授に「あなたは証言するにあたって、いくらの謝礼をもらっていますか？」と訊いた。教授が「わたしの一時間あたりの請求額《ビリング・レート》は千二百五十ドルです」と答えると、「そうすると、すでに二分の一ミリオン・ドル（五十万ドル＝約七千二百四十万円）以上の支払いは受けましたね？」と訊き、教授は「イエス」と淡々と答えた。

検察側は、陪審員が事件を理解しやすいよう、六年前の「T－ONE」発表会や「T-One in Motion」の動画、トラヴィスのインタビュー動画などをみせ、会社の実態と発言がいかに乖離《かいり》していたかを説明した。

T－TWOにドライバーが乗り込み、運転席のパネルを操作して車を走らせる動画に出演したユタ州の俳優も検察側証人として出廷した。俳優は、「T－TWOは自走できず、T－ONE同様、坂の上までトレーラーで運ばれ、そこから転がされた。運転席のパネルはトラックとは繋《つな》がっていない模擬パネルだった。そもそも自分は商用車の運転免許を持っていないので、セミトラックは運転できず、オーディションの条件にもされていなかった」と証言した。

検察側は、トラヴィスの嘘が意図的だったことを立証するため、ユタ州の三千二百万ドルの豪邸を買うにあたって、代金の一部をトラックテックのストック・オプションで支払おうとしたときの売主との電話の録音データを法廷で公開した。トラヴィスは例によって猛烈な勢いで、「我々は、すでに水素ステーション用のルートを確保し、複数のエネルギー会社と水素燃料の製造に関して合意しています。ですから当社の収入は確実で、このストック・オプションの価値は八百五十万ドルになります」と売り込んだ。不動産の売主である年輩の男性が「それは計画でしょう？　あなたはまだだいぶ先の計画を前倒しにして話しているんじゃないですか？」と訊くと、トラヴィスは「ノー！　我々はロサンゼルスからフェニックスまでのルートをすでに確保して、その十三のルートに関して、すでに電力を買い付け始めて、実際に送電網《グリッド》から電力の供給も受けています。トラックテックはもうすぐ上場します。夢や単なる計画だけで、上場はできません」と説明した。

この発言に関し、トラックテックの幹部が法廷で「当時、エネルギー会社との合意はなかった」と証言し、ユタ州の豪邸の売主は「トラヴィスの言葉を信用して、ストック・オプションを代金の一部として受け入れた」と証言した。

十月十四日——

三月に始まった米国のインフレ対策の利上げの影響で、同月下旬からじりじりと値を下げていた円は、前日のニューヨーク市場で百四十七円台後半まで落ち込み、三十二年ぶりの円安水準となった。

国連総会では、ウクライナに侵攻し、同国東部・南部の四州の一方的併合を宣言したロシアの行為を「違法で無効」とする非難決議案が百四十三ヶ国の賛成で前々日に採択された。

北川とトニーは、秋の鎌倉に出かけた。

鶴岡八幡宮の境内では、紅葉はまだ始まっていなかったが、六十一段の大石段を登った先の本宮の背後の小高い大臣山《だいじんやま》に視線をやると、木々の一部が赤茶色に変わり始めていた。

夕方、二人は、江ノ電の由比ヶ浜駅近くにある「小花寿司」を訪れた。

藍色の暖簾《のれん》の下の格子戸をがらがらと開けて入ると、右手がカウンター席、左手が小上がりになっている。

「……ほう、ここが伊集院静《いじゅういんしずか》と夏目雅子《なつめまさこ》がかよっていた店ねえ」

トニーが白木のカウンターでビールを傾け、小ぶりな店内を珍しげにみまわす。

「ここの店主と女将《おかみ》さんが、二人の仲人もしたそうだ」

隣にすわった北川がいった。

「その頃、伊集院氏は、逗子《ずし》の海際にあった『なぎさホテル』っていう、古いホテルに住んでたそうだ」

「ヤスは伊集院静の本はよく読むのか?」

「小説はあんまり読んでないが、エッセイは結構読んだよ。彼のは肩が凝らなくていいね」

そういって、突き出しのゲソとホタルイカのぬたに箸をつける。味噌がいい味を出していた。

カウンターのなかでは、白の和帽子に調理衣の親子が二人で寿司を握っている。

「伊集院静っていうのは、味のある字を書くんだなあ」

小上がりの壁に額縁入りで飾られた直筆のエッセイをみて、トニーが感心した表情でいった。

「そういえば、今日あたり、ジェイク・トラヴィスの陪審員裁判の評決が出るらしいな」

そういってトニーは目を細め、美味そうにぬたを口に運ぶ。

「そうか、いよいよか」

北川が感慨深い表情でビールのグラスを口に運ぶ。

パンゲアとトニーは、ここ数日間でトラックテックのカラ売りを手仕舞った。

買い戻しの平均価格は三ドル五十セントで、ほぼ紙くず状態だった。六十六ドルで六十万株カラ売りしたパンゲアの利益は、借株料と取引執行手数料を差し引いて三千七百十三万七千ドル（約五十四億七千五百万円）、トニーの利益は三百八万七千八百ドルだった。

「あの会社は、もはやゾンビだな」

トラックテックは、前年六月、五千万ドルを投じて水素工場を建設し、今年八月には、カリフォルニア州の自動車用バッテリー・メーカーの買収を発表した。四月から九月にかけ、燃料電池ではなく、リチウムイオン電池で動くセミトラック百十一台を自動車販売会社に出荷し、約三千九百万ドルの売上げを計上したが、シートベルトの問題のためその大半をリコールした。

「もってあと一年くらいかもな」

トニーがいい、北川がうなずいた。

先日、トラックテックの10Q（四半期報告書）で貸借対照表をみたら、九月末の現預金は三億千六百万ドルしかなかった。年間の赤字額が約七億五千万ドルなので、単純計算ではあと半年弱で現金が枯渇する。

数時間後――

マンハッタン上空の青空には、少し雲があったが、秋の陽射しが明るく降り注いでいた。空気は爽やかで、日中の予想最高気温は摂氏十九度前後という、過ごしやすい日だった。

午前十一時頃、ホッジスとグボイェガが、パンゲアのオフィスで仕事をしていると、ホッジスのスマートフォンに電話が入った。

「ジム、ジェイク・トラヴィスの裁判の陪審員の評議《デリバレーション》が始まったわよ」

電話をかけてきたのは、トラヴィスの裁判をずっと傍聴してきたウォール・ストリート・ジャーナルの司法担当の女性記者だった。

「あっ、そうなの」

「たぶん最低でも二時間はかかると思うけど」

「わかった。念のため、早めに行くようにするよ」

そういってホッジスは通話を終えた。

「バヨ、トラヴィスの裁判の陪審員の評議が始まったそうだ。あと少ししたら行くか？」

田の字形に配置されたデスクの一つで仕事をしていたグボイェガに声をかけた。

二人は昼食をとったあと、イエローキャブを拾って、マンハッタン島の南部に向かった。

ニューヨーク州南部地区連邦地裁は、パール通り五百番地に位置し、御影石と大理石で仕上げられたすらりとした二十七階建てのビルで、裁判所というより銀行の本店にみえる。

二人が法廷に入ると、多くの人々が廷内で三々五々集まり、立ち話をしていた。

大きな法廷で、天井の高さは六、七メートルもあった。一七八九年に歴史を遡るだけあって、艶やかな木を基調にした内装は荘厳で、華麗でさえある。床には格子柄の青いカーペットが敷かれ、正面奥に緩やかに弧を描く裁判官席があった。その前に二列の陪審員席があり、陪審員席の前に証言台がある。証言台の左右に被告人側と検察側がすわる。

室内左手に大きな窓があり、秋らしい柔らかな外光が差し込んでいた。

「ハーイ」

「ハイ、ユー・アー・ウェル・イン・タイム（十分間に合ったわね）」

二人はウォール・ストリート・ジャーナルの二人の記者と握手を交わす。

司法担当の女性記者は四十歳くらい。肩まである栗色の髪をウェイビーにしている。金融担当の若い男性記者は痩身で、髪も口の周りの髭も金髪である。

「評決までは、まだ少し時間がかかりそうですよ」

削《そ》いだような細面に大学院生のような雰囲気を留めた男性記者がいった。

「最終弁論はどうでした？」

黒のタートルネック・シャツの上に麻のジャケット姿のグボイェガが訊いた。

この日、検察側と弁護側の最終論告と弁論が行われ、その後、陪審員の評議に入った。

「弁護側の最終弁論には笑ったわね」

女性記者が苦笑した。

「トラヴィス氏は文法についてケアレスなところがあり、時制に関して間違いを時々犯す傾向があったって、大真面目にいうんだから」

「はぁー、そりゃ苦しい説明だね！」

パンゲアの二人も苦笑を禁じ得ない。

「『現代社会のように、誰もがツイッター、ズーム、フェイスブック、ティックトックに二十四時間接していて、トラヴィス氏のように情報発信に忙しい経営者は、文法の正しさをチェックできないことがあるのが実情である』って訴えてたわ」

「なんでもいいから、とにかくいいわけしようってんだろうね」

「ええ。最後まで徹底抗戦するつもりなんでしょう。大砲がなくなったら拳銃で、拳銃もなくなったら弓矢で、弓矢もなくなったら石ころで、石ころもなくなったらジャガイモを投げるって感じね、ははは」

　被告人側の席の近くにトラヴィスが立って、弁護士らと話をしていた。細めの黒いフレームの眼鏡をかけ、仕立てのよいブルーのスーツに光沢のあるブルーの絹のネクタイを締め、いっぱしの経営者のような貫禄があった。

　そばに、栗色の長い髪で、華奢《きゃしゃ》な身体つきの妻と思しい女性がおり、不安そうな面持ちをしていた。弁護士たちは、ワイドカラーのワイシャツにネクタイを締め、これ以上決めようがないほど、びしっとしたスーツ姿である。

　時おり法廷のドアが開き、いろいろな人が入ってきていた。普段着姿のトラヴィスの父親や弟もやってきて、トラヴィスに歩み寄る。母親はトラヴィスが幼い頃に病死している。

　十二人の陪審員たちは、別室で評議を続けていた。

「ところで、SPAC上場したEVスタートアップをまとめてカラ売りしたのは、上手くいきましたね」

　時間つぶしも兼ねてか、傍聴席にすわったウォール・ストリート・ジャーナルの若い金融担当の男性記者がいった。

「うん、あれは上手くいったね」

ホッジスが満足そうな表情でいい、隣にすわったグボイェガもうなずく。

パンゲアは一昨年から昨年にかけ、ＳＰＡＣを使って上場したＥＶのスタートアップ企業を軒並みカラ売りした。

その後、ローズタウン・モーターズでは受注台数の水増しが発覚し、ＣＥＯとＣＦＯが辞任し、株価は上場時の十八ドル九十七セントから現在は一ドル六十三セントまで下落し、ほぼ紙くず状態である。アマゾンやフォードが出資するリヴィアン・オートモーティブ（カリフォルニア州）は、先月、従業員の六パーセントをレイオフ（一時解雇）すると発表し、上場時百ドル七十三セントだった株価は、約四分の一近い二十八ドル七十一セントまで下落。エレクトリック・ラスト・マイル・ソリューションズ（ミシガン州）は、上場前後に時価を下回る価格で自社株を購入したことが発覚した会長とＣＥＯが辞任し、上場時の十一ドル五十六セントから現在は二セントまで下がり、ほぼ倒産状態。ファラデー・フューチャー（カリフォルニア州）は一万四千台の予約があるという説明が実態を反映していないことが取締役会の調査で発覚し、株価は上場時の十三ドル九十八セントから現在は五十セントで、やはり紙くず状態。

そのほか、上場ないしはピーク時の株価と比較すると、アライヴァル（英国、ナスダック上場）が三十一ドル五十四セントから六十六セントに、ルーシッド・モーターズ（カリフォルニア州）が五十五ドル五十二セントから十一ドル八十九セントに、カヌーは二十ドル二十八セントから一ドル二十九セントに、エクソス（カリフォルニア州）が九ドル九十九セントから一ドル六セントに、フィスカーが二十八ドル五十セントから六ドル四十四セントまで下落した。

「まあ、株価が下がるのも当然だよ。元々ＳＰＡＣ上場するような会社は、いろんな意味で脆弱性を抱えてるから。それにフォード、ＧＭ、フォルクスワーゲン、トヨタみたいな、ＥＶに出遅れた既存メーカーがキャッチアップしてきて、体力にものをいわせて、スタートアップを圧倒し始めてるだろ」

ホッジスの言葉に、ウォール・ストリート・ジャーナルの二人の記者がうなずく。

「楽して金儲けしようとすると、最後はろくなことにならないってことだよな」

グボイェガが皮肉まじりでいった。

しばらくして法廷に陪審員たちが戻ってきた。評議が終わったようだ。

「All rise for the jury......Please be seated.（陪審員に敬意を表し、起立。……着席して下さい）」

黒い絹の法服を着た、面長の男性裁判官がいった。プエルトリコ出身で六十二歳。幼い頃米国に移民し、ハーバード・ロースクールで法務博士の学位をとり、弁護士、検察官をへて五十一歳で連邦地裁の裁判官になった人物である。

「陪審員の皆さん、皆さんは評決に達したと理解しています」

裁判官が三ページほどの評決文らしきものを手に、目の前の陪審員たちに呼びかける。

「それでは評決を読み上げます。これはニューヨーク州南部地区連邦地方裁判所の正式な記録として残ります」

そういって事件番号〈1:21-cr-00478-ER〉と当事者である米国とトラヴィスの名前を読み上げる。

法廷内の人々が固唾を呑む。

「カウント・ワン（第一の訴因＝嫌疑）、ギルティ（有罪）、法廷ファイル、15U・S・C・セクション78J・F」

第一の訴因は証券詐欺で、主として投資家を騙した嫌疑である。

被告人席のトラヴィスの顔が青ざめる。

証券詐欺の刑罰は最高で禁固二十～二十五年である。

「カウント・トゥー、ノット・ギルティ（無罪）、法廷ファイル、18U・S・C・セクション1348・F」

第二の訴因も証券詐欺で、主としてトラヴィスが行なった証券取引についてである。

ホッジスらは意外に思う。

（ほう、無罪なのか……）

第一と第二の訴因の構成要件は似ており、第一の訴因が有罪なら、第二のほうも当然有罪になると予想していた。

「カウント・スリー、ギルティ」

「カウント・フォー、ギルティ」

テレビ、ラジオ、インターネットなどを用いた詐欺である電信詐欺の訴因は、二つとも有罪となった。

それぞれが最高で二十～二十五年の刑なので、三つの有罪で法律的には六十年以上の禁固刑になる可能性がある。しかし、「連邦量刑ガイドライン（federal sentencing guidelines）」により、それよりもかなり短い刑期になることが予想された。同ガイドラインは政府の独立機関、米国量刑委員会が一九八七年以来発表している量刑に関する指針である。

「陪審員の皆さん、以上が間違いなくあなたがたの正確な評決（your true and correct verdict）であるかお訊きしますので、イエス・ノーで答えて下さい」

そういって男性裁判官は、陪審員一人一人に「これは間違いなくあなたの正確な評決ですか？」と訊いていく。

「じゃあ、わたしたちはこれから社に戻って、急いで記事を書きますので」

そういってウォール・ストリート・ジャーナルの二人の記者は立ち上がった。ほかにも慌ただしく法廷を後にする記者らしい人々がいる。

「陪審員ナンバー4、これは間違いなくあなたの正確な評決ですか？」

「イエス」

「陪審員ナンバー5、これは間違いなく……」

裁判官が一人一人に確認をとるなか、被告人席のトラヴィスは硬い表情で、かたわらの弁護士と小声で会話を交わしていた。傍聴席の親族のなかには、すすり泣きをしている者もいた。

「さて、俺たちも行くか」

グボイェガがホッジスに声をかけ、二人は立ち上がった。

量刑を含む判決は、来年一月下旬にいい渡され、不服であれば、トラヴィスは控訴することができる。被告人側は徹底抗戦するかまえなので、裁判はまだしばらく続きそうだが、有罪判決を免れることは難しそうに思われた。

この日の評決について、陪審員の一人で、中小企業を顧客にフリーランスで経理の仕事を請け負っている女性は、後日、ウォール・ストリート・ジャーナルのインタビューを受け、次のように答えた。

証人の一人がカラ売りで六十万ドル儲けたことについては、「違法な手段で儲けたわけではないので、問題であるとは感じなかった。彼は全体として信用できる証人だと思った」と答えた。会社で安全管理の仕事をしている別の陪審員の女性は「六十万ドルが問題だとは思わなかった。トラヴィスは嘘をついて八十億ドルくらい儲けたわけですから」と答えた。

ハーバード大学の教授の証言については、経理の仕事をしている女性は、「非常にうっとうしかった。彼は自分がつくったモデルを示して、トラヴィスの発言のどれをとっても、その日に株価は動いていないと、何度も何度も繰り返し説明した。まるで我々が馬鹿《ステューピッド》であるかのように」と、吐き捨てるような口調でいった。「けれども問題なのは、当日の株価の動きじゃなく、トラヴィスが何年にもわたって嘘を積み重ね、それが株価に影響したということです」

ハーバードの教授がモデル作成・株価分析・証言などの費用として一時間あたり千二百五十ドルを請求していたことに関して、どう思ったか尋ねられると「ブロゥ（兄貴）、カモーン！　それだけもらったら、そういう証言もするでしょうよ」と答えた。

安全管理の仕事をしている女性は「発言当日かどうかは別として、トラヴィスの発言が株価に影響したことは間違いないと自分は確信した」と述べた。

裁判所からミッドタウンのオフィスに戻ると、ホッジスは自分のデスクのスクリーンの一つに表示されたトラックテックの株価に視線をやる。

（三ドル六セントか……）

黒を背景にオレンジ色のチャートで示された株価は、前日の三ドル十セントとほとんど変わらない。

（もうトラヴィスは、トラックテックと無関係だってことだな）

ホッジスの胸中で、二年四ヶ月の戦いが終わった安堵感と、トラヴィスとトラックテックの実質的な破滅を哀《あわ》れに思う気持ちがないまぜになる。

ＳＥＣから報奨金が支払われるかどうかはまだ決まっていないが、すでにカラ売りで十分儲けたので、ＳＥＣが制裁金の一部で設立するはずのトラックテックの被害者救済用ファンドに全額寄付する予定にしている。

ホッジスはふと、以前、ジー・ハイブリッドでトラヴィスの相棒《バディ》だったマーク・ロビンソンに「人生でトラヴィスと出会わなかったほうがよかったと思いますか？」と尋ねたときのことを思い出した。

「そんなことは決して思わないよ」

ロビンソンは迷いのない口調でいった。

「わたしは彼を憎んではいない。彼を信じたいと思ったし、実際に信じた。彼がわたしとジュリーにしたことはもういい。けれども、ほかのたくさんの投資家が被害に遭うのを止める必要があった。……彼は才能のある男だ。神が与えた才能がね。我々のような凡人は、その十分の一でもあればと思う。トラヴィスにはいくつか人生で大切なことを教わった。間接的にだがね。二十二歳の彼と出会った日から今日までのことは、一生忘れないだろう」

ロビンソンは遠くをみる眼差しでいった。

ホッジスは、チャートを示すスクリーンの前で、しばらくその言葉を反芻《はんすう》した。

やがて気持ちに区切りをつけるかのように小さなため息を一つつき、新たなカラ売り案件の資料に目をとおし始めた。

地銀の狼

1

凍《い》てつくような雪まじりの風が、氷の棘《とげ》の襲来のように頬に吹き付けていた。

眼下には、身もすくむ約五五メートルの高さを隔て、波立つ蒼黒い冬の海が見渡す限り広がっている。不穏な風景は、亡者を待つ地獄の入り口のようにもみえる。

黒々とした雲が空を覆い尽くし、あたりは逢魔《おうま》が時のように暗かった。

「……さあ、数字ができないんなら、ここから飛び降りろ！」

立てた襟を風になぶらせながら、ベージュのトレンチコート姿の柳悠次《やなぎゆうじ》が、ぐいと踏み出すようにして、低く太い声でいった。

「お前のおかげで、支店全体が足を引っ張られてるんだ！　わかってんだろ？　だから、飛び降りろ。死んで詫びたら赦《ゆる》してやる」

頭髪は長めで、頬は削げ、慢性的な飲酒と睡眠不足で両目の周りが赤らんでいる。

背後には、波の白い牙を無数に閃《ひらめ》かせる蒼黒い海面が広がり、その彼方の陸地に、桜木町駅の近くに聳える七十階建ての横浜ランドマークタワー、切ったスイカのような半月形のヨコハマグランドインターコンチネンタルホテル、大観覧車「コスモクロック21」、五十八階建てのタワーマンション「ザ・タワー横浜北仲」などが、黒々とした低い空の下に連なっている。

まるで終末の日のような陰鬱《いんうつ》な光景だった。

「どうした、できねえのか？　ノルマを達成できなかったら、死んでお詫びをしますっていったのは、お前だろうが！」

柳は悪鬼のような形相で、じりじりと相手に詰め寄る。両目が青白く底光りしていた。

「……あ、あのう、もっ、もう一度……もう一度、チャンスを……」

茶色いボストンタイプの眼鏡をかけ、皺と埃《ほこり》にまみれた黒いコートの男が、青ざめた顔を強張らせて、振り絞るようにいった。

男の背後にも、波立つ蒼黒い海が広がっていた。天気のよい日なら、東京湾の対岸にある房総半島の低い陸地を望むことができるが、この日は、雪まじりの灰色の風に遮られていた。

「いいから死ねよ。死んだら赦してやるっていってんだろう？」

柳の口調には、取りつく島がまったくない。

「犬だって、命令すりゃ、走ってくるだろうが。……お前は、犬以下か？」

なじられた男は、小刻みに身体を震わせ、寒風のなかで立ち尽くしていた。

山崎三千晴《やまざきみちはる》という名の、三十代半ばの男で、鼻はちんまりと小さく、背はそこそこ高い。東京の有名私大の政経学部経済学科の著名ゼミの出身で、入行店は都内の大型店だったが、口は達者だが仕事ができないので、徐々に勤務店の格を下げられ、うだつの上がらない外回りになり下がっていた。ここ一年間は、柳が課すノルマに追い立てられ、頬がげっそりこけ、顔は土色がかっている。

「自分でできないんなら、俺が手伝ってやろうか？」

柳が黒い革手袋をはめた両手を左右の腰のあたりまで上げ、じりっと近づく。

「ひっ、ひいっ……！」

山崎は恐怖で顔を引きつらせ、逃げ出そうとする。

「逃げるんじゃねえ！」

柳が大股で山崎に二、三歩歩み寄る。

その姿は、地獄の業火のなかからぬっと現れた悪鬼そのものだった。

「うわっ、うわーっ！　たっ、助けてー！」

次の瞬間、パニックに陥った山崎は、高さ一・一メートルの白い防護柵と、その先の自殺防止用の有刺鉄線を乗り越え、空中に身を翻《ひるがえ》した。

「うわああーっ……」

絶叫が、柳の足元で小さくなっていく。

やがて海面に大きな飛沫《しぶき》が飛び散り、黒い人影が海中に没した。

（行ったか……）

柳は、海面を覗き込む。その横顔には、不気味な笑みが浮かんでいた。

人を呑みこんだ海面は、先ほどとまったく変わらず、あたり一面に波を立たせ、風に運ばれてくる雪に打たれ続けていた。もはや山崎の影も形もない。

「ふははっ、はははっ、ははははっ」

柳はこらえきれない笑いを漏らす。赤っぽく、薄い唇を歪めて笑う顔は、魔物のようだった。

机上の屁理屈だけは捏《こ》ねる山崎は、口数の少ない柳のもっとも嫌いなタイプの人間だ。入行時点から優遇されてきたが、実力がともなっていないのなら、消えるほうがさっぱりすると思っていた。

（睨んだ通り、実力はかけらもなかったな……）

スーツのポケットからタバコを取り出し、削げた頬に冷笑を浮かべて一服する。

柳にとって山崎は、自分を入行以来十年間にわたって徹底的に冷遇した銀行の組織文化の象徴的存在だった。

タバコを吸い終わり、吸殻を海に投げ入れると、スマートフォンを手に取る。

「……ああ、警察ですか。今、人が飛び降り自殺をしましてね。……ええ、場所は、ベイブリッジの中間点近くの路側帯です」

淡々とした調子で話す。

「飛び降りたのは、山崎という男で、わたしの部下です。……取引先に向かう途中、ちょっと気分が悪くなったっていうんで、車を停めて休んでいたら、発作的に。……わたしですか？　あかつき銀行日本大通支店の支店長、柳悠次と申します」


翌日――

南関東を地盤とする上位地方銀行、あかつき銀行の東京支店では、いつものように整斉と業務が行われていた。広々とした店舗は、都内の旗艦店にふさわしく、隅々まで磨き上げられている。一階はATMコーナー、二階が当座・普通預金、為替、定期預金、投資信託のカウンター、三階が融資、外国為替、四階が会議室と貸金庫になっている。

常務執行役員で支店長の仁村清志《にむらきよし》は、二階の事務スペースの一画にある出納《すいとう》係のパーティションのなかで、ワイシャツ姿で札を勘定していた。

五十代前半で、頭髪が少し薄く、小柄で飄々《ひょうひょう》とした雰囲気を漂わせている。

「うーん、僕も若い頃、ずいぶん集金とか外回りで札勘《さつかん》をやったけど、きみらにはかなわないなあ」

仁村は、隣で札を数えている白のブラウスに水色のベストの女子行員の手元をみながら感心する。彼女は、五十枚ほどの一万円札を、バシャッ、バシャッと二回ほどひねっただけで、見事な扇形に開いていた。

「支店長さん……あっ！　じゃなくて、仁村さん、これ、機械にかけてもらえますか」

女子行員が、出来上がった百万円の札束をいくつか仁村に差し出す。

「ほいほい、了解です」

仁村はそれを受け取り、枚数がきちんとあるか確認するための機械にかける。バラララッという音を立て、機械が枚数を読み取り、１００という赤い数字をデジタル表示する。

出納係は支店の現金が集中するセクションである。三菱ＵＦＪ銀行などメガバンクではすでに機械化されているが、あかつき銀行東京支店は、中央区日本橋室町一丁目という場所柄、取引先に現金取引を好む老舗が多いこともあり、出納係を残していた。

「本多《ほんだ》ちゃーん、現金五百万用意できてるかなー？」

出納係の高さ一メートル強のパーティションの上に、スーツ姿の中年男性の上半身が現れた。取引先に持って行く、現金を取りにやってきた外回りの男だった。

「えっ、えっ、支店長⁉　なんでまた、出納のなかに⁉」

ワイシャツ姿で細い紙のテープを使い、札を束ねている仁村をみて、外回りの男が驚愕する。

銀行の経営会議メンバーでもある常務の仁村が、若い行員たちと一緒に現場の仕事をしている姿は、著しく場違いだった。

「あっ、あーっ！　今日は『一日支店長』でしたか！　ご苦労様です」

外回りの男は、理由に気付き、納得顔になる。

「はい、そうなのよ、今日はねえ。……ほい、五百万、お待ち！」

仁村は、銀行の紙袋に詰めた五百万円を、プラスチックのトレーに載せ、外回りの男に差し出す。

「一日支店長」は、仁村が勝手に考え、自分の支店でやっている制度で、現場の行員と仁村が一日仕事を交代して働く。仁村が現場で仕事をしている間、その仕事の担当の行員は、支店長席にすわり、融資の稟議《りんぎ》書の決裁、各種報告書のチェック、来客の応接など、本当に支店長の仕事をする。

「しっ、支店長さーん、とっ、頭取からお電話が入ってますー！」

白のブラウスに水色のベストの制服を着た若い女子行員が、支店長席の受話器の送話口を片手で押さえ、慌てた様子で仁村を呼んだ。本来は出納係の女性で、この日は、一日支店長として、大きな支店長席にすわっていた。

地方銀行の頭取といえば、行内では絶対的な存在として畏怖されている。ましてや現頭取の黒須《くろす》喜久《よしひさ》は、創業家四代目の「雲上人」だ。

「今日はね、あなたが支店長なんだから、あなたが答えなさい」

出納係の囲いのなかから、仁村が女子行員のほうを向いていった。

「え、えっ、わたしが……⁉」

動転する女子行員を尻目に、仁村は涼しい顔で百円硬貨を数え、手元の集計表にボールペンで金額を記入する。

「あっ、あのっ、頭取様、今、支店長さんにお話ししたんですけど……支店長さんは、今日はわたしが支店長だから、わたしがお話しするようにと……」

女子行員は、大きな支店長席で必死になって説明をする。

「はぁーん、なにいってるのかね⁉ 仁村は、そこにいるんだろ？ すぐ電話に出るようにいいなさい」

本店にいる黒須は、立腹した口調でいった。

女子行員は再び送話口を押さえ、すがるような眼差しで仁村に呼びかける。

「あっ、あのっ、支店長さん、とっ、頭取が……」

仁村は返事もせず、人差し指で彼女を指さす。あなたが答えなさいという意味だ。

やんごとなき雲上人の黒須は、現場への関心は薄い。仁村は、黒須が理事長を務めている美術館か財団がらみの話だろうと思い、相手にする必要はないと考えた。

「とっ、頭取様、支店長さんは今、出納でお仕事されていて……あっ、いえ、わたしが支店長で……」

「いったいなにをやってるのかね、東京支店は⁉ すぐに折り返し電話するよう、仁村に伝えなさい！」

苛々した口調でいうと、黒須は大きな音を立て、電話を切ってしまった。

一方、仁村は、相変わらず平然として、出納の仕事を続ける。

「一日支店長」は、一見無茶苦茶なやり方だが、実は、仁村の支店経営の根幹だった。支店長自ら、現場の業務をやってみて、無理や無駄をみつけ、事務の効率を上げることを狙いにしていた。事務が遅かったり、質が悪かったりすれば、取引先からの信頼を失い、行員にも余計な負担がかかる。事務
仁村は「一日支店長」で支店の隅々にまで目を光らせ、事務を底上げすることで営業を後押しし、

過去、三つの支店の支店長としてことごとく業績を改善し、名支店長と呼ばれていた。

もちろん、業績伸長の核となる外回りの仕事ぶりにも注意を払っていた。営業マンというものは、銀行の外回りに限らず、いったん有力な客筋を摑めば、それほど努力をしなくても、そこそこの成績を上げることができる。仁村は、そうした要領がよく、手抜きをしながら仕事をしている外回りがいると、「○×君、○△君、△×君、ちょっときてくれるかなー」と支店長席の前に呼びつける。「きみたちはねえ、確かに成績はいいんだけれど、僕がみるに、どうも一生懸命仕事をしているようには思えないんだよな」とやんわり切り出す。「ついては、僕がきみたちのために『なまけ者クラブ』というのをつくったから、きみたちで運営して、活動実績を報告してくれないか」と命じる。元々営業センスがあり、人の心理にも通じている三人は、皮肉であることを十分理解し、「これはまずい！」と、必死で仕事をするようになる。

一方で、仁村は、「儲けすぎるな。収益第一主義に走るな」が口癖だった。「銀行の役割は、産業の血液である金をもっとも効率よく、かつ安く、ニーズのある企業や個人に循環させることだ。それは社会における公的な役割で、そのことは銀行法の第一条にも『銀行の業務の公共性にかんがみ』と書かれている。根本的には、銀行と顧客は利益相反の関係にある。銀行が高い金利や手数料をとって儲ければ、その分、顧客の体力を弱める。銀行は民間の営利企業なので、組織を維持していくために多少は儲けないといけないが、儲けすぎるのは問題だ。ましてやアメリカの投資銀行みたいな守銭奴的なやり方など論外だ」と繰り返し部下たちに語り、顧客を絞り上げて収益を毟《むし》り取るような案件はことごとく却下した。「短期的な収益を追い求めるな。まず顧客がどんな商売をして、どんなニーズがあるかをしっかり理解しろ。とにかく勉強し、徹底的に分析しろ。その上で、顧客とよく話し合い、お互いにとってベストの提案をしろ。なにも提案できそうもなければ、なにもするな。決して無理をするな。ビジネスチャンスはいつでもあるというわけじゃない。お客さんとの関係を維持しながらチャンスを待つのも立派な仕事だ」「お客さんが真に求めているのは、貸出金利の値引きなんかじゃない。事業や財務の構造改革、販路の拡大、M&A、企業提携、IT化、人材確保、事業継承といった様々なニーズへの支援だ。そこに貢献できれば、取引は向こうから転がり込んでくる」「金融庁の検査マニュアルの債務者区分にはこだわるな。あれは元々竹中平蔵《たけなかへいぞう》が、不良債権処理の時代に、金融機関を締め上げるのに使った『負のツール』だ。今どきあんなものを金科玉条にしていたら、取引が硬直的になって、取引先が死んでしまう。企業は常に千変万化、生成発展する。我々はそれに合わせて、柔軟に顧客サービスを提供しなくてはならない」と繰り返した。

その日、午後五時を過ぎ、支店の仕事が一段落すると、仁村は、出納の女子行員と交替して支店長席にすわり、黒須頭取に電話をかけて日中の一件を詫び、「一日支店長」の狙いについて説明した。もとより仁村に対して信頼の篤《あつ》い頭取は「きみは、相変わらず面白いことをやってるな」と苦笑混じりで納得した。

電話を終えると、仁村は極秘の人事資料を手に携え、応接室の一つに入った。

ソファーにすわり、内線で本店の電話番号をプッシュする。窓のない応接室で、壁に大きな富士山の絵が掛かっていた。

「ああどうも、東京支店の仁村です」

相手は、人事部の副部長だった。

人事に関する最終決裁を行う人事部長は、仁村と同格の常務執行役員で、その下で実務全般を取り仕切り、実質的な権限を持っているのが副部長だ。

「こないだ要望書を送らせてもらった二人に関しては、その後、進めてくれてるかい？」

次の昇格時期に、必ず引き上げてほしいと要望している二人の部下について、仁村が訊いた。

邦銀の人事は、一度バッテンがつくと、二度と浮かび上がれない減点主義である。仁村は、初めて支店長になったとき、能力もやる気もあるのに、以前の所属長との折り合いが悪かったりして、昇格を遅らされたり、日の当たらない部署ばかりを歩かされたりしたために、横を向いて仕事をしている部下に数多く出会った。仁村は、そうした人事は銀行にとっても大きな損失であると考え、不遇をかこっている部下たち一人一人に向き合い、なにがあったのかじっくり話を聴き、人事に関するもつれた糸を解きほぐし、可能な限り、彼らを引き上げ、日の当たる場所へと送り出していった。これは過去、支店長を務めた三つの支店で行なってきたことで、仁村の支店は「人材再生工場」と呼ばれていた。

「仁村支店長、非常に丁寧に要望書を書いて下さったおかげで、僕らも納得がいきました。お忙しいところ、本当に有難うございました」

四十代後半の人事部副部長の声に感謝の気持ちがこもる。

「今、部長に根回しをしていますんで、次の昇格で、きちんと処遇させて頂けると思います」

「そうかい、それはよかった！　くれぐれもよろしく頼むよ」

「ところで、仁村支店長……」

相手が話題を変える口調でいった。

「横浜の日本大通支店の件は、ご存じですよね？」

「うむ……今朝の新聞記事でみたよ」

仁村が重苦しい口調になる。

「一応、山崎三千晴は自殺ということになっていますが、警察では、パワハラの線でも捜査しているようです」

「まあ、そうなるだろうなあ……」

もしパワハラによる自殺と認定されれば、民事上の損害賠償だけでなく、傷害罪（刑法第二百四条）、強要罪（同二百二十三条）、暴行罪（同二百八条）、業務上過失致死傷罪（同二百十一条）などの適用の可能性が出てくる。

「日本大通支店では、この一年で鬱《うつ》が二人、退職者が三人出ています」

「そのようだね……」

支店長の柳悠次の顔が思い浮かぶ。

いつも歯を食いしばり、挑戦的な表情をしていた。自分自身にプレッシャーを与え、猛烈に仕事に突き進むタイプだ。ストレス解消に多量の飲酒をするので、いつも熱に浮かされたような濁った目をし、両目の周囲が赤らんでいる。ひとたび獲物となる人や案件を視界に捉えたときは、両目が青白く底光りし、仕留めるまで一週間ぐらいほとんど眠らなかったりする。

柳もまた、仁村が人事部にかけ合い、不遇な場所から引き上げた男で、今や若くして支店を任されている。初めて会ったとき、柳は、性格の激しさから歴代の所属長から疎《うと》まれ、不遇をかこっていた。しかし、全身から噴き出すエネルギー、業務知識、創造性のどれをとっても規格外で、際立った存在感を放っていた。仁村は、ちんまりと無難に生きていこうとする銀行員たちによって、平凡な組織に堕し気味のあかつき銀行の将来にとり、稀有《けう》な人材だと考え、人事部と何度も折衝を重ね、日の当たる場所へと押し出した。

「それと気になるのが、日本大通支店の不動産融資とハイリスクの仕組み商品の多さです」

人事部の副部長がいった。

「特に、ゴールド住建《じゅうけん》関連のアパートローンが異様に増えているらしいです」

株式会社ゴールド住建は、東証一部上場の住宅メーカーで、販売したアパートを一括でサブリース（一括借り上げ）し、家賃保証をするスキームを武器に、急成長を遂げてきた。営業は軍隊式のノルマ主義で、営業マンのうち六割が一年もたずに辞めていく。無理で強引な案件が多く、危ない橋を渡っているという噂が絶えない。

「わかった。いっぺん柳君に会って話してみよう」

仁村が相手の意図を汲《く》んでいった。

「よろしくお願いします。彼のことを一番よくご存じなのは、仁村支店長ですから」

それから間もなく——

パンゲア&カンパニーの三人のパートナー、北川靖、ジム・ホッジス、アデバヨ・グボイェガと、「タイヤ・キッカー」のトニーは、大勢の観客と一緒に、両国の国技館を出て、敷地のゲートへと続く緩やかな坂道を歩いていた。

すでに日は落ち、国技館通りの向こうのビル群は蛍光灯の白い光をともしている。

群青色の夜空に〈伊勢《いせ》ヶ濱《はま》部屋〉〈大島《おおしま》部屋〉〈錣山《しころやま》部屋〉といった部屋名や、各力士の名前などを染め抜いた色とりどりの数十本の幟《のぼり》が賑々《にぎにぎ》しくはためき、高さ約一六メートルの櫓《やぐら》の上から、一日の取組の終わりを告げる「跳ね太鼓」が、カンッ、カンッ、カカカカカッ、カン、カカン……と鳴り響いていた。

「……いやあ、なかなか面白かったなあ！　やっぱりアリーナ（国技館）でみると、雰囲気がよくわかっていいなあ」

艶やかな黒のダウンジャケット姿で、首からミラーレス一眼カメラをぶら下げたグボイェガが満足そうにいった。

場内で観ると、力士同士がぶつかり合う音や土俵下に落ちていく重量感のある音もよく聞こえ、迫力があった。

「でもやっぱり、力士は大きくはみえないんだなあ……」

茶色がかった金髪で、肩幅の広いがっしりした身体にブラウンのパーカー・ジャケットを着たホッジスが、がっかりしたようにいった。

この日、パンゲアの一行は、土俵から一五メートルほど離れた升席で大相撲を観た。料金は一人一万円強だった。

「まあ、大リーグもそうだろ？　プレイヤーが一番よくみえるのはテレビでさ、スタジアムは雰囲気を感じに行くところだよ」

縁なし眼鏡の北川が微笑する。

「実はな、タダで力士が間近にみられる場所があるんだぞ」

カラ売りの資料と日本文学の読みすぎで、斜視ぎみのトニーが、にやりとしていった。

「えっ、そんな場所があるのか⁉　どこなんだ⁉」

ホッジスとグボイェガが驚く。

「まあ、そのうち案内するよ。国技館で勝負をみるより、かなり面白いぜ」

トニーが思わせぶりにいった。

四人は国技館のゲートを出ると、左に向かって歩く。すぐそばに、JRの両国駅がある。

駅舎は、昭和四年に建てられた鉄筋コンクリート・二階建てで、ベージュ色の外壁のレトロな雰囲気。内部の天井は鉄骨が剝き出しである。

「ほう、あれが優勝額か……。大きなもんだなあ！」

ホッジスが、改札口の向こう側の壁に飾ってある優勝額をみて、感嘆する。

三重ノ海《みえのうみ》、第二代若乃花《わかのはな》、千代の富士《ちよのふじ》、武蔵丸《むさしまる》、白鵬《はくほう》の五つの優勝額が飾られていた。それぞれ縦約三・二メートル、横約二・三メートル、重さ約八〇キログラムという大きなものだ。

「テレビで観て、あれは写真かと思ってたんだが……絵だったんだなあ」

グボイェガが、興味深げに眺める。

優勝額は毎日新聞社が優勝した力士に寄贈するもので、力士の白黒写真に専門の彩色家が油絵具で着色して制作する（二〇一四年一月から従来の色合いに似せてデジタル処理したカラー写真を使用）。国技館では四方に八枚ずつ、計三十二枚掲額されており、古いものから順次外されていく。

駅舎の壁に沿って第三十五代双葉山から第七十三代照ノ富士までの三十九人の横綱の手形も飾られていた。歌川国郷《うたがわくにさと》が江戸末期の大相撲を描いた錦絵『両国大相撲繁栄之図』（嘉永《かえい》六年＝一八五三年）の大きな複製や、たくさんの船と人々でごった返す花火の日の隅田川と両国橋を描いた橋本《はしもと》貞秀《さだひで》の錦絵『東都両国ばし夏景色』（安政《あんせい》六年＝一八五九年）のやはり大きな複製も壁に飾られており、大相撲の本拠地らしい雰囲気を醸し出している。

「さて、そろそろ、ちゃんこ屋の予約の時間だな」

北川が腕時計に視線を落としていった。

両国駅周辺には、場所柄、ちゃんこ鍋を出す店が多い。

四人は、駅のすぐ近くにある、元関取が経営するちゃんこ鍋店に向かった。

繁盛している店らしく、細長い八階建てのビル一棟すべてが店舗で、各フロアーともかなりの客が入っていた。

四人は、掘り炬燵《ごたつ》の個室に案内された。

隣の部屋との境の襖《ふすま》に江戸時代の大相撲の錦絵が描かれ、壁に経営者の力士時代の写真が飾られていた。

前菜の刺身の盛り合わせやさつま揚げの後に、ちゃんこ鍋が運ばれてきて、テーブルの上のコンロに載せられた。

「……うーん、これは美味いな！　ただのごった煮かと思ってたが、認識を改めさせられたな」

小鉢についだちゃんこ鍋を、不器用そうな箸使いで口に運び、ホッジスが感心した表情でいった。

スープは鶏《とり》ガラと豚骨で出汁《だし》をとり、味噌で味付けをしてあるが、醤油やニンニクも入っていて、さらっとした口当たり。具材は、鶏肉、鶏のつくね、白身の魚、海鮮団子、豚バラ肉、エビ、ホタテ、豆腐、油揚げ、くずきり、白菜、椎茸、長ネギ、もやしなど、盛りだくさんである。

「確かに、こりゃあ、いくらでも食べられるなあ。毎日これでご飯をかき込んでたら、さぞかし身体も大きくなるだろうさ、はふはふ……」

グボイェガも感心した表情で、舌鼓を打つ。

「見た目より、あっさりめの味にして、野菜もたくさん入れて、栄養バランスもとってあるし。……大相撲の知恵、恐るべしじゃねえか」

鶏のつくねを頬張ったトニーの言葉に、北川が微笑する。

「ところで、ゴールド住建っていう会社、聞いたことがあるか？」

北川がふと思い出した表情でいった。

ホッジスとグボイェガが首を振る。二人は主に米国企業のカラ売りを手がけており、日本企業は、日本に長期滞在して、東京事務所を運営している北川とトニーの担当だ。

「確か、比較的新興の住宅メーカーだよな？」

冷の日本酒を手酌で飲み始めたトニーがいい、北川がうなずく。

「うむ。元々は北関東の稲作農家だった創業者が、土地活用ビジネスから始めた会社だ。稲作農家の収穫量っていうのは、一反（約九九二平米）あたり八俵で、金に換算すると十万円くらいだ。経費を差し引くと、それだけで生活するのは難しい」

農家が稲作専業で暮らしていけたのは戦後の十年間くらいで、その後は生活が苦しくなった。昭和四十五年（一九七〇年）からは、生産量を抑えるため、減反政策が行われ、廃業する農家も相次いだ。一方で、先祖伝来の農地を手放すことには心理的抵抗を持っている。

「そこで自宅の農地にスレート葺《ぶ》きの貸倉庫と貸工場を建設したところ、銀行借入れの元利金を払っても、稲作の何百倍もの収益が上がるようになったそうだ。その成功体験を生かして、農家から賃貸アパートや賃貸倉庫の建設を請け負う事業を始めて、さらに長期にわたって家賃を保証するサブリース（一括借り上げ）のスキームも考案して、今や東証一部上場企業ってわけだ」

「それでヤス、その会社になにかあるのか？」

「実はこないだ、元ムーディーズの格付けアナリストとメシを食べたんだが、『ゴールド住建はそのうち爆発するぞ』っていってたんだ」

「『爆発する』⁉　どういう意味だ？」

ホッジスらは、驚いた表情。

「そのときは、別の会社についての聞き取り調査だったんで、詳しくは訊かなかった。ただ想像するに、サブリースを中心にしたビジネスモデルに欠陥があって、問題が積もり積もって、破綻確実ということとだろう」

「なるほど……そりゃ面白そうだな」

ホッジスらがにやりと嗤《わら》う。

その目に、カラ売り屋特有のねっとりとした光が湛《たた》えられていた。

「サブリースっていうのは、どれくらいの期間なんだ？」

ちゃんこ鍋のホタテを食べながら、グボイェガが訊いた。

「三十年だそうだ。『その間、家賃の支払いを保証しますから、銀行借入れの返済はなんの心配もありません』と売り込んでいるらしい」

「三十年⁉　そんな長期の家賃保証をしたら、とんでもないリスクに晒《さら》されるだろ？」

三十年という長い期間には、不動産市場や金利環境の変化だけでなく、マクロ経済の不振、天変地異、中国による台湾侵攻など、ありとあらゆることが起きる可能性がある。

「うむ。三十年なんてサブリースをまともにできるはずがない。おそらく、ゴールド住建側の判断で、保証している家賃の水準を変えられるとか、そういった類《たぐい》の条項を契約書のなかに入れたりしているのかもしれんな」

「仮に契約書に入れているとしても、実際にそれを行使したら、大揉めに揉めるだろうな」

「そういう意味で、『爆発する』といったんだろう。もうすでに内情は火の車ってこともあるよな」

北川の言葉に一同がうなずく。

「それと、ゴールド住建と一緒になって、地銀のあかつき銀行が大儲けしているようだ」

「ほう、あかつき銀行が……！」

トニーが興味を惹かれた表情。

南関東を地盤とする上位の地銀で、優良銀行として自他ともに認める存在だ。金融庁長官は「地銀は収益力もなく、本当に駄目になった。しかし、あかつき銀行だけは例外だ。不動産関連ローンや仕組み債など、個人向け商品に特化し、新しいビジネスモデルをつくった」と絶賛している。株価も高いので、カラ売りのターゲットとしては申し分ない。

2

八年前の初夏――

仁村清志は、故郷へと向かうＪＲ四国の普通列車に揺られていた。

向かい合った四人掛けの席には、妻と中学生の息子、小学生の娘がすわっている。

晴れ渡った青空の下、上部が銀色のステンレス、下部が水色に塗装された一両きりの電車は、ガタンガタン、ガタンガタンと、鉄路を踏み鳴らしながら走り続けていた。

普段は東京に住み、滅多に四国を訪れることがない仁村の家族は、物珍しそうに車窓を過ぎゆく風景を眺めている。

車窓の向こうには、コバルトブルーに凪《な》いだ海がどこまでも広がっていた。

遠くの水平線は、靄《もや》か雲でもかかったように白く霞《かす》み、その上に伊予灘《なだ》の島々の低く、なだらかな姿が、淡い青色のシルエットになって浮かび上がっている。仁村が好きな、心和む風景である。

進行方向の左手に視線を転じると、小高い緑の山が海の近くまで迫り、田植えが終わって間もない棚田や、かんきつ類の畑が斜面に広がっている。

仁村の故郷は、愛媛県松山市から南西の佐田岬半島のほうに向かって、瀬戸内海沿いを電車で一時間ほど行った海辺の町である。昭和三十年頃は、一万人を超える人口で賑わっていたが、その後、過疎化が進み、現在は四千人台にまで減った。

仁村は地元の公立高校から東京の私立大学の文科系の学部に進んだ。漁業と農業が中心の故郷には、これといった就職先がなかったので、卒業後、南関東を地盤とする大手地銀、あかつき銀行に就職した。あえて都市銀行を選ばなかったのは、巨大組織の歯車にはならず、自分なりの理想の金融業というものを追求してみたいと思ったからだ。

入行して二十年あまりがたち、先日、東京の品川支店の支店長に任命され、二週間ほど勤務したところだった。中小企業との取引がメインの中規模の支店で、行内では「商工店」というカテゴリーだった。出世に関しては元々頓着していなかったが、昇格はずっと第一選抜（トップ昇格組）で、商工店の支店長になったのも大卒入行同期約七十人のなかで一番早かった。

（柳悠次か……）

凪いだ瀬戸内海を眺めながら、新たな支店で部下となった一人の男のことを考えていた。

長身で、細面に長めの前髪、両目は不健康そうに濁り、飲酒のせいでいつも目の周囲が赤い。外回りの営業マンの一人で、銀行員に似つかわしくないアウトローの雰囲気を身にまとっていた。地方のどちらかというと貧しい家の出で、結婚歴はあるが、荒《すさ》んだ生活を送っているうちに、妻や義理の両親とも不仲になり、離婚したという。毎晩、心の渇きを紛らわせようとするかのように、ウィスキーを喉に流し込むように飲んでいる。

年齢は三十三歳だったが、役付者への昇格は同期の大卒者より三年以上遅れており、昇格候補者にも入っていなかった。過去の人事記録を調べてみると、品川支店の前に勤務した支店の支店長からは「銀行員にはまったく不適」という散々な評価を付けられ、仁村の前任の支店長からも、「組織の規律と和を乱す問題行動があり、重要度の低い地方支店か本店の事務作業部門にでも転勤させるべき」と申し送られていた。

ただ営業成績は相当良かった。初めて会ったとき、目つきが異様に鋭く、白いワイシャツの下に、荒々しい血が脈打っているような姿は、狼を思わせ、思わずはっとさせられた。

（果たして人事評価は、本当にそうなのだろうか……？）

仁村は、本店の人事部にも勤務したことがあり、銀行の人事評価が硬直的で、型にはまらない人間を徹底的に排除するため、優秀な人材をつぶしていることを痛感していた。

あかつき銀行に限らず、邦銀で評価されるのは、波風立てず、何事も無難にこなす人間である。しかし、独創性やバイタリティに欠け、邦銀という組織のなかでしか通用しない。そうしたタイプが評価され、出世する組織は、「なにもしないのが一番で、アピールできそうなときだけテーク・チャンスする」という風潮を生み、じわじわ衰退していく。そこに仁村は、危機感を抱いていた。

地銀を取り巻く外部環境も、マイナス要因が一段と多くなっている。地方経済の冷え込み、一九九七年の山一証券の自主廃業に端を発する未曾有の金融危機の頃から続く低金利環境、人口減少と高齢化、金融のデジタル化の進展（従来型の銀行不要論）などで、もはや事なかれ主義の銀行マンでは厳しい時代を生き抜けない。

仁村自身は直言居士で、少し変わった人間にみられがちである。しかし、「革新をもたらすのは常に変人だ」と公言し、信ずるところを貫いてきた。頭の固い上司の下で潰されかけたこともあったが、行内の有力者に庇護され、活躍の場を与えてもらった。やがて実績を積み重ねるうちに、批判の声は消えていった。

（あの柳悠次という男、生かしようによっては、組織の起爆剤になるんじゃないだろうか……？）

柳は、ほかの行員たちが、のほほんと無難に日常を送っているなかで、ただ一人、戦場にいるような雰囲気をまとっていた。その点、外に出す態度は多少違うが、本質的には仁村も同じタイプの人間である。

（奴と自分の違いは、単に上司に恵まれたかどうかの違いにすぎないのだろう）

仁村は、人間の運命というものに思いを馳せる。もし自分が上司に恵まれていなければ、柳と似たような人間になっていた可能性もある。

仁村の直感は、柳という男に賭けてみたいという気持ちをかき立てていた。新支店長として業績を上げなくてはならない仁村個人にとっても、支店を引っ張っていく強力なエンジンが必要だった。


それから間もなく――

朝八時すぎ、仁村清志は、品川支店の支店長席の前に置いた丸テーブルで、取引先係の支店長代理から案件の説明を受けていた。

品川駅港南口のビジネス街にある支店は、一階が預金や為替の窓口、二階が取引先係（外回り）、融資係、外国為替係のカウンターになっている。

仁村は、毎朝八時から丸テーブルで、新規の個別案件を検討する「朝会」を開いていた。取引先の担当者一人一人が、融資その他の新規案件を報告し、それを仁村が吟味し、その場で方針を即決していた。こうすることで、ビジネスチャンスを逃さず、焦げ付きリスクもいち早く回避することができる。

支店はまだ開店していなかったが、取引先係、融資係、外国為替係の行員は、「朝会」に案件を出さない者も、全員が朝七時四十分前後には出勤していた。ただ一人の例外、柳悠次を除いては。

「昨日、先方の社長から要望がありまして、今回の受注増に際して、六千万円の運転資金が必要だということで……」

仁村の前で、三十代後半の支店長代理が、パソコンで作成したA４サイズの概要メモを使って、説明をしていた。仁村は、鉛筆の書き殴りでも構わないから、なにか話があったらすぐ、用紙一枚に案件の内容を書いて持ってくるよう指導していた。

仁村の傍らには、融資係の責任者である支店長代理がすわり、提案をしている取引先係の支店長代理の背後には、別の案件を持ってきた取引先係の営業マンたち三人が、椅子にすわって順番待ちをしている。

「朝会」で報告する案件がない行員たちは、それぞれの席でその日の仕事の準備をしている。

「六千万円か……この会社にしては大きな額だなあ」

過去の稟議書や財務資料などを綴った取引先別のベージュ色の厚紙のファイルを手元に開いた仁村が思案顔になる。

取引先は、大田区にある精密機械メーカーで、従業員数は五十人ほどだ。六千万円を新規で融資するとなると、すでに徴求した不動産などの担保の額を超え、いわゆる「担保割れ」になる。上場企業のように信用力や資金調達力があるならともかく、中小企業の担保割れの場合、銀行側も腹をくくる必要がある。

そのとき、柳悠次がドアを開け、フロアーに入ってきた。例によって前日の酒が残っているような目つきで、荒《すさ》んだ雰囲気をまとっていた。着ているスーツやネクタイはくたびれているので、前夜、家に帰らなかったのかもしれない。夜、柳が繁華街のクラブを連日飲み歩いているという噂は耳に入ってきていた。

すでに出勤し、仕事の準備を始めていた行員たちは、非難めいた視線を投げかけたり、この男にはなにをいっても無駄とばかりに無視したりする。

仁村も自分の席にすわる柳をちらりと一瞥した。しかし、規律破りに目くじらを立てたりはせず、しばらく好きにさせるという方針で、新規の融資案件について話し合いを続けた。

「それ、四千五百万で足りますよ」

いつの間にか、柳が丸テーブルのそばに立って、資料を覗き込んでいた。

「ほう、どうしてそう思うんだ?」

仁村は柳をみあげ、興味深げに訊いた。

説明をしていた支店長代理は、不快感のこもった視線で柳を睨みつける。

「その受注したっていう機械は、業界ではかなり希少価値がある製品です。たぶん支払いは、納品後の翌月にキャッシュでもらえると思います。ですから、そんなに運転資金は要らないはずです」

柳は仁村を見下ろしていった。突き放したような口調は、評論家のようである。

「ほう、そうなのかね?」

仁村が担当の支店長代理に視線を向けると、詳細を把握していないようで、戸惑ったような顔つきをしていた。

品川支店程度の店には、取引先を分析するほどの能力のある営業マンはほとんどおらず、顧客にいわれるまま、惰性と愛想だけで仕事をしているタイプが多い。

「それと、その会社は逆粉飾をやっていると思いますよ」

「逆粉飾⁉」

粉飾は、利益が出ているようにみせかけることだが、逆粉飾は、税金逃れや配当金を抑えることを目的に、利益を隠すことだ。

「売上げの伸びに比較して、経費の伸びが相当上回っていて、粗利益率が年々落ちています」

柳は、仁村が手元に開いた取引先の損益計算書を一瞥していった。

「たぶん、仕入れ原価を不当に高くしたり、資産とすべきものを経費として一括で落としているんだと思います」

「うーん……」

損益計算書をみると、確かにそれらしい兆候がある。

「ですから、資金的な余裕はあるはずです。一方で、受注にともなって新しい工作機械を買うのに四千万円程度は必要でしょうから、そこは長期の証貸し《しょうが》（証書貸付）にして、残り五百万だけ手貸《てが》し（短期・繰り回しの手形貸付）がいいんじゃないでしょうか。証貸しは、金利を稼げますから」

そういって、仁村らの返事も聞かず、自分の席に戻って行った。

仁村らがあらためて調べてみると、柳のいったとおりだったので、その分析力に驚かされた。


翌日——

仁村は、柳が担当している会社の過去の稟議書や資料を調べてみた。

（奴は、こんなやり方をしていたのか……！）

柳は、顧客に徹底して長期の融資、すなわち証書貸付を行なっていた。

運転資金として手形貸付を行なった場合、とれる金利は一・五パーセント程度である。しかも三ヶ月か半年ごとに手形を書き換えてもらう必要があり、また半年か一年に一回程度は、稟議書を書いて更新しなくてはならず、手間もかかる。

一方、期間が十年程度で、三ヶ月か半年ごとに約定返済が付く証書貸付の場合、金利は三〜五パーセントとれ、証書は一度もらえば済み、稟議書も一度書けば更新する必要がない。

（これなら成績が上がって当然だ）

あかつき銀行では、営業マンの成績は、収益で管理されている。その中心になるのは、集めた預金の運用益と融資の金利で、本支店勘定レートを仕切り値とし、それとの乖離幅に預金や融資の残高を乗じて弾《はじ》き出す。あかつき銀行の収益管理システムは、日立製作所がつくった地銀のなかでも先進的なもので、各営業マンの成績は毎日算出され、翌日には誰でもパソコンでみることができる。

柳は、自分を不遇に処する銀行や上司に恨みを抱き、横を向いて仕事をしていたものの、支店のなかでトップクラスの成績を収めていた。融資のチャンスがあれば、ほとんどを十年前後の長期融資にして、黙っていても収益が転がり込むようにしていた。また企業向けだけでなく、より多くの金利を稼げるアパート経営のためのアパートローンも積極的に取り組んでいた。

（柳のアパートローンは、特定の建設業者の案件に偏っている……）

資料をみていて仁村は気づいた。

柳が手がけた案件は、電鉄系の不動産開発会社と、ゴールド住建の二社に集中していた。

（これら二つの業者と相当強いグリップを持っているということか……？）

そこには癒着の臭いが感じられた。

その日の夕方——
午後三時に営業場のシャッターが下り、外との出入りは、裏の通用口だけとなった支店のなかでは、行員たちがその日の勘定を合わせたり、現金を数えたり、事務作業をしたりしていた。融資係の行員たちは、稟議書を書いたり、取引先に電話をしたり、営業マンたちと打ち合わせをしたりし、外国為替係の行員たちは、その日の入力伝票をチェックしたり、輸出入関連の書類を確認したりしている。

（ん、これはなんだ？）

二階の扇の要の位置にある支店長席で、稟議書を一つ一つ吟味し、パソコンで決裁していた仁村は、聞いたことのないタイプの取引の稟議書に目を凝らした。

（外資系証券会社向けの輸出手形取引？　うーん、いったいなんだこれは？）

しかも最大で三百億円という巨大な与信枠を与え、その範囲内で、今後半年間、輸出手形の買い取りを行うというものだった。

「おーい、ちょっと」

外国為替係の責任者である支店長代理の名前を呼んだ。稟議書は柳悠次が自分が担当する米国系証券会社向けの与信のために作成し、事務手続きを行う外国為替係経由で回ってきていた。

「これどういう取引なのか、説明してくれるかな」

支店長席の前にやってきた外国為替係の支店長代理にいった。仁村よりかなり年上で、くたびれた感じの小柄な男性だった。

「はい、これはアメリカからの送金に関して、一日分の金利負担を回避するためのものです」

年老いた小型犬を思わせる支店長代理は、ふにゃふにゃと空気の抜けたような話し方で説明を始める。

「アメリカからの送金？」

「はい。この外資系証券会社の東京支店は、日本株や日本の国債をアメリカの投資家に売っておりまして、その代金がしょっちゅう日本に送金されてきます」

「なるほど」

「ところが、日付変更線をまたぐので、一日分の金利がかかってしまいます。これをなんとか回避できないかということで、柳君が考えた仕組みです」

日付変更線は、太平洋の真んなかから少し西寄りの東経百八十度のところに引かれている。

「このやり方で、一日分の金利が回避できるのか⁉」

仁村自身、かつて本店の営業本部にいたとき、ある大企業から同じ問題を持ちかけられたことがあった。しかし、その時は、解決策がわからず、なにもできなかった。

外国為替係の支店長代理に、詳しい事務手続きを訊くと、まず米国から送金がある日に送金予定額の輸出手形を外資系証券会社に差し入れてもらい、それを年率で十六分の一パーセントの手数料を差し引いて割り引き、資金を渡す。同日（日本時間の夜中）、その外資系証券会社のニューヨークの本店が、日本に送金する代わりに、あかつき銀行のニューヨーク支店の口座に、輸出手形の決済資金として同額を振り込み、手形を同日決済する（したがって金利はかからない）という。

ドルのオーバーナイト金利は四パーセント程度なので、仮に百億円相当の送金の場合、一日分の金利は約百十一万円になる。これを輸出手形の割引でやれば、約一万七千円で済む。証券会社なので、日本株や日本国債は毎日大量に売買しており、経費節約効果は大きい。

「証券類の売買代金に輸出手形を使っても、問題ないわけか？」

仁村が訊いた。

「はい、先般、本店の検査があって、その際、取引の内容について説明しましたけれど、特に指摘も受けませんでした」

あかつき銀行では、一年半から二年に一度、本店の考査部が約一週間かけて各支店に入り、現金、手形、証書、担保、稟議書、各種契約書類、伝票など、ありとあらゆることを徹底的に検査する。問題点は「指摘」として、是正措置や防止対策が求められる。

「これは、柳君が考えたっていったね？」

「お客さんから要望があって、それを柳君が本店の外業《がいぎょう》（外国業務部）に持ち込んで、事務手続きの詳細を詰めて、一年前からやってます」

外国業務部は、外国為替業務を推進するため、支店に対して様々な助言を行う部署である。

「柳君は、外業に持ち込む前に、外為法、商法、銀行法なんかを調べて、法律事務所とかいろんなところに相談して、一週間ぐらいほとんど寝ないで仕事してました」

「えっ、本当にか⁉」

「はい、彼は物事を徹底的に突き詰めるタイプですから。いったん案件に取りかかると、麻薬でも打ったみたいに、昼夜の別がなくなるんです」

「うーん、そうか……」

仁村はうなるしかない。

エリート集団といわれる本店営業本部でも解決できない問題を、一介の支店の役付者でもない一営業マンが異様な集中力で解決したことに、驚きを禁じ得なかった。

「先方もずっとこの問題に悩んでて、『これを解決できたら、取引は全部あかつき銀行に移す』といってたそうです。柳君は、冗談だと思ってたらしくて、本当に取引が全部うちに移ってきたときは、彼自身驚いてました」

年老いた小型犬のような支店長代理は、愉快そうな顔で、ふはっ、ふはっ、と空気が抜けたように笑った。

仁村は、取引先別のファイルに綴られた、その外資系証券会社の取引状況を示すコンピューター帳票を検《あらた》める。

(うーむ、確かに……!)

当座預金には常時三十億円程度の残高が置かれていた。当座預金は無利息なので、現在の本支店勘定レート一・五パーセントで計算すると、年間で四千五百万円の収益になる。その他の預金取引、借入れ、社員の個人取引などもあかつき銀行に集中していて、同社との取引で品川支店は年間一億円近い収益を上げていた。

柳はこのほかにも、別の取引先に巨額の金利裁定取引《インタレストレート・アービトラージ》をやらせていた。

金融市場は必ずしも完全なものではなく、いろいろな要因で歪みが生じる。たとえば、ある銀行が法人の外貨預金獲得に力を入れるあまり、ユーロ市場(通貨のユーロではなく、発行国以外の金融機関に預け入れられている通貨が取引される市場)での借入れコストより高い金利を付け、本来、借入れ金利より安いはずの預金金利が高かったりすることがある。

柳は常に金融市場の動向に目を光らせ、金利の歪みを探し出し、取引先に百億円単位の融資を供与し、別の銀行に預けさせるという、金利裁定取引をやらせていた。

仮に元本が百億円、取引先にとって金利の歪みから生じる利鞘《りざや》が〇・一パーセント、期間が一ヶ月とすれば、取引先はほぼノーリスクで約八十三万円を儲けられ、あかつき銀行も貸し出し金利の利鞘から儲けを上げることができる。

仁村は、あかつき銀行内で、こうした金利裁定取引にもお目にかかったことがなく、柳の金融センスにうならされた。

柳は、ほかの行員たちが思いつかないような独創的な取引を意図的に手がけていて、その仕事ぶりは密《ひそ》かに自分だけの絵を描いているようだった。

これだけの実力があれば、外資系金融機関に行ったほうがよほど活躍できるし、稼げる気がしたが、仁村の知人のヘッドハンターに話を聞いてみると、ことはそう簡単ではないという。ゴールドマン・サックスをはじめとする投資銀行に転職できるのは、主に証券会社で類似の業務をやっていた人間で、商業銀行出身者の場合は、都銀で大企業取引を経験した者や国際部門・海外勤務を経験した人間が優遇される。いくら柳のように実力があっても、地銀でもっぱら個人や中小企業の取引に従事し、しかも英語もできない人間は、一流外資からは門前払いだという。また柳が醸し出す独特なアウトロー的雰囲気や、同期より大幅に昇格が遅れている点は、協調性の欠如など、何らかの欠点を疑われる可能性もあるという。

柳悠次という人間は、誰にも見出されず、埋もれている異色の才能だった。

八月中旬——

太陽が伊予灘に沈み始め、海の方角へ涼しい風が吹き始めていた。

日中の暑さが徐々に退《ひ》き、心地よい風に包まれる夕暮れが始まるところだった。

「……さあ、どんどん食べてくれ。愛媛の魚は美味いぞ！」

仁村は、コンクリートづくりの二階建ての建物の屋上に並べたテーブル席の中央にすわり、テーブルを囲んだ八人に満面の笑みでいった。

昔、地方の小学校にあったような簡素なつくりの木製の長テーブルの上には、刺身、牛肉の炙り寿司、魚介類や野菜の天ぷら、シラスとミョウガの酢の物、酢〆のアジで巻いた丸寿司など、地元の食材を使った手作りの料理と、よく冷えたビールの瓶が並べられていた。

建物は、七十代の仁村の両親が地元で営んでいる食料・雑貨店兼住居で、コンクリートが打ちっぱなしの屋上はかなり広く、四方に高さ一メートルほどの鉄柵が設けられ、物干しや物見台など、なににでも使うことができる。仁村は子どもの頃から、ここで景色を眺めたり、食事をしたりするのが大好きだった。

屋上からは少し下のほうにある港も間近に望むことができる。灰色の岸壁に、二十隻ほどの小型の漁船が係留されていた。白と水色の二色に塗装された漁船は、夜明け前に出漁し、二隻一組で巻き網を曳《ひ》き、カタクチイワシやシラスを獲る。

「支店長、この鯛《たい》の刺身、プリップリですねえ！」

ビールで顔を赤くした品川支店の営業マンの一人が、ほんのりとした桜色の鯛の刺身を口に運び、嬉しそうにいった。

「おお、それはなあ、宇和島で養殖されてる伊達《だて》真鯛なんだ。養殖だけど、臭みがなくて、刺身で食べると美味いんだ」

半袖のポロシャツ姿の仁村は、上機嫌でいった。

江戸時代、宇和島藩は、仙台藩主伊達政宗《まさむね》の庶長子（側室が産んだ長男）、伊達秀宗《ひでむね》が徳川秀忠《とくがわひでただ》から十万石を与えられて以来、代々伊達家が治めた。宇和島で養殖されている鯛は、その伊達家の名前をとっている。

「支店長、このじゃこ天もすごく美味しいです！」

品川支店の八人の外回りのなかで紅一点の女性が驚きを浮かべていった。

二十代後半で、資産運用商品の販売など、主に個人取引を担当している。

「そりゃあ、愛媛のじゃこ天は日本一じゃけんな」

仁村はおどけて伊予の方言でいった。

「これは、地元で獲れたホタルジャコを使ってるんだ。僕なんか、じゃこ天で育ったようなもんだ」

ビールで顔を赤らめた仁村は、炙って焦げ目を付けた、まだ温かいじゃこ天に生姜醬油をつけ、美味そうに食べる。口のなかに新鮮なじゃこの旨みとともに、瀬戸内の潮の香りが広がった。

うっすらと緑色がかった伊予灘が、夕方の陽光で無数の鱗《うろこ》をちりばめたように銀色を帯び、海面を撫《な》でる風できらきらと煌《きら》めいていた。

お盆休みの週末、仁村は品川支店の取引先係（外回り）のメンバー八人をポケットマネーで一泊二日の四国旅行に招待した。仁村の妻が同行し、仁村の母と一緒に料理を準備し、行員たちの面倒をかいがいしくみていた。

「ほら、柳君、きみもどんどんやれ。酒は嫌いじゃないんだろう?」

仁村は傍らにすわった柳のグラスにビールを注ぐ。

「はあ……どうも」

柳は表情少なく頭を下げ、グラスでビールを受け、口に運ぶ。

仁村はその姿を目を細めて眺める。

こういう宴席では、肩書順に支店長の近くにすわるのが普通で、本来、仁村のそばは二人の支店長代理の席である。しかし仁村は、「柳君、きみはここにすわれ」と、まるで息子のように自分のそばにすわらせた。誰の目にも、仁村が柳に特別に目をかけ、期待していることが明白で、仁村はそれを隠そうともしなかった。

柳のほうは、これはどういうことなのかとキツネにつままれたような顔をしていた。六月下旬に支給されたボーナスも、仁村の独断で、支店長代理よりも多い額を支給された。それまで徹底的に冷遇されていたので、なにかの間違いではないかと訝《いぶか》った。

仁村はボーナスにも、宴席の席次にも、柳を後押しし、引き上げようとする思いを込めていた。「きみは、周囲に迎合しなくていい。これまで通り無愛想で、組織に横を向いていてもいいから、思う存分、自分の絵を描いてみろ」と目で語りかけていた。

柳以外にも、過去の誤解や上司の好き嫌いで不当な処遇を受けていた行員が三人ほどおり、仁村は彼らからじっくり話を聴き、もつれた人事の糸を解きほぐしていた。

しかし柳だけは、自分の心の内を語ることは頑《かたく》なまでにしなかった。そういう態度が誤解を生み、変なレッテルを貼られる一因だったが、上手く立ち回ることしか頭にない軽薄なサラリーマンに比べれば、よほどましに思えた。

仁村は、本店に勤務していた三十代の頃、サラリーマンの卑しさを身をもって体験したことがある。当時、仁村は、本店の近くの書店に書籍を個人の金で注文し、職場あてに配達させていた。わかりやすく面白いビジネス書、小説、歴史関係などの本が多かった。ところが仁村が休みをとっている日に、そうした書籍が届けられると、なくなっていることがよくあった。こっそり盗む人間がいたのだ。それを大手総合商社勤務の友人に話すと「そういうことはうちでもある。ばれなきゃ盗みもやるっていうサラリーマン根性だよな」と不快感もあらわにいわれた。仁村は、世間でエリートといわれる銀行本店勤務のサラリーマンなど、その程度の卑しさと底の浅さなのだと思い知った。口数の少ない柳も、同様のことを感じている気配があった。

仁村は、柳のすべてを包み込み、みまもり、後押しすることに決めた。きたる十月一日付の人事異動では、支店長代理に昇格させるつもりだった。

「支店長、ここはやっぱり海が素晴らしいですね」

営業マンの一人が、刺身を頬ばっていった。

「僕、JRのポスターで、ここの駅の写真をみて、いつかきてみたいと思ってたんです」

仁村の故郷の駅は、JRの「青春18きっぷ」のポスターで、レトロで懐かしい感じの無人駅の改札口の向こうに、冬の穏やかな日差しが降り注ぐ青い海が広がっている写真が使われ、全国的に有名になった。

「おお、あのポスターのおかげで、ずいぶん観光客が来るようになったよ。あそこは無人駅だけど、たぶん日本で一番乗降客が多い無人駅じゃないかな」

仁村の言葉に、営業マンたちがうなずく。

柳だけは言葉少なにビールを飲み、時おり料理に箸を付けていた。毎晩大量の飲酒をしているだけあって、ピッチは相当速い。ただ、いつものとげとげしい雰囲気はなかった。

「うわぁ、きれい！」

外回りの女性が、沈みゆく夕日で海面が赤みがかった金色に輝き出したのに気付いて、思わず声を上げた。

「ほんとだ、こりゃすごい！」

みんな一斉に席から立ち上がり、白いペンキが塗られた柵のそばまで行って、スマートフォンで風景を撮影する。海が金色の鱗を流したように揺らめき、水平線に沈みゆく太陽の周囲の空が茜色に染まっていた。柳も立ち上がり、珍しく皆と一緒に、飽くことなく景色をみつめていた。

3

翌年十月――

仁村清志は、本店の講堂で開かれた全国部店長会に出席した。

年に二回、四月初旬と十月初旬に、二日間にわたって開かれる重要会議で、頭取の訓示、成績優秀店の表彰、業務に関連した最近のトピックスについての本店担当部署による解説、代表支店長による決意表明などが行われる。

正面の壇上に頭取以下全役員が着席し、それと向き合う形で、国内約百二十の支店の支店長と本店の部長がすわる。各支店長の席は、役員店舗や格が高い大型店の支店長が前のほうにすわり、仁村のような中堅クラスの支店長は真んなかあたりである。銀行が、なにかにつけて序列と形式を重んじる組織であることを、よく表している。

「……よう、仁村、元気そうじゃないか」

二日間の会議が終わり、書類鞄を提げた仁村が、大勢の人の波と一緒に講堂を出たところで、後ろから声をかけられた。

「ああ、鎧沢《よろいざわ》さんでしたか。ご無沙汰しています」

声の主を振り返ると、薄くなった頭髪にきちんと櫛《くし》を入れ、仕立てのよいスーツの下に、鎧でも着ているような体型の男が笑みを浮かべていた。

企画部副部長の鎧沢克己《かつみ》だった。仁村より三年次上で、仁村がまだ若い主任だった頃、同じ支店に勤務したことがある。出世第一主義の野心家で、経営陣に近い企画部の幹部であることを最大限利用し、頭取に取り入っているというもっぱらの噂だ。仁村は、自分とは根本的に違う人種で、究極的にはともに天を戴《いただ》けない相手だと思っていたが、地銀という狭い組織に生きる者として、不要な波風は立てないようにしていた。

「あんたの支店は、去年下期と今年上期の二期連続入賞して、すごいじゃないか。尊敬するぜ」

鎧沢は、肉付きのよい顔に、にやにや笑いを浮かべていった。両目には、微《かす》かな嫉妬の気配が浮かんでいた。

あかつき銀行では、半期（六ヶ月）ごとに成績優秀店が「入賞店」として表彰される。支店長の出世にも直結するので、どの支店長も必死になって目指すが、入賞できるのは七～十ヶ店に一ヶ店という狭き門だ。しかし、品川支店は、仁村が着任して初めて半期をフルに務めた前年の下期（前年十月から翌年三月）にいきなり入賞し、さらにこの年の上期も入賞するという快挙を成し遂げた。

「まぐれです。たまたまです」

仁村は微笑を浮かべ、淡々といった。

「そんなことはないだろう」

鎧沢は、黒い鼻毛がみえる大きな鼻の穴を膨らませて苦笑する。

「ところで、ちょっと時間あるか？　実は、俺も近々、支店長に出るかもしれんのだ。支店経営のコツってやつを教えてくれないか」

「ああ、そうでしたか」

確かに企画部の副部長ならば、次はどこか大きな商工店か地域の母店《ぼてん》あたりの支店長になるのが標準的な出世コースだ。そこで上手く勤めれば、役員の一歩手前まで駒を進められるが、失敗すればキャリアの終わりを招きかねない。鎧沢にとっては正念場だ。


二人は、本店の近くにあるホテルのティールームで話すことにした。

一階のロビーに続くティールームは、淡い藤色のソファーが余裕のある間隔で配置されている落ち着いたつくりだった。奥の壁が全面ガラス張りで、緑の木々や小さな池があるホテルの中庭がみえ、開放感もある。

「……それで、二期連続で入賞できたのは、どのへんに力を入れてやったんだ？」

ホットコーヒーを一口すすって、鎧沢が仁村の顔を窺《うかが》うようにして訊いた。

（相変わらず、粘着質な感じだな……）

鎧沢の目つきには、卑しい本性が表れているようだった。ぎらぎらした両目の下は、トカゲの腹のように皺《しわ》が多く、黒っぽくたるんでいる。

「わたしが鎧沢さんにお教えするようなことはないとは思いますが……」

仁村は一応相手に敬意を払う。

「僭越《せんえつ》を承知で、強いて挙げるならば、最初に、営業課が事務をきちんと間違いなくやれる体制をつくったことでしょうか。事務はすべての業務の土台ですから」

「なるほどな……。まずは事務ありきか」

肉付きのいい顔の正面から、左右の大きく黒い鼻の穴がみえる鎧沢がうなずく。

仁村は品川支店に着任すると、「一日支店長」の制度をつくり、事務を徹底して見直した。それが奏功し、支店の業績全体が底上げされた。

「あとはまあ、あまり預金だ、貸し出しだとかいわずに、取引先の真のニーズを見極めて、事業や財務の構造改革、販路の拡大、Ｍ＆Ａ、企業提携、人材確保、事業継承といった様々なニーズにこたえるようにしています」

「なるほど、『リレバン』の徹底ってやつか」

リレバンとは、リレーションシップ・バンキングの略だ。顧客と密着した関係を築き、先方の事業について深く理解し、顧客が抱えている課題に対し、解決策を提供する。

「手っ取り早く預金を獲ろう、融資をやろうとすると、必ずどこかでしっぺ返しがくると思います。結局のところ、時間は多少かかっても、相手の真のニーズにこたえることが、一番の近道だと思います。販路拡大やＭ＆Ａにつながる支援ができれば、今度は顧客の取引相手になる買い手の側から融資を頼まれたりもしますから」

仁村は、部下たちに「収益第一主義に走るな。顧客をまずしっかり理解し、真のニーズにこたえろ」といい続けていた。その姿勢が結局、顧客の信頼を勝ち得、顧客やその取引先から新規の案件を依頼されることが増えていた。

「そういえばあんたは昔から、『銀行は儲けなくていい』ってなことをいってたよなあ」

鎧沢は、仁村の顔を舐《な》めるようにみていう。

「しかし、うちは信用金庫や信用組合じゃないんだから、そうもいってられんだろう？　ましてや我々は『金利のない世界』に生きてるんだから」

相互扶助を目的とする信用金庫や信用組合は、その発足の理念に鑑みて様々な税制優遇措置を受け、金融庁の監督や検査においても普通銀行（都銀、地銀、信託銀行等）に比べて対応がゆるやか、すなわち規制対応コストが低いという利点がある。そのため収益追求主義ではなく、顧客や地域への貢献を重視した経営をするところが多い。

一方、一九九九年に日銀がゼロ金利政策（政策金利を限りなくゼロ近くに誘導する金融政策）を発動し、その後も一貫して金融緩和政策を続けているため、金融機関は利鞘の縮小に苦しんでいる。

「まあ、企画部におられたら、そうもいってられないというのは、わかりますよ」

地方銀行の企画部は、あかつき銀行に限らず、地元経済の低迷、ゼロ金利政策、人口減少と高齢化、金融のデジタル化といった逆風が吹く経営環境をいかに乗り切り、収益を上げていくかに、血眼である。あかつき銀行は、他の邦銀同様、米国の貸出債権を証券化したCLO（Collateralized Loan Obligations＝ローン担保証券）への投資も増やしているが、投資不適格のダブルB格以下の企業に対する貸出債権を束ねたものなので、元の貸出債権の信用状態が悪化すれば、評価損が出る可能性がある。

仁村は、そうした短絡的な利益追求主義は、次元が低いと思っていたが、この場で鎧沢と議論する必要もないと思っていた。

「ところで、あんたの支店に、柳っていう、優秀な外回りがいるらしいな」

鎧沢が何気ない口調で切り出した。

（ほう、そこまで調べているのか……。おおかた必死になって、人事部か支店統括部あたりで訊き回ったんだろう）

支店統括部は、全国の支店の業績推進と管理を担当している本店の部署だ。

仁村には、鎧沢の魂胆が読めた。自分が支店長に転出するにあたって、腕利きの営業マンを部下に引き抜こうというのだ。

「よくご存じですね。柳悠次という、支店長代理がいます。確かに、よくできる男です」

「三年以上昇格が遅れてたのを、あんたが引っ張り上げて、戦力にしたそうじゃないか」

「ええ。能力のある男ですから」

柳は、仁村の強力な後押しで、一年前に支店長代理に昇格した。銀行に対して横を向いた態度は相変わらずだったが、仁村に対しては義理を感じているのか、仕事上のことは話すようになった。

仁村は、ことあるごとに柳に意見を聴き、それを実際の取引に生かしていった。また他の営業マンたちに柳のやり方を見習わせ、外回り全体のレベルアップにつなげた。

営業マンたちの柳をみる目も変わり、柳自身も、同僚からなにか訊かれれば、相変わらず態度や口調はぶっきらぼうだったが、そこそこ親切に教えたりもするようになった。

「彼は、品川支店にもう三年半もいるんだろう？　そろそろ出してもいいんじゃないか？」

鎧沢は、自分の魂胆を隠そうともせずにいった。

支店の外回りは、二、三年で転勤するのが一般的だ。これは不正や顧客との癒着を防止するためでもある。

「まあ、確かに普通の行員なら、転勤してもおかしくはないですけどねえ」

仁村は否定的なニュアンスでいった。

「なにか特別な事情でもあるのか？」

「彼が銀行に対して、多少なりともまともに向き合うようになったのは、この一年ほどです。いろいろ複雑な思いを抱えている男なので、できたらわたしの下でもう少しみまもってやりたいと思っています」

「ふん……」

鎧沢は白けたような顔になった。

「それから彼の次の異動は、本店がいいと思っています。支店勤務ばかりだと、行内の人脈もできないですし、疎外感もあります」

柳は以前「支店勤務の行員なんて猿並みの扱いですよ」といったことがあった。

どこの銀行でも、支店勤務の行員と本店（本部）勤務の行員の間に、時に敵対的といっていいくらい深い溝がある。人員配置は十対一くらいで支店のほうが圧倒的に多く、一生を支店回りだけですごす者も少なくない。本店は、金を稼ぐ現場である支店のために存在している組織だが、支店の行員たちは本店のエリートたちに使われているという屈辱感や疎外感を抱くことが多い。

「なるほど。相当できる男らしいから、あんたももうしばらく自分の駒に使いたいってことか」

鎧沢は、仁村の想いや真意を無視し、世俗的な解釈をした。

「まあ、どのようにお取りになっても結構ですけれど……わたしとしては、なにより彼の将来のことを思ってです」

口には出さなかったが、今の段階で柳が鎧沢の下に行くというのは、最悪だと考えていた。鎧沢は自分の支店の業績を上げるため、柳を徹底的にこき使い、無茶な取引や強引な取引もどんどんやらせるはずだ。そのことが、ようやくまっとうになりつつある柳を、元のアウトローに引き戻す可能性がある。柳は有能だが、社会や銀行に対する不信感や反発は根強く、立場の弱い客を徹底して食い物にすることもある。

(柳は、狼の血が身体に流れている男だ。不用意に解き放つと、きわめて危険な存在になる……)

仁村は、やわらかく接しながらも、常に手綱を引き締めていた。

柳は取引や収益を追求するあまり、我を忘れる傾向があった。それは獲物を前にした獣が、一切制御が利かなくなるのと同じだった。またアウトロー的な行動パターンも多分に持ち続けていた。高金利で儲かるアパートローンを推進するため、不動産会社との癒着も続いているようだった。彼らから、すわっただけで数万円もする銀座の高級クラブでしょっちゅう接待を受けているとか、キックバックとしてちょくちょく数百万円の現金を受け取っているという噂も聞こえていた。

「鎧沢さん、今、柳を品川支店から転勤させるという考えには、わたしは断固として反対せざるを得ません」

仁村は、普段はどこか飄々とした顔に、強い意志を滲ませていった。

「そうかね……。まあ、あんたのご意見として拝聴しておこう」

鎧沢は面白くなさそうな表情でいった。


数ヶ月後――

仁村に、人事部の副部長から電話がかかってきた。

柳悠次を静岡支店に転勤させるという話だった。同支店の支店長の内示を受けた鎧沢克己が、巧妙に人事部長に取り入り、トップダウンで決めさせたのだという。

仁村は、鎧沢の執念深さと卑劣さに、不快感を禁じ得なかったが、そこまで外堀を埋められては、組織に生きる者として、抵抗するのは難しかった。また自分の業績のために、四年以上も柳を品川支店に留め置いたとみられるのも望むところではなかった。

人事部の副部長には、転勤を了承する条件として、一点だけ、一年以内に柳を課長に昇格させるよう申し入れた。これで柳は同期のトップ昇格組に追い付くことができる。そうすれば、多少なりとも、銀行に対する不信感が薄らぐのではないかと考えた。

本当は、鎧沢となるべく早く引き離してほしいといいたかったが、それをストレートに伝えることは難しかった。

人事部副部長は、課長昇格の確約は避けたが、鎧沢と話し合って、善処すると約束した。実際に、静岡支店に転勤して一年後、柳は、外回りの営業を統括する取引先課長に抜擢された。同支店は静岡地区の母店で、格の高い支店である。その取引先課長も、格の高いポジションで、柳にとっても、表面的には悪いことではなかった。

しかし数年後、仁村は、このときの柳の異動に猛反対すべきだったと痛烈に後悔した。

4

六年後——

神奈川県海老名《えびな》市の一帯はとっぷりと暮れていた。県央に位置する町で、人口は約十三万二千人。横浜から二〇キロメートル、東京からも五〇キロメートルと比較的近いが、縄文時代から肥沃な土地で、田んぼや畑のなかに市街地があるといった感じの風景である。奈良時代に聖武《しょうむ》天皇の命により相模《さがみ》国分寺が建てられ、そこにあった七重の塔を三分の一の大きさで一九九二年に復元したもの（高さ約二二メートル）が、駅前の商業施設内に聳え立っている。

夜十時過ぎ、市街地の相模川寄りの住宅街にある一軒の家の前に、小型の乗用車が停まった。

エンジンを切って、車を降りてきたのは、三十代半ばの、いかにもしっかり者という感じの女性だった。トートバッグを肩から提げて車のドアを閉め、キーで車をロックする。隣接する大和市の総合病院で看護師をしており、正午から夜九時までの遅番の勤務を終え、帰宅したところだった。

「鈴木《すずき》様！　鈴木様！」

突然、暗闇のなかから人影が現れ、女性を呼んだ。

「きゃあーっ！」

女性は驚きと恐怖で、悲鳴を上げる。

「鈴木様、わたくしです。あかつき銀行日本大通支店の山崎でございます」

男は、左手に書類鞄、右手になにかの用紙を持っていた。年齢は三十代半ばで、茶色いフレームの洒落たボストンタイプの眼鏡をかけていたが、頭髪は乱れ、着ている灰色のスーツも皺が寄り、年老いたコウモリを思わせる不気味さだった。

「いったいなんの用事なんですか、こんな夜遅くに待ち伏せして⁉ こないだのアパートのお話だったら、はっきりお断りしたと思いますけど」

女性は驚きと恐怖をこらえ、怒りを込めて叫ぶようにいった。

「いえ、ですから……ですからですね、鈴木様が叔母様のご養子になられると、融資もできて、叔母様のアパートも建設できるんです。ですので、こちらに養子縁組の書類も用意させて頂きまして、参った次第なんです」

山崎は、右手に持った書類を突き出す。顔には焦りと疲労がありありと滲んでいた。

「だからそれはきっぱりお断りしたでしょう⁉」

女性は叫ぶように繰り返す。

「わたしは叔母の養子になる気なんて、まったくありません！ アパートを建てるために、養子縁組するなんて、あなたがた、頭がおかしいんじゃないんですか⁉」

アパートというのは、海老名市の郊外に住むこの女性の叔母が、亡くなった夫から相続した農地に総戸数十二戸のアパートを建てるという計画のことだ。耕作されていない農地があるのに目を付けたゴールド住建が持ちかけ、一億六千万円の建設費用は、全額あかつき銀行日本大通支店が融資するという。

ゴールド住建とあかつき銀行は鈴木の叔母に「ゴールド住建が三十年のサブリースで一括借り上

げしますから、賃貸収入は保証されています」「銀行のローンの返済を差し引いても、毎月二十万円が残ります」「オーナー様は、預金通帳だけをみていればいいんです」「銀行ローンでアパートを建てれば、相続税もかかりません。返済が終われば、毎月六十万円以上の家賃収入が入ってきます。息子さんによい資産を残せます」とバラ色の話をして、建設を勧めた。

七十代の叔母は、アパートを建てようなどという発想は元々なかったが、一人暮らしが寂しく、話し相手がほしくて話を聞いているうちに、段々その気になっていった。

鈴木は、看護師という職業柄、日頃から叔母に頼られ、相談に乗ったり、面倒をみたりしていたので、叔母から一度ゴールド住建とあかつき銀行の説明を一緒に聴いてほしいと依頼され、胡散《うさん》臭い話だと直感したが、叔母が被害に遭うかもしれないと懸念し、三週間ほど前に叔母の家で一緒に話を聴いた。

話は思ったとおり、危険きわまりないものだった。

ゴールド住建がつくってきたアパートの採算見通しの表には、火災保険料や、アパート経営によって増える固定資産税、所得税、国民健康保険料などが一切反映されていなかった。三十年のサブリース契約書には、下のほうに、「この契約は五年ごとに見直される」と小さな文字で入っていた。そもそも駅から歩いて三十分以上かかり、付近には商店もない場所なので、十二戸のアパートを建てても入居者が集まるとも思えなかった。さらに、話を聴いたあと、建設会社で働いている知人に相談すると「その場所でその規模のアパートをつくるなら、半額でできる」といわれ、ゴールド住建が思い切り建設費用をふっかけていることがわかった。知人は「ゴールド住建は悪質だと業界でもっぱらの噂で、消費生活センターに苦情が多数寄せられている」と教えてくれた。

叔母には東京で家庭を持って暮らしている一人息子がいるので、相談したのかと訊いたら、「あんまり賛成じゃなくてねえ……」と言葉を濁した。高齢者が三十年の銀行ローンを組むためには、親族の連帯保証が必要だが、保証人になることも断られた様子だった。

これでローンは組めないと一安心したら、ゴールド住建とあかつき銀行は、鈴木が叔母の養子になってローンの保証人になるという驚天動地の提案をしてきた。鈴木にとっては、論外中の論外だったが、叔母のほうは、「あなたは頼りになるし、あなたが養女になってくれると、アパートも建てられるし」という。叔母は近くにいる鈴木が養女になってくれれば、自分の面倒もみてもらえると都合よく考えているらしく、鈴木はほとほと呆れた。

「鈴木様。鈴木様に是非とも養子縁組をご了承頂きたいと思っています。なんとかお願いできないでしょうか?」

暗闇のなかで、年老いたコウモリのような山崎がいった。

「鈴木様にご了承頂かないと、わたしどもも融資ができなくなって、わたしもノルマが果たせなくなってしまいます」

山崎の声は、今にも泣きそうで、切迫感に満ちていた。

「ノルマを達成しないと、わたくしは、銀行をクビになってしまいます。一家で路頭に迷ってしまいます！　なにとぞお助け下さい！」

(この人、すごく追い込まれている……。もう善悪の見境や常識もない状態なんだわ)

鈴木は空恐ろしくなった。

そもそも夜の十時過ぎに他人を待ち伏せし、養子縁組を迫ること自体、常軌を逸している。

「なにとぞ、なにとぞ、よろしくお願い申し上げます！」

山崎は叫ぶようにいうと、がばっと地面にひれ伏し、土下座をした。

「警察を呼びますよ」

背中を丸めて石のように固まった山崎に対し、鈴木は厳しい口調でいった。


数日後――

あかつき銀行の山崎は、横浜市中区の本牧《ほんもく》寄りの一画にある木造の事務所を訪れた。

付近には団地や住宅が建ち並んでいるが、港に近く、閑静さとは程遠いエリアである。すぐそばの巨大な本牧埠頭《ふとう》には、大型の倉庫、物流ターミナルがひしめき、高さ五八・五メートルの白い灯台のような横浜港シンボルタワーが聳えている。

海老名市の鈴木看護師には、養子縁組を頑として断られ、家の前で長時間土下座をした挙句、警察を呼ばれ、警官から厳重注意を受けた。県の消費生活センターとあかつき銀行本店のお客様センターに苦情も申し入れられ、アパートローンは断念するしかなかった。

日本大通支店長の柳悠次には、警察沙汰になったことより、ノルマが達成できていないことを執拗に責め立てられた。柳にとっては、警察、消費生活センター、本店とのトラブルなど日常茶飯事で、歯牙にもかけていなかった。

その日、山崎が、子会社のあかつき銀証券の若い営業マンと一緒に訪れたのは、最近、水道工事会社を廃業した老夫婦だった。

「……県や横浜市の仕事なんかも、もうだいぶ前から入札が厳しくなって、昔みたいに、談合で受注することもできなくなったしねえ」

水道工事用の資材置き場の隣にある、古びた木造建築の事務所のテーブルで、灰色の作業着姿の老人がいった。七十代の水道工事会社の元社長だった。祖父が昭和二十八年に起こした会社を父から継いで経営してきたが、息子二人が東京と名古屋でサラリーマンになり、事業もジリ貧だったので、十人ほどいた従業員を解雇し、二ヶ月ほど前に会社を畳んだばかりだった。同社はあかつき銀行日本大通支店の長年の取引先であった。

「まあ、社員たちには、できる限りのものを持たせてやりました。それだけはよかったと思ってます」

疎《まば》らな白髪で、顔に深い皺が刻まれた元社長は、茶をすすって、しんみりした口調でいった。長年、現場で陣頭指揮をとってきたので、湯呑を持つ手は筋張っている。

「それは本当に長い間、ご苦労様でした」

山崎がいった。

連日ノルマに追い立てられているので、目に落ち着きがなかった。茶色いフレームのボストンタイプの眼鏡は手垢《てあか》で汚れ、ネクタイはねじ曲がり、皺の寄ったスーツは埃と汗で饐《す》えた臭いを発していた。

「それで、お手持ちの資金を運用されたいということですね？」

「ええ、会社を畳んで、三千万円ほどの金が残りました。厚生年金も多少もらってますが、それだけでは先行き不安なので、できたらなにか有利な投資で、少しでも増やせないかと思ってまして」

かたわらで、経理や総務の担当者として、夫を長年支えてきた妻が、小さくうなずいていた。

「そうですか。それでしたら、わたくしどもが、大いにお役に立てると思います！」

山崎は勢い込んでいった。

「実は、こちらのあかつき銀証券のほうで、まさにぴったりの商品がありまして、今日、担当者をお連れしました」

胸を張るようにして、隣の男を手で示す。

山崎の隣にすわった若い営業マンが頭を下げ、「よろしくお願い致します」といって、名刺を差し出した。中背で真面目そうな男だった。山崎と違って、ワイシャツも紺色のスーツもきちんとアイロンが当てられている。

「山崎さんのほうから、事前にお客様のニーズに関して連絡がありましたので、うちで扱っている商品のなかから、特に利回りのよいものを選んで持ってきました」

二十代後半の営業マンは、書類鞄のなかから、パンフレット類を取り出す。

「こちらの債券は、期間が一年で、金利が六パーセントになっております」

きれいな色刷りのパンフレットを示していった。上のほうに太い文字で「スウェーデン地方金融公社 他社株転換条項付円建債券」と商品名が書かれ、その下に「発行体」「格付」「対象株式」「売出価格」「お申込単位」「利率」「行使価格」「ノックイン価格」といった三十ほどの条件が横書きでずらりと並んでいた。

「金利が六パーセント!? それはすごいですね！」

水道工事会社の元社長が驚く。銀行に定期預金をしても、メガバンクだと〇・〇一パーセント、金利の高いインターネット銀行でも〇・一五パーセント程度しかつかないご時世である。

「もしお持ちの三千万円を投資されますと、年間百八十万円、月にして十五万円の金利が入ってきます」

山崎が、疲労とストレスでくたびれた顔に、精いっぱいのつくり笑いを浮かべる。

「どうやったらこんなに高い金利が付くんですか？」

元社長が不思議そうに訊く。

「こちらの商品の高金利は、デリバティブ（金融派生商品）を組み込んで実現します」

あかつき銀証券の担当者がいった。

「デリバ……？」

元社長は初めて聞く用語に戸惑う。

「金融工学ですね。最先端の金融の技術を使うということです」

山崎が相変わらずつくり笑いを浮かべていう。

「あかつき銀行グループがお勧めする商品ですから、間違いはありません。年金代わりに金利を受け取れる、素晴らしい商品です」

山崎の言葉に元社長と妻がうなずく。

銀行が勧めるものにおかしなものはないと信じきっている顔つきだ。

「このスウェーデン地方金融公社というのは何ですか？」

「こちらは、地方自治体に資金を提供する役割を担っている、スウェーデンの公的機関です」

あかつき銀証券の担当者がいった。

正確には、約二百九十の地方自治体がつくる協同組合が所有する資金調達機関である。

「ああ、そうなんですか」

突然北欧の金融機関が飛び出してきたことに、元社長は戸惑っている顔つき。

「この商品は、スウェーデン地方金融公社が発行する円建ての債券に投資して頂くものです。この金融公社は、世界的格付会社のムーディーズやS&Pグローバル・レーティングからトリプルAの格付けを得ていますから、高い信用力を持っています」

「日本の国債の格付けがシングルAですから、それよりもずっといい格付けです」

山崎が微笑を湛えて付け加える。

「ということは、絶対につぶれないということですか?」

「はい。少なくともこの債券の満期がくる一年後までに、おかしくなることは決してあり得ないと、そのように考えていいと思います」

山崎が自信に満ちた口調でいった。

あかつき銀証券の担当者は、顧客に対してあまり確約しないほうがいいとは思っていたが、親銀行の行員に対する遠慮もあり、黙認する。

「なるほど、それなら安心ですね」

元社長と妻は納得顔になる。

「では、申込書のご記入を」

山崎が、あかつき銀証券の担当者を促す。

「あ、はい……。ちょっとその前に、一点ご説明しておかないといけないことがありまして」

それを聞いて、山崎があかつき銀証券の担当者を物凄い形相で睨み付けた。

「もうご納得頂いてるんだから、申込書を書いてもらったらいいんじゃないの？」

口調は穏やかだが、懸命に怒りを抑えている表情である。

「規則ですので、ちょっとそういうわけには……。この債券のリスクにつきまして、きちんとご説明しないと」

あかつき銀証券の担当者は、山崎の怒りに気圧《けお》されながらも、懸命にいった。

「リスク？」

元社長が怪訝そうな表情になる。

「はい、この債券の償還額は、こちらのアメリカの会社の株価に紐付けされておりまして」

担当者が、パンフレットの「対象株式」の項目に書かれたカタカナの企業名を指さす。米国のナスダックに上場しているテクノロジー系の新興企業だった。

「こちらのアメリカ企業の株価は、現在五十七ドルほどなのですが、『ノックイン価格』というのが四十五ドルに設定されております。今後一年以内に、もし株価が四十五ドルを一度でも下回ると、ノックインになったということで、債券は現金ではなく、こちらのアメリカ企業の株式で償還されます。その際の株数の計算は、こちらにあります『行使価格』の五十七ドルで計算されます」

高利回りのからくりは、顧客が債券の購入を通じて、当該米国企業の株のプットオプション（売る権利）を売ることである。オプションの買い手は、株価が下がった場合、当初の五十七ドルという株価で債券の購入者に当該米国企業の株を売りつけることができる。オプションの買い手が支払うオプション料は額面の約一五・五パーセントで、そのうち五・五パーセントを債券の利回りの補てんに使い、五パーセントを債券をつくった外資系証券会社がとり、残り五パーセントをあかつき銀行とあかつき銀証券が折半する。もし三千万円買ってもらえれば、あかつき銀行グループは百五十万円の手数料収入を上げることができる。

地銀の利鞘は年々下がり続け、一パーセントあるかないかという状況だ。一千万円の預金を集めて運用しても、年に十万円ほどの儲けにしかならない。これに比べると、仕組み債は、収益目標達成のための、麻薬のような手段だった。

(こ、こんなつまらん説明しやがって！　俺の手数料収入をどうしてくれる⁉)

山崎は怒りに燃えた目であかつき銀証券の担当者を睨み付け、担当者のほうは首をすくめて、それをやりすごす。

「この債券は、アメリカ企業の株で返ってくるんですか？」

元社長は、まったく理解できないといった顔つき。

「基本は円で返ってきますが、そういう可能性も、少しはあるってことです」

山崎がとりなすようにいった。

「うーん、そうなんですか……複雑ですねえ」

「いや、そんなに心配されなくても大丈夫です。万々が一、アメリカ企業の株で返ってきたとしても、それを売って、円に換えればいいわけですから。損をするようなことはありません」

その説明を聞き、あかつき銀証券の担当者は驚きのあまり目を剝く。もし対象の米国株式の価格が下がっていれば、投資家は下落率と同じ割合で元本を失う。

「ああ、なるほど、そういうふうにやればいいんですか」

元社長は、納得した様子。

「はい、あかつき銀証券は、アメリカ株の売買も扱っておりますんで」

「しかし……、元の株価で株数を計算するっていうのは、どうしてなんですか？」

元社長は、疑念が次々と湧いてくる様子。

「それはまあ、この債券の条件ということですね。最初からの既定の条件ということで、ご理解下さい」

「うーん……」

元社長は、腕組みをして考え込む。

「ちょっとこれは、わたしどもには大変難しそうに思えますんで……」

恐縮した様子でいったが、両目には不信の色が浮かんでいた。

「いっぺん、頂いた資料をじっくり読んで、考えさせてもらってもよろしいですか？」

結局、債券購入は持ち越しとなり、山崎らは、辞去するしかなかった。

「てめえ、俺になにか恨みでもあるのか⁉　せっかくのチャンスを邪魔しやがって！」

事務所を出た途端、山崎が怒声を発した。

「子会社の社員のくせに！」

鬼のような形相で、あかつき銀証券の営業マンのネクタイを摑み、ねじり上げる。

「なっ、なにするんですか⁉　止めて下さい！」

若い営業マンは、必死で山崎の手を振りほどく。

「あと一歩で申込書にサインするところだったのに、台なしじゃねえか！　俺のノルマをどうしてくれるんだ⁉」

手を振りほどかれた山崎は、両目を血走らせ、絶叫する。声には、恐怖の響きが入り混じっていた。

「達成できなかったら、死んで詫びろって、支店長にいわれてんだぞ！」

山崎は、柳から毎日のように、「数字ができないなら、ビルから飛び降りろ！」「給料泥棒！」「案件が獲れるまで帰社するな！」「土下座してみんなに謝れ！」「お前の家族は皆殺しだ！」と怒鳴られ、足を蹴られたり、頭から紙コップのコーヒーをかけられたり、案件メモを破り捨てられたり、直立不動で一時間以上罵声を浴びせられたりしていた。大学の経済学科のゼミ時代からの癖で、右手のひとさし指を立て、それを柳に向けて激しく振りながら反論しようとしたときは、「そのふざけた癖をやめろ！」と思い切り殴られ、床に這いつくばらされた。山崎は殴られたことを本店の人事部に訴え出たが、鎧沢と柳の圧力で簡単に揉み消され、柳の力を思い知らされた。

この日も、ＥＢ債を売るまで帰ってくるなと厳命されていた。

「山崎さん、馬鹿なことといわないで下さい！　リスクの説明をしないで商品を売ったら、金商法違反じゃないですか」

あかつき銀証券の営業マンが、きっとした表情でいった。

「ふん、サインさせて、売っちまえばなんとかなるんだよ。文句いってきたら、上手く丸め込んで、抑えつけるのも仕事のうちじゃねえか」

山崎は、坊ちゃんくさい顔に、ふてぶてしい気配を滲ませていい放つ。柳の悪いところだけが伝染していた。

「そんな、無茶苦茶な……。そもそもあなたが債券の説明をして、勧誘すること自体法律違反ですし、ああいう金融知識のない素人にＥＢ債を販売することも、金商法違反じゃないですか」

二人が顧客に勧めた債券は「ＥＢ債（Exchangeable Bond＝他社株転換可能債）」という仕組み債で、十分な金融知識や投資経験がある顧客にのみ売るべきハイリスク商品だった。

「あなたが、『客は十分な金融知識があるからＥＢ債を売り込んでくれ』っていうから持っていったのに、まさかあんな素人だなんて、思いもよりませんでしたよ」

金融商品取引法は、顧客の資産の状況やリスク性商品の理解度に応じた投資商品の勧誘・販売を求める「適合性の原則」を定めており、あかつき銀証券に限らず、すべての証券会社は、これに則《のっと》った販売方法をするよう、社員教育を行なっている。

「しかも、ノックインして、米国株で返ってきても、それを売れば損はしないって説明しましたよね？　まったくの大嘘じゃないですか！　詐欺罪になりますよ」

ノックインするのは、「対象株式」とされた米国企業の株価が、購入時の五十七ドルからノックイン価格の四十五ドルまで、約二一パーセント下落したときだ。その場合、顧客は「行使価格」として定められた一株五十七ドルで同社株を買わなくてはならず、市場でそれを売却すれば当然損が出る。もし償還時に当該米国企業が倒産したりして株価がゼロになっていれば、投資額のすべてを失う。

「リスクをとらなきゃ、高い利回りが得られないのは、世界の常識だろ？　客だって納得するしかないんだ」

山崎はうそぶく。

「狙いは高齢者だよ、高齢者。金も持ってるし、騙しやすいし、万一のときでも激しく抵抗してこない。……ああーっ、今日は千載一遇のチャンスだったってのに！」

山崎はあかつき銀証券の担当者を睨み付け、べっと派手な音を立て、地面に唾を吐いた。


同じ頃、柳悠次は、二キロメートル半ほど離れた横浜市中区の官庁・ビジネス街にあるあかつき銀行日本大通支店の支店長室で、スマートフォンを使って話していた。

日本大通りは、横浜市中区の地区と、その中心部を延びる通りの名前で、横浜港が開港した頃は外国人居留地だった。英国人建築家リチャード・ブラントンが設計した通りは日本初の西洋式街路で、秋にはイチョウ並木が黄色に色づく。現在は神奈川県庁などがあり、県と横浜市の心臓部である。

「……なにぼけたことといってんだ、お前？　週刊誌に出たぐらいで、いちいちおたおたしてたら、この世界、やってけねえぞ！」

クーラーの利いた部屋の応接用ソファーセットのコーヒーテーブルの上に、磨き上げた革靴の両足を載せ、馬鹿にしたような口調でいった。

四十歳を過ぎたが、体型は昔とほとんど変わっていなかった。白いワイシャツの下の狼のような荒々しい雰囲気は一段と迫力が増していた。


六年前、鎧沢克己に引き抜かれ、静岡支店に転勤した柳は、仁村の推薦どおり、翌年、取引先課長に栄進した。辣腕斬り込み隊長として部下たちを死ぬほどこき使い、業績を急激に伸ばした。

静岡支店で柳が狙ったのは、品川支店時代同様、長期・高金利のアパートローンの推進だった。

外回りの営業マンたちは、ゴールド住建をはじめとする不動産会社と一緒になってアパート建設の営業を行い、次々と新規のローン案件を獲得していった。

さらに柳は、他行の不動産融資の分捕りも強力に推進した。まず不動産の登記所に行って登記簿を閲覧し、どのビルや民家に、どこの債権者の抵当権や根抵当権が設定されているのかを調べる。抵当権の記載には、金利など、融資条件も書かれているので、物件所有者のところに行き「うちはもう少し安い金利でお貸しします。返済が進んでいる場合は、現在の融資残高に上乗せしてお貸ししますから、その分お金が自由に使えます」と売り込んだ。銀行のなかでも攻撃的な住友銀行（現・三井住友銀行）がやっていた手法で、柳はそれをそっくり取り入れ、他行の融資を次々と分捕っていった。

その後、鎧沢が本店の企画部長に栄転すると、再び引っ張られ、同部の次長として本店に異動した。逆風下の金融環境を勝ち抜くために柳が描いた絵は、①アパートローンを含む個人向け不動産ローンの推進、②デリバティブを組み込んだ仕組み債や仕組み預金の推進、③手間がかかり収益の低い企業取引の縮小という三つの施策だった。それは、あかつき銀行を特定分野に特化した、ブティック型金融機関につくり変えるという大胆な戦略で、リレーションシップ・バンキングの対立概念である「トランザクション・バンキング」（個々の取引の採算性を重視する銀行経営手法）を追求するものだった。

柳は、個人向け不動産ローンを推進するため、税務上の耐用年数が四十七年と長いＲＣ（reinforced concrete＝鉄筋コンクリート）造りの物件を主要なターゲットにした。耐用年数が二十二年の木造物件に比べて、より長期の融資が可能になるからだ。また他行が、融資期間の上限を税務上の耐用年数とし、たとえば築三十年のRC物件なら、四十七マイナス三十で、十七年までしか融資できないところを、税務上の耐用年数にこだわらず超長期の融資ができるよう、行内ルールを改定した。顧客が人気物件をいち早く押さえられるよう、融資の可否を三日以内で決められる審査体制も整えた。さらに他行が、各支店の地盤を融資対象としているのに対し、支店の場所に関係なく、発掘した案件は全国どこでも融資してかまわないことにした。その代わり融資の金利は、銀行によっては一パーセント台もあるなかで、四・五パーセントという高い水準に設定した。

一方、仕組み債・仕組み預金は、他行と同じように、顧客にオプションを売却させるものを推進した。儲けを極大化するため、顧客に借入れをさせ、それを投資させるレバレッジ取引を積極的に推奨した。「仕組み商品推進マニュアル」という、銀行のイントラネットからダウンロードできる五十ページほどの冊子もつくり、仕組み債や仕組み預金の損益が、金利、為替、株式相場などの変動でどのように変わるかをチャートや図で解説し、「ドル円が今後一年間のうちに九十円を割ることはないと思っている客には、こういう商品を勧めろ」とか、「日経平均株価が当面二万五〇〇〇円を超えないと思っている客には、この商品を、こういうセールストークで勧めろ」といった、具体的なやり方を示し、相場環境の変化に応じて内容を適宜アップデートした。顧客には、オプションのからくりや、銀行がどれだけオプション料を抜いているかは知らせず、「この債券（預金）に紐付けされたこの株（あるいは通貨）の価格がこうなると、償還（払い戻し）額はこうなります」と説明するだけにして、大損を出して次々と斃《たお》れる顧客の屍《しかばね》を踏み越え、収益至上主義で猛烈に突き進んだ。

柳の立案した施策により、あかつき銀行の業績は急激に伸び、三期連続最高益更新という、画期的な成功を収めた。経営会議で柳がつくった施策を提案した鎧沢は、その功績で営業担当の執行役員の座を勝ち取り、柳は配下の収益獲得マシンになるべく日本大通支店長として送り出された。同期入行者のなかでは最初の支店長で、仁村に出会った頃の不遇が嘘のような出世ぶりだった。

日本大通支店でも、柳は徹底的に部下をこき使い、抜群の実績を上げていた。部下たちは融資を実現するため、関係書類の改ざんや担保評価額のごまかしなど、グレーゾーンやレッドゾーンに踏み込み、ありとあらゆる不正を行なっていた。

「……しかし、柳支店長、相手は障害児を苦労して育てているご夫婦です。しかも素人相手に融資とデリバティブで九倍のレバレッジをかけて、元本の六割を吹き飛ばしたっていうのは……」

日本大通支店の支店長室で、柳が手にしたスマートフォンから、本店広報部の課長の憂いに満ちた声が流れてきた。

レバレッジとは、融資やデリバティブで投資資金を膨らませることだ。上手くいけば、手持ち元本に対するリターンが何倍にもなるが、失敗すれば巨額の損失をこうむる。

「週刊誌が、本件をトップ記事で扱うそうなので、下手すると世間から袋叩きに遭うかもしれないと懸念してるんですが」

ソファーのそばの柳のデスクのパソコンスクリーンには、〈私たちはあかつき銀行に騙された！〉〈これが顧客を破滅させる血も涙もない銀行の手口だ！〉というセンセーショナルな見出しの文書が開かれていた。明日発売の週刊誌のゲラであった。

「ふっ、おたおたするなよ」

柳は鼻で嗤《わら》う。

「こっちは全部の同意書に、客の署名・捺印《なついん》を取ってあるんだ。預金の詳細な説明書も渡してある。リスクはすべて明記されている。署名は客の自書で、印鑑も客が押したもんだ。客がやりたくてやった取引なんだ。なんの問題がある?」

畳みかけるようにいって、スマートフォンを耳にあてたままタバコをくわえ、火を点ける。支店内は禁煙だが、天井の煙感知器のスイッチは切られている。

問題の案件は、二年前に柳が日本大通支店長になって間もなくの頃、実行した仕組み預金だった。顧客は、脳性麻痺で立つこともできない小学生の子どもを持つ、四十代の共働きの夫婦だった。自分たちが亡くなったあとも、子どもが暮らしていけるよう、手持ちの千六百万円をなにか有利な商品に投資をしたいという話から始まった案件だった。

柳は、高金利を実現するため、元手の千六百万円に加え、その倍の三千二百万円を自宅担保・金利四パーセントで融資し、レバレッジをかけた(投資元本を膨らませた)。そして、一ドル百十円のストライクプライス(権利行使価格)のドルのプットオプションを、四千八百万円の三倍の一億四千四百万円の想定元本でくっ付けた。オプション料が想定元本の一四パーセントほどあったので、一二パーセントをあかつき銀行が鞘抜きし、二パーセントだけを金利上乗せ分として、顧客に還元した。それでも千六百万円の元手に対し、預金の期間が半年だったこともあり、年利回りで三六パーセントという常識破りの高金利となった。自分たちは事実上ドルのプットオプションを売り、オプション料をごっそり鞘抜きされていることも知らずに、銀行を信じ切っていた夫妻は喜んだ。

ところが、取引の実行時、一ドルが百十九円だったのが、預金の満期である半年後に、何と百一円まで円高が進行した。当然のことながら、オプションが行使され、損失額が預金元本から差し引かれることになった。

顧客は、一ドル百十円で一億四千四百万円分のドル（約百三十万九千九十一ドル）を買い取る羽目になったが、買い取ったドルを百一円の実勢価格で売却すると、一億三千二百二十一万八千百九十一円にしかならず、千百七十八万千八百九円の損が出た。三千二百万の半年分のローンの金利（四パーセント）六十四万円と合わせると、千二百四十二万千八百九円の損失となった。預金金利の二百八十八万円は入ってきたが、なお九百五十四万千八百九円の損失となり、子どものために長年こつこつ貯めた千六百万円の元手の約六〇パーセントが吹っ飛んだ。もし一億四千四百万円分のドルを買い取る資金が別途あれば、買い取ったドルを手持ちにして、円安になった時点で売って利益を上げることもできたが、夫婦にそんな資金的余裕はなく、オプションが行使されると同時に取引を決済するしかなかった。

一方あかつき銀行は、オプション料で千七百二十八万円、融資の利鞘（三パーセント）で四十八万円、合計千七百七十六万円の収益を上げた。

「まあ、元手の四割が残ったんだから、御の字だろう。レバレッジをあの倍かけてたら、元本どころか、借金が残ってたところだからな。むしろ良心的といってもらいたいね」

柳がタバコをふかしていった。

「仕組み債は、銀行にとって、一番手っ取り早く儲かる商品なんだ。現場はあの手この手で売ってるんだ。お前の給料、どっから出てると思ってる？　俺たちは修羅場で稼いでるんだ」

そういうと、柳は、冷徹な表情で赤い受話器のアイコンをタップし、通話を切った。

一度だけ本店で働いたことがあるものの、柳の意識の根底には自分は支店の人間であるという思いがあり、本店の行員に対する強烈な敵愾心は消えていない。

ドアがノックされた。

「支店長、郵便物が届いています」

白のブラウスに水色のベストという制服姿の総務係の女性が、封書と一緒にいくつかのレターパックを持って入ってきた。どのレターパックも、ウサギを呑みこんだ蛇の腹のように膨れていた。

柳は、コーヒーテーブルの上に両足を載せたままそれを受け取り、差出人と重さを素早く検《あらた》める。

「ちょっと、あいつに来るようにいってくれ」

一人の営業マンの名前をいって、総務係の女性に命じた。

すぐにドアがノックされた。

「支店長、お呼びでしょうか」

紺色のスーツ姿の三十歳くらいの男が一礼して入ってきた。

やや小柄で、洒落た感じの銀縁眼鏡をかけ、抜け目のなさそうな顔つきをしていた。柳の部下になって以来、倫理観や遵法精神をかなぐり捨て、成績を上げていた。

「受け取れ」

柳が、手にしていたレターパックの一つを放り投げ、男が両手でキャッチした。

「ゴールド住建から、こないだ完成したアパートのお礼だそうだ」

レターパックには、数百万円の札束が入っていた。

「有難うございます」

営業マンは、にんまりした。

「今の調子でいけよ。ローンを取り組めば取り組むほど、お前の懐も潤うんだから」

柳は、ゴールド住建をはじめとする建設会社と密約を交わし、あかつき銀行の融資によって成約したアパートの建築額の数パーセントをキックバックさせる仕組みをつくっていた。行員のなかには累計で一億円を超える金を受け取り、一千万円以上もする高級腕時計を買ったり、飛行機のファーストクラスで世界一周旅行をした写真をSNSにアップしたりする者もいたが、支店内の誰もが、みてみぬふりをしていた。


翌週——

あかつき銀行本店の役員会議室で開かれた経営会議で、激しい議論が交わされていた。

大きな黒い天板のテーブルの中央には、頭取の黒須喜久がすわり、議論を聞いていた。面長で、半白の頭髪は銀行家らしく隙なく整えられている。年齢は七十歳で、あかつき銀行の創業家の四代目である。超が付く地元の名士で、美術館、図書館、病院などに莫大な私財を提供したり、黒須家の名前を冠したスポーツ・スタジアムを建設したり、知事や市長の後援会長を務めたりしている。

明治二十八年に銀行を創業した曽祖父は、関東大震災の時に政府の支払い猶予令を無視して無制限に預金を払い戻した顧客本位の気骨ある経営者だった。黒須本人のものはまだだが、曽祖父、二代目と三代目の頭取である祖父と父の銅像が、地元に立っている。

あかつき銀行は東証一部上場企業だが、黒須家が、不動産賃貸業のKS（KUROSUの略）興産、不動産開発業のKS開発、KS総合保険、あかつき奨学財団という四つのファミリー企業を通じ、約一六パーセントの株を保有し、経営権を掌握している。

「……仁村君、個人向け不動産ローンや仕組み商品の推進を提案したとき、きみも賛成したじゃないか」

常務以上の役員と二人の社外役員の合計九名が囲むテーブルで、営業担当の専務執行役員の鎧沢克己がいった。

「確かにわたしは、あなたとの個人的な会話のなかで賛意を表したことはあります」

常務執行役員の仁村清志が、鎧沢のほうを向いていった。夏用の涼しげな薄茶のスーツ姿で、清廉な雰囲気を漂わせていた。

「厳しい経営環境のなか、これまでのような前例踏襲、事なかれ主義、横並び主義を続けていたら、銀行は滅びると思ったからです」

頭髪はやや薄くなったが、真っすぐな眼差しは若い頃のままである。

「しかし、物事にはバランスが必要です。優れた施策でも、節度を失えば、組織を破滅させます」

そういって、会議のテーブルについた一同をみまわす。

「当行が、四年連続で最高益を更新したことは、喜ばしいと思います。しかし、五百八十億円の経常利益の約八割が、個人向け不動産ローンと仕組み商品によるというのは、明らかに異常だと思います」

仁村は「約八割」と「明らかに」という言葉を強調していった。

「異常？　なにをいうんだね。個人向け不動産ローンと仕組み商品への特化は、四年前から当行のれっきとした施策じゃないか。そもそも当行の経営は、金融庁の長官からも激賞されている。監督当局からこれ以上ないお墨付きがあるのに、不安がるほうが異常だと思うがね」

鎧沢が、上からねめつけるようにいった。両目の下は、相変わらずトカゲの腹のように皺っぽく、黒ずんでいる。

金融庁長官は、昨年五月、都内で行なった講演で、「大きくなることが、地銀にとっての唯一の解決策ではない」と前置きし、「あかつき銀行のように、戦略を工夫し、連続最高益を計上する銀行も出てきている。業界内では再編や大胆な提携も増えてきた。あらゆる選択肢を視野に、生き残り策を考える時期だ」と話した。長引く低金利環境に耐え得る持続可能なビジネスモデルの構築を地銀に求めてきた金融庁にとって、あかつき銀行は理想の銀行だった。

頭取の黒須が、名経営者としてメディアで取り上げられることも多くなった。黒須は表面的には恬淡《てんたん》としていたが、内心では偉大な創業者である曽祖父や、経営を盤石にした父に対する劣等感を抱いており、脚光を浴びることを喜んでいた。

「それに、すべての取引には、顧客が署名・捺印した契約書があるじゃないか。それ以外に説明書や同意書もある。書類関係は完璧だから、裁判になっても必ず勝てる」

鎧沢は、自分が主導した施策にケチをつけられるのが面白くない気持ちを隠そうともせずにいった。

「当行は、新施策の遂行で、ROE（自己資本利益率）とPBR（株価純資産倍率）でも地銀中トップになっている」

それは自分の功績であるといった顔で、胸を反らす。

「昨今、信用力の弱いアメリカの銀行の取り付け騒ぎが懸念されているのは、ご存じだろう？　同じ轍《てつ》を踏まないためにも、経営指標で優良銀行であることを世間に示すことは非常に重要じゃないかね」

鎧沢の言葉に、黒須がうなずく。発言を追認する格好である。

地銀のＲＯＥはここ数年、毎年〇・五〜〇・八パーセントずつ落ち込むという有様で、現在は、四パーセントを割るところまできた。ＰＢＲに至っては、〇・四を切った。これは将来の赤字を考慮すれば、地銀の株式は、解散価値の〇・四未満の価値しかないと市場が評価していることを意味する。

しかし、あかつき銀行は、両指標とも地銀の平均を大きく上回り、群を抜く存在感を示していた。

「お言葉ですが、アメリカの銀行で経営状態が懸念されているのは、ベンチャー企業の流出しやすい法人預金に頼っているシリコンバレーの新興銀行などでしょう?」

仁村が反論する。

「当行を含む、日本の地銀の預金の七割が小口の個人預金で、粘着性が高いものです。法人についても、決済性預金（当座預金や無利子の普通預金）は全額、預金保険で保護されています。アメリカとは全然事情が違います」

ほかの出席者たちは怯《ひる》んだような気配を漂わせ、激しい議論をただひたすら聴く。

「むしろ、当行に関して、悪い評判が流れることのほうが、有害だと思います。信頼は、一朝一夕には築けません。ひとたび信頼が失われたときこそ、取り付け騒動に発展します」

仁村の念頭には、日本大通支店の高レバレッジ仕組み預金が先週週刊誌沙汰になったことがあった。「たとえ契約書があろうと、素人相手に九倍のレバレッジをかけた仕組み預金を売るのが、まともな商売ですか⁉」という言葉が、喉元まできていた。

鎧沢も、仁村の考えていることを察している気配で、藪蛇《やぶへび》にならぬよう、反論はしない。

仕組み商品だけでなく、アパートローンに関しても、強引に貸し付けられたとする苦情が目立って増え、客からの訴訟もじわじわ起き始めていた。

「そもそも論で申し訳ありませんが、個人向け不動産ローンや仕組み商品の推進といったトランザクション・バンキングは、人口が増加し、経済が右肩上がりの時代にのみ可能だったものです。しかし、今、地方銀行は、急速な人口減でパイ全体が縮小し、経済も右肩下がり、さらに日銀のゼロ金利政策による利鞘縮小という、未曽有の経営環境に直面しています。金利を値引きしての貸出競争も完全に過去の遺物となりました。今後、我々が生き残っていくためには、顧客を深く理解し、様々なニーズに対し、付加価値のある助言やサービスを提供していくリレーションシップ・バンキングしかないと思います」

「またリレバンかね。なにを今さら……」

鎧沢がうんざりした口調でいいかけたとき、黒須が口を開いた。

「二人の意見はよくわかった。この件は、継続検討課題としよう」

静かなものいいだったが、議論を聞くのに飽きた気配を漂わせていた。

仁村は、黒須がこれ以上、自分の経営方針に疑義を唱えられるのを嫌ったと感じた。

そもそも黒須は、いつも雲の上から下界を見下ろしているような態度で、経営は他人任せである。

都合の悪い話を聞くのを嫌がるので、行内では、黒須に悪い情報を上げないのが習慣化していた。

機嫌を損ねることを恐れ、仁村のように、真正面から問題点を指摘する者はほとんどいない。

同じ頃、北川靖とトニーは、北川の高校時代の同級生で、アパートを経営している男を訪ねていた。ゴールド住建とあかつき銀行に関する調査の一環だった。

物件は、東京都西部の多摩地区にあり、小田急線の沿線である。鉄筋コンクリート造りの四階建てで、戸数は十六戸。外壁は白褐色のタイルで仕上げられ、各戸にベランダがあり、瀟洒《しょうしゃ》な印象を与える。

「……これで何平米くらいあるわけ？」

アパートの一室で、北川が訊いた。

リビングは約十一畳の広さで、カウンター付きのキッチンが備え付けられていた。床はフローリングで、隣室は六畳の洋間になっている。

「約四十四平米だ。アパート経営は、効率を追求するなら、ワンルームか1DKを木造でつくったほうが儲かるんだが、このあたりはその手の物件が多くて、競争が厳しいんだ」

高校時代からはだいぶ肉付きがよくなった同級生の男がいった。クラシック音楽の鑑賞が趣味で、大学卒業後、ポータブル・オーディオ・プレーヤーで世界に名を轟《とどろ》かせた電機メーカーに就職した。しかし、一九九〇年代後半から、世界的な競争で会社の業績が下降し、リストラも始まったので、将来に備え、会社勤めをしながらアパート投資を始めたという。

「だから自分の戦略としては、ワンルームや1DKじゃなく、ウォークインクローゼットを三〜四畳とって、2DK仕様の広めの1LDKで勝負しようと思ったんだ」

「なるほど」

「それ以外にも、いろいろ細かいところで工夫はしてる。たとえば、その対面キッチンカウンターも、設計士は奥行き二〇センチでいいだろうっていってたんだけど、俺は最低二五センチは必要だって、譲らなかった」

北川が立っているそばのキッチンの対面カウンターを指さしていった。

「五センチで、違いが出るものなのか？」

北川の問いに、元同級生はうなずく。

「独身者だったら、部屋のなかにはいろいろな物を置いて、食事は対面カウンターでとると思うんだ。カウンターの奥行きが二〇センチしかないと、ゆったり食事しづらい。五センチ余分にあるかないかで、全然違うと思う」

「ふーむ、なるほどなあ」

「あと浴室とトイレの独立性にも気を遣《つか》った。風呂の隣がトイレだと、二人暮らしの場合、両方とも落ち着いて入れないだろ？　だからそれぞれを離して、間に脱衣場と洗濯機のスペースを入れたんだ」

そのほか、ウォークインクローゼットも、ただの空間ではなく、押し入れを意識して二段に仕切り、上の段に衣類用のバーを設置したという。

「ところで、このあたりは、アパート経営の立地としてはどうなんです？」

小柄で頭髪が薄めのトニーが、片目を凝らして訊いた。

「この辺は悪くないです。ＲＣのアパートなら、だいたいＮＯＩ《エヌオーアイ》で、八～一〇パーセントくらい出ます」

ＮＯＩ（Net Operating Income＝営業純利益）は、年間家賃収入から諸経費や税金を差し引いたものを物件価格（すなわち投資額）で割ったもので、要は投資利回りだ。これがローンの利率を上回れば、投資は黒字になる。しかし、販売業者に騙されて高額の物件を摑まされたり、入居者が入らなければ、たちどころに赤字に転落する。

「千代田区、中央区、港区、文京区みたいな都心部だと、今、ＮＯＩは四〜五パーセント、台東区、墨田区、足立区、葛飾区、江戸川区みたいな下町なら、七パーセント前後ってとこでしょう。都心部は二〇一二年頃から地価の上昇が激しいから、新規のアパート経営には向かないだろうね」

「このアパートは、どこが建築したんだ？　積水ハウスとか、大和ハウスみたいな一流どころか？」

北川が訊いた。

「まあ、そのへんに頼めば間違いないものをつくってはくれるんだろうけど……コストを切り詰めようと思って、飛びそうなゼネコンを使ったんだ」

同級生はにやにやしていった。飛びそうとは、倒産しそうということだ。

「そういう会社は、赤字でもとにかく受注しないと資金繰りに支障をきたすから、普通の建設会社より三、四割安いんだよ。……実際、ついこないだ倒産したけどね」

話を聴きながら、北川は感心した。

（やはりここまでしっかり戦略を考えたり、初期経費を切り詰めたりしないと、アパート経営なんて、できないんだろうなあ）

「建築はスムーズにいったのか？」

「いやいや、いろいろ揉めたよ。建築に関しては、設計図と工事の施工図の二つがあって、設計図で契約するんだ。だけど、机上の設計通りに工事ができないこともあるから、そういうときは、施工図のほうで修正する」

　同級生の男は、丁寧に説明する。

「一番揉めたのは、水回りの配管部分の壁が数センチ出っ張るっていう話が出てきて、建設会社は工事ができないっていうし、設計士もこういう変更はよくあるっていうわけだ」

「なるほど」

「こっちはもう、ふざけんな！　と怒りまくって、契約時点でそんな話は聞いてないって、ゴリ押ししたよ。一億円からの工事費を出すのはこっちだからな」

　それ以外にも、土地代に六千四百万円かかったという。

「それで、どうなったんだ？」

「結果的には、こっちの主張が通った」

　同級生の男はにやりとする。

「工事は結構やりづらかったみたいだけど、壁の出っ張りはなくなった。やればできるんだよな」

　そのほか工夫したり苦労したりした点は、事前にエクセルを使って三十五年間にわたる収入と支出の細かいシミュレーションを何度も行い、採算面で懸念や見落としがないことを確認したこと、管理会社を選ぶ際は、料金が安いだけでなく、物件のメンテナンスもきちんとやってくれるところをみつけようと、十社以上比較し、条件交渉を重ね、ベストの会社を選んだこと、その際、「客付け」（入居者探し）の能力も重視したこと、最初の三年間は経理や税務申告を税理士事務所に依頼したが、その間勉強し、四年目からは自分でやれるようにして、経費を削減したことなどだという。

（うーん、やっぱりアパート経営ってものは一つの事業で、他人任せにできないもんなんだなあ！）

北川とトニーは、話を聴いて感心した。

これに比べると、ゴールド住建の客は、サブリースという言葉に騙され、自分で土地や物件もみずに投資している。引っかかるのも当然だ。

「銀行借入れのほうは、スムーズにいったんですか？」

トニーが訊いた。

「いやいや、これも大変で。最初、設計図と事業計画を持って銀行に行ったんだけど、実績がない個人っていうのは、もうけんもほろろの扱いなんです。軽くあしらわれて、帰されて、いったん計画を断念しました」

同級生の男は苦笑する。

「その後、アパート経営のセミナーなんかにも出て、どういう書類をつくったら融資が受けられるかとか、どこの銀行がアパートローンに積極的かとか、いろいろ勉強して、三回目のチャレンジでやっと融資が下りました」

「どのあたりが一番違ってたんだ？」

北川が訊いた。

「銀行によって、不動産案件に対する姿勢が全然違うっていうのが、目から鱗だったね。東京でいえば、東日本銀行、東京三協信用金庫、西武信用金庫あたりが積極的だ。それと頭金の比率も、普通は一〇～一五パーセントだけど、金融機関によってはゼロでいいっていうところもあれば、逆に四割持ってこいっていうところもあったりで、その辺の事情を知らないと、空回りしちゃうよな」

「なるほど」

「一番いいのは、積水ハウスとか旭化成ホームズみたいな住宅メーカーの営業が、銀行を引っ張ってきてくれるパターンだろう。住宅メーカーも銀行も、お互いに要領がわかってて、阿吽の呼吸で融資が決まるから」

「そうだろうな。……ところで、ゴールド住建って、なにか接点があったか？」

「あったよ」

同級生の男の顔に、苦笑とも蔑《さげす》みともつかぬ嗤いが浮かぶ。

「アパート経営のセミナーに出ていたとき、声をかけられた。まあ参考までにと思って話を聴いてみたんだが、ありゃあ滅茶苦茶な会社だな！」

「ほほっ、そうなのか⁉　どのあたりが滅茶苦茶なんだ？」

北川とトニーは興味をそそられる。

「もうすべてが滅茶苦茶。あれは詐欺だぜ」

同級生の男は呆れ顔でいった。

「まず物件価格が七割から十割水増しされてる。本来一億の物件を一億七千万とか二億で売りつけようとする。売った時点で、濡《ぬ》れ手に粟《あわ》だ」

北川とトニーがうなずく。

「そういう物件を買わせるために、きわめて楽観的なキャッシュフロー（採算見通しの表）を持ってきて、『これだけ儲かります』っていうんだ」

「どのあたりが楽観的なんだ？」

「前提になる空室率が異様に低い、物件が古くなっても家賃が三十年間下がらないことになってる、入居者が出ていった時の原状回復費用が入ってない、入居者募集費用も入ってない、大規模修繕費用も入ってない。そもそも物件価格が七割とか十割水増しされてたら、どんなに上手く経営しても、黒字にはならないよ」

「そうだろうなあ」

「唖然としたのは、一緒にくっついてきた銀行員のいうことだ」

「もしかして、あかつき銀行か？」

「うむ。確か、横浜の日本大通支店の行員だ」

（あかつき銀行日本大通支店か……よく名前が出るな）

ゴールド住建のことを調べていると、しょっちゅう出くわす名前だ。

「ローンを組むのに頭金が一割要るっていうんで、『一割はちょっと難しいかなあ』っていったら、『大丈夫です。売買契約をいったん一割増しの金額でつくって頂いて、うちはそのコピーをとって、それで審査します』っていうんだ」

「ほーう！」

「『コピーをとったら、すぐ破いて、正式な値段で契約して頂ければいいんです』っていうんだ。しかしそれって、俺が融資の金額を多くするために、詐欺を働いたってことになるよなあ？」

「なるだろうなあ」

北川とトニーは苦笑する。

「あとで聞いたら、『蒸《ふ》かし』って手口で、業界では横行してるらしい」

「ふーむ、興味深いな」

「それ以外にも、俺の資産を証明するための預金残高のエビデンス（証拠書類）も、偽造できるっていうんだ」

「えっ、そんなこと、どうやってやるんだ？」

「インターネットバンキングで、預金残高のスクリーンショットを撮って、それをフォトショップかなんかの画像処理ソフトで改ざんするらしい」

「うーん……そこまでやるのか！　もはやモラル完全崩壊だな」

「まあ、そんなこんなで、いろいろ無理がありますねといったら、『いや、うちは三十年のサブリースですから、なんの心配もありません』と、しれっというわけだ。だけど、サブリースの契約書をみたら、『この契約は五年ごとに見直される』と小さな文字で入ってるんだよな」

「ははっ、さもありなん、だよな」

北川とトニーが苦笑する。金融にマジックはない。

「仮にサブリースの賃料が下がらなくても、ゴールド住建の信用リスクもあるよな」

ゴールド住建が倒産したりすれば、サブリース契約は履行されなくなる。

「とにかく、ゴールド住建とあかつき銀行は、客を罠《わな》に引っ張り込む、アリジゴクみたいな連中だな」

「ふふっ、アリジゴクの兄弟か。いい得て妙だな」

「そういえば、シェアハウスの関係で、サブリースの賃料不払いが起きてるらしい」

シェアハウスは、一つの住居に複数人が暮らす賃貸物件で、リビング、キッチン、バスルームなどを共同で使用する。個室の広さは四畳半から六畳で、住人は独身者が多い。

「えっ、本当か⁉」

北川とトニーは驚く。

（サブリースはいずれ爆発すると聞いていたが、いよいよ始まったということか⁉）

「うむ。別のアパート・オーナーから聞いた話だ。サクトとガヤルドらしい」

サクトインベストメントパートナーズ（本社・中央区銀座）は、シェアハウスの建設・管理会社、ガヤルド（本社・千代田区紀尾井町）は、シェアハウスの運営会社だ。シェアハウスは、アパート同様、サブリースを売り物にして、住宅建築会社が建設を推進してきた。

「シェアハウスの入居率が下がって、半年くらい前から過去に契約したサブリースの賃料が払えなくなったらしい」

「やっぱりなあ」

北川とトニーが、厳しい表情でいった。

「ゴールド住建も含めて、ぼったくりのアパート建築会社は、今、資金繰りが火の車のようだな」

「ほーう、そうなのか⁉」

同級生の男が興味深げに訊く。

「実は、今、新たなカラ売りのターゲットとして調べてるんだが、財務諸表をみる限り、自転車操業だ。新たな建築案件を請け負って、その代金で、サブリースを払うのに必死になってる」

同級生の男がうなずく。

「元々サブリースの賃料を高くみせかけて、アパートを常識外れの高値で掴ませるって商売だからな。いずれ破綻するのは既定路線だ」

「なるほど」

「その営業マン、目が血走ってなかったか？」

北川が、口の端を歪めて訊いた。

「血走ってたなあ！　今思うと、全身に必死な気持ちが溢れてたよ」

同級生の男が笑う。

「ゴールド住建もそうだが、あかつき銀行の営業マンも目が血走ってたぞ」

「ゴールド住建が爆発して、アパートのオーナーも爆発したら、銀行融資も焦げ付くからなあ」

北川は、にやにやしながら、心のなかでカラ売りを決断した。単に危ない会社というだけでなく、社会に害悪をまき散らしている会社なら、倒しがいは一段とある。


数日後――

山崎三千晴は、あかつき銀行日本大通支店の自分の席で、顔を引き攣《つ》らせ、電話をしていた。成績が上がらないので、支店長の柳悠次から、一時間にわたって叱責されたばかりだった。柳のデスクの前に立たされ、「やる気があんのか？」「お前、俺をナメてるのか？」「お前みたいな奴を、給料泥棒っていうんだ！」と罵声を浴びせられた。ノルマが達成できない理由を徹底的に詰められ、「死んでも頑張ります！」と答えると、「それなら今すぐここで死ねよ！」と怒鳴り付けられた。ちょうど昼休みの時間だったので、昼食にもありつけず、空腹で電話にかじりつくことになった。

「……所得、あと三百万、なんとかなりませんか？　ないと、ちょっと審査が苦しいんですけど」

頭髪が乱れ、肉体と精神の疲弊で顔が蒼黒くなった山崎が受話器を耳にあてて訊いた。

「あと三百万ですね？　了解しました」

ゴールド住建の営業マンがいった。新規のアパート建築を担当している男だった。

ローンの債務者（アパートの買い手）の収入を証明するための確定申告書を偽造する相談だった。

「モノホン（本物）ですよね？　コピーだと駄目なんで」

「大丈夫です。現物を持参します」

確定申告書は、ローンの債務者の本物の源泉徴収票のほか、ゴールド住建の営業マンが偽造した三百万円のものを添付し、債務者の知らないところで勝手に税務署に提出する。税金が六十万円程度増えるが、それは営業マンが払う。契約をとって完工すれば、一件あたり数百万円の報奨金が入るので、それで賄《まかな》う。

「ほかのエビは、どうですか？」

エビとはエビデンス（証拠書類）のことだ。

「売買契約書は〝蒸かし〟たんで、ばっちりです」

金額を水増ししたということだ。

「資産証明書は？」

債務者がどれだけの資産を持っているかを証明する、預金や不動産に関する書類のことだ。

「そっちは、これからつくります」

「もしまだだったら、あと二千万ばかり〝蒸かし〟てもらえませんか」

「了解です」

会話は周囲の同僚たちにも聞こえていて、不正をやっているのが明らかである。

しかし、誰も気に留めない。本来社外秘の「年収一千万円、預金残高七百万円」といった融資の審査基準を住宅メーカーに伝え、メーカーの営業マンがそれをクリアする書類を偽造するのは日常茶飯事だ。行員たちは、そんなことより、自分のノルマ達成で頭がいっぱいだった。

隣の席の同僚の男は、パソコンを使って、債務者の署名を偽造していた。別の書類の本人の署名をデジタル処理し、それを必要な大きさに拡大してつなぎ合わせ、エビデンスを捏造《ねつぞう》する。

こういうことをやってもローンが順調に返済されれば問題は起きない。しかし、ゴールド住建のように詐欺まがいの住宅販売をやっている会社の案件は、ほとんどの場合返済が滞り、トラブルに発展する。


秋——

土曜日、山崎は、皺の寄ったドブネズミ色のスーツ、埃と泥がこびりついた革靴という姿で、青葉区の一軒家を訪問した。週末だったが、ノルマが大幅に未達のため、とても休んでいられなかった。社宅を出るとき、妻に「土曜日なのに働きに行くの？」と訊かれ、「そうするしかねえじゃねえか！」と怒鳴った。妻は励ます言葉もみつからず、暗い顔でうつむくだけだった。

青葉区は、横浜市の北西部にあり、東京都町田市と神奈川県川崎市に隣接している。区の中心を一級河川、鶴見川が貫流し、その名の通り緑の多い自然のなかに街がある。

「……お婆ちゃん、有難うございます。あと、ここにお名前を書いて下さい」

山崎は住宅街にある一軒の家の和室で、老婦人に書類を書かせていた。

七十代後半の老婦人は、数年前に、大手企業の社員だった夫を亡くし、一人暮らしをしている。夫から相続した千五百万円ほどの預金を持っているので、山崎はそれを中途解約させ、ハイリスクの仕組み預金に投資させようとしていた。

「ああ、そうなの。ここね？　ここに名前を書くのね？」

老眼鏡をかけた老婦人は、ボールペンを手に、座卓の上の書類の一ヶ所を指さす。話し相手がきてくれて、嬉しそうである。皺の多い左手の薬指には、大粒のアメジストの指輪がさりげなく嵌《は》められている。

一人息子は東京に住んでいて、米系企業に勤務しているという。かなりの高収入らしく、母親のために週に三回やってくるお手伝いさんを雇っている。おかげで家のなかはきれいに整理整頓されていた。

「はい、そこです。そこにお名前を。ハンコはわたしが押さして頂きますので」

山崎は相手のハンコを手に、精いっぱいの笑顔をつくる。

ノルマのプレッシャーで、最近はあまり眠れず、好きな音楽も聴かなくなり、口数もめっきり減った。しかし、客の前に出ると、ばね仕掛けのような条件反射で明るい笑顔をつくり、饒舌になる。

売ろうとしていたのは、ドルのプットオプションがくっ付いた三年満期の仕組み預金だった。プットオプションの想定元本が、預金の三倍というハイリスクの商品である。オプションの行使期間が三年間と長いため、オプション料も高く、あかつき銀行には預金額の一〇パーセント以上の手数料が転がり込む。

もちろん高齢の老婦人に仕組みがわかるはずもない。山崎に「金利がとってもいい預金がありますから」といわれ、銀行さんのいうことだからと信じ切っていた。

「ずいぶん書類があるのねえ」

老婦人は、目の前の書類をみてつぶやく。

仕組み預金は、顧客にリスクをきちんと説明して販売する必要がある。リスクを詳細に列挙し、どのような場合に元本がいくらになるのかといった図表も付いた、何ページもある契約締結前交付書面を渡し、顧客の署名をもらわなくてはならない。そのほか、仕組み預金の申込書、外国為替のリスクに関する確認書、定期預金の中途解約申込書、普通預金の入出金伝票など、いくつもの書類や伝票に署名・捺印をもらう必要がある。

「近頃は、お客様と行き違いがないように、書類関係をきちんとするよう、行内でお達しがありまして」

山崎が恐縮の体《てい》でいい、書類にハンコを押してゆく。

玄関のチャイムが鳴った。

「あら、誰かきたわ。ちょっと待ってて」

婦人が立ち上がり、玄関へと向かう。

玄関のほうから「こんにちはー」「お祖母《ばあ》ちゃーん」という男女の声や、女の子と思しい声が賑やかに聞こえてきた。

(息子夫婦がきたのか?)

山崎はなんとなく嫌な予感がした。

まもなく息子夫婦と中学生らしい娘が居間に入ってきた。

「山崎さん、息子に嫁に孫よ。横浜までドライブした帰りなんですって」

老婦人が嬉しそうに紹介した。

三人とも身なりがよく、相当裕福な暮らしをしていることが窺えた。あかつき銀行のような地方銀行の行員とは別世界の住人のようだ。

「はじめまして。あかつき銀行の山崎と申します。お母様には、いつも大変お世話になっております」

山崎は立ち上がり、神妙な面持ちで挨拶した。

「ああ、あかつき銀行さんですか。土曜日なのに、大変ですねえ!」

五十歳くらいと思しい息子がいった。

ポロ競技の絵が白糸で胸に刺繍《ししゅう》された黒のポロシャツの襟を立て、頭にはレイバンのサングラスを載せていた。日焼けしており、服の上からも引き締まった身体つきがわかる。以前、老婦人から、サイクリングが趣味だと聞かされていた。

「わたしは東京の外資系金融機関で、法人営業を担当しています」

そういって息子は、名乗った。

会社名を聞いて、山崎はぎくりとなった。

最先端の金融工学を駆使する、超一流の米系投資銀行だった。しかも年収一億円は下らないといわれるマネージング・ディレクター(部長級)らしい。

「今日はなんの話?」

息子が老婦人に訊いた。

「山崎さんがねえ、いい金利の預金があるから、そっちに移し替えませんかっていってくれて、その手続きにこられたのよ」

　老婦人は嬉しそうにいった。

「いい金利の預金？」

　息子の目がきらりと光った。

（これはまずい！）

　山崎は慌てて、座卓の上の書類を片付け始める。ちんまりとした鼻の頭に、脂汗が噴き出ていた。

　息子が老婦人がすわっていたところに置いてあった書類を手に取り、ざっと目を通す。

「な、なんだ、これは⁉　プットオプション付きの仕組み預金じゃないか⁉　しかもレバレッジが三倍だと⁉」

　息子が目を剝いた。

「きっさま、こんなハイリスクの商品を老人に売り付けようとしたのか⁉」

　険しい形相で山崎を睨み付ける。

「あっ、あのう、わたしはこれで……」

　山崎が書類鞄を手にして立ち上がる。

「てめえ、ふざけるな！」

　息子が山崎のネクタイを鷲摑みにする。

「お前の銀行は、こんな営業をやってるのか⁉　金融マンとして恥ずかしくないのか⁉」

「ひっ、ひぃーっ、ぼっ、暴力は……」

山崎が、怯えた豚のような悲鳴を上げる。

息子は山崎のネクタイを摑んだまま、玄関へ引きずって行く。

「二度とその汚い面《つら》をみせるんじゃねえ！」

玄関の扉を開け、背後から山崎を思い切り蹴飛ばした。

「うわあぁーっ！」

書類鞄を手にした山崎は、もんどり打って路上に転がる。茶色いボストンタイプの眼鏡が三メートルほど先まで飛んで行き、片方のレンズが割れて飛び散った。

5

二ヶ月後——

横浜は陰鬱な冬の日を迎えていた。

頭上を重苦しく覆った黒に近い灰色の空から、強い風とともに霙《みぞれ》のような雪が吹き下ろしてきていた。道を行く黒っぽい服装の人々は、うつむいて雪と風に抗《あらが》い、傘をさしている人々も少なくない。

「おい、山崎、ちょっと外出するぞ」

自分のデスクで懸命に顧客に電話をしていた山崎は、柳から不意に声をかけられ、どきりとした。

「はっ、はい！　どちらへ？」

山崎はおどおどして訊いた。

「駐車場に行け」

ベージュのトレンチコートを着た柳が顎をしゃくる。

山崎は、慌てて皺と埃で汚れた黒いコートと書類鞄を抱え、柳のあとを追う。

「お前が運転しろ」

地下の駐車場に停めてあった支店長専用のトヨタの黒のセダンを顎で示し、柳がいった。

山崎が運転席に、柳が後部座席にすわる。

「あの……どちらへ参りますか？」

ハンドルを操り、地上へ出る緩やかなスロープを走りながら、山崎が訊いた。

顔の脂と埃で汚れた茶色いボストンタイプの眼鏡をかけた両目を不安そうにしばたたかせる。このところ柳の叱責が一段と激しさを増し、「ノルマを達成できないなら、死んで詫びろ！」と繰り返し浴びせられていた。

「ベイブリッジに行け」

「は、ベイブリッジ、ですか？」

てっきり顧客のところに行くと思っていたので、戸惑った。

（どうして、ベイブリッジなんかに……？）

「つべこべいわず、さっさと行け！」

首筋に罵声が飛んできて、山崎はハンドルを握ったまま身体を硬直させ、アクセルを踏む。

戸外は雪まじりの風が吹き荒れていた。あかつき銀行日本大通支店のすぐそばの和洋折衷のライト様式の神奈川県庁も、その先のシルク博物館や産業貿易センターも、映りの悪いテレビ画面のような灰色のスクリーンの向こう側で霞んでいた。秋には美しく色づくイチョウ並木はすっかり葉を落とし、骸骨のような寒々とした姿を晒している。

（ま、まさか、飛び降りろっていうんじゃ……）

山崎は青ざめた顔で車を走らせる。情け容赦ない寒さが車外から伝わってきて、ハンドルを握る両手が凍えそうだった。

黒塗りのセダンは、山下公園の岸壁に係留された氷川丸を左手にみて本牧方面へと進み、やがて左手に、ベイブリッジの堂々とした姿がみえる。

「高速に乗れ」

柳が命じた。

（どうして高速に……？）

「高いほうがいいだろう？」

柳が、山崎の心中をみすかしたようにいった。

ルームミラーでその顔を一瞥すると、氷のような笑みを浮かべていた。

（支店長は、なにを考えているんだ……？）

山崎の背筋にぞわっとした寒気が走り、両手が小刻みに震える。

横浜ベイブリッジは上下二層に分かれており、上が首都高速湾岸線、下が国道３５７号である。

車は新山下の料金所から高速に乗った。

高所へ登って行くジェットコースターのように、右に左にうねうねと曲がる高速道路を上がって行くと、左手に堂々たる佇まいのベイブリッジが横たわっていた。やがて、緩やかな上りの道の前方に、大きなH型の二基の塔が重なってみえた。海面から一七二メートルの高さがあり、それぞれ八十八本のワイヤーで橋桁を吊っている塔だ。前方を走る車のテールランプや橋の両側に並ぶ照明塔が光を放ち、雪と風の灰色のカーテンのなかで赤や白の光が乱舞していた。

ベイブリッジの上にくると、眼下に波立つ蒼黒い冬の海が見渡す限り広がっていた。海面からの高さは約五五メートルである。

不気味な光景に山崎はますます不安な思いを募らせる。顔面は蒼白で、背筋をいいようのない冷たさがじわじわ這い登ってくる。

「車を停めろ」

全長八六〇メートルの橋の半ばまできたとき、柳がいった。

「えっ、ここでですか⁉」

橋にはパーキングエリアなどはない。

「そうだ。路側帯に停めろ」

「はっ、はい！」

道のそばに、事故のときなどに一時的に車を避難させるための路側帯があった。

「降りろ」

そういって柳が車から降り、山崎も慌てて続く。

路側帯に沿って白い防護柵が設置されているが、高さは一・一メートルしかない。その先に高さ三メートルほどの落下防止用フェンスが連なっているが、橋の中央近くになると途切れ、頼りなげな有刺鉄線が張られているだけだ。

あたりは逢魔が時のように薄暗かった。

「ふうーっ……」

柳がポケットからタバコを取り出し、一服する。

山崎は、氷の棘のような雪まじりの風に頬をなぶられながら身体を強張らせ、その様子をみつめる。足元をみると、蒼黒い海面に白い波が無数の牙のように閃《ひらめ》き、地獄の口のようだった。

二人のそばを、高速で走る車両が轟音を立て、半分融けた雪を弾きながら通り過ぎていた。

「さあ、山崎、約束を果たせよ」

タバコを吸い終え、吸殻を海に捨て、柳が山崎に視線を向けた。

その言葉に、山崎の顔面からさっと血の気が引く。

「数字ができなかったら、死んでお詫びしますって、いったよな？」

長めの頭髪と、立てたコートの襟を風になぶらせながら、柳がぐいと踏み出すようにして、にじり寄る。

「い、いや、あれは……その……」

茶色いボストンタイプの眼鏡に、皺と埃で汚れた黒いコート姿の山崎は、嫌々をするように後ずさりする。

確かに死んで詫びるとはいったが、そうでもいわなければ、鉄拳が飛んでくる状況で、選択肢はなかった。

「お前に約束を守る最後のチャンスを与えてやるっていってるんだ。さあ、ここから飛び降りろ！」

吹雪のなかから現れた悪鬼のような形相で柳が迫る。

山崎は、恐怖で顔を引き攣らせ、後ずさりする。もはやなにも考えられない状態で、とにかく柳から逃げなくてはと思った。

「逃げるんじゃねえ！」

柳が山崎に二、三歩近寄る。

「うわっ、うわーっ！　たっ、助けてー！」

パニックに陥った山崎は、高さ一・一メートルの白い防護柵を越え、その先の有刺鉄線に足をかけ、年老いたコウモリが羽ばたくように、それを乗り越えた。


二週間後――

東京の街路樹の葉は木枯らしであらかた散っていたが、街にはクリスマス前の華やぎがあり、煌《きら》びやかな商店の店先には、今とばかりに商品が積み上げられ、道行く人々を立ち止まらせていた。

仁村清志は柳悠次を浜松町の世界貿易センタービル三十九階にある「レストランレインボー」に昼食に招いた。

ここのところ柳の動向が気にかかっており、日本大通支店の人事管理に不安を覚える人事部の副部長からも、一度柳に会って話してほしいと頼まれていた。

レストランは、茶とベージュの柔らかなカーペットが敷き詰められ、白いクロスのかかったテーブルがゆったりと配置されていた。大きく穿《うが》たれた窓からは、東京タワーや芝公園、六本木から渋谷方面の高層ビル群を望むことができる。運営は東京會舘である。

「あなたとこうしてゆっくり話すのも、ずいぶん久しぶりだなあ」

琥珀《こはく》色のコンソメスープをスプーンで口に運び、仁村が穏やかな口調でいった。

スープは、国産鶏と野菜だけを使い、じっくり二日間かけて仕上げられた一品で、鶏や香味野菜の凝縮された香りが食欲を刺激する。

仕立てのよいチャコールグレーのスーツを着た仁村は、銀行の常務執行役員らしい品格を身につけていた。高級毛織スーツ姿の柳は新進の銀行支店長らしいエネルギーを放っている。

「日本大通支店は、四期連続入賞で素晴らしいなあ。僕もみならいたいよ」

人を包み込むような温かい口調の仁村の言葉を聞きながら、柳は無言でスープを口に運ぶ。

「ただ柳君なあ、近頃、無理をしすぎなんじゃないか？　僕には、あなたも日本大通支店のみんなも、疲弊しているようにみえて仕方がないんだ」

「…………」

「きみはもう十分実績を上げたし、行内で誰もが認める存在になった。きみが企画部の次長として打ち出した戦略も大いに成果を上げている。……もう十分じゃないか？」

「支店長、お話しされたいことは、だいたいわかります」

手にしたスープのスプーンを止め、柳がいった。

「うん。そうか」

頭のいい柳のことなので、昼食に誘われた時点で、用向きを察していたことは容易に想像がつく。

品川支店で一緒に仕事をしていた頃から、柳は人に会うとき、その日、どのような話し合いが行われるかを想定し、会話のシナリオ、提案書、契約書類などを必ず用意していた。それは仕事上のミーティングに限らず、どんな些細《ささい》な、あるいは他愛のない飲み会のときでも変わらない習慣だった。やることに無駄が極端に少なく、仕事の効率は並みの行員の十倍だった。

「わたしは、もうずいぶん遠くまできてしまいました。後には戻れません」

憑かれたような眼差しで、柳はいった。

「それに、もう……腐敗まみれでもあります」

柳が着ているスーツは、銀座のテーラーであつらえた百万円は下らないような最高級の毛織の品で、左の手首には、数百万円はする「ジャガー・ルクルト（スイス）」の四角い文字盤の腕時計がマリンブルーの光沢を放っている。

（金融の狼にふさわしい出《い》で立ちだな。……初めて出会ってから、もう八年半か……）

仁村は、二人の間に流れた歳月と、柳の生きざまに思いを馳せる。

「柳君、いくらでも後戻りはできるさ。きみはまだ四十をすぎたばかりじゃないか」

その言葉に、柳は初めて会った頃と変わらない頑なな表情で小さく首を振る。

（凡庸でくだらないサラリーマン連中に対するアンチテーゼに徹して生きようというのか……？）

「まあいずれ地獄が待っているかもしれません」

柳が、自嘲的な口調でいった。

（この男の心の渇きは、どこからきているのか……？）

もはや柳は、組織のなかで爪弾きにされていたゴミ行員ではない。自分を猿のように扱った支店長たちや銀行そのものを、お釣りがくるほど見返した。

（いかに成功しようと、過去に自分をゴミ扱いした組織や人間を永遠に赦さず、彼らに盾突くアウトローに徹しようというのか……？）

柳の気性の激しさを考えれば、あり得ないことではない。この男は狼なのだ。

しかし、金融のダークサイドを突っ走る柳の生き方は、その対極にある凡庸で卑しいサラリーマンが、組織を食いつぶすのと同じように危険性をはらんでいる。

同時に、昔と変わらぬ柳に、不思議な懐かしさも覚えた。変わり者といわれ、組織のレールから脱落してしまいそうだった若い頃の自分を彷彿《ほうふつ》させた。

「柳君、きみには釈迦に説法だろうが、今の日本大通支店はいきすぎだ。あかつき銀行の不動産融資の三分の一と仕組み商品の三分の二がきみの支店に集中している」

仁村は、極力柔らかく、穏やかに話す。

「鎧沢専務ときみの手腕で、眠っていたあかつき銀行は猛烈な勢いで走り出した。それは素晴らしいことだ。しかし、リスクマネジメントの観点からは、どう思う?」

柳は、無言でコンソメスープを口に運ぶ。

「『卵を一つの籠《かご》に盛るな』は、リスクマネジメントの基本だ。不動産融資と仕組み商品に極端に傾斜することは、卵を一つの籠に盛っているのと同じじゃないか?」

仁村は、あかつき銀行の不動産融資と仕組み商品にストップをかけるべきだと考えていた。そのためには、柳の日本大通支店の暴走を止めることが第一だった。

目の前の柳は、頑なな表情でスープを口に運び続けていた。

仁村も、柳がこちらの思いを理解するのを待つような気持ちで、静かにスープを口に運んだ。

元々、今日話して今日翻意させられるとも思っていなかった。

仁村にとって柳は、今も昔も、息子のような存在だった。決して磨滅しない激しい気性は、燃え盛る若さの表れで、眩《まぶ》しくもあった。仁村が初めて支店長を務めた品川で、その後の三ヶ店での成功につながる成功体験を積めたのも、柳という強力なエンジンがあってこそだった。それだけになおさら、六年前、柳が鎧沢に引き抜かれるのを阻止できていれば、柳は違った人間になっていたはずだという苦い思いは、ずっと胸のなかにある。

「このレストランは、再来年あたり閉店するらしいよ」

仁村が話題を変えた。

「ああ、そうなんですか」

「うん。この世界貿易センタービル自体が、取り壊されて、二〇二七年に建て替えられるらしい」

「そういえば、そんな噂を聞いたような気がします」

「いいレストランだから、一度きみとくるのもいいと思ってね」

その言葉に、柳がうなずく。

「例のヨドガワカメラの一件のお礼もしないといけなかったし」

「いや、あれはわたしの考えをいっただけで、お礼をいわれるようなことでは……」

仁村は穏やかにうなずいたが、柳のバンカーとしての力量をまざまざとみせつけられた、忘れられない案件だった。

一年ほど前、大手の家電量販店、ヨドガワカメラが、大阪の一等地にある国保有の土地を一千億円で落札した。ところが年商千六百億円程度の会社が、一千億円で土地を落札し、さらに上物を建てて新店舗を開店しようという野心的な計画に、メインと準メインのメガバンクをはじめ、取引上位行は軒並みしり込みした。窮地に陥った同社の社長は、取引六、七番手のあかつき銀行東京支店に駆け込んできた。さすがの仁村も、これは相当難しい話で、断るしかないだろうと思った。しかし、念のため、日本大通支店長の柳に、「こんな話があるんだが、きみならどうする?」と意見を聞いてみたところ、「それはやれる案件だと思います」と断言する。驚いて理由を訊くと「ヨドガワカメラというのは、販売はクレジットカードか現金なので、売掛期間は一ヶ月しかないんです。逆に、買掛期間は長くて、六ヶ月あります。大阪のあそこに新店舗をかまえれば、月商百億円はいくでしょうから、売掛けと買掛けの差で五百億円は調達できます。ヨドガワカメラは、ターミナル駅から雨に濡れずに行ける場所に出店して、一挙に集客するビジネスモデルです。出店すれば必ず売上げが立つ強みがあります。それからあの会社の店頭在庫は、メーカーが販売員と一緒に持ってきていて、ヨドガワカメラが負担する分は〇・八ヶ月分しかありません。無視してもいいくらいです」という。仁村は柳のコメントに驚いたが、実際に社長に確かめてみるとその通りだった。そこで仁村は「うちは七百億円ご融資します。残り三百億円を他行さんから借りて下さい」と提案し、融資を実現した。七百億円という超弩級《どきゅう》の融資は、経営委員会マターだったので、仁村は、柳の説明を参考に、詳細な案件説明書を作成し、満場一致で経営委員会の承認をとって実行した。仁村にとっても、一介の地銀が複数のメガバンクをリードしてビッグプロジェクトを成功に導くという、手ごたえのある案件となった。

「ところで、四国のご実家へは、帰られてますか?」

柳が珍しく自分から訊いた。

「二年前に一度帰ったきりだね。両親も年をとってきたんで、もう少し頻繁に帰ったほうがいいのかもしれないが……。まあ、妹が近くに住んでいるんで、甘えて、任せっきりだ」

「そうですか……。支店長のご実家は、本当に美しいところでした」

柳が珍しく感情を露《あら》わにしたので、仁村は、ほう、と思う。

柳が仁村の実家を訪れたのは、仁村が品川支店長になってから三ヶ月後くらいの夏に、品川支店の取引先係の外回り八人を招いたときだ。仁村は上機嫌で、柳を自分の傍らにすわらせ、期待を込めた眼差しを注ぎ続けた。

（柳にとって、あの日のことが、いい思い出になっているのか……）

仁村も遠い眼差しになり、脳裏に、夕方の風で微かにさざなみ立つ青い伊予灘の風景が去来した。

「お待たせ致しました」

白のワイシャツに黒いベスト、黒い蝶ネクタイのウェイターが、クローシュ（銀色の半球形の蓋）を被《かぶ》せた料理を運んできた。

メインの舌平目の洋酒蒸しボンファムだった。舌平目とシャンピニオンを白ワインと魚の出汁で煮込み、芳醇なバターとオランデーズソースをたっぷりかけ、オーブンでキツネ色に焼き上げたものだ。ボンファム（bonne femme）は「良妻」という意味のフランス語で、主に家庭料理に「良妻風」という意味合いで付けられるが、ここの料理は貴族の食卓に並んでもおかしくない逸品だ。

「この舌平目は僕のお気に入りでね。初めて食べたとき、こんな美味いものがあるのかと驚いたよ。四国の田舎から出てきた人間には衝撃だった」

そのとき、背広の内ポケットのスマートフォンが振動した。

仁村はスマートフォンを取り出し、画面に表示された名前を一瞥する。

（企画部長？　いったい何事だ？）

日頃、企画部長とのやり取りはそれほど多くない。同部が経営会議の事務方をやっているので、主には、経営会議がらみである。

「柳君、ちょっと失礼する。冷めないうちに食べててくれ」

そういって立ち上がり、レストランを出たところのエレベーターホールの隅で、スマートフォンを耳にあてる。

「仁村常務、お昼時に失礼致します」

スマートフォンから企画部長の丁重な言葉が流れてきた。

「珍しいね。なにかあったの？」

相手の緊張をほぐすよう、軽い口調で訊いた。

「うちの株がカラ売り屋のターゲットにされました」

「えっ、カラ売り屋!?　なんだね、それは？」

思いもよらない話である。

「アメリカのパンゲア&カンパニーというカラ売り専業ファンドが、当行の株をカラ売りしたと宣言して、大々的に売りを煽っています。後場《ごば》に入って売り注文が殺到して、株価が暴落しています」

「なに、本当かね!?」

仁村は愕然となった。


同じ頃、あかつき銀行本店の頭取室で、頭取の黒須喜久が、銀行家然とした細面に苦虫を嚙み潰したような気配を浮かべ、デスクのフラットスクリーンの映像を凝視していた。

「……問題は、ゴールド住建単独、あるいはあかつき銀行単独というようなものではありません。二社が結託し、素人を債務の泥沼のなかに、まるでアリジゴクのように引きずり込んでいることです」

縁なし眼鏡の北川靖が、学者のように冷静な口調でインタビューに答えていた。

二十四時間ノンストップのマーケット・経済専門チャンネル「日経CNBC」の生放送であった。

「それで二社を一緒にカラ売りしたというわけですね？」

画面の左手にすわった女性キャスターが訊いた。ボブカットで三十代後半と思しい、知的で落ち着いた雰囲気である。

「そうです。この二社のやっていることは、詐欺といっても差し支えないと思います」

北川は厳しい口調で断定した。

「まず、アパートの建設費が七割から十割水増しされています。本来一億の物件を一億七千万とか二億で売っています。これでは、いかに優れた経営者でも、絶対に黒字になりません」

マーケット・経済専門チャンネルらしく、画面の下のほうで、日経平均、上海、台湾、香港をはじめとする世界各国の株価指数、各国通貨の為替相場などが、右から左へと流れていく。

「すでにあかつき銀行に対しては、債務者から二十件以上の訴訟が提起され、ゴールド住建に対しても、それに匹敵する数の損害賠償請求訴訟が提起されています。これは一つの銀行あるいは会社に対する訴訟としては異常な件数です。当然、訴訟に至っていない水面下の問題案件は、この十倍以上あると推測されます」

画面右手の北川は、キャスターとの間に置かれた大型モニターに視線を向ける。

「彼らの騙しの手口をいくつかご紹介しましょう」

モニターには、〈非現実的な採算見通し〉〈サブリース〉〈生活保護の悪用〉という三つの項目が横書きで表示されていた。

北川は、投資家を騙す手口として、ゴールド住建が、必要な費用項目を除外し、かつアパートが古くなっても家賃が下がらないという非現実的な採算見通しでアパート建設を売り込むこと、サブリースについては、五年ごとの契約見直しがあるにもかかわらず、あたかも三十年間にわたって家賃が保証されているかのようなセールストークをしていることを指摘する。

「生活保護の悪用というのは、どういうことですか?」

女性キャスターが訊いた。

「生活保護の受給者は、自治体が『住宅扶助』として、家賃を支払います。額は、埼玉、神奈川、千葉の三県で四万円台、東京で五万円台が上限となっています」

画面のなかで話す北川を黒須がじっとみつめ、その後ろに立った鎧沢が、苦々しげな表情で黒須の肩越しに画面を凝視していた。

「『住宅扶助』の上限は、通常は、家賃の実際の相場より高くなっています。相場より安いと、生活保護受給者の持ち出しになってしまうので、ある意味、当然のことです」

女性キャスターがうなずく。

「ゴールド住建では、ホームレスを集め、生活保護の受給申請をさせ、家賃の相場が月二万八千円のアパートに、上限いっぱいの四万円台とか五万円台で入居させています。その家賃にもとづいて、アパートの採算見通しの表をつくり、アパートを転売します」

「そんなことまでやっているんですか⁉　そういうからくりで、相場より高く物件を売っているということですね？」

「その通りです。そうして転売した途端、生活保護受給者を一斉に退去させ、次のアパートに移らせ、今度はそのアパートを高値で転売するのです。一方、元のアパートを買ったオーナーは、急に空室が増え、入居者を募集しても相場の二万八千円まで家賃を下げないと誰も入らないので、採算見通しが大幅に狂ってしまいます」

女性キャスターが、深刻な表情でうなずく。

「ゴールド住建の案件に融資を付け、高金利で甘い汁を吸っているのがあかつき銀行です」

画面中央のモニタースクリーンに〈預金通帳の改ざん〉〈契約書類の改ざん〉〈抱き合わせ取引〉という三項目が表示される。

「我々は、あかつき銀行からアパートローンを借りた債務者の方々にも会って、話を聴きました。その結果明らかになったのは、あかつき銀行は、本来融資を受けることができない人たちに融資を行うために、ゴールド住建が改ざんした預金通帳や契約書類を、原本を確認することなく、受け入れている。あるいは自ら改ざんを行なっている」

「三番目の『抱き合わせ取引』というのは、どういったものでしょうか？」

キャスターの女性が訊いた。

「アパートローンをやってやるから、定期預金をしろ、高金利で使途自由のフリーローンも借りろ、あるいは仕組み預金や仕組み債に投資しろと、別の取引もやらせることです。これは優越的地位の濫用で、独占禁止法で禁止されています」

フリーローンは使途自由の融資で、金利は担保などによって異なるが、最低でも六パーセント、通常は、八～一〇パーセントという高金利だ。

「あかつき銀行は、このように個人を相手に、不動産融資を反社会的かつ不正なやり方で、しかも大量に行なっています。しかし、我々が同行をカラ売りした理由は、それだけではありません」

北川がカメラを真っすぐみて、厳しい表情で話す。

「あかつき銀行は、デリバティブを使った仕組み預金や仕組み債を、他の地銀の五倍以上も販売しています。これも非常にハイリスクな仕立てで、すでに社会問題化しています」

そういって、週刊誌で報道された、障害児を共働きで育てている夫婦を、高いレバレッジの仕組み預金で食い物にした日本大通支店による事例などを紹介する。

「あかつき銀行は、個人向け不動産融資と仕組み商品に異常に傾斜しており、いびつな収益構造です。同行が手がけているこうした危険きわまりない取引が社会問題化すれば、あかつき銀行自身が経営危機に見舞われることになります」

そういって北川は、かたわらのモニタースクリーンに、根拠となるデータを、他の地銀と比較したパイチャートなどで示す。

全融資額に占める不動産関連融資の比率は、全国の地銀・信金・信用組合の平均が三割程度であるのに対し、あかつき銀行は約九割と突出していた。また仕組み商品の販売額は、地銀・信金・信用組合の平均の五倍以上である。そして経常利益の約八割を、個人向け不動産融資と仕組み商品の販売に依存している。

その日、あかつき銀行の株価は前日終値の二千七百二十円から二百四十円下げて二千四百八十円となり、ゴールド住建のほうは前日の七百六十円から値幅制限いっぱいの六百四十円まで下げ、ストップ安となった。

翌日――

あかつき銀行は、専務執行役員の鎧沢が記者会見を開き、パンゲアの指摘を全面的に否定した。自分たちの融資は、法律と厳格な内規に則《のっと》って行なっており、万一、何らかの理由で銀行側に問題があった場合は、速やかに状況を正し、顧客に迷惑がかからないようにしていると述べた。また抱き合わせ取引を行なっていると指摘されたことに関しては、自分たちは優越的地位を濫用することはなく、いかなる取引も顧客のニーズと自由意思にもとづいて行なっていると説明した。それを証明する顧客の署名・捺印がある書類もすべてきちんと揃っており、なんらやましいことはないと強気の姿勢で畳みかけた。

さらにパンゲア&カンパニーのカラ売りと分析レポート、および北川のテレビ・インタビューに関しては、風説の流布であるとして金融庁に告発し、しかるべき法的措置をとると明言した。

鎧沢の懸命の釈明によって、株価はかろうじて下げ止まった。

6

半年後――

渋谷区神宮前二丁目の賃貸マンションのパンゲア&カンパニー東京事務所で、北川靖が、デスクのパソコンスクリーンをみながら、難しい表情をしていた。

（なかなか下がらないもんだな……）

スクリーンに表示されていたのは、あかつき銀行の株価の日足だった。緑（下落）と赤（上昇）の縦線が、八ヶ岳連山ほどの上下の起伏もなく、横に連なっており、株価の変動が少ないことを示していた。

パンゲアの「強力売り推奨（ストロング・セル）」の分析レポートにもかかわらず、株価はカラ売り時点の二千七百五十円から少し下がっただけの二千四百円台で、半年前の鎧沢の釈明会見以来、こう着状態が続いている。

パンゲアはレポートで、ゴールド住建とグルになったあかつき銀行が、様々な不正をやって、高金利のアパートローンを取り組み、数多くの債務者を返済不能の泥沼に引きずり込んだことを指摘し、世論があかつき銀行を糾弾することを期待した。しかし、日本の大手メディアは、れっきとした銀行が変なことをやるはずがないという固定観念に凝り固まっており、またあかつき銀行から多額の広告費も受け取っているため、パンゲアや債務者の主張をあまり取り上げず、銀行側のいい分を垂れ流していた。そのため、ネット記事のコメント欄には「お前ら、自分でハンコ押したんだろ」「欲をかいて引っかかっただけでしょ」といった自己責任論が溢れ返り、北川らの思惑とは逆に、被害者叩きが激しくなった。

確かに、債務者の多くは、物件もみずにローンを借りたりしており、落ち度がないというわけではない。しかしそれとて、三十年間サブリースで家賃が保証されているという説明を受け、地元で名の通った銀行のいうことなのだから間違いないと信じ込んだ結果である。債務者のほとんどは金融のど素人であり、そうした人々に対するリスクの説明がまったくなされておらず、ゴールド住建やあかつき銀行のやり口は、違法といってもいい。

しかし、頼みの監督官庁の金融庁は、多数のOBがあかつき銀行に天下っているため、不正が行われているのを薄々知りつつ、みてみぬふりをしている。あかつき銀行、大手メディア、金融庁というトライアングルが、既得権を守り、正義がその分厚い壁を突き崩せない状況だ。

一方、ゴールド住建の株価は、カラ売り時点の七百四十円から百六十円台と、かなり下がった。資金繰りが火の車の自転車操業状態だったところに、パンゲアが詳細な財務分析で同社の脆弱性を指摘したため、機関投資家を中心に売りが広がった。今後、百円を切ったりすれば、経営危機が予想される。

（ゴールド住建はいいとして、問題はあかつき銀行のほうだ。この先、どうやって攻めたらいいのか……？）

元々ゴールド住建の四倍近い株価だったあかつき銀行は、倒せば儲けが大きく、倒しがいのある相手だ。

（なんとか世論に火を点けなくては……）

北川らは、以前も大手金融機関と戦ったことがあるが、世論に火を点け、顧客による預金の引き出しや、インターバンク（銀行間取引市場）での資金調達難といった事態を引き起こさない限り、相手は開き直って屈服しない。

ドアノブがカチャッと回転する音がして、部屋の玄関のドアが開けられた。

「ヘイ、グッド・アフタヌーン！　アイム・バーック（戻ったぜ）」

トニーが外出先から戻ってきた。

「おお、お疲れ。どうだった？」

北川が自分のデスクから立ち上がる。

トニーは、外国人債務者の通訳という名目で、あかつき銀行の弁護士と債務者グループのミーティングに出席してきた。

債務者グループは、融資はあらゆる意味で不正に行われたもので、金利を多少下げたり、返済期間を延長したりしても到底返済できないので、物件を引き渡して債務を帳消しにする代物弁済を銀行に要求していた。

「ある程度予想はしてたが、まったく話にならねえ。邦銀伝統のハイ・ハンデッド（高圧的な）アプローチだ」

夏用のコットンリネン（綿麻生地）のジャケットをハンガーにかけ、トニーが多少薄くなった頭を掻きながらやれやれといった顔で、キッチンのテーブルにすわる。

「強行突破一本槍か？」

北川の言葉に、トニーがうなずく。

「そもそもミーティングに、銀行から誰も出てきやがらねえ。代理人の弁護士が三人出てきただけだ」

債務者側からは、代理人の弁護士二人と、債務者約三十人が出席したという。

「弁護士をゲートキーパー（門番）にして、蹴散らそうってわけか……。よくある手だな」

北川は、冷蔵庫からアイスコーヒーのパックを取り出し、トニーと自分のグラスに注ぐ。

「債務者側が『こういう大事な問題に、銀行側から誰も出てこないのは無責任だ』と非難したら、『弁護士が代理人として出席しているんだから、銀行からの出席者は必要ない』と一蹴されたよ」

トニーは不快感を滲ませ、コーヒーのグラスを傾ける。

「債務者側から『我々はアパートを市場価格より遥《はる》かに高い値段で買わされている。御行は、どういう基準で物件の価値を査定したのか、教えてほしい』とか、『行員が、ゴールド住建などの住宅販売会社から一棟につき数百万円程度のリベートを受け取っていると聞いている。コンプライアンス上、大問題ではないのか？』と訊いても、のらりくらりと躱《かわ》しやがるだけだ、けっ」

「定期預金や仕組み商品の抱き合わせ販売についてはどうなんだ？　旧大蔵省の通達で禁止されている歩積み両建てで、独禁法違反だろう？」

「『我々としては、強制したものではないと理解している』っていい張りやがる。まあ、厚顔無恥の一言だな」

「預金通帳や残高証明の改ざんについてはどうなんだ？　債務者で、改ざんされた現物を持っている人がいるんだろ？」

北川らは、債務者に会ったとき、現物の写真を撮らせてもらい、売り推奨レポートのなかに証拠として掲載した。

「『一部そういうことはあった』と、渋々認めたが、『融資は預金残高のみにもとづいて行なったわけではなく、総合的な判断によるもので、それは誤りではなかった』ってよ」

「けっ、ああいえばこういうの典型だな」

北川が吐き捨てるようにいった。

「それで債務者側は、今後、どういう手に打って出るつもりなんだ？　今のままだと、消耗戦で時間切れだろう？」

「うむ。あかつき銀行が狙ってるのは、まさに消耗戦だ。上位の地銀と個人じゃ、体力が全然違うからな」

その言葉に北川がうなずき、グラスのアイスコーヒーを口に運ぶ。

「債務者側が、今、考えている戦略は、融資の返済を一斉に停止することだ」

「ほーう、そりゃあすごいじゃないか！」

北川が驚く。

「返済が停止されたら、五千億円からのローンが不良債権に分類されて、格付けも下がって、一挙に信用不安が発生するだろうな」

「そうなんだ。これは怖いと思うぜ。あかつき銀行の個人向け不動産融資は、額が額だからな」

トニーがにやりとする。

「ただ、このやり方は、債務者にとっても、もろ刃の剣なんだ。二つリスクがあって、一つは、個人の債務不履行の事実が信用情報機関に流されて、クレジットカードが使えなくなる」

「なるほど」

クレジットカードが日常生活のあらゆる場面で使われている現代社会では、かなりのハンデを負うことになる。

「もう一つは、期限の利益喪失を宣言されて、あかつき銀行に強制執行をかけられる可能性があることだ。クソみたいなアパートをとられても、痛くも痒《かゆ》くもねえが、保証人がいたり、アパート以外の不動産を担保に入れていたりすると、そっちに被害が及ぶ」

「うーん、そうか……」

北川が宙を仰いで、ため息をつく。

「肉を切らせて骨を断てるかってところだな」


同じ頃、あかつき銀行日本大通支店の支店長、柳悠次は、専務の鎧沢克己から電話を受けた。

「……柳君、そういうわけで、パンゲアとかいうカラ売り屋をなんとか叩き潰さんといかんのだ」

ヨコハマグランドインターコンチネンタルホテルの桟橋の突端にあるフローティング・レストラン「ピア21」で昼食をとっていた柳は、スマートフォンを耳にあて、本店にいる鎧沢の上ずった声を聞く。

ガラスの壁の向こうには、風で波立つ横浜の海、行き交う船や艀《はしけ》、遠くのベイブリッジなどを望むことができ、胸の空《す》くような眺めである。海の上に浮かんでいるレストランなので、多少揺れがある。

「それで、わたしにどうしろと?」

ディル(緑のハーブ)とオリーブオイルで焼き上げ、グリーンビーンズと緑のシシトウ、レモンが添えられたサーモンに入れていたナイフとフォークを止め、柳が訊いた。

「とにかく株価を上げんといかん。きみならなにか策があるだろう?」

それを聞いて、柳の眉が不快そうにぴくりとする。

鎧沢は、戦略立案や力仕事は常に他人に丸投げだ。そもそも一介の支店長の柳が、銀行本体の株価防衛の仕事までしなくてはならないこと自体がおかしい。

「とにかく、なんでもいいから、株価を上げるしかないんだ。なにか考えつかんかね？　なんとか株価を上げたいんだ、そうすれば、カラ売り屋を締め上げられる」

「なんとかですか……」

パリッとした夏用のスーツ姿の柳は、内心舌打ちする。

「即効性にこだわるなら、仕手《して》でしょう」

株価を意図的に吊り上げる投機家集団のことだ。

「おお、いいじゃないか！　仕手筋を動員するんだな？　やれるか？」

「まあ、二、三、心当たりくらいはあります」

「おお、そうか！　よろしく頼む！」

「ただ即効性はありますが、いつかは剝《は》げますよ。それでもいいですか？」

「うん、うん、それでいい！　とにかく、手を打つことが大事なんだ。頼むぞ」

そういって通話を終えた。

(まったく、あの爺いは、丸投げ以外に能がねえのか!?)

香ばしく焼き上げられたサーモンにぐさりとナイフを突き立てた。


それから間もなく――

あかつき銀行本店で、経営会議が開かれていた。

「……たとえ契約書があろうと、顧客の署名・捺印があろうと、もし本当に当行の行員が不正を働いているのなら、すみやかに和解し、場合によっては、代物弁済にも応じるべきではないでしょうか？」

　薄くなった頭髪にきちんと櫛を入れ、銀行の役員らしく、仕立てのよい夏物の紺のスーツを身に着けた仁村清志がいった。

「仁村常務、だから問題があれば、当行は個別に対応すると前からいっているじゃないか。実際、弁護士が案件ごとにきちんと対応しているだろう？」

　鎧沢は、なにを今さらという表情。

「鎧沢専務、当行は、『個別に対応する』といいながら、すべての債務者を蝿《はえ》たたきで叩き落とすような対応をしているんじゃないですか？　実際、今まで一件でも解決に至ったケースはないように思うのですが」

　厳しい視線を鎧沢に注ぐ。

「それはだから……弁護士の判断でしょう。債務者と話し合って、あるいは関係書類一式を点検して、不必要な和解をすることはないという判断をしたということだよ。現場は弁護士の判断に任せて、よっぽど必要なときは我々が出るというのが従来からの対応だろう？」

　その言葉に、大きなテーブルの中央にすわった頭取の黒須が微《かす》かにうなずく。

　その危機感のなさを目の当たりにして、仁村の胸中で焦燥感が募る。黒須には、現場から報告や相談がほとんど上がらない体制になってしまっており、雲の上から下界を見下ろす平安貴族のように浮世離れしている。

「鎧沢専務、弁護士の判断に任せるのは危険ではないでしょうか？　彼らも商売です。個別対応にして、案件数を何十、何百に増やし、かつ長引かせれば長引かせるほど、彼らの懐《ふところ》は潤います。しかし、解決が長引けば長引くほど、当行の傷は深くなります」

「じゃあ、きみは、どうすればいいっていうのかね?」

「個別対応を止め、債務者グループと話し合い、早期に一括で問題を解決すべきだと思います。アパートローンだけでなく、仕組み商品がらみの苦情に対しても、同様の対応をすべきと考えます」

「ふん、どうしてそこまでやらんといけないのかね? だいたい、そんな集団的な和解みたいなことをやった銀行が、いまだかつてあるかね?」

鎧沢は不満げに鼻を鳴らす。

「当行の個人向け不動産融資や仕組み商品が未曽有の残高に膨れ上がっており、万一これに火が点けば、命とりになる可能性があるからです。前例にこだわっている場合ではないと思います」

あかつき銀行のアパートローンを中心とした個人向け不動産融資は約二兆六千億円で、全融資残高の九〇パーセントに相当する。仕組み商品の販売額のほうも、年間三千億円を超え、地銀のなかでは突出している。

「当行は、伝統的な企業取引に完全に背中を向け、いつの間にか、個人向け不動産取引と仕組み商品に特化した特異な金融機関になってしまいました。しかし、このビジネスモデルには重大な欠陥があります」

あかつき銀行の企業向け融資は、近年みるみる減少し、全融資額の一割弱まで減った。

「企業取引は利鞘は薄いですが、銀行側が減らそうとしない限り、残高が減ることはありません。これに対し、個人向け不動産融資は、月々の約定返済で年に一割程度残高が落ちます。したがって、毎年毎年その埋め合わせをしなくてはならず、自転車操業に陥ります」

しかも、あかつき銀行の金利は高いので、他行から肩代わりのターゲットにされ、一段と激しい顧客獲得競争を演じなくてはならない。

「仁村君、きみは心配しすぎだ。当行の戦略は金融庁長官のお墨付きだ。今さらUターンなんかしたら、当局の信頼を失うだけだ」

その言葉を聞き、あらかじめ予想していたこととはいえ、仁村は、議論はどこまでも平行線だなと思う。

（こうしている間にも、問題解決どころか、危険な取引がどんどん積み上がっている。もはや組織として歯止めがかけられない状態だ……）

じりじりする思いで、黒須に視線をやると、半白の頭髪の「雲上人」のやんごとない顔には、相変わらず危機感がなく、他人事のようだった。


同じ頃、柳悠次は、新横浜プリンスホテルを訪れた。

ＪＲ新横浜駅の北側に聳える、円筒形で四十二階建てのホテルである。威風堂々とした佇まいだが、外壁のタイルや円筒形の鉄の部分が黒ずみ、開業後二十七年という歳月を感じさせる。

一階の「ロビーラウンジロッソ」は、丸テーブルとソファーが一定間隔で配置され、通路もたっぷりとってあり、話がしやすい。黒を基調とした内装なので薄暗い印象を与えるが、弧を描く外壁部分は全面ガラス張りで、敷地内の緑の木々や、その先の片側四車線の広い通りを行き交う車が明るい夏の日差しを浴びているのがみえる。

平日の午後で、客は少なく、静かだった。

柳の傍らに、派手なアロハシャツにコットンパンツ、裸足《はだし》に革のデッキシューズという出で立ちの五十歳すぎの男がすわっていた。長めの頭髪を真んなかで分けて左右に垂らし、日焼けした、がっちりした骨格の顔に口髭をたくわえている。頭髪にも髭にも白いものが交じっていた。あかつき銀行日本大通支店と長年取引がある横浜市保土ヶ谷区の鋼材卸商の三代目で、喜七郎《きしちろう》という名前だった。根っからの遊び人で、本業は番頭格の専務に任せっきりで、横浜市内に趣味で開いている二軒のバーのことばかりやってきた。

喜七郎は、たまに会社に顔を出すことはあっても、その日、バーで出すつまみのビニール袋を提げていたりして、社員に呆れられていた。鋼材卸業のほうは、バブル景気の頃に先代である父親が蓄えた資産があり、それを食いつぶしている状態だ。あかつき銀行の行員たちも、陰で「喜七郎」と馬鹿にしたように呼び捨てにしていた。三ヶ月ほど前、大して有能でもないが、会社の資金繰りだけはなんとかつけてきた専務が、七十歳を超え、高血圧などの持病も抱えているため退社し、会社は一段と迷走の度合いを深めている。

さすがの喜七郎も、先行きに不安を覚え始めたところに、ゴールド住建がアプローチし、同社が管理している川崎市麻生《あさお》区のアパート一棟を三億三千万円で購入すれば、賃貸収入で儲けられるとそそのかし、喜七郎も乗り気になった。しかし、案件を持ち込まれたあかつき銀行の審査部が、販売価格の〝蒸かし〟に薄々感づいており、しかも喜七郎の経営能力をまったく評価していないため、貸せるのは二億までで、残り一億三千万円は、どこか別のところから引っ張ってくるよう条件を付けた。

そこで柳が、小西《こにし》という名の闇金融業者を紹介することにした。

財務局や都道府県に貸金業者として登録し、国家資格である貸金業務取扱主任者を置いて営業する街金《まちきん》は、年利二〇パーセントの法定上限金利以下で貸してくれるが、担保の査定は厳しい。喜七郎の場合、営業自体が違法で取り立ても暴力的な闇金から借りるしかない。

「よう、待たせたな」

サングラスをかけた痩せぎすの小西が、黒服の用心棒風の中年男をしたがえて姿を現した。

二人のテーブル席のソファーに股を開いてどかっとすわると、サングラスを外す。

柳の隣で、喜七郎が身体を硬くした。

小西の風貌は、毒蛇そのものだった。

白髪交じりのパンチパーマで、目つきは異様に鋭く、頬は削げ、顔全体に深い皺が刻み込まれていた。刺青《いれずみ》を隠すためか、派手な柄の絹の長袖シャツを着て、タックで腰のあたりがだぼっとしたベージュのズボン、イタリアのブランド物と思しい艶のある鰐《わに》革のローファー。普通の人間とはまったく違う世界の住人であるのが一目でわかる。年齢は六十代半ばのようだ。

「金が要るっていうのは、この人かい?」

小西が、喜七郎に視線を向け、顎をしゃくった。

「そうです。アパートの購入資金に、一億三千万ばかり貸して頂きたいんです」

涼しげな麻混のブルーのスーツ姿の柳がいった。

「アパート経営をやるんだって?」

「そうです。川崎の麻生区にある三階建ての鉄骨・鉄筋コンクリート造りで、全部で十五戸の物件です」

柳が答えた。

「ほーう、そんな大きなものを買うってか」

小西は、闇金以外に、山谷（東京）、釜ヶ崎（大阪）と並ぶ日本三大ドヤ街の一つ、横浜市中区寿町で、日雇い労働者用の簡易宿泊所も手広く経営しており、不動産経営の知識がある。

「あんた、俺から一億三千万を借りるってことが、どういうことかわかってるのか?」

喜七郎に鋭い視線を投げかけて訊いた。

「はっ……はい、それはもう」

喜七郎は、相手の真意を理解できぬまま、怖さに押されて返事をする。元々自分の発言に責任を持たない性格である。

「個人で一億三千万からの金を借りるっていうのは、どういうことか、わかってるんだろうな?」

ドスの利いた声が、あたりの空気を緊張させ、注文を取りにきたウェイトレスが、びくりとして立ちすくんだ。

「はっ、はい……」

喜七郎は、口髭を生やした顔を強張らせ、うなずく。

「わかってるか。そうか、面白いじゃないか。貸してやろうじゃないか」

小西は毒蛇のようににやりと嗤う。

「それで、うちは第二順位なんだって?」

柳に視線を向ける。

第一順位の抵当権はあかつき銀行が設定し、小西の会社は第二順位という条件だった。

「そういうことでお願いできればと」

「ふん、そうか。まあ、そういう話じゃなきゃ、闇金にはこんわな」

小西が自嘲気味に鼻を鳴らす。

「うちも生命保険、付けさせてもらうぞ。それはいいんだな?」

「もちろんです」

答えながら柳は、また死人が出そうだなと思う。

あかつき銀行のアパートローンは、団体信用生命保険が付き、小西の融資も別途喜七郎に生命保険を付ける。販売価格は八千万円くらい〝蒸かされて〟いるので、どんなに上手くアパートを経営したとしても、大幅な赤字になるのは目にみえている。仮に払えなくなって喜七郎が夜逃げしたとしても、小西の手の者が捜し出し、自殺にみせかけて殺害する。そして生命保険ですべての債務が支払われる。

「うちの金利は年三割、利払いは毎月だ。いいな?」

小西にドスの利いた声で訊かれ、喜七郎はいかにも遊び人といった顔に怯えた気配を浮かべ、何度もうなずいた。

翌月――
渋谷区神宮前二丁目の賃貸マンションの事務所で、北川が目の前にある四つのフラットスクリーンの一つに訝《いぶか》しげな視線を投げかけていた。

「トニー、先週あたりから、あかつき銀行の株価が妙に上がってるよな」

スクリーンに開いた株価のチャートが、黒を背景に山の斜面を登るようなオレンジ色の曲線を描いていた。

「そうだな。今、二千九百七十円か……。一週間で三百円近く上がってるじゃねえか」

向かいのデスクにすわったトニーがいった。

パンゲアとトニーのカラ売り価格は二千七百五十円なので、この一週間で、含み益から含み損へと逆転していた。

「今、上がるような要素って、ないよな?」

「うん、ないと思うぜ」

「となると、誰かがなにかやってるのかもな」

北川の縁なし眼鏡の両目が鋭い光を帯びる。

目の前に置いたスマートフォンをスピーカー式にし、プライムブローカーのモルガン・スタンレーの担当者名をタップした。

「パンゲアの北川だけど」

「あっ、いつもお世話になってます」

モルガン・スタンレーのセールスの若い日本人男性の声が答える。

「あかつき銀行の株価が、この一週間で妙に上がってるんだけど、マーケットでなにか情報はないかな?」

「わかりました。ちょっと調べてみます」

相手はいったん電話を切り、三十分ほどたってから折り返してきた。

「北川さん、どうも仕手くさいです」

「仕手⁉」

北川とトニーは驚く。

「あくまで噂ですが、天山《てんざん》グループ、八幡《はちまん》の会、中国系のグループ、それとネット投資家集団あたりが蠢《うごめ》いてるらしいです」

天山グループは、過去に兼松日産、日特建設、鬼怒川ゴム工業などの仕手戦を演じた伝説の投機家が率いるグループ、八幡の会は、合同製鉄や鈴丹の仕手戦を手がけ、一時地下に潜っていたといわれる関西系仕手集団だ。

「買い本尊が誰なのか、噂はあるか？」

買い本尊とは、買いの動きの張本人だ。

「あかつき銀行の可能性があります」

「うーん、そうか……。わかった。有難う」

そういって、通話終了アイコンをタップする。

「あかつき銀行が買い本尊なのか⁉」

トニーは驚いた顔つき。

「現段階では噂だが、事実でもおかしくはないよな」

北川の言葉にトニーがうなずく。

「だとしたら、素人がずいぶん危なっかしいことをやってるじゃねえか」

「うむ。俺たちだけだと調べるのは難しいから、取り急ぎ、SESC（証券取引等監視委員会）に情報提供しとこう」

「そうだな。……提灯買いをする馬鹿な投資家がいなけりゃいいんだがな」

提灯買いは、大きな買いの動きに便乗して株を買うことだ。これを誘い込んで、高値で売り抜けるのが仕手の常套手段だ。


二ヶ月後——

仁村清志は、頭取の黒須から、常務執行役員を退任し、取締役副社長としてゴールド住建に転籍するよう内示を受けた。

ゴールド住建にはあかつき銀行から百億円近い無担保融資が行われているが、近年の業績不振とパンゲアのカラ売りで、株価が百円割れ寸前まで落ち、経営危機に直面しているので、会社を立て直し、融資債権の保全を図れということだ。

もちろんその裏には、黒須と鎧沢の経営路線に異を唱える仁村を追い出す意図があった。仁村にとっては望まない転籍だったが、あかつき銀行創業家の四代目で、ファミリー企業を通じて約一六パーセントの株式をコントロールする黒須の命令は絶対だった。


それから間もなく——

仁村清志は、最後の経営会議に出席した。

常務を退任することはすでに全員が知っており、会議は終始、鎧沢のペースで進められ、仁村もあえて異を唱えなかった。

会議の最後に、仁村が退任の挨拶のため、立ち上がった。

「黒須頭取をはじめとして、皆様方には長い間大変お世話になりました」

仁村は、淡々と挨拶を始めた。

「大学を卒業して以来、三十三年間にわたってあかつき銀行に奉職し、最後は経営会議のメンバーとして仕事をさせて頂いたことを心から誇りに思っております。今後は、この経験を生かし、新たな仕事に邁進していきたいと思います」

黒須、鎧沢以下、八人の経営委員会メンバーがじっと耳を傾ける。

「最後に一つだけ申し上げておきたいと思います」

そういって厳しい顔つきになる。

「わたくしは、ここ四、五年、当行の収益追求主義がいきすぎているのではないかと、懸念を抱いております」

その言葉に、太り肉《じし》の鎧沢の頬が神経質そうにぴくりとする。

「アパートローンで儲けるのも結構でしょう。仕組み商品で儲けるのも結構でしょう。しかし、あくまでお客様の役に立ってこそです」

そういって、テーブルについた一同を見回す。

「なんのために、我々は銀行業をやっているのでしょうか？　わたくしは、お客様の笑顔あってこそ、お客様に感謝されてこそのあかつき銀行だと思います。しかるに、近頃は、お客様の怒った顔や悲しむ顔しか目にしていないような気がします」

その言葉を、鎧沢が面白くなさそうな顔で聞き、「雲上人」の黒須はといえば、感情がないような表情をしていた。

「ご存じの通り、現在当行は、訴訟まみれであります。わたくしは、たとえ契約書があろうと、お客様の署名・捺印があろうと、必要な書類がすべて揃っていようと、価格を大幅に膨らませたアパートにフルローン（頭金なし）の融資をしたり、素人相手に何倍ものレバレッジをかけた仕組み商品を売りつけたりすることは、まともだとは思いません」

「仁村君、ちょっと……」

鎧沢がたまりかねた表情でいった。

「わたくしは、ここ数年、あかつき銀行がやってきたことは、恥ずべきことであり、紛争となっている案件については、債務者あるいは顧客と早急に和解すべきだと思います」

「仁村君！」

「わたしが今申し上げたことは、経営会議の議事録にしっかりと記録しておいて下さい」

少し離れた場所のデスクにすわった、経営会議事務方の企画部の部長と次長のほうを向き、決然とした声でいった。

「以上で、退任のご挨拶とさせて頂きます。……ご清聴、誠に有難うございました」

拍手はなく、気まずい沈黙が室内を支配した。

黒須が、これまでとばかりに、真っ先に立ち上がって退出した。

翌週――

柳悠次は、日本大通支店の支店長室のソファーで、スマートフォンを耳にあて、険しい表情をしていた。

「……本当なのか⁉　仁村常務が、ゴールド住建に行くだと⁉」

両目が血走り、頬が削げた顔に険しい雰囲気が漂っていた。

「え、ええ、本当です。副社長ということでもう着任されました。次の株主総会で、代表権も与えられるはずです」

本店企画部の次長の男がいった。柳より一年次下で、鎧沢の腹心の一人だ。

「なにぃ、代表権まで⁉　だいたい、誰がよりによってゴールド住建に送り込むことにしたんだ？」

柳は、動揺もあらわにタバコを咥《くわ》え、デュポンの銀のライターの指動輪を親指でチャッと弾く。

「頭取らしいです」

「頭取が？」

「はい。要は、黒須・鎧沢路線に盾突く仁村常務を追い出そうってことで」

「そんなこたあ、わかってる！」

「はっ、はい……それで、じゃあどこに出すかっていうことになって、頭取が、ゴールド住建がよかろうといったらしいです」

「なに考えてんだ……⁉」

路線対立は別として、黒須は元々、仁村の手腕を高く評価している。今、急速に問題債権化しているゴールド住建の立て直しを任せる人材にはうってつけと考えたのだろう。しかし、正義感が強く、実行力もある仁村を送り込むと、どういう事態が起きるかまでは考えが回っていない。

「鎧沢専務は、反対しなかったのか？」

「特にはしなかったようですねえ。とにかく、仁村常務を追い出そうと、頭取をいいくるめるのに必死でしたから」

「チッ……これで仕事がやりづらくなるのは、確実だな」

倫理観の強い仁村のことなので、ゴールド住建の荒っぽい営業にブレーキをかけてくるのは間違いない。そうなると当然、あかつき銀行の営業にもブレーキがかかる。

（鎧沢は鎧沢で、馬鹿だしな！）

鎧沢は、黒須に対するごますりは熱心だが、現場の実情を知ろうというほどのやる気はない。仁村の副社長就任でなにが起きるかまで、どうせ頭が回らないと思うと、腹立たしかった。

（単に営業にブレーキをかけてくる程度で済めばいいのだが……）

仁村の真っすぐで澄んだ視線を思い出し、いい知れぬ不安に駆られた。

それから間もなく——
いくつかの週刊誌が仁村の退任を報じた。〈収益至上主義路線を突き進むあかつき銀行、良心派の常務を追放〉〈退任する仁村清志常務——顧客志向の神様と呼ばれた男〉といった見出しで、銀行内の激しい路線対立や、仁村が収益至上主義に強く異を唱えていたことを報じた。記事は総じて仁村に同情的で、あかつき銀行の偏った経営を不安視するものが多かった。

週刊誌に記事が出た頃、仁村は、ＪＲ新宿駅西口の高層ビルに入居しているゴールド住建本社の副社長室で、デスクに積み上げた資料に目を通していた。

（なるほど……資金繰りは予想した通り、火の車だな）

ワイシャツにネクタイ姿で、時おりメモをとりながら、資料のページを繰る。

ゴールド住建は、仕入れた資材の代金支払い、人件費その他の経費の支払い、銀行借入れの返済などを、新規に受注した契約の代金でなんとか賄《まかな》う自転車操業が、ここ数年続いていた。

仁村は、法務部が作成した顧客からのクレームの状況についての資料のページを繰る。

（それにしても、顧客からのクレーム件数が、異常に増えている……。要は、無理の上に無理を重ねないと、もはややっていけないということか）

楽観的な収益見通しの事業計画書を持ってきてアパート建築を勧めた、嘘の相続税対策を説明した、家族の立ち会いなしで判断力の覚束《おぼつか》ない高齢者と契約を結んだ、安い材料を使ったため雨漏り・騒音・外壁崩落等の不具合が多発している、管理を請け負っている戸数に見合った人員が配置されていないためアパートが汚くなっている等、様々なクレームや損害賠償訴訟が発生していた。

（最大の問題は、やはりサブリース契約か……）

クレームが一番多いのがサブリース契約がらみだった。五年たった時点で突然家賃を下げられたが、そんな説明は受けていないし、下げられると銀行ローンの返済ができなくなると、怒り心頭に発している顧客が大勢いた。

またアパート建築契約にあたって、あかつき銀行の行員が一緒に勧誘しているケースが多く、「銀行に騙された」「抱き合わせで高金利のフリーローンや仕組み債をやらされた」という苦情も多数寄せられていた。あかつき銀行の支店では、予想した通り横浜の日本大通支店が扱った案件が圧倒的に多かった。

「ふーっ……」

仁村は、資料から顔を上げ、思案する表情で、そばの大きな窓のほうに視線を向ける。

高層階の窓の向こうには、東の方角に向かって地平線が開け、左手に池袋のサンシャインシティ、右手に東京スカイツリーがおもちゃのように小さく立っている。

仁村は、黒須に退任を申し渡されてからしばらくの間、多少自分の節《せつ》を曲げてでも、あかつき銀行の創業家支配という組織文化に生き方を合わせ、内部から改革を目指すべきではなかったかと自問した。しかし、今はもうその思いも消え、ゴールド住建の再建だけを考えていた。

眼下に視線を落とすと、ビルの谷底を、蟻《あり》の群れのような無数の人々や、自動車、バスが行き交っていた。その雑然とした風景が、ゴールド住建が陥った混沌とした状況に重なってみえた。

翌週——

副社長室のドアがノックされた。

「失礼します」

法務部の四十歳くらいの男性社員がドアを開けた。その後ろに、段ボール箱を積み上げたキャリーカートを押した男女の社員たちが続いていた。

「おお、ご苦労さん。そのあたりに置いてくれるかな」

「かしこまりました」

男女の社員たちは、キャリーカートを押して室内に入り、数十の段ボール箱を、次々と床の上に積み上げていく。

間もなく、人の肩の高さほどの段ボール箱の柱が十以上できた。

「こちらでよろしいでしょうか？　だいぶありますが」

法務部員らしく手堅そうな風貌の男性社員が訊いた。

段ボール箱で室内の床の四分の一ほどが埋め尽くされた。

「うん、大丈夫だ。しかし、たくさんあるなあ！」

「はい……訴訟案件が非常に多くなっておりまして……。こちらが各案件の内容です」

男性社員がいいづらそうに答え、仁村に一冊のファイルを手渡す。

「オーケー。それじゃあ、四、五日お借りするよ。もし訴訟手続きなんかで必要なものが出てきたら、いつでも取りにきてくれ」

社員たちが去ると、仁村は積み上げられた段ボール箱をみて、ため息を一つついた。

（こんなにあるのか！　会社が暴走してきた証拠だが……こんな状態になるまで、ほっぽらかしとは！）

段ボール箱は、現在、訴訟になっている案件の書類一式だった。それぞれの箱に、番号、訴訟の相手方の名前、裁判所名、訴訟が提起された日付などを記入したラベルが貼られていた。

（成り上がりの住宅メーカーの経営者のレベルっていうのは、所詮、この程度ということか）

やれやれという気分で、箱の一つを開け、書類を取り出し、コーヒーテーブルの上に置く。

ゴールド住建の顧客が、営業担当者に騙されて契約し、あかつき銀行から不正な手段で融資をされたと主張し、損害賠償を求めている民事訴訟の書類一式だった。

訴状、双方の準備書面、契約書、建築確認書、設計図、事業計画書などのほか、裁判で原告・被告双方から提出された証拠書類のコピーの分厚いファイルなどが入っていた。

仁村はソファーにすわり、それらを一つ一つ検《あらた》めていく。

（あかつき銀行関係の書類も多いな……）

原告（顧客）から、あかつき銀行のアパートローンの申込書、契約書、預金通帳、資産証明書、団体信用生命保険の加入申込みのための健康診断書のコピーなどが書証として提出されていた。

（むっ、なんだ、これは⁉）

手にした、あかつき銀行関係の書類のコピーを凝視した。

（これは、改ざんじゃないか！　こんな書類で、融資をやったのか⁉）

仁村は、原告の準備書面を手に取り、その書類についての説明を読む。

そこには、書類が行員によって偽造されたという主張が書かれていた。

準備書面には、それ以外のアパートローン関係の書類も、多くが偽造されたものだと書かれている。

急いでそれらの書類のコピーに目を通すと、確かに原告のいう通り、偽造されたとしかいいようがない代物だった。

（なんということだ！　考えられん……！）

慌てて別のいくつかの段ボール箱の書類も取り出し、銀行関係の書類のコピーに目を通す。

やはり同様に、改ざんされたり、債務者や保証人と異なる何者かの筆跡で書かれたものが多い。

しかも、ほとんどの案件で、フリーローンや仕組み債が抱き合わせで販売されていた。フリーローンの金で仕組み債を買わせるという、きわめて悪質なものまであった。

（これは、いいわけのしようがない……。こんな案件を裁判で争っているのか⁉）

倫理観どころか、恥も外聞もかなぐり捨てた対応としかいいようがない。

「うーん……」

仁村は、衝撃を受けた頭で、どう対処すべきか懸命に思考を巡らせた。

同じ時期――

北川とトニーは、ニューヨークにいるホッジス、グボイェガとウェブミーティングを持った。例によって日本は夜の遅い時刻、ニューヨークは朝である。

「……あかつき銀行を買い上がってる仕手の動きは相変わらずなのか？」

肩幅の広いがっしりした身体に、襟の付いた茶色のセーターを着たホッジスがいった。

あかつき銀行の株価は、仕手筋と思われる買い手の登場以来、じりじりと上げ、現在は、三千四百円台になっていた。

「一応、ＳＥＳＣ（証券取引等監視委員会）には情報提供したが、まだ摘発の動きはない」

スターバックスの黒いマグカップで、眠気ざましのコーヒーを口に運び、北川がいった。

銘柄はブラジルのサントスで、酸味、苦みのバランスがとれ、香り高く、落ち着きのある王道の味わいである。

「最近の仕手は巧妙で、発注する証券会社を分散したり、買う時期をずらしたり、複数のペーパーカンパニーを使って大量保有報告義務を回避したりするらしい。株価操作なのか、株の上昇に気をよくした単なる投資なのか、わからないように偽装するから、なかなか捕まらないようだな」

池袋のマンションにいるトニーがいった。

「うーん、このままで大丈夫かなあ？」

ニューヨークの朝日が差し込む自宅の書斎にいるグボイェガがいった。

百万株カラ売りしたパンゲアは約六億五千万円、七万株カラ売りしたトニーは、約四千五百五十万円の含み損状態である。

「俺は大丈夫だと思う」

青山のマンスリーマンションにいる北川がいった。

「仕手っていうのは、所詮、金のない連中で、どっかから金を引っ張ってきている」

「あかつき銀行ってことか？」

「可能性は大だ。もしそうなら、あかつき銀行が金を出せなくなったら、仕手筋は資金が枯渇して、株を持ち続けられない」

画面のなかの一同がうなずく。

「そもそも連中は、いつまでも買い続けるわけじゃない。提灯買いを誘って、高値で売り逃げするのが狙いだ。基本的に、仁義もへったくれもない」

仕手というのは、元々資産も学歴もなく、野心だけが旺盛で、一攫千金を夢見て株式市場にやってきた連中だ。前科者など、脛《すね》に傷を持つ者や、政治家の資金集めの別動隊も少なくない。機をみるに敏で、他人を出し抜くのが彼らの生き方だ。

「仕手の買いは、いつか剝《は》がれる。今のあかつき銀行に、本当に株価が上がるようなファンダメンタルズの強さはない。俺たちは、俺たちの見立てを信じて、動じることなく、カラ売りを維持するべきだ。今、大事なのは、自分を信じることだ」

7

翌年四月下旬——

あかつき銀行日本大通支店二階の預金や為替のカウンターは、窓から差し込む港町独特の明るく開放的な陽光を浴びていた。

しかし、全員がマスクを着けた行員たちの表情に笑顔は少ない。

カウンターの向こうで仕事をする行員たちのデスクは、つい先月まですべて顧客のほうを向いていたが、今は左右に九十度回転して互い違いに配置され、プラスチックの衝立《ついたて》で物々しく仕切られている。

フロアーで働く行員の数は以前の半分で、残り半分は徒歩七分ほどの別の建物で働いている。そこは取引入力用のパソコンとプリンターだけが置いてある、急場しのぎのサテライト・オフィスだ。

昨年十二月、中国湖北省武漢市で発見された新型コロナウイルスが世界を席巻していた。

欧米では軒並みロックダウンが実施され、英国では、南西部のエクセターを拠点に国内外五十六都市に就航していた航空会社フライビーが三月五日に破産を申請、同十七日には老舗衣料・家庭用品メーカー、ローラアシュレイ（従業員約二千七百人）が経営破綻、ヴァージンアトランティック航空は、貨物便のみを運航し、英国政府と五億ポンド（約六百六十億円）の借入交渉中である。

日本国内でも、これまで一万四千二百八十一人が感染し、コメディアンの志村けんのほか、女優の岡江久美子《おかえくみこ》、外交評論家の岡本行夫《おかもとゆきお》ら、四百三十二人が死亡した。

まだワクチンもなく、治療方法も手探りのウイルスに対し、職場や学校ごとに対策がとられ、あかつき銀行でも本店総務部が対策を立案・実施していた。職場の人数は半分に減らし、職種上可能な人間は在宅勤務とし、行員の食堂では一人一人の席をパーティションで仕切って黙食とし、感染者が出た場合は、職場の上司が家族の分も含めて感染経緯を徹底して聴き取り、総務部に報告していた。

顧客訪問ができなくなったため、外回りの営業マンたちは、電話で営業をしたり、急に多忙になった融資係の仕事を手伝ったりしていた。

柳悠次は、取引先係や融資係が執務している三階の一角にある支店長室で、デスクのフラットスクリーンに開いた融資の稟議書と、デスクに積み上げた取引先別ファイルに目を通していた。

新型コロナ禍によって、飲食業や旅行・ホテル業を筆頭に、製造業、卸売業など、売上げが急減した取引先から、融資の申し込みが殺到していた。政府は日本政策金融公庫に新型コロナ関連の特別融資枠を設け、民間金融機関からも実質無利子・無担保の「ゼロゼロ融資」を受けられるようにするとしているが、後者については、早くても来月半ばからの実施となる見込みだ。

柳はタバコの煙をくゆらせながら、スクリーンの稟議書と、厚さが三、四センチある取引先別のベージュ色の厚紙のファイルに素早く目を通していた。ファイルには、過去の稟議書、決算書、その他の資料が綴られたり、収められたりしている。

融資を承認するアイコンをクリックするものもあれば、もう少しここを調べたり、この点を交渉せよという指示を付け、差し戻しのアイコンをクリックする案件、なんの指示もせず、ただ差し戻すだけの案件もある。

「おい、稟議書みおわったから、ファイルを取りにきてくれ」

数十冊の閉じたファイルを目の前に、スピーカー式にした電話で融資の係長を呼んだ。

「失礼します」

いかにも融資マンという感じの、真面目そうな中年の男性行員が部下と一緒に部屋に入ってきて、柳のデスクの上の数十冊のファイルを二人で手分けして抱える。

「稟議書はすべて、みりゃわかるようにしたから」

相変わらず酒で目の周りを赤っぽくした柳がぶっきらぼうにいった。

たとえ信用保証協会の保証付き融資で、回収が一〇〇パーセント確実な案件でも、柳は、取引先に見込みがないと判断すれば、「倒産させて、即刻回収」「社長の個人資産を押さえ、期限の利益を喪失」「預金と相殺」といったメモを付け、新規の融資を否決していた。

コロナ禍になって、本来、倒産すべき企業でも、政府系金融機関の融資、保証協会の保証付き融資、雇用調整助成金などによって「ゾンビ企業」として生き永らえているケースがあった。柳は、鋭い企業分析力で、それらをみわけ、焦げ付きが出る前に引導を渡していた。

融資係長らが退出すると、柳はデスクのキーボードを叩き、株式相場の状況をチェックする。

（まずいな……）

スクリーンに示された日経平均株価のチャートをみて、舌打ちした。

降って湧いたような新型コロナ禍で、一月末に二万三二〇五円だった日経平均株価は、三月十九日には一万六五五二円を付け、約二九パーセント下落し、米国のナスダック総合指数も同時期に九千百五十ドルから七千百五十ドルへと約二二パーセント下落した。

そのため日本大通支店が販売したEB債の大半がノックインした。対象株式の株価が、償還期限までに当初価格まで回復すれば、顧客は損失を免れるが、日経平均株価はまだ二万円に届かず、ナスダックも似たような状況だ。販売したEB債は、満期が半年とか一年といった短いものも多く、株価が回復しないうちに次々と償還期限が到来しており、大勢の顧客から「こんな損が出るような話は聞いていない！」と苦情が殺到していた。

デスクの上に置いたスマートフォンの着信音が鳴った。

視線をやると、横浜市保土ヶ谷区の老舗鋼材卸商の三代目の馬鹿息子、喜七郎の名前が表示されていた。ゴールド住建にそそのかされ、総額で三億三千万円を借り入れたアパートの購入手続きは、半年ほど前に完了していた。

「柳ですが」

スマートフォンをスピーカー方式にして答えた。

「やっ、柳さん、助けてくれよお！」

喜七郎の悲鳴が流れてきた。

「アッ、アパートの住人が、全員出ていったんだよお！」

(ほーう、もうやったのか。相変わらず、急ぎ働きだな)

柳は苦笑を浮かべる。

喜七郎が買ったアパートは、住人が全員生活保護の受給者で、相場より高い家賃で入居していた。

高収益物件にみせかけるため、ゴールド住建がよく使う手だ。購入手続きが済むと、住人を一斉に退去させ、別のアパートに移らせ、今度はそちらを高く売りつける。ゴールド住建は、生活保護受給者を百人以上確保しており、家畜の群れのように、アパートからアパートへと移動させていた。

「柳さん、なんとかしてくれよお！　新たな入居者の募集をかけても、全然入ってくれないんだよお」

「そうですか。まあ、今、アパート経営も競争が激しくなってますからねえ。多少賃料を下げないと、新たな入居者はみつからないかもしれないですね」

しれっとした口調でいった。

「しかし、家賃を下げたら、返済ができなくなるでしょう？　なんとか助けてもらえませんか？」

喜七郎は涙声で懇願する。

（この男はこうやって、親に甘えて生きてきたってわけか……）

その両親はもうおらず、頼りにしていた専務も高齢で会社を去り、赤ん坊のような喜七郎は、世間の荒波のなかに放り出された。

「助けろといわれてもねえ……。うちは銀行なんで、アパート経営に関して、できることはほとんどないんですよ」

「返済を一時的に棚上げするとかさあ、金利をゼロにするとかさあ、なにかできるでしょう？」

（馬鹿か、こいつは！　お前みたいに甘えた人間に、そんなことをやる銀行が、どこにある）

「昨日も小西の舎弟とかいう男がうちにきて、ドスをちらつかせて、早く返済しろっていうんですよ。もう怖くて、怖くて」

喜七郎はアパート購入資金のうち一億三千万円を、小西という名の、毒蛇のような風貌の闇金業者から借りていた。

「まあ、ああいうところから借りたら、そりゃあ、そういう男もくるでしょう」

柳は、他人事のようにいう。

去年の夏、新横浜プリンスホテルで会った小西が、「俺から一億三千万を借りるってことが、どういうことかわかっているのか？」と二度も念押ししたのは、返せなければ命がないという意味だった。

「頼むよ、柳さん。このままだと、全然返済できなくなるよ。銀行さんだって、困るでしょう？」

（ふん、脅してるつもりか？）

「喜七郎さん、大丈夫ですよ。返済は必ずできます」

「えっ、ほんと!?　どうやって？　どうやって、返済するの!?」

「融資のとき、生命保険に入ったでしょう？　あれ、一年たったら自殺でも保険金が下りますから。あれできれいにすれば、いいんですよ。……あなたの人生と一緒に」

「ぐっ、ぐええっ……！」

喜七郎が、断末魔のような呻《うめ》き声を上げた。

（ふっ、また一人、死人が出るか）

柳は冷笑を浮かべ、通話終了の赤い受話器のアイコンをタップした。

その晩——

渋谷区神宮前二丁目の賃貸マンションの事務所で、北川とトニーが、それぞれのデスクのフラットスクリーンで、テレビのニュースをみていた。

「……そういう次第で、我々は、あかつき銀行に対する元利金の支払いを停止しました」

記者会見席で、何本ものマイクを前に、五十歳くらいの男性が話していた。

「あかつき銀行被害者連絡会」の世話役のサラリーマンである。しっかりした感じの人物だが、前例のない重大な決意をして、緊張している様子もみられる。

「あかつき銀行のアパートローンでは、行員が書類の偽造など、様々な不正に手を染めており、我々はそうした違法なローンを返済する義務はないとの結論に至りました」

かたわらには、「被害者連絡会」の顧問弁護士がすわっていた。年齢は七十歳すぎで、細面に大きなフレームの眼鏡をかけている。

「我々は、本件に関して、あかつき銀行を何度も訪問し、善処を求めてきました。しかし、銀行側から、責任者である黒須頭取や鎧沢専務が話し合いに出席することもなく、被害者が高値摑みをさせられた担保物件の査定手続きを明らかにすることもなく、行員が書類を偽造した経緯を調査することもしません。要は、弁護士を前面に立て、のらりくらりと躱《かわ》すことに終始してきたわけです」

男性の顔が、怒りで赤みを帯びる。

「うーむ、こりゃあ、さすがに腹立つよな」

北川の向かいのデスクにすわったトニーがいった。

「ところで、クレジットカードのほうは、大丈夫だったのか?」

北川が訊いた。

ローンの元利払いを止めると、通常は信用情報機関に情報が行き、クレジットカードが使えなくなる。

「その点は、顧問弁護士が、『債務者たちは金がないから払わないのではない。不正な融資だから払わないのだ。支払能力と関係がない不払いだから、信用情報機関に通報するのはおかしい』と、あかつき銀行に強硬に申し入れて、防いだそうだ」

「ふーん、なるほど……。やっぱり力のある弁護士が付くと、違うもんだなあ」

「被害者連絡会」の顧問弁護士は、ダグラス・グラマン事件を筆頭に、平和相互銀行事件、リッカーミシン事件、ライフ・忠実屋・いなげや仕手戦、つぼ八乗取り事件、国際航業仕手戦、イトマン事件など、数々の経済事件を手がけてきた辣腕法律家だ。

「銀行は、期限の利益喪失の宣言も見合わせてるそうだ。やると、争いが泥沼化するからな」

トニーの言葉に、北川がうなずく。

「しかし、おあつらえ向きの展開になってきたじゃねえか」

トニーがにやりとし、北川もうなずく。

「あかつき銀行の貸出残高が約二兆九千億で、そのうちアパートローンだけで一兆四千億円もあるからな」

北川が別のスクリーンに表示した、あかつき銀行の直近の決算の数字をみていった。

「仮にアパートローンの四分の一でも元利払い停止で不良債権化したら、二千四百億円の自己資本なんか、一発で吹っ飛ぶぞ」

「まったく、債務者の反乱ってのは、怖いよな」

「うむ。そもそも、二兆九千億円の貸出しの約九割の二兆六千億円が、個人向け不動産融資っていう資産構造自体が異常なんだけどな」

個人向け不動産融資とは、住宅ローンとアパートローンの合計である。

「ここまで来ると、もう銀行じゃなくて、バブルの頃にあった住専（住宅金融専門会社）だよな、かっかっか」

「まあ、仕組み債も売る住専ってとこだな」

パンゲアは、過去一年間であかつき銀行が販売したEB債二十数銘柄を調査し、同行の四半期ごとの決算やプレスリリース、幹部の発言などをもとに、どの銘柄がいくらぐらい販売され、新型コロナ禍による日米の株価下落でどれくらいの債券がノックインし、顧客に損失が生じるか推計しているところだ。

「しかし、あかつき銀行のEB債は、対象株式が、アメリカの新興自動車メーカーとか、医薬品メーカーとか、胡散臭いテック企業ばかりじゃねえか。よくこういう節操のない仕組み債をつくるよな」

「まあ怪しげな会社ほどボラティリティ（株価の変動度合い）が高いからなあ」

オプション料（オプションの値段）は、金融における二十世紀最大の革新といわれ、ノーベル経済学賞の受賞理由になった偏微分方程式「ブラック－ショールズ・モデル」によって算出される。算出のために投入される変数は、①オプションの行使可能期間、②対象となる資産（株式等）の市場価格、③ストライクプライス、④キャリーコスト（オプションを持ち続ける費用）、⑤対象となる資産のボラティリティ（価格変動性）の五つである。ストライクプライスが市場価格に近ければ近いほど、オプションの行使可能期間が長ければ長いほど、対象資産のボラティリティが高ければ高いほど、オプション料は高くなり、顧客からふんだくれる金額も大きくなる。

「いずれにせよ、こうなると、世論に火が点くかもな」

「流れとしては、非常にいいよな。もうちょいだぜ」

翌週――

大手町にあるメガバンクのディーリング・ルームでは、いつものようにルルルーン、ルルルーンという電話の低い呼び出し音や、キーボードをカチャカチャ叩く音のなかで、大勢のディーラーやアシスタントたちが働いていた。

フロアーの端から端までずらりと並んでいるディーラー用のデスクには、それぞれ二段重ねで六〜八面のフラットスクリーンが、デスクの主を左右から取り囲むように備え付けられている。天井近くには、大きな横長の電光掲示板があり、各国の株式相場、外国為替相場、日本国債や米国債の金利、ニュース速報などを右から左に、黒を背景に草緑色の文字で流している。

大きな窓の青みがかったガラスの向こうには、隣の高層ビルの壁面が迫っていて、空中に浮かんでいるように錯覚させる。コロナ禍前と違っているのは、働いている人員が以前の三分の二程度で、各人のデスクの間にアクリル板のパーティションが設けられていることだ。もちろん全員がマスク着用である。

「……おい、あかつき銀行への資金放出（預金）って、どうなってる?」

マスクを着け、ボタンダウンのワイシャツを着た男が、金融機関同士の資金の貸借などを扱うマネー・ディーラーのところにやってきて、訊いた。

「えっ、あかつき銀行ですか？　えーっと、今はないと思いますけど……」

マスクを着けた三十歳すぎのディーラーは、キーボードを叩き、ポジションを確認する。

金融機関は、コール市場（短期金融市場）を通じて、別の金融機関に余資を預けたり、逆に足りなくなった資金を借り入れたりしている。期間は一日（翌日物）が中心で、一ヶ月を超えるような取引は少ない。金融のプロ同士が、担保をとらず、貸し借りをする市場だ。

「今（あかつき銀行への資金放出は）、ゼロですね」

スクリーンでポジションを確認し、マネー・ディーラーがいった。

「オッケー、当面あそことはやるな」

「えっ、そうなんですか⁉　結構ヤバくなってるんですか？　確か、二、三日前に、カラ売り屋がレポートを出して、株価が暴落してましたけど」

パンゲア&カンパニーが、〈仕組み債を売る現代の住専、あかつき銀行は破綻確実〉という売り推奨レポートを発表し、株価が三日連続のストップ安に見舞われていた。アパートローンの債務者の元利払い停止で、自己資本が飛ぶ可能性があり、大量に販売したEB債も、日米の株価暴落で軒並みノックインし、顧客からの苦情殺到で、信用不安に拍車がかかるとしていた。

これに対し、あかつき銀行は、専務の鎧沢が記者会見を開き、「被害者連絡会」のメンバーの借入れは、約三万七千件あるアパートローンのうちの百三十件程度にすぎず、銀行の経営を揺るがすようなものではなく、EB債は、顧客からリスクについて了解した旨の書面を徴求しており、法的問題は一切ないと反論した。またパンゲアを風説の流布で証券取引等監視委員会に再度告発し、名誉毀損と損害賠償の訴えを起こすと宣言した。

一年半前にパンゲアが二千七百五十円でカラ売りした同行の株価は、コロナ禍の影響もあって、半値以下の千百八十円まで下落していた。

「実は、今、ゴールド住建で、不正な営業に関する第三者委員会の調査が行われているんだ」

マネー・ディーラーの上司の男がいった。

「え？　あかつき銀行じゃなくて、ゴールド住建ですか？」

「うむ。そのなかで、あかつき銀行が、ゴールド住建と結託して、様々な不正をやってるのが明らかになってきてるらしい」

「えっ、そうなんですか!?　そりゃ、ちょっとヤバいかもですね」

「そうなんだ。下手すりゃ、信用問題になって、資金繰りに影響が出る可能性もある」

「うーん……。だったら、マーケットから多めに資金を取っとくようにします」

「そうだな。ここしばらくは、そんな感じでいくのがいいだろう」

上位地銀であるあかつき銀行の信用不安説が流れたりすると、一九九七年に三洋証券、北海道拓殖銀行、山一証券が連鎖破綻した時のように、コール市場が大混乱に陥り、資金が取れなくなる可能性があった。

夏――
七月二十九日に初めて千人を突破した全国の新型コロナウイルス感染者数は、その後も千二百から千六百人で高止まっていた。地方銀行の間では、五月から始まった政府が利払いを負担し、信用保証協会の保証も付く「ノーリスク」融資の分捕り合戦が過熱し、全国の信用保証協会の保証承諾額が、五月と六月の二ヶ月間だけで、前年同期比八倍の十兆三千三百億円に達した。

あかつき銀行本店の役員フロアーにある執務室で、専務執行役員の鎧沢克己は、デスクのフラットスクリーンに映し出された、ゴールド住建の記者会見を凝視していた。

(仁村の野郎、まさかここまでやるとは……！)

両目の下の皺の多いたるみが、焦りと衝撃で一段と黒ずんでいた。

画面のなかの記者会見席に、ゴールド住建の第三者委員会のメンバーである三人の弁護士と代表取締役副社長の仁村清志が着席していた。

第三者委員会とは、企業で不祥事などが起きたとき、独立した外部の有識者が、原因究明や再発防止策の検討を行う委員会だ。

「……問題案件のほとんどに関し、購入者に対して根拠のない楽観的な採算見込みの提示、サブリースの賃料があたかも三十年間変わらないというような印象付け、極端に安い資材を使った手抜き工事、本来、物件を購入できる資力がない顧客に対するローン取り組み、といった様々な問題行為が行われていました」

第三者委員会の委員長を務めた企業法務専門の弁護士が、手元の報告書に視線を落としながら、話をしていた。七・三分けの頭髪で、端整な顔立ちだが、なんでも見通しそうなぎょろりとした両目が、腕利き弁護士の片鱗《へんりん》を感じさせる。

「そうした問題物件のすべてに、あかつき銀行が関与していました」

その言葉に、詰めかけた記者たちからどよめきが湧く。

（本当なのか⁉）

鎧沢は愕然とする。多少の不正はあると思っていたが、「すべて」というのは完全な想定外だ。

「当委員会の聴き取り調査に対し、ゴールド住建の営業担当者たちは、通常の案件は他行に持ち込み、他行では審査が通らないようなリスクの高い案件をあかつき銀行に持ち込んでいたと回答しています」

会場で驚きの声が上がり、ざわつく。

「当委員会では、デジタル・フォレンジック調査として、ゴールド住建の役付者と社員百二十九人について、電子メールサーバー上の電子メール、ＰＣデータ、アクセス可能な共有フォルダを調べました」

第三者委員会メンバーと並んで記者会見席にすわった仁村は、バンカー時代と変わらぬ隙のない眼差しで、委員長の言葉に耳を傾けていた。社内で数々の不正を発見し、徹底して膿《うみ》を出すため、第三者委員会の設置を主導したのは、仁村だった。

「調査によって、ゴールド住建の役付者・社員が、あかつき銀行の行員と共謀して行なった不正行為が非常に多くあることがわかりました」

会場の記者たちが慌ただしくメモのペンを走らせたり、パソコンのキーボードを叩いたりする。

「不正行為は、具体的に次の通りであります」

そういって委員長の弁護士は、一呼吸置く。

「第一に、物件に関する資料の偽装です。賃料収入を多くみせ、融資額や担保評価額を吊り上げるため、レントロール（物件の賃貸条件一覧表）やサブリース契約を偽装する行為が行われていました」

「第二に、売買関連資料の偽装です。実際の売買価格が、あかつき銀行に対しては売買価格の九〇パーセントとして提示されるよう、虚偽の価格を記載した売買契約書をつくったり、自己資金がない債務者に関し、預金通帳の代わりに、手付金等の領収証を偽造することが行われていました」

「第三に、債務者に関する資料の偽装です。一〇パーセントの頭金を用意できない債務者に融資を受けさせるため、通帳などの残高を改ざんしたり、収入証明書などの資料を偽造したりするほか、団体信用生命保険加入のための診断書を偽造するといったことが行われていました」

「こうした不正行為は、過去四年間で、千六百四十三件に上ることが判明しました」

（千六百四十三件⁉　そんなにあるのか⁉）

鎧沢は愕然となる。現場の実情に関心を持たないツケが突然回ってきた格好である。

「当委員会は、こうした不正行為が発生した原因を六つの観点から分析しました」

委員長を務めた弁護士は、よく通る声で続ける。

「第一に、ゴールド住建とあかつき銀行には、過剰な営業ノルマと、不正を黙認する全組織的企業風土が存在し……」

鎧沢は、めまいとともに、視界が暗くなったように感じ、やっとのことで身体を支える。発表を続ける弁護士の声が、山の谺《こだま》のように遠くなっていた。

第三者委員会の調査報告書の発表を境に、あかつき銀行の株価は歯止めなく下がっていった。

一方、ゴールド住建は、第三者委員会で不正があると認定された全案件について、顧客と和解する方針を打ち出し、必要資金を確保するため、大手住宅メーカーから資本注入を受け、傘下に入ることになった。あかつき銀行が融資している案件については、和解に伴う損失を折半するとし、あかつき銀行の態度待ちとなった。

市場は、ゴールド住建の公正な態度と仁村の手腕を評価し、百円割れ寸前まで落ちていた株価は上昇に転じ、二百円台半ばまで回復した。

七百四十円でゴールド住建株を二百三十万株カラ売りしていたパンゲアと、同じく三十万株をカラ売りしていたトニーは、百八十五円で手仕舞った。キャピタルゲインから借株料と取引執行手数料を差し引いた儲けは、それぞれ十二億五千九百八十二万五千円と一億六千二百九十六万円だった。

九月下旬――

渋谷区神宮前二丁目の賃貸マンションのパンゲアの東京事務所で、北川とトニーが、喜色満面だった。

「……はっはっはー、思い切り下がってくれるもんだなあ！」

縁なし眼鏡をかけた北川は、痛快この上ないといった表情。

目の前のスクリーンに表示された、米国の水素トラック・メーカー、トラックテックの株価チャートが、黒を背景にオレンジ色の稲妻が地上に落ちるような形を描いていた。去る六月九日に六十四ドルだった株価は、十七ドル台まで暴落していた。

原因は、三週間ほど前、パンゲアが発表した〈トラックテックはいかにして嘘の大海を米国最大の自動車メーカーとのパートナーシップへすり替えたか〉という衝撃的な売り推奨レポートだ。パワートレーンのないセミトラックを坂道の上から転がした映像を完成車として宣伝するなど、トラックテックの創業社長ジェイク・トラヴィスのペテンをこれでもかとばかりに暴いた。

「まさにキル・トゥー・バーズ・ウィズ・ワン・ストーン（一石二鳥）ってやつだな、かっかっか」

向かいのデスクにすわったトニーも、愉快でたまらないといった表情。

一石二鳥は、十七世紀に英国で生まれた表現である。

「これで、あかつき銀行のダメージも決定的だな」

あかつき銀行は去る六月以来、トラックテックを対象株式にしたEB債を大量に販売していた。同社の株価暴落で、それらEB債は、価値が四分の一ほどになった。トラックテックの株価はさらに下がると予想され、EB債は紙くずへ向かってまっしぐらの状態である。

あかつき銀行にEB債を売り付けられた投資家が訴訟を起こすケースも一気に増加し、新聞や週刊誌で〈あかつき銀行〝騙し〟の手口〉〈EB債爆発、笑うは銀行ばかりなり〉といった見出しで報じられ、社会問題化していた。

五ヶ月ほど前に、新型コロナ禍で千百円台まで下げたあかつき銀行の株価は、ゴールド住建の第三者委員会の報告書発表やEB債の社会問題化で、五百八十円まで下落した。

「仕手の連中も逃げ出したし、いうことないよな」

翌週――

株価下落に恐れをなした仕手筋は、雪崩《なだれ》を打って逃げ出し、買い方は雲散霧消した。

あかつき銀行日本大通支店の支店長、柳悠次は、部下の融資係長から緊急の報告を受けた。

「……ほう、喜七郎が死んだか」

支店長室のデスクにすわった柳が、デュポンのライターで、咥えたタバコに火を点けていった。

表情にはほとんど変化がなく、微かに冷笑を浮かべているようにみえる。

「はい、昨晩、自宅近くの十階建てのビルの屋上から飛び降り自殺したということです」

「遺書はあったのか?」

煙を吐き出して訊いた。

「走り書きのようなメモが屋上にあったそうです。迷惑をかけて申し訳ない、あとをよろしく頼むといった程度の内容で、筆跡は本人のものだったそうです」

「そうか」

(典型的なヤクザの殺しの手口だな……)

狙った人間をビルの屋上に連れて行き、頭に銃口を突き付けて遺書を書かせ、その後、飛び降りさせる。遺書は本人の筆跡だが、たいてい文字が震えている。

「これで、アパートローンは返済になるわけだな?」

「はい。団信に加入してから一年たっていますので、問題なく払われます」

「わかった。……行っていいぞ」

融資係長が一礼して退出すると、柳はタバコを深く吸い込み、煙を吐き出す。

(まあ喜七郎は、死んでよかった人間だ。これでもう会社が営々と築いた資産が食いつぶされることもない)

灰皿でタバコをもみ消し、喜七郎の死など歯牙にもかけない表情で、再び仕事に取りかかった。

翌月——

午前十時半から、衆議院の財務金融委員会が開かれた。

委員会室は古めかしい木の内装で、高い天井近くの壁から、永年在職議員の表彰を受けた国会議員たちの肖像画が室内をみおろしている。正面中央に少し高い議長席があり、それを頂点として、U字形に木製のテーブルが並べられ、各委員の席には背凭《もた》れの付いた立派な黒い椅子が置かれている。

「本日は、地方銀行の経営に関して、質問させて頂きたいと思います」

U字形のテーブルの左辺の中央付近に設けられた発言席で、マスク姿の日本共産党の議員が話し始めた。年齢は六十歳くらいで、眼鏡をかけ、真面目な公務員かサラリーマンといった風貌の男性だった。大学で自治会活動に携わり、卒業後、労働組合書記や市議会議員などをへて、六年前に国会議員となった。

「銀行が顧客本位の経営をしているかどうかは、国民の重大な関心事であります。しかしながら、昨今、地方銀行の証券子会社が販売した仕組み債で、数十万円、数百万円、あるいは数千万円の損失をこうむったということで、投資家から金融庁に対し、多数の苦情が寄せられているということです。仕組み債について、これはどういうものなのか、簡単に説明して頂けますか?」

室内の右手奥にある政府側の席から、金融庁の局長が立ち上がり、すぐ目の前の答弁席へと向かう。

「仕組み債というもの、様々なタイプがございますが、一般的には、債券というふうにいっておりますけれども、デリバティブ等の損益を組み合わせる形で、値上がり、値下がり等が顧客に帰属する、やや複雑な商品であるというようなことでございます」

細身で額が広く、細いフレームの眼鏡をかけた学者ふうの局長は、時おり発言席の議員に視線をやりながら、癖のない率直な口調で答える。

「よくわからないんですけれども、リスクは高いんですよね？」

共産党の議員が、再び質問する。

「そうであれば、当然、他の金融商品に比べても、特に丁寧な説明が求められると思うんですが、苦情や相談が多数寄せられている状況から判断すると、商品性を十分に理解しないまま仕組み債を購入している例が少なくない。金融機関側の説明が不十分であることが窺われる。こういうことがいえると思うんですが、今、金融庁は、この仕組み債の問題、どう考えているんですか？」

紺色のスーツ姿で、首からＩＤカードを下げ、マスクを着けた金融庁の局長が、再び答弁席に向かう。

「金融庁と致しましては、金融機関における仕組み債の販売管理体制について、例えば、顧客の投資方針や投資経験等を適切に把握して、それに見合った販売・勧誘を行なっているのか、リスクやコストについて、顧客にわかりやすく十分な説明を行なっているのかといった点について、モニタリングを行なっております。なかにはこうした体制が不十分な事例も把握しておりまして、その場合には、経営陣と改善に向けた対話なども行なっているところでございます」

「今、仕組み債の販売管理体制について、金融庁はモニタリングを行なっているというご回答がありました」

ノーネクタイで、上着の左の襟にバッジを付けた男性議員が再び発言する。

「ところが、新聞や週刊誌で、このような事例が報道されているんです」

そういって、手にした資料を出席者たちにみせるようにしてから視線を落とす。

「一つ目は、あかつき銀証券の事例ですが、神奈川県の七十代のご婦人に、額面五百万円のEB債を販売した。ところが対象株式であるアメリカのトラックテック社の株価が暴落したため、元本の七割が吹き飛んだと。二つ目は、やはりあかつき銀証券が、東京都の六十代の元公務員の男性に、アメリカの新興医薬品メーカーを対象株式にしたEB債を販売し、元本の六割、金額にして四百二十万円を毀損した」

政府側の席の最前列で、グレーのスーツ姿の財務大臣が、手にした資料をめくりながら質問を聞き、隣に財務副大臣と政務官の二人の国会議員、背後に金融庁や財務省の役人たちが控えていた。

「三つ目ですが、千葉銀行と傘下のちばぎん証券、提携先の武蔵野銀行が、投資経験のない人に仕組み債を販売したり、定期預金の代わりに勧めたり、低リスクの投資を望む多数の顧客に高リスクの仕組み債を販売していた事例が多数あったと。こういう報道がなされています。今しがた、金融庁はモニタリングをしていると説明がありましたが、こういう報道をみると、不十分ではないかという懸念を抱かざるを得ません。金融庁は、こういった事例に対し、どのように対処されるつもりなのか、説明をして頂けますか？」

金融庁の局長が再び答弁席に立つ。

「ただ今ご指摘がありました事例に関しましては、今後、再発防止や経営陣の責任の明確化のための業務改善命令の発出等、監督官庁として適切に対処していきたいと考えているところでございます」

そういって軽く一礼し、参考人席に引き揚げる。

「しっかり対処して頂きたいと思います。……次に、やはりあかつき銀行がからんでいる別の問題について、質問させて頂きます」

共産党の議員は、手にした資料のページをめくる。

「ゴールド住建とあかつき銀行が引き起こしたアパートローンの問題ですが、被害者が数千人という大規模なもので、大きな社会問題になっているところです。サブリースで家賃を三十年保証するといって、アパートを建てさせ、五年たったら家賃を一方的に引き下げる。引き下げに応じなければ、賃料は一切払わない。こういうやり方で、ゴールド住建は業容を急拡大してきました。オーナーの大半は普通のサラリーマンです。あるいは土地を持っている農家や自営業者です。これらオーナーの多くが、あかつき銀行から融資を受け、一棟あたりだいたい一億五千万円くらいのアパートを建築しています。賃料が一円も入らなくても、毎月七十万円くらい返済せねばならないと。先日、被害者の皆さんからお話を聞きましたけれども、もう心中するか自己破産するしかないと」

そういって、共産党の議員は、政府側席の最前列にいる財務大臣に視線を向ける。

「財務大臣にお伺いしたいと思いますが、金融庁自身は、アパートローンの拡大に警鐘を鳴らしていました。一方、金融庁長官は、この間、あかつき銀行を評価する発言をしています。三年前の五月の講演で『あかつき銀行は、不動産関連ローンや仕組み債など、個人向け商品に特化し、地銀の新しいビジネスモデルをつくった』と絶賛していました。大臣にお伺いしたいのは、金融庁は、あかつき銀行の高い収益は、サブリースという甘い言葉でオーナーを巻き込んだアパートローンから生じていたという実態を把握されていたんじゃないですかということです」

財務大臣が政府側の席から立ち上がり、答弁席へと向かう。

「この報道というもの自体は承知しておりますけれども、ご存じのように、これは個別金融機関にかかわることですので、ちょっとコメントは差し控えさせて頂きます」

グレーのスーツを着て、洒落た水色のネクタイを締めた八十歳の財務大臣は、答弁席の机に両手をつき、少し前屈《まえかが》みで、マスク越しに浪曲師のような渋い声で話す。首相経験者だが、漫画ばかり読んでいて、難しい漢字が読めないので、答弁書は大きな文字で印刷され、漢字にはすべてルビが振ってある。

「その上で、一般論として申し上げますけれども、金融機関においては、いわゆる顧客の信頼を損ねることがないよう、利用者保護とか法令遵守といったことは、これは当然のことであると考えております」

「金融庁が摑んでいなかったはずはないと思うんですよね」

再び発言席に立った共産党の議員が追及する。

「配布資料をみて頂きたいんですが、裏面に資料の二、あかつき銀行の融資の実態というのがありますが、本当に恐ろしいものです」

出席者たちは、一斉に手元の資料をめくる。

「これは通帳のコピーで、これも改ざんなんですね。実際の通帳は六百万円の預金なのに、銀行から被害者の方が取り寄せたら、残高が二千六百万円。二千万円も増えていたということがありました。これは通帳だけじゃないんですね。確定申告書も改ざんされています。六百九十一万円の給与が千九十万円に改ざんされている。こういう資産状況の改ざんというものがいっぱいあった」

共産党の議員は、資料をかざして力説する。

「さらにおかしいのは、オーナーの皆さんが購入したアパートというのは市場価格に比べて無茶苦茶に割高なんですね。倍というケースもあります。その割高な建築コストを手にしたゴールド住建が、社員やあかつき銀行の行員にキックバックを払っている。ですから、オーナーが追い詰められて、建物を売っても、多額の負債が残るというのが、今の状況です」

雄弁家の議員は、身ぶり手ぶりたっぷりで委員たちに訴える。

「さらに、これもひどい話なんですけれど、アパートローンを借りる際、利率七・五パーセントという極めて金利の高いフリーローンを一千万円、これを抱き合わせで契約させられていると。しかもその一千万円で仕組み債を買わされた、あるいはデリバティブの付いたハイリスクの仕組み預金に投資させられたと。要は、二重三重に顧客を搾取するという、本当にひどい状況があるわけなんです。特に、横浜にある、あかつき銀行日本大通支店で、こういうことが何百件も行われている」

そういって議長席横の政府側の席の人々に視線を向ける。

「ちょっと金融庁に確認しますけれども、アパートローンのような融資の際に、フリーローンを抱き合わせで契約させるというのは、これは独禁法の優越的地位の濫用にあたる。はっきりしてるんじゃないですか?」

政府側の席から、金融庁の局長が立ち上がり、答弁席へと向かう。

「お答え申し上げます。委員ご指摘の独占禁止法および銀行法におきまして、優越的地位を不当に利用し、取引の条件または実施について、顧客に対し不利益を与えてはならないと規定されています。我々の監督方針におきましても、この優越的な地位の濫用など、正常な取引慣行に反する不適切な取引の発生をどのように防止しているかといった観点から、金融機関に対し、適切な体制整備を求めているところでございます」

紺色のスーツを着て、青の柄物のネクタイを締めた局長は一礼し、政府側の席に戻る。

「財務大臣にもお伺いしたいと思いますが、あかつき銀行の融資の実態、やってる中身について、被害者からお伺いした内容をお伝えしましたけれども、こういう優越的な地位の濫用、過剰な融資、杜撰な、でたらめな審査体制、これは極めて問題だと思いますが、財務大臣のご見解をお伺いしたいと思います」

政府側の席から財務大臣が立ち上がり、答弁席へと向かう。

「繰り返しになりますけれども、あかつき銀行等々、個別の金融機関に関しては、これはちょっとコメントを差し控えさせて頂きますが、今、局長のほうから申し上げたように、一般論として、金融機関の業務運営というのは、これは適切に確保するという観点から、必要な場合におきましては、銀行法上、報告徴求命令とか立入検査といったものを活用して、わたしどもとしては対応させて頂きますが、仮に問題が認められた場合には、当該金融機関に対して、必要な改善策の策定、実施などを求めるということになります」

だみ声で浪花節《なにわぶし》をうなるように答弁し、軽く一礼して自分の席に戻る。

報告徴求命令は、金融庁が金融機関に対し、不適切な取引や債務超過といった経営を揺るがす問題に関し、事実関係や財務状況についての報告を法律にもとづいて求めることである。

共産党の議員が再び発言席に立つ。

「個別の銀行のことはいえないということですが、先週末の報道では、金融庁があかつき銀行に対し、報告徴求命令を出したということがいわれております。早急に立入検査も行なって、行政指導も行なって頂きたいと思います。特に、あかつき銀行日本大通支店については、重点的に調べて頂きたい」

議員は財務大臣のほうをみながら話す。

「この問題で大事なのは、スピードだと思います。被害者の大半はサラリーマンです。そういう方たちが、多額の負債を背負って、毎月七十万円返済しなきゃいけない。本当にもう続かなくなっている。こないだ、被害者の集まりでも、あと一ヶ月、二ヶ月でわたしたちはどんどん倒れていく、自己破産に追い込まれていく、自殺に追い込まれていく、こういうお話がありました。この問題は、あかつき銀行がちょっと金利を安くする、あるいはちょっと返済を猶予する、そんな小手先のことでは永久に解決しません。早急に、抜本的な解決策を実行する必要があります」

財務大臣以下、政府側の人々をみながら、畳み掛ける。

「残念ですが、あかつき銀行のほうも、信用不安から預金の流出が始まっておりまして、日に日に体力が弱まっております。この先どうなっていくか、予断を許さない状況になりつつあります。自業自得といえばそれまでですが、彼らにはこの問題を解決し、被害者を救済する義務があります。もうあまり時間がないんではないかなというふうにも思っておりますので、早急な対策、対応を促すような方針を是非とって頂きたいと思います」

8

翌月——

北川とトニーは、日本橋川に架かる日本橋を渡ってすぐの中央区日本橋室町一丁目にあるあかつき銀行東京支店の近くにやってきた。銀座付近からでも、中央通りの彼方にみえる、九階建てのどっしりとして、モダンな外観のビルである。外壁は渋みのある黒で、窓ガラスは外からみると茶色にみえる。建築は一九六七年で、大阪万博の「エキスポタワー」などを手がけ、黒川紀章《くろかわきしょう》らとともに、社会の変化や人口の増加に合わせて都市や建築を有機的に変化させるべきという「メタボリズム（新陳代謝）」を提唱した建築家、菊竹清訓《きくたけきよのり》が設計に関与している。はす向かいは日本橋三越本店で、付近には元禄時代から続く海苔《のり》店など、老舗が軒を連ねている。

「おお、結構並んでるなあ！」

小柄な身体に、茶色い牛革のスエードのハーフコートを着たトニーがいった。

ビルの一階にあるＡＴＭコーナーから、マスク姿の数十人の列が延びていた。サラリーマンふうの人、近くの商店のオーナー、主婦と思しい女性たちなど、様々である。

「さすがにここまで来ると、ヤバいと思うんだろうなあ」

マスクを着け、モンクレールの黒いダウンジャケットを着た北川が、長蛇の列を眺めながらいう。

あかつき銀行から一ヶ月あたり一千億円の預金が流出しており、不安に感じた預金者たちがすべての支店に引き出しのために殺到していた。彼らは引き出した金を、規模が大きくて経営が安定しているメガバンクや親方日の丸の郵便貯金に預け替えたり、家で箪笥《たんす》預金にしたりしている。

「ずいぶん待ったが、ようやく火が点いたな」

トニーが、ガラス扉の向こうの店頭の様子を探るような表情で窺い、ほっとした口調でいった。

普段、嘱託の案内係の女性しかいない店頭では、スーツ姿の二人の男性行員が来店客の応対にあたっていた。高齢の男性が「退職金からなにからすべて預けているのに、いったいどうなるんだ⁉」と、激しく行員に詰め寄ったりしていた。

「『週刊近代』を読んでる人たちが、二、三人いるなあ」

北川が、列に並んでいる人々をみていった。

「週刊近代」は、男性総合週刊誌で、今発売中の号で、あかつき銀行の問題を取り上げていた。それによると、立入検査に入っている金融庁が、黒須家のファミリー企業に、あかつき銀行から多額の融資が行われていることを発見し、問題視しているという。

〈あかつき銀行が創業家の関連企業に約五百億円を融資していることがわかった。実態のない企業や経営状態の悪い企業もあり、借入金の使途に関しても不透明な点が多い。立入検査中の金融庁は、同行のガバナンスの欠如を示すものであるとして、実態の解明を急いでいる。〉

〈黒須家の関連企業は二十社以上あり、あかつき銀行はこのうち十社と融資取引を行なっている。融資残高は、今年三月末時点で約五百億円で、同行の融資残高約二兆九千億円の約一・七パーセントに相当する。〉

〈金融庁は、約五百億円もの融資実行にあたっての審査や貸出条件が適正だったかどうかを調べている。あるメガバンクの関係者は「ルールがどうあれ、創業家の関連企業に五百億円も融資していることと自体が異常だ」と話している。〉

東京支店をみたあと、北川とトニーは、あかつき銀行本店の様子もみに行った。

本店前では、アパートローンと仕組み債で被害に遭った数十人の人々が、〈不正融資無効〉〈悪徳あかつき銀行は謝罪しろ〉といった檄文《げきぶん》の幟《のぼり》や横断幕を掲げ、デモを行なっていた。

「ご通行中の皆さん、あかつき銀行の行員の皆さん！　わたくしは、あかつき銀行の違法な取引によって、深刻な被害をこうむった人たちの弁護士です」

そういって、ハンドマイクで自分の名前を名乗る。「あかつき銀行被害者連絡会」の顧問を務める七十歳すぎの弁護士だった。

「皆さん、お聞き下さい！　あかつき銀行は、この人たちを騙しました。そのせいで、彼らは、生きるか死ぬかの瀬戸際に立たされています。あかつき銀行は、悪の牙城であります！」

白髪交じりの頭髪で、細面に大きなフレームの眼鏡をかけた弁護士は、抑揚を利かせ、叫ぶように話す。間合いの取り方も絶妙で、聞いていると思わず引き込まれる。

「被害者たちは、あかつき銀行に騙されて、一人一億五千万円の借金を抱えることになりました。これまで夜も眠れない毎日をすごしてきました。あかつき銀行が書類の偽造など、とんでもない不正を働いていたことが明るみに出るまでは、本当に大変でした。精神的にも肉体的にも疲労困憊《こんぱい》し、仕事もできなくなりました。自殺を考える人たちも続出しています！」

「すごいもんだなあ！　こりゃあ、相当デモをやり慣れてるな。言葉が後から後から溢れ出てくるじゃねえか」

トニーが腕組みをしていった。

「銀行は信用商売だから、こういうデモは、ダメージが大きいだろうなあ」

北川がいった。

やがて一人の中年男性が、弁護士からハンドマイクを受け取り、自分は被害者の一人であると名乗り、話し始めた。

「ご通行中の皆さん、わたしたちは、あかつき銀行に対して、問題解決のための話し合いを求めてきました。しかし、あかつき銀行は、一切応じようとはしません。こんな銀行が、存在していてもいいのでしょうか⁉　そしてあかつき銀行の行員の皆さん、あなたがたは恥ずかしくないのでしょうか⁉」

弁護士ほど流暢《りゅうちょう》ではないが、懸命に訴える。

ほかのメンバーたちが、「どうかお力添え下さーい」「ここにあかつき銀行の悪事がすべて書いてありまーす」といいながら、通行人にビラを配っていた。


その晩――

北川とトニーは、ニューヨークのホッジス、グボイェガとウェブミーティングを持った。

「……こっちはコロナワクチンの接種が始まったから、二、三ヶ月のうちに、状況が落ち着くかもな」

柄物の長袖シャツの上に茶色い丸首のセーターを着たホッジスが、モーニング・コーヒーのマグカップを手にいった。

　去る十二月十四日、米国でファイザー（米）とビオンテック（独）が共同開発したワクチンの接種が始まった。ニューヨーク州のアンドリュー・クオモ知事は、自身のツイッターアカウントで、同州ロングアイランド・ジューイッシュ医療センターの女性看護師がワクチン接種を受ける様子を生中継し、トランプ大統領は、「最初のワクチンが投与された。おめでとうアメリカ！　おめでとう世界！」とツイートした。

「トラックテックのほうは十六ドル台、あかつき銀行は三百円台まで下がってきて、まあそっちも順調だな」

　池袋のマンションにいるトニーが笑みを浮かべる。背後には立派な木製の書棚があり、日本文学全集など、日本語の本がぎっしりと収められている。

「ようやく世論に火が点いて、あかつき銀行の取り付け騒ぎが起きた。今日、トニーと都内や神奈川県の支店をいくつかみてきたが、どこも長蛇の列だ」

　北川がほっとした気配を漂わせていった。

　あかつき銀行のカラ売りでは、なかなか世論に火が点かず、「みんながおかしいと思っているのに、メディアも報じないし、国会も問題にしない。まるでジャニーズの性加害問題じゃないか」と愚痴ったこともあった。

「まあ、取り付け騒ぎが起きたら、たいがいの銀行は終わりだろう。ましてやあかつき銀行は、資金をほとんどアパートローンで運用してるから、ダメージは甚大だろうな」

　黒のタートルネックセーター姿で、コーヒーのマグカップを手にしたグボイェガがいった。背後の壁には、ボランティアでやっているニューヨークの救急隊員の藍色のジャンパーとつばの付いた帽子がいつものように掛かっている。

銀行は預金などで受け入れた資金の一部を有価証券等で運用し、必要があれば売却して資金繰りに使う。しかし、あかつき銀行は、資金のほとんどをアパートローン等の融資に使っている（すなわち預貸率《よたいりつ》が高い）ので、余裕資金がほとんどない。

「あかつき銀行から資金提供を受けていた仕手筋は資金が枯渇して全員討ち死にだ、はっはっは」

北川が愉快そうにいった。

カラ売り屋にとって、自分の見立ての正しさが証明されることほど痛快なことはない。

「そろそろあかつき銀行も、白旗揚げてもいいんじゃないのか？」

ホッジスがいった。

「ところが、連中、今もって負けを認めねえんだ、これが」

トニーが、やれやれといった口調でいった。

「専務の鎧沢は、『不正があったのは認めるが、一連の案件は、個々に状況が違うので、個別に対応する』って姿勢を頑として変えやがらねえ」

「ふーん、往生際が悪いんだなあ。ゴールド住建が、和解にともなう損失を折半するっていってるんだろ？　まだしつこくなにかやろうとしてるのか？」

「資本注入も含めて、支援してくれるスポンサー探しを始めたらしい。このままだと預金流出で資金繰りがつかなくなるからな」

あかつき銀行の今年三月末の預金残高は約三兆二千億円なので、一年で三分の一が失われることになる。

「へーえ、みつかりそうなのか？」

「今、候補に挙がっているのは、関西系のメガバンク、旧長期信用銀行で一時国有化されたところ、それに神奈川県に本社があって、首都圏で店舗展開している家電量販店の三つだ」

北川は、それぞれの社名をいって、説明した。

「家電量販店が地銀に出資？　珍しいなあ」

ホッジスとグボイェガは不思議そうな表情。

「あかつき銀行の店舗やノウハウを活用して、家電の量販と消費者金融を融合させたいと考えてるらしい」

「まあ確かに、小売りと消費者金融は親和性が高くはあるがなあ……。しかし、ここで資本提携されると、生き延びちまうだろ？」

「そこなんだ。提携は絶対阻止しなけりゃならん。下手に金が入って、元気を取り戻すと、株価が上がるだけじゃなく、アパートローンや仕組み債の解決も遠のく」

「しかし、どうやってやる？　こういう状況って、俺たちにとって初めてだよなあ」

ホッジスがいい、グボイェガも思案顔になった。

「明日、『被害者連絡会』の弁護士に会って、相談してくる。とにかく外堀はもう埋まったから、あと一押しだ。必ず倒そうぜ」

翌日――

北川とトニーは、「あかつき銀行被害者連絡会」の顧問弁護士の事務所を訪れた。

場所はJR四ツ谷駅の近くに、周囲を睥睨《へいげい》するかのように聳えている、どっしりとした感じの三十一階建ての高層ビルで、三十数人の弁護士が所属する中堅法律事務所である。

案内された会議室は、二方向が大きなガラス張りの壁で、晴れ渡った青空から降り注ぐ冬の日差しを浴びた付近のビルや四谷の街をみおろすことができた。

「やあ、いらっしゃい」

間もなく弁護士が笑顔で入ってきた。

「いつもお世話になっております」

北川とトニーは立ち上がって頭を下げる。

「被害者連絡会」とは、主にトニーが窓口になって共闘している。

「いやあ、今日は参ったよ」

淡い青のボタンダウンシャツの上に紺のピンストライプのスーツを着た弁護士は、テーブルにつくと、ぼやくようにいった。

「どうされたんですか？」

「あかつき銀行のアパートローンの債務者の一人が、自殺した」

眼鏡を外し、ふーっとため息をつく。日頃の意気軒昂《いきけんこう》とした様子と違い、七十歳すぎという老いの気配が漂っていた。

「えっ、そうなんですか⁉」

「うん。昨日の夜中、首を吊ったそうだ。自分が死ねば、生命保険でローンが返済できて、妻と二人の子どもにアパートを残せて、家族が家賃収入で食べていけるから、それが一番だって考えたらしい」

そういって、秘書が運んできたお茶をごくりと飲む。

「まったく、なんでそんな早まったことをしてくれたのか……。もうあと一歩のところまできてるっていうのに」

白髪交じりの弁護士は無念の表情でいった。

「まあ、自殺者が出たってことで、銀行にプレッシャーをかける材料にはなるかもしれないけどね……。とはいえ、人の死を交渉材料に使うっていうのも、今一つ積極的にはなれないしね」

弁護士の言葉に、北川とトニーはうなずく。

「ところで今日お伺いしたのは、あかつき銀行のスポンサー探しのことです。あれをなんとか阻止しないと、戦いがずるずる長引くと思うので、なにか打つ手はないかと思いまして」

北川が本題を切り出す。

「それだよなあ。どうするかなあ……」

弁護士は顎を片手でさわり、思案する顔つき。

「まあ、法律的に阻止する手段はないけど、スポンサー候補の会社に、警告文を内容証明郵便で出してみるかねえ」

「どういった内容で警告するんですか?」

「債務者との紛争が解決しないうちにあかつき銀行と資本提携したりすると、今度はおたくの社員が、このややこしい不良債権の処理をすることになりますよと。そうしたら社員の士気も会社の評判もがた落ちですよと。そんな感じかなあ」

「なるほど。まあ実際、そうなりますよね」

社会問題化したトラブルを抱えた会社と提携すると、当然、そのトラブルを引き継ぐことになる。

「提携したら、おたくの会社にもデモをかけるぞとは書かないけれど、警告文を読んだら、『下手すると、うちにもデモ隊がくるかも』って、思うかもしれないね、ははははっ」

「いいですね」

北川とトニーも微笑する。

「我々のほうで、なにかできることはないですか？」

「そうねえ……。ただあんまりつるんで動いてるって思われると、よくないかもしれないから、これについては、まあこっちに任せてもらおうかな」

日本では「カラ売り」という言葉自体に拒否反応を示す人々も少なくないので、債務者グループとしては、つまらぬ批判を招きたくないということのようだ。

「わかりました。じゃあこちらは、分析レポートで、提携候補先は今後重い社会的責任と、様々な負担を強いられることになると指摘する程度にしておきます」


同じ頃、あかつき銀行日本大通支店の支店長室で、成績の上がらない営業マン二人をどやしつけていた柳悠次のスマートフォンの着信音が鳴った。

柳は、罵声を浴びていた二人の男を立たせたまま、デスクの上にあったスマートフォンを手に取る。

画面に見知らぬ番号が表示されていた。

「柳ですが」

緑の受話器のアイコンをタップして答えた。

「お忙しいところ失礼致します。わたくしは東京地検特捜部の者です」

男性検事は、落ち着いた声で名乗った。

「ちょっと柳支店長にお伺いしたいことがありまして……。今日、横浜地検のほうでお待ちしておりますので、ご足労願えませんでしょうか？」

言葉は丁寧だが、有無をいわせぬ雰囲気が感じられた。

横浜地方検察庁は同じ日本大通りに位置しており、目と鼻の先だ。

「どういったことに関して、話をお聴きになりたいんですか？」

柳は、突っ立っている二人の行員に、部屋を出て行くよう、片手で示す。

「主《おも》には、柳支店長が手がけられた仕組み債の販売とアパートローンの取り組みについてです」

二人の行員は怯えた顔で一礼し、ドアの向こうに消える。

「ほう、そうですか。……わたしは被疑者なんですか？」

「いえ、あくまで参考人として、ご協力をお願いしたいということで」

男性検事はそういったが、被疑者も最初は参考人として聴取されることが多い。

東京地検のましてや特捜部の検事が横浜までやってきて話を聴きたいというのは、よほど力の入ったヤマということなのだろう。

「そうですか。わかりました。今はちょっと取り込んでいますので、二時間後に伺いましょう」

そういって、通話終了のアイコンをタップした。

（「主には」、ということは、ほかにも聴きたいことがあるのか……？）

タバコに火を点け、しばらく煙をくゆらせながら考えを巡らせた。


翌週――

年の瀬も押し詰まり、なにかと慌ただしさが増してきていた。

新型コロナ禍のために、インバウンドや地方からの買い物客が激減し、上野のアメ横商店街は例年の五割ほどの人出だった。それでも東京や近郊の人々がマスク姿で多数訪れ、煌々ともる電球の下の蟹《かに》、カズノコ、明太子《めんたいこ》、マグロ、鮭《さけ》など、正月の料理の食材を買い込んでいた。

渋谷区神宮前二丁目の賃貸マンションの事務所で仕事をしていた北川に電話がかかってきた。

「北川です」

受話器を取ると、「被害者連絡会」の顧問弁護士の明るい声が流れてきた。

「やあ、北川さん。お世話になってます。今日はいくつかお知らせがあってね」

「なにか動きがありましたか？」

「あかつき銀行の提携候補先に出した、例の内容証明付きの警告書だけどね、一社だけ反応があったよ。旧長信銀の銀行の弁護士が、『あの手紙は恐喝だ』って苦情を入れてきたよ、はっはっは」

「それでどうされたんですか？」

「『別に問題ないでしょ？　おたくがあかつき銀行と資本提携しなけりゃいいだけの話ですから』っていったら、『うちは提携するつもりはない』っていうんだよね。ああ、じゃあ、それでいいじゃないってんで、話は終わったよ」

「そうなんですか？　あっけないですね」

北川は微笑する。

「まあ我々がデモを続ける限り、スポンサーは現れないでしょう。そもそも不正の全容がわかるまで、どこも手が出せないと思うよ」

弁護士は自信ありげにいった。

「それで二つ目のお知らせはねえ、黒須が年明けに辞任するそうだ」

「えっ、本当ですか⁉」

「金融庁の検査で、五百億円からのファミリー企業に関する融資が出てきたんで、もはや抵抗できないって考えたらしい」

「うーん、そうですか。それは大きな動きですねえ」

創業家の人間が代々トップを務めてきたあかつき銀行にとって、相当大きな地殻変動だ。

後任の頭取には、暫定的に、総務・人事部門担当の常務執行役員が昇格するという。序列では専務の鎧沢のほうが上だが、アパートローンや仕組み債を推進してきた張本人なので、後任には不適とされた。

「たぶんこれで潮目が変わるんじゃないかな。鎧沢も失脚しそうだし。そう期待してますよ」

「そうですね」

「あとそれから、今、日本大通支店長の柳悠次が東京地検特捜部の聴取を受けてるそうだ」

「えっ、特捜部の⁉　アパートローンがらみですか？」

「アパートローンと仕組み債販売に関する詐欺容疑、それから日本大通支店の山崎三千晴っていう行員の自殺に関する自殺教唆容疑だ」

「行員が自殺してるんですか⁉」

北川には初耳だった。

「うん、二年前に、横浜のベイブリッジから飛び降りてる。柳から猛烈なパワハラを受けてたらしい」

「うーん、そうなんですか……」

「まあ、ここまで社会問題化したら、検察も支店長の一人くらいは挙げたいんだろう。それをテコに、頭取・役員までいければ、なおよしってところだろうね」

数日後——
あかつき銀行を、「地銀の新たなビジネスモデルをつくった模範」と讃えていた金融庁長官が辞任した。

翌年二月——

東京の陽射しは明るくなり、淡いピンクや紅色の梅の花が、あちらこちらでよい香りを漂わせ、早咲きの河津桜《かわづ》が、八芳園（白金台）や江戸川区の旧中川沿いなど、都内各所で紫紅色《しこう》の大きな花を咲かせていた。

北川とトニーは、パンゲアの事務所から歩いて十五分ほどの三井ガーデンホテル神宮外苑の杜プレミアの一階にある「EVOLTA」という名のモダンイタリアンのレストランで昼食をとった。

天井が高く、木をふんだんに使ったスタイリッシュな空間で、米国のロッキー山脈の麓あたりにある広壮な邸宅の納屋を模したようにもみえる。全面ガラス張りの一方の壁がホテルの緑の庭に面し、借景にした神宮外苑の杜が森のなかにいるような落ち着いた雰囲気を醸《かも》し出している。

「……順調に下がってるじゃねえか」

トニーが、ミル貝とプチトマトが入ったアーリオ・オーリオ（ニンニクとオリーブオイル）のパスタをフォークで口に運びながら、左手のスマートフォンをみていった。

あかつき銀行の株価チャートが開かれ、株価が二百円を割ったことを示していた。

「勝負あったって感じだな。そろそろ手仕舞ってもいいくらいだが……」

日立牛の薪焼きステーキにナイフを入れながら、北川がいった。なかがレアの熟成肉はきれいなルビー色で、赤ワインソースが添えられていた。

数日前、金融庁が、あかつき銀行に厳しい業務改善命令を出したため、株価が地滑り的に下がっていた。

命令は、①投資用不動産担保融資（アパートローン等）、②自らの居住に充てる部分が建物全体の五〇パーセントを下回る住宅ローン、③仕組み商品販売、という三つの業務の六ヶ月間禁止を含むものだった。あかつき銀行の収益の八割から九割を占める業務を停止するという非常に厳しい内容で、こうした重い処分が地銀に科せられたのは、史上初めてだった。

当然のことながら、①法令遵守のための研修をすべての役職員に実施、②経営責任の明確化、③法令遵守と顧客保護のための業務運営態勢の確立、④融資審査・リスク管理・内部監査態勢の確立、

⑤顧客と紛争中の案件への適切な対応、⑥業務改善計画の提出、といった様々な改善策の実行も義務付けられた。

「俺たちは二千七百五十円でカラ売りしたから、たんまり儲かって、さよならしたいところだがな」

トニーがグラスの水を口に運んでいった。

「ただまあ、債務者の人たちがまだ代物弁済を求めて闘ってるから、もうちょっと付き合うか」

翌月——

あかつき銀行が、金融庁に対し、業務改善計画書を提出した。計画書では、創業家本位の企業風土を反省するとともに、営業現場でのノルマを全廃するとした。また法令遵守を徹底するため、「コンプライアンス体制再構築委員会」を設置し、外部の弁護士を委員長に迎えるとした。

さらに計画書とは別に、社内調査の結果、書類の改ざんなどに関与した行員、役付者、支店長ら百十三人を処分した。処分の内訳は、降格十八人、停職・昇給停止二十三人、減給四十一人、けん責二十九人だった。一番重い処分を受けたのは、不正な営業を主導した専務の鎧沢克己と日本大通支店長の柳悠次の二人で、懲戒解雇だった。

四月——

北川とトニーは、渋谷区神宮前二丁目の事務所のダイニングキッチンで、昼食後のコーヒーを飲みながら、テーブルの上に置いたタブレット端末で、記者会見の様子をみていた。

あかつき銀行本店の大きな会議室の正面に、白いクロスをかけ、十数本のマイクを設置した会見席が設けられ、スーツ姿の二人の男性と女性一人が着席していた。

彼らに向き合う形で長テーブルが何列も並べられ、数十人の記者が着席していた。半数以上がメモ用の小型のノートパソコンを開いていて、スクリーンが青白い光を放っている。

「……ただ今、ご紹介に与《あずか》りました仁村清志でございます。このたび、新たな経営者としてご指名頂きました。よろしくお願い致します」

三人の真んなかにすわった仁村が立ち上がり、一礼した。多少薄くなった頭髪をいつものようにきちんと整え、ぱりっとした紺色のスーツに品のいい赤茶色の柄物のネクタイ姿だった。

「仁村清志を呼び戻すとは、絶妙な人選だよな」

コーヒーのマグカップを手に、トニーが微笑した。

「彼は旧経営会議のメンバーだが、一貫してアパートローンや仕組み債の強引な推進にブレーキをかけようとしてたからな」

スターバックスの黒いマグカップでコーヒーを口に運び、北川がいった。

仁村が常務執行役員時代、顧客志向の経営方針を強く主張していたことは、退任時の雑誌報道などでよく知られている。

「このたび、あかつき銀行は、アメリカの投資ファンドから三千億円の出資を受け入れ、経営を抜本的に刷新することになりました」

そういって仁村は、左隣にすわった金髪でスーツ姿の米国人男性を紹介する。米国屈指の大手投資ファンドの駐日代表であった。

「それでは、今般策定しました、中期経営計画についてご説明致します。手元にお配りした資料をご覧下さい」

記者たちが一斉に資料のページを繰る。

「経営における目下の最重要課題は、顧客と紛争になっているアパートローン、仕組み債、仕組み預金の解決であります」

何本ものマイクを前にした仁村がいった。

「当行は、問題のあるアパートローンは、すべて代物弁済に応じることにしました」

記者席から、ほーっというため息が漏れる。

金融機関が顧客に対し、一律に代物弁済で紛争を解決するというのは史上初めてだ。

一方、北川らに驚きはない。先日、「被害者連絡会」の顧問弁護士から、「代物弁済ということで決着したよ」と聞かされていた。

「投資用不動産融資、これは大半がアパートローンでありますが、約三万七千二百十八件すべてを調査した結果、不正行為が認められた件数は七千九百四十六件、融資額は約五千六百十八億円に上りました。このうち、ゴールド住建がらみで日本大通支店が取り扱ったものが、千百五十四件ありました」

仁村の右隣には、アパートローンと仕組み商品に関する行内の調査委員会の委員長を務めた外部の女性弁護士がすわっていた。弁護士会の幹部経験もある六十代のベテランである。

「代物弁済による損失額は、融資額の五〇パーセント程度と予想され、この大半をゴールド住建と折半して負担しますので、当行の損失額は千六百億円程度と予想されます。これに対処するため、前期決算において、千六百億円の引当てを積むことにしました」

「ふーむ、ある程度予想はしてたが、意外と少なくて済みそうだな」

画面をみていた北川が、マグカップを口に運んでいい、トニーがうなずく。

「仕組み債と仕組み預金については、紛争と苦情の対象が三千百二十六件、総額は二百九十億五千四百七十八万円で、これに対し、四割、百十六億二千百九十一万円の引当てを実施しました」

コロナ禍でいったん一万六五五二円まで暴落した日経平均株価は、緊急経済対策という名のばら撒き政策のおかげで、市場が流動性でじゃぶじゃぶになり、逆に三万円近くまで急上昇した。米国の株式市場も同様で、ナスダック総合指数は、一年前の約一・九倍の一万三千八百四十ドルまで上昇した。そのためノックインしたEB債も満額で償還されるケースが増え、顧客の損失は急減した。

「前期の業務純益が八百七十六億円の赤字ですので、引当金繰入額を加えますと、約二千五百九十二億円の赤字となります」

約二千四百億円の自己資本はほぼ吹き飛ぶ。

「これに対し、ファンドから三千億円の資本注入を受け、現在約九・六パーセントの自己資本を維持します」

地方銀行の大半は国際業務をやっておらず、自己資本比率は国内業務に必要な四パーセントで足りるが、ほとんどの銀行が八パーセント達成を目標にしている。

「株価が上がってきたじゃねえか……」

トニーが手元のスマートフォンで、後場が始まって間もない東証の動きをチェックする。

百円を割っていたあかつき銀行の株価が上昇を始め、百七円を付けていた。

「たぶん今日は、ストップ高だろう」

「清廉潔白で手腕もある仁村が新頭取になって、イメージもよくなったよな。あとは上がるだけだろうから、米系ファンドはいいタイミングで投資したよな」

「そろそろ手仕舞うか?」

北川の言葉にトニーがうなずいた。


同じ頃、柳悠次は、横浜市中区の地下鉄みなとみらい線馬車道駅近くにある高層マンションの部屋で、広いガラス窓の向こうに広がる、横浜港、大観覧車「コスモクロック」、インターコンチネンタルホテル、ベイブリッジなどの風景を前に、ソファーにすわり、琥珀色のコニャックを傾けていた。

一度警察の家宅捜索を受けた部屋は、きれいに片づけられ、殺風景なほどである。

「……今後の経営につきましては、収益の九割をアパートローンと仕組み商品に依存していた偏った方針から転換し、地元企業との取引に重点を置き、相当程度、伝統的銀行業務に回帰するという方針であります」

柳が手にしたスマートフォンの画面のなかで、仁村清志が記者会見を続けていた。

「銀行の役割は、産業の血液である金をもっとも効率よく、かつ安く、ニーズのある企業や個人に循環させることです。あかつき銀行は、銀行本来の使命に立ち返り……」

(ああ、仁村支店長は、いつもこんなふうにいってたなあ……)

柳は、コニャックの酔いが回ってきた頭で、仁村の下で働いた日々を思い出す。

そのとき、部屋のインターフォンが鳴った。

柳が立ち上がり、ドアのそばのモニター画面をみると、数人のスーツ姿の男たちが映っていた。

「東京地検の者です。お手数ですが、地下の駐車場までご足労願えますか？」

最前列にいる男がいった。

数人できたということは、明らかに逮捕するということだ。

「わかりました。弁護士に連絡するので、二十分後に地下に行きます」

そういって通話を終え、あらかじめ委任してある弁護士に電話を入れ、身支度を整え、おそらくしばらく吸えなくなるタバコを一服した。

ドアを開け、振り返ると、フローリングの床の室内はがらんとしていて、すべてを失うことを実感させた。その光景は、若い頃、支店から支店へと追いやられ、振り返ることもなく職場を立ち去るときの寒々として空虚な気持ちを思い出させた。新たな支店では、別の猿の群れのような支店長や行員たちが待ち受けており、銀行は永遠に自分の能力を無視し、猿並みに扱うのだろうなと思った。

柳が地下の駐車場に降りると、東京地検のシルバーのワンボックスカーが駐車しており、男たちが待っていた。

「柳さん、あなたを仕組み債販売に関わる金融商品取引法違反と詐欺の容疑で逮捕します」

検察事務官が逮捕状を示し、柳がうなずく。男たちが柳を取り囲み、手錠をかけ、腰縄を付けた。

逮捕容疑が二つだけなのは、このあと別件の仕組み商品、アパートローン、山崎三千晴の自殺などに関し、それぞれ別の令状にもとづいて逮捕するためでもある。一回の逮捕で最長二十三日間の身柄拘束ができるので、何度も逮捕を繰り返し、自白するまで釈放しないという、悪名高い日本の「人質司法」だ。

柳は男たちによって左右を固められ、ワンボックスカーに乗り込む。運転席と後部座席の間は灰色のカーテンで仕切られていて、外から容疑者をみることはできない。

シルバーのワンボックスカーは、地上に出ると、みなとみらい地区のビル群と横浜港を右手にみながら、栄本町線を北上する。やがてけやき通り西交差点を左折し、ぴあアリーナMM（イベント会場）の近くで、首都高速神奈川1号横羽線に乗る。後部座席横の窓はマジックミラーで、左手にJR京浜東北線が並走するように延びているのがみえる。

柳は、検察事務官の男二人に挟まれたまま、目を閉じる。

瞼《まぶた》に、十一年前の夏、仁村の四国の実家でみた伊予灘の風景がふいに蘇《よみがえ》った。

緑色がかった海が、夕方の陽光で無数の鱗をちりばめたように銀色に染まり、海面を撫でる風で、きらきらと煌めいていた。

（あそこから自分の物語が始まり、今、幕が下りたのか……）

自分を傍らにすわらせ、嬉しそうに飲んでいた仁村の顔や、銀行のなかで初めてかけてもらった期待と真心が温かく思い出された。しかし結局、それを生かすことはできなかった。

柳は、やはり自分には、こういう生き方しかできないのだと思いながら、車に揺られた。残念だとか悲しいといった気持ちはなく、ただもっと早く仁村と出会っていたら、自分の人生はずいぶん違っていたのだろうなという、淡々とした思いだけがあった。

あかつき銀行本店では、仁村の記者会見が、質疑応答セッションに入ったところだった。

「仁村新頭取は、今後、顧客志向へと大転換するとおっしゃいましたが、これまで収益至上主義を徹底されていた行員さんたちは、すんなり方向転換できるとお考えでしょうか?」

記者の一人が質問した。

「わたしはできると思っています。人には、社会や他人の役に立ちたいという利他の心があります。今まで収益至上主義のなかで、数多くの行員が内心の葛藤を抱え、苦しんできました。顧客志向によって、彼らの心の苦しみが取り除かれると思っています」

仁村の表情には、いささかも揺るがない信念がにじみ出ていた。

「一月に辞任した黒須喜久元頭取は、辞任以来雲隠れ状態のようですが、説明責任はどうされる予定なのでしょうか? それから創業家との関係は、今後どうなるのでしょうか?」

別の記者が訊いた。

「黒須元頭取には、今後、法的責任を判断する取締役等責任調査委員会の調査を受けて頂きます。その結果次第で、銀行から損害賠償請求等をさせて頂くこともあり得ると思います」

非常に厳しいコメントで、記者たちのペンやノートパソコンのキーボード上の手が一斉に動く。

「黒須家が保有しているあかつき銀行の株式は、全株を手放す意向で、現在、いくつかの売却先と交渉中であると聞いています」

そのとき、仁村のそばに、会見を取り仕切っている広報室の行員が足早に近寄り、腰を屈めて背後からメモを差し出した。

仁村が、質問を待ってくれるよう、記者たちに向かって片手を挙げ、メモに視線を走らせる。

〈柳悠次前日本大通支店長が、東京地検特捜部に逮捕されました。容疑は、仕組み債販売に関わる金商法違反と詐欺です。〉

（とうとう、逮捕されたのか……！）

仁村は一瞬、胸が締め付けられる。品川支店で初めて出会ったときから、今日までの柳との様々な場面が、映画の早送りのように脳裏をよぎった。

「有難う。了解した」

仁村がうなずくと、広報室員は会場前方の壁際へ立ち去る。

「失礼しました。次の質問をどうぞ」

そういって、手を挙げていた記者の一人を指名した。

「仁村新頭取は、今後は、ミドルリスク・ミドルリターンの経営方針に転換し、伝統的企業取引に回帰するけれど、アパートローンや仕組み商品も、従来の三分の一程度の規模で続けていくとおっしゃいました」

仁村がうなずく。

「しかし、あかつき銀行のアパートローンや仕組み商品は、様々な社会問題を生み出し、数多くの顧客を不幸にしました。この分野から撤退するお考えはないのでしょうか？」

会場の視線がそれまでにも増して、仁村に注がれる。

「確かに、アパートローンや仕組み商品は、様々な問題を引き起こし、多くの方々にご迷惑をおかけしました。この点、心から反省し、紛争の解決や被害者への補償をしっかりやっていくつもりです」

仁村は、落ち着いた口調でいった。

「しかし、この分野から撤退することは考えていません」

仁村は視線を上げ、宣言するようにいった。

「当行は、様々な失敗を通じて、アパートローンや仕組み商品に関し、地銀のなかでも屈指の経験とノウハウを獲得しました。今、この分野から撤退することは、苦い経験によって培われた貴重なノウハウをどぶに捨てることになります」

仁村の口調には、一点の迷いもなかった。

「こうした商品へのニーズは今後もなくなりません。今後は、いかに正しく、顧客志向で、こうした商品を販売していくかを追求し、地銀の模範になるようにしたいと考えています。当行は、引き続き、当行にしか描けない絵を描いていくつもりです」

(柳君、これがきみへのはなむけだ……)

仁村は、こみ上げてくる感情を抑え、次の質問者を指名した。

二千七百五十円であかつき銀行株を百万株カラ売りしていたパンゲアと、同じく七万株をカラ売りしていたトニーは、百十二円で手仕舞った。

キャピタルゲインから借株料と取引執行手数料を差し引いた儲けは、それぞれ二十五億三千六百二万六千円と一億七千三百七十五万二千三百九十円だった。パンゲアは、儲けの四分の一を北川ら三人のパートナーが卒業した米国の経営大学院に、トニーは、五千万円を米国の母校の日本文学の講座に寄付した。

9

二年後の初夏――

国技館の青銅色の大きな屋根に、西の方角から五月下旬らしい明るい日が差していた。壁には、この三年余りの新型コロナ禍に翻弄された世界を反映するかのように、〈安心・安全な大相撲観戦〉〈最前線で闘う全ての〉〈医療従事者の皆様〉〈本当に有難うございます〉という大きな看板が取り付けられている。

きれいな青空がどこまでも広がっていた。雲は少なく、風は結構ある。気温は二十二度で、初夏にふさわしい爽やかな夕方だった。

国技館の正面と、敷地の両国駅寄りに、色とりどりの幟《のぼり》が五、六十本はためいていた。書かれている文字は、〈照《てる》ノ富士《ふじ》関〉〈遠藤《えんどう》関〉〈陸奥《みちのく》部屋〉といった部屋や力士の名前が多く、下のほうに〈永谷園〉〈阿炎《あび》政虎《まさとら》後援会〉〈株式会社ジットエキスプレス〉など、寄贈した企業や後援会の名前が入っている。どの幟も極彩色で、場所開催中のムードを盛り上げている。

国技館の正面右手寄りに、力士と相撲協会員用の出入り口のゲートが開けられていて、取組を終えた力士たちが、浴衣に雪駄《せった》姿で付け人と一緒に時おり出てきていた。その前で、三十人ほどのファンが、出待ちをしていた。

「ほおー、これはすごい！　力士が目の前でみられる。しかもタダじゃないか！」

ミラーレス一眼カメラを首にぶら下げたグボイェガが、感激の面持ちでいった。

新型コロナ禍の発生以来、日本が続けてきた鎖国に近い入国制限や入国後の自主隔離義務がようやく撤廃され、外国人も自由に行き来できるようになった。

「な、いっただろ。こういういい場所があるんだよな」

トニーがにやりとし、北川も微笑する。

午後五時十五分、マスクを着け、白地に青色を刷毛ではいたような模様と所属する部屋の名前「高砂《たかさご》」の文字が入った浴衣姿の大きな力士が、のっしのっしとゲートを出てきた。浴衣姿で手に大きなバッグを提げた付け人二人が一緒である。

「おっ、朝乃《あさの》山《やま》関だ！」

北川とトニーが声を上げる。

ファンの女性が歩み寄り、サインを求め、朝乃山はそれに応じる。

「でかい身体だなあ！　強いレスラー（力士）なのか？」

麻のジャケット姿のホッジスが訊いた。

「元大関で、四つ相撲が得意の強い力士だ。だけど二年前、相撲協会のコロナに関するガイドライン違反で、六場所出場停止処分をくらってる」

「ガイドライン違反って、なにをやったんだ？」

「キャバクラに十回くらい行ったらしい」

トニーが苦笑する。

「まあ身体は大きいけど、当時二十七歳の若者だから、無理もねえんだがなあ」

「休場すると十五戦全敗の扱いになって、いったん三段目二十二枚目まで落ちて、そっから五場所かけて這い上がって、今場所ようやく再入幕だ」

北川が解説した。

「大相撲には、上から、幕内、十両、幕下、三段目、序二段、序ノ口の六つのクラス（階級）があるんだ」

「ふんふん、聞いたことがあるよ」

「幕内と十両の力士は関取と呼ばれてて、最低でも百十万円の月給がもらえる。けれども幕下以下は無給で、場所手当が七万円から十五万円くらい付くだけなんだ。部屋でちゃんこを食べるのも、最初は関取衆で、そのあと幕下以下の番だ。関取以外は、部屋の雑用もやらなけりゃならないし、稽古の順番も後回しになる」

「へえー、きびしいな！　……でもまあ、大リーグなんかも、似たようなもんか」

マイナーリーグには、メジャーリーグの約六十倍、八千人の選手が所属し、月給は少ない選手で三十万円程度である。メジャーリーグの選手たちはファーストクラス仕様のチャーター機で移動し、デトロイト・タイガースなどは専用機まで持っているが、マイナーリーグの選手たちは、皆一〇〇〇キロメートルくらいの長距離でもバスで移動している。

数分後、東前頭七枚目の北勝富士《ほくとふじ》関が出てきた。年齢は三十歳で、頭髪はだいぶ薄くなっている。青っぽい浴衣姿で、珍しく付け人と一緒ではない。

午後五時二十七分、東前頭四枚目の宇良《うら》関が姿を現した。お腹が丸々とした身体に、白地に赤、黄色、藍色などで菊の絵柄を染め抜いた浴衣を着ていた。マスクの上からも、にこやかな表情がわかる。二人の付け人は、青っぽい浴衣姿である。

続いて、西前頭三枚目で整った目鼻立ちの錦富士《にしきふじ》関、そのあと、東前頭筆頭で背の高い阿炎関が姿を現した。それぞれ二人の付け人がついていた。

力士が姿を現すたびに、出待ちの人々から拍手が湧く。力士たちは、サインや記念撮影を求められると、気さくに応じていた。おそらく相撲協会から、そうするよう指示が出ているものと思われる。

出待ちをしている人々には外国人も多い。彼らは、誰が力士で、誰が付け人なのか見分けがつかないので、付け人と一緒に「イェーイ！」とVサインを出して、写真を撮っていたりする。西前頭十二枚目の小兵、琴恵光《ことえこう》関が出てきて、目の前の国技館通りで車を待っているときも、外国人が琴恵光関の付け人二人と写真を撮って喜んでいた。それをみてトニーが「そっちじゃないんだがなあ」と苦笑し、北川が「ちょん髷《まげ》を結って、浴衣を着てたら、誰でも同じなんだろうなあ」と笑った。

ホッジスとグボイェガも二、三人の関取と写真を撮らせてもらい、ご満悦だった。

「ところで、あかつき銀行の元支店長に有罪判決が出たらしいなあ」

力士を待ちながら、グボイェガがいった。

「柳悠次だな。三月に、東京地裁で、懲役七年の判決が出て、控訴せずに確定した。もうどこかの刑務所に収監されたはずだ」

北川がいった。

罪状は、山崎三千晴に対する自殺教唆、アパートローンや仕組み商品販売における金融商品取引法違反と詐欺だった。

「控訴しなかったっていうのは、ある意味、潔《いさぎよ》かったってことか？」

「まあ、それもあるかもしれないが、奴の場合、相当荒っぽいことをやってたからな。逃れられないと思ったのかもな」

「専務だった鎧沢は、金商法違反と詐欺、それから仕手を使った相場操縦で、懲役六年だったが、控訴中だ。相変わらず往生際の悪い野郎だぜ」

トニーがいった。

「あかつき銀行の業績はだいぶよくなったらしいな」

「三月期の速報で、確か三百八十億円程度の純利益を出したはずだ。やはり仁村頭取は、手腕があるんだろう」

経営の舵を握った仁村は、リレーションシップ・バンキングを徹底した。中小企業診断士の資格を持つ行員を大量に養成し、彼らをリレバン推進担当者として各支店に配置し、外部の弁護士、会計士、税理士、企業買収の専門家、ベンチャー・キャピタル、人材斡旋会社、不動産会社などと連携させ、顧客に付加価値のある助言やサービスを提供するようにした。その効果で、企業提携やM&Aが実現したときは、それに関わる融資、助言手数料、新規顧客などが転がり込んでくるようになり、顧客とウィン・ウィンの関係を築いた。全国のリレバン推進担当者が定期的に会合する機会や、イントラネット上のプラットフォームも設け、全行で情報交換をする態勢にした。

また行員にストック・オプションを与える制度をつくり、経営に対する当事者意識を醸成するととともに、役員報酬については一〇〇パーセント業績連動にした。

国技館通りの西側で、太陽がビルの陰に入ると、少し涼しくなった。

午後五時四十分、西前頭筆頭の翠富士《みどりふじ》関が出てきた。小兵で多彩な技を繰り出し、大きな力士を倒すので人気がある。藍色に白い格子柄の浴衣を着て、一人だった。女性ファンから「お疲れ様でしたー」と声がかかると、顔を少し赤らめてうなずいた。この日は、東小結の琴《こと》ノ若《わか》関に敗れ、三勝八敗で負け越しが決まった。

出てきた力士たちは、両国駅前の広場に停めてある車に乗って帰って行く。

翠富士関に続き、大関経験者の髙安《たかやす》関（東前頭二枚目）、正代《しょうだい》関（東小結）、この日、東関脇霧馬《きりば》山《やま》関（現・霧島《きりしま》）と当たった平戸海《ひらどうみ》関（西前頭九枚目）らが出てくる。

午後五時五十四分、どうやら全取組が終わったようで、観客がラッシュアワーの人の波のように続々と出てきた。旅行会社の小旗を掲げたガイドに引率された団体客もいる。ざっとみて、十人に一人は外国人で、欧米系白人、中南米系、アジア系、アラブ系、アフリカ系など様々で、日本の大相撲への国際的な関心を物語っている。

櫓《やぐら》の上から、「跳ね太鼓」が、カンッ、カンッ、カカカカカカッ、カン、カカン……と、暮れゆく空に賑やかに鳴り響く。

「おー、関脇陣が出てきたなあ」

目の前の人の流れをみて、トニーがいった。

観客の波のなかに、緑の浴衣姿の霧馬山関、白に淡い紫色の柄が入った浴衣の大栄翔《だいえいしょう》関（東関脇）、青の太い縦縞《たてじま》の浴衣の豊昇龍《ほうしょうりゅう》関（西関脇）、藍色地に白で細かい波模様が入った浴衣の若元《わかもと》春関《はる》（西関脇）が、次々と姿を現した。身長一八六センチの霧馬山関はひときわ大きく、二人の付け人に前後を守られるようにして、大股で飛ぶように車のほうへと歩いて行く。大栄翔関は、車に乗る直前に若い女性ファンに話しかけられ、笑顔で言葉を交わしていた。

「さて、そろそろ晩飯でも食べに行くか」

トニーがいった。

「あれっ、テルノフジ（照ノ富士、東横綱）と、タカケーショー（貴景勝、西大関）はみないのか？」

ホッジスが訊く。

「ジム、横綱と大関は、ここからは出てこないんだ」

北川がいった。

「えっ、そうなのか⁉」

「彼らは、車で直接国技館の地下駐車場に乗り入れてるんだ」

「ほーう、やっぱりそれも、横綱、大関の特権なのか？」

「というより、駐車台数に限りがあるらしい」

「ははっ、なるほど。……じゃあ、メシに行くか」

この日は、日本橋一丁目にある「かに福」という蟹料理店を予約してあった。ご飯の上にたっぷりの蟹肉と魚卵を載せ、利尻昆布出汁をかけて食べる「御かにめし」が名物の老舗だ。創業は昭和四十五年で、バブルの頃は兜町の証券マンたちで賑わった。かにめしに「御」が付いているのは、取引先を「御会社《おかいしゃ》」と呼ぶ、証券業界の古いしきたりを彷彿させる。

日はだいぶ傾き、上空はまだ明るいが、地上は少し暗くなり始めた。
四人は爽やかな初夏の夕暮れの風に吹かれながら、国技館通りでタクシーを待った。

主要参考文献

ミスター液晶
『図解入門　よくわかる最新有機ＥＬ＆液晶パネルの基本と仕組み』齋藤勝裕著、秀和システム、二〇二〇年一月
『よくわかる液晶ディスプレイのできるまで』鈴木八十二編著、日刊工業新聞社、二〇〇五年十一月

水素トラック革命
"Bad Bets Season2 : The Unraveling of Trevor Milton" The Wall Street Journal, 16 September 2022 - 11 November 2022
"Nikola : How to Parlay An Ocean of Lies Into a Partnership With the Largest Auto OEM in America" Hindenburg Research, 10 September 2020

地銀の狼
『スルガ銀行かぼちゃの馬車事件—四四〇億円の借金帳消しを勝ち取った男たち』大下英治著、さくら舎、二〇二一年二月
『「大東建託」商法の研究—〝サブリースでアパート経営〟に気をつけろ！』三宅勝久著、同時代社、二〇二〇年三月
『大東建託の内幕—〝アパート経営商法〟の闇を追う』三宅勝久著、同時代社、二〇一八年六月
『地銀改革史—回転ドアで見た金融自由化、金融庁、そして将来』遠藤俊英、日下智晴、玉木淳著、日経ＢＰ・日本経済新聞出版、二〇二三年九月

主要参考文献

『地銀と中小企業の運命』橋本卓典著、文春新書、二〇二三年三月

その他、各種論文、新聞・雑誌・インターネットサイトの記事・動画、有価証券報告書などを参考にしました。

金融・経済・法律用語集

オフサイトミーティング

社外やホテルの会議室など、職場を離れた場所や環境で行うミーティングのこと。これに対して、社内の会議室など職場で行うミーティングを「オンサイトミーティング」と呼ぶ。

オプション（option）、オプション料（option premium）

ある商品（株式、債券、通貨など）を特定の日（または特定の期間中）に、あらかじめ定められた価格（行使価格）で売買することができる権利。相手から原資産を買うことができる権利がコールオプション（call option）で、価格上昇リスクをヘッジする目的や投機目的で取引される。相手に原資産を売ることができる権利がプットオプション（put option）で、価格下落リスクをヘッジする目的や投機目的で取引される。オプション取引において、オプションの買い手が売り手に支払う対価がオプション料（オプション・プレミアム）で、オプションが行使されなければ、売り手の利益になる。オプション料の理論価格は、ブラック・ショールズ・モデルやCRRモデルなどで計算されるが、実際の市場価格は、市場参加者の思惑などによって理論価格と乖離していることも少なくない。

格付け（credit rating）

国家や企業が発行する債券や発行体自体の信用リスクを、民間企業である格付会社が評価した指標で、具体的には、利払いや元本の償還が約束通りに行われる可能性を示す。信用格付けには、債券の種類や満期などによっていくつもの種類がある。代表的な格付会社はムーディーズ、S&Pグローバル・レーティング、フィッチ・レーティングスの3社。S&Pグローバル・レーティングの長期信用格付では、最上級がAAA（トルプルA）で、以下AA、A、BBB、BB、B、CCC、CC、C、Dの10等級がある。BBB（トリプルB）以上が投資適格、BB（ダブルB）以下が投資不適格（投機的等級、すなわちジャンク）とされ、格付けがBBBを下回ると資金調達が

ぐんと難しくなる。

カラ売り（short selling）

保有している物（株式等）を売るのではなく、新規で「売り」のポジションを持ち、それを買い戻すことによって利益を上げる投資手法。株式のカラ売りの場合は、証券会社などから借りてきた株式を市場で売却し、株価が下がったところで買い戻し、借りていた株式を返却する。株を借りるのは、売却したら通常2営業日後に株式を相手に引き渡す必要があるため。株を借りるには借株料がかかり、流通量の多い一流銘柄なら年率0.4～1%だが、株価に影響を与えるコーポレートアクション（株式分割、合併など）や悪材料で需給がひっ迫した時は5～10%、あるいはそれ以上になることもある。金額は、〈借りた株の毎日の終値（または借株実行時の株価）×株数×日数×年率〉で算出する。株式を借りずにカラ売りすることはネイキッド・ショートセリング（naked short selling）と呼ばれ、通常禁止されているが、その日のうちにカラ売りを手仕舞うデイトレーダーなどがやったりする。

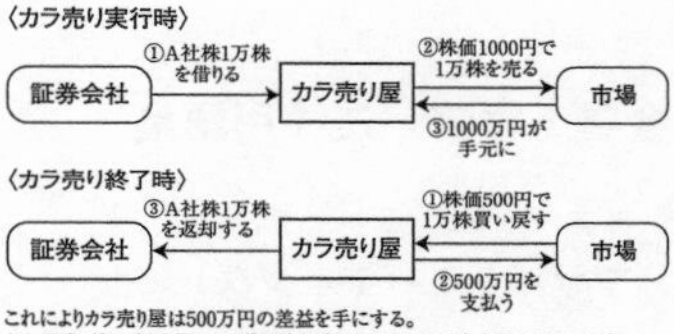

これによりカラ売り屋は500万円の差益を手にする。
なお通常、株の売りと買いは、貸し株を手配してくれた証券会社を通じて行う。

期限の利益

一定の期日が到来するまで債務を返済しなくてよいという利益（特典）のこと。これを喪失すると、債務を一括返済しなくてはならない。

キャッシュフロー

企業（またはプロジェクト）の毎年の税引き後利益から配当金と役員賞与を差し引いたものに、減価償却費を加えて算出したもの。すなわち企業活動（プロジェクト）により実際に生み出される資金の額。当該企業（プロジェクト）の財務の健全性や収益性を表わす指標の一つ。企業買収においては、企業価値（すなわち買収価格）算定のベースになる。

金融検査マニュアル

1999年7月に、金融庁が不良債権処理の目的で導入した金融機関検査のためのマニュアル（当初約140ページ）。金融機関の顧客を、正常先、

要注意先、要管理先、破綻懸念先、実質破綻先、破綻先など、6種類の債務者区分に分け、区分に応じて金利引上げ、貸倒引当金計上、再権回収などを義務付けた。本来、金融庁の検査官のための手引書だったが、金融機関がこぞって熟読して金科玉条のように扱い、厳しい対応が義務付けられる破綻懸念先に顧客が区分されることを「ハケに落ちる」といって恐れた。主に企業の収益性、財務内容、返済能力によって債務者区分が決められたため、事業の実態(事業性)に目を向けることや企業への支援がおろそかになり、貸し渋りや貸し剝がしへとつながった。そうした批判から、2019年12月に廃止されたが、今も金融機関を縛り続けているという指摘がある。

金融商品取引法(略称・金商法)

証券市場における有価証券の発行、売買、その他の取引について、それまでの証券取引法を改正し、2007年に施行された法律。改正の主なポイントは、①投資性の強い金融商品を幅広く横断的に規制、②公開買付に関する開示制度や大量保有報告制度の整備、③四半期報告制度の導入、④財務報告に関する内部統制の強化、⑤開示書類の虚偽記載やインサイダー取引の罰則強化。

金利裁定取引(interest-rate arbitrage)

複数の商品の間に生じる価格の歪みを利用して値鞘を稼ぐ取引を裁定取引(アービトラージ)という。たとえば、債券の先物価格が理論価格から大きく離れた時にこれが可能になる。これに対して、市場や個別銘柄の上げか下げ、どちらの方向に動くかに賭けるトレーディング・スタイルを「ディレクショナル」と呼ぶ。一般に、前者は後者に比べて利益は薄いがリスクは低い。金利裁定取引は代表的な裁定取引で、金融商品ごとの金利差、市場や直物・先物などの金利差を利用し、通常売りと買い(あるいは調達と運用)を組み合わせ、値鞘を稼ぐ。

コンプライアンス

「法令遵守」を意味し、法令、諸規則、企業倫理等のルールを守ることを指す言葉。企業におけるコンプライアンス部は、個々の取引や会社全体としての法令遵守を確保する役割を担っている。

減価償却
長期間にわたって使用する固定資産（建物、機械設備等）の取得に要した費用を、その固定資産が使用される期間（耐用期間）にわたって費用配分する会計手続きのこと。毎期均等額を費用計上する定額法や、期首の残高に一定の率を乗じて毎期費用計上する定率法などがある。

債務超過
企業の欠損金が、資本金、法定準備金、剰余金など、株主資本（自己資本）の合計額を上回り、資本勘定がマイナスになった状態。自己資本を喪失したきわめて危険な財務体質で、倒産の一歩手前。

産業革新投資機構（Japan Investment Corporation）
産業競争力強化法（平成25年法律第98号）にもとづいて2018年9月に設立された経済産業省所管の投資会社。3700億円弱の出資金のうち約96.2%を日本政府（財務大臣）が出している。民間だけでは引き受けられない投資リスクを引き受け、次世代産業を育成することを目的とし、大学や研究機関が持つ特許や先端技術にもとづく新事業、ベンチャー企業の有望な技術、国際競争力の強化につながる事業再編などに投資する。本社は東京都港区虎ノ門1丁目、2023年3月末の従業員数は61名。

仕組み預金
デリバティブを組み込んだ預金のこと。通常の預金より金利が高いが、銀行が満期を繰り上げたり、逆に延長したりする権利を持っていたり、満期に外貨で払い戻されたりするなど、通常の預金にはない条件が付されており、それによって預金者が損失をこうむる可能性がある。

自己資本
貸借対照表の資本の部に表される会社の純資産。資本金、剰余金、積立金などの合計で、株式の発行とその会社が生み出した利益から生じたもの。自己資本が多いほど、企業の体質は健全である。

仕手筋
特定の銘柄に狙いをつけて大量の買い注文を入れ、意図的に株価を吊り上げようとする投資家グループのこと。素人の投資家を一過性の株価上昇に便乗させ、自分たちは高値で売り抜けるのを常套手段とする。現在

は、その手法も多様化・複雑化している。

準備書面

民事訴訟において、原告と被告が口頭弁論で陳述しようとする事項（主張）を記載し、あらかじめ裁判所に提出する書面のこと。審理の進展に応じて何度も提出される。

証券取引等監視委員会（Securities and Exchange Surveillance Commission、略称 SESC）

証券取引や金融先物取引における公正を確保する目的で設立された金融庁の審議会等の一つ。金融庁から委任を受けて、金融機関や金融取引業者に対する検査・取引の審査、行政処分の勧告、犯則事件の告発などを行う。金融庁からの独立性は弱く、米国のSEC（証券取引委員会）のように規則制定権がなく、人員も少ないという指摘がある。

信用取引、追加証拠金（通称・追い証）

現金や株式を担保として証券会社に預け、証券会社から金を借りて株式を買ったり、株式を借りてそれを売ったり（カラ売り）する取引のこと。通常、預けた担保の評価額の約3.3倍まで取引ができる。預けている株式の価値が下がったりした場合は、追加の担保（追加証拠金）の差し入れを求められる。なおカラ売りする場合、個人投資家は信用取引で証券会社から株を借りるが、投資銀行やカラ売り専業ファンドのような一定規模を有する投資家は、プライムブローカーなどを通じ、機関投資家から株を借りる。

信用保証協会

信用保証協会法にもとづき設立され、中小企業や小規模事業者が金融機関から円滑に借入れができるように、保証を提供する公的機関。47都道府県と4市（横浜市、川崎市、名古屋市、岐阜市）にある。保証に際しては保証料を徴求し、返済が滞った場合は、債務者に代わって借入金を返済する。

ストック・オプション

会社の役員や従業員が、一定期間内に、予め定められた価格で、会社から自社株式を購入することができる権利。権利を行使（すなわち購入）する時点で、市場の株価が予め定められた購入価格より高ければ利益を

上げることができる。

ストライクプライス（行使価格）
オプション取引における権利行使価格のこと。ある商品（株式、債券、通貨など）を、将来のある日（または特定の期間中）に相手から買ったり、相手に売ったりできる予め定められた価格のこと。

想定元本
「名目元本」「みなし元本」ともいう。金融派生商品独特の概念。例えば金利スワップ取引は、金利部分の交換取引だが、何％という金利水準だけを条件として与えられても、具体的な取引金額が算定できない。想定元本とは金利スワップ取引等の取引金額を、具体的に計算する基礎となる名目元本である。オプション取引においては、想定元本にストライクプライスを乗じて、取引金額が決定される。

第三者委員会
企業、大学、病院等の組織で不祥事などが起きたとき、当該組織が設置する委員会。弁護士、会計士、その他専門的知見を有する外部の有識者が委嘱を受けて委員となり、委嘱元である組織から独立した第三者として、中立・公正な立場から、原因究明や再発防止策の検討を行う。

タイヤ・キッカー
カラ売り屋のタイプの一つ。製品を自らテストしたり、顧客や納入業者に意見を聴き歩いたりした上で、カラ売りするかどうかの方針を決める。タイヤ・キッカーという語は元々「ひやかし客」を意味し、車を買う気がない客が、タイヤを蹴ったりして、買う気があるそぶりをするところからきている。

チャート
株式や債券の価格推移を表すグラフ。

提灯を点ける
株式市場において、特定の銘柄の動きが大きく、その背後に大口の投資家や仕手筋がいるような場合、その動きに追従して株式の売買を行うこと。語源は、「提灯行列について行く」からきているともいわれる。

デューディリジェンス（due diligence）
企業買収や債権購入などの際に、買い手（投資家）が被買収企業の資

産・負債や、債権の内容に関して行う詳細な調査。企業買収の場合は、ビジネス、アカウンティング（経理）、リーガル（法務）、ファイナンス（財務）の4分野を中心に行われる。債権購入の場合は、債権の正確な金額、売り手が真正な債権保有者であるか、売却制限や担保権等が設定されていないか等について調べる。証券を発行する際にも、主幹事証券会社が発行体の財務内容等を調べるデューディリジェンス（発行監査）が行われる。

デリバティブ（金融派生商品）
通貨、債券、株式、商品などの価格変動を対象とした金融取引。日本語では「金融派生商品」と訳される。代表的なものに先物（一定の価格で将来売買を行うことを約束する取引）、オプション（一定の約定料を対価に、将来一定の価格で売買を行う権利を売買する取引）などがある。デリバティブを使用する目的は①価格変動リスクのヘッジ、②少額の原資で多額の投機を行うこと、などである。

転換社債（convertible bond、略称CB）
一定の条件で株式に転換できる権利（転換権）が付与されている社債のこと。通常の社債と同じように投資家に対して利息が支払われ、満期まで保有した場合は額面金額で償還される。株式転換権という特典が付いているので、投資家にとっては通常の社債より魅力があり、低い価格で発行できる。

投資銀行（investment bank）
米国では1933年のグラス・スティーガル法により証券業務と銀行業務が分離されたが、証券業務を行う金融機関を投資銀行と呼ぶ。「銀行」という名が付いているが、業態としては証券会社である。主要な業務は、株式、債券、M&A（企業買収）。顧客は大手事業会社、機関投資家、富裕個人客が中心。なおグラス・スティーガル法は1999年11月に廃止され、米国では投資銀行と商業銀行が合併するケースも出てきている。主な投資銀行に、ゴールドマン・サックス、モルガン・スタンレー、JPモルガン・チェース、バンク・オブ・アメリカ（投資銀行部門）、UBSなどがある。

東証プライム、スタンダード、グロース

従来、1部、2部、JASDAQスタンダード、JASDAQグロース、マザーズの5つの市場区分があった東京証券取引所は、2022年4月4日、プライム、スタンダード、グロースの3つの区分に再編成した。最上位市場であるプライムは、国際的な投資対象となる企業の市場で、新規上場のためには、流通株式時価総額100億円以上、最近2年間の利益の合計25億円以上等、高い水準が求められる。スタンダードは、主に国内を基盤とする企業向けで、流通株式時価総額10億円以上、最近1年間の利益1億円以上等の基準が求められる。グロースは新興企業向けで、さらに緩やかな流通株式時価総額5億円以上等の基準で上場ができる。再編前に2177社あった1部上場企業のうち約84%の1839社がプライムに移行し、残り338社はスタンダードに移行した。スタンダードにはこのほか、従来の東証2部とJASDAQスタンダード上場企業がおおむね集約され、当初1466社が上場した。グロースにはJASDAQグロース、マザーズの上場企業がおおむね集約され、当初466社が上場した。

ナスダック（National Association of Securities Dealers Automated Quotations、NASDAQ）

全米証券業協会が1971年に設立し、運営する世界最大の新興（ベンチャー）企業向け株式市場。米店頭株市場とも呼ばれる。コンピューターやインターネット関連、バイオテクノロジー関連など、ハイテク・創業精神に富む企業が多数取引されている。2023年3月時点の上場企業数は約3611社で、NYSE（ニューヨーク証券取引所）の2385社より多い。

日銀短観

日本銀行が年4回（3、6、9、12月）、全国の大手企業と中小企業、製造業と非製造業に分け、約1万社を対象に、自社の業況や経済環境の現状・先行きについての見方のほか、売上げ、収益、設備投資額といった事業計画の実績・予測値等に関し直接アンケート調査を実施し、集計結果や分析結果をもとに日本経済を観測するもので、景気動向を占う上で重要な指標となっている。正式名称は全国企業短期経済観測調査。

日経平均株価（略称・日経平均）

日本を代表する株価指数。東京証券

取引所プライム市場上場銘柄から、流動性や業種別バランスなどを考慮して選ばれた225銘柄の平均値で、5秒ごとに算出されている。

日本政策金融公庫

2008年10月に設立された財務省所管の政府系金融機関。前身は、国民生活金融公庫（小規模事業者、スタートアップ企業、教育資金等の融資を行う）、農林漁業金融公庫（農林漁業者に低利・長期の融資を行う）、中小企業金融公庫（中小企業への長期の融資や保証を行う）の3つ。略称は日本公庫。

値幅制限、ストップ高、ストップ安

株価の異常な急騰、急落を防ぐために設けられた株価の1日における変動幅の許容値のこと。この許容値の上限まで上昇することをストップ高、下限まで下がることをストップ安という。

ノックイン

特定企業の株価や株式指数など、判定の基準となる指標が予め定めた水準（ノックイン価格）を下回り、権利が発生すること。

パートナー

法律事務所や会計事務所、投資銀行、投資ファンドなどにおける共同経営者のこと。その事務所（投資銀行、投資ファンド）の資産・負債や損益はすべてパートナーに帰属する。パートナーを目指して若手は必死に働き、パートナーになれなければ退職することが多い。

販売費及び一般管理費

企業会計における勘定科目の区分の一つで、企業の営業活動に要した費用のうち、売上原価に計上されないものを意味する。具体的には、販売費は販売手数料や販売促進費（広告費）、一般管理費は人件費、家賃、光熱費、減価償却費、租税公課、福利厚生費、交通費、通信費、交際費など。売上総利益（粗利益）から販売費及び一般管理費を差し引いたものが営業利益。

引当金

将来発生が予想される損失や費用に備えて、予め準備しておく会計上の積立金のこと。代表的なものに、不良債権に対する引当金がある。引当金を計上すると、その分利益が減少する。

歩積み両建て

手形の割引や融資の際に、借入人が割引や融資で得た金（代り金）の一部を預金することを歩積み預金という。また融資に際し、担保もしくは見返りとして預け入れられた預金を両建て預金という。銀行の優越的地位の濫用にあたり、旧大蔵省通達や独占禁止法で禁止されている。

プライムブローカー

ヘッジファンドの資産を預かり、信用の供与、決済業務、カラ売りのための株券の調達などを行う証券会社のこと。ヘッジファンドに密着し、様々なサービスを提供し、利益を上げる。

ブラック－ショールズ・モデル

オプションの価値（価格）を計算するための偏微分方程式。米国の研究者であるフィッシャー・ブラックとマイロン・ショールズが1973年に発表し、ロバート・マートンによって証明された。20世紀後半の金融革命の一大原動力となった。

ブルームバーグ（Bloomberg）

米系投資銀行ソロモン・ブラザーズに勤めていたマイケル・ブルームバーグ（前・ニューヨーク市長）が1981年に設立した世界屈指の金融情報サービス会社。現在、世界に176の拠点を有し、35万人以上のユーザー（同社の情報ターミナル使用者数）に金融情報を提供している。従業数は約2万1千人。

ボラティリティ（volatility）

一般的に価格変動の度合いを示す言葉で、「ボラティリティが大きい」という場合は、その商品の価格変動が大きいことを意味し、「ボラティリティが小さい」という場合は、価格変動が小さいことを意味する。株式市場の参加者が、将来の市場の値動きの大きさ（変動率）をどう想定しているかを表す指数はボラティリティ・インデックス（略称VI）と呼ばれ、価格が激しく変動すると予想した時はVIが上昇し、変動が穏やかになると予想した時は下降する。株価が下落する時だけVIが上がるわけではないが、2008年のリーマンショックの際に急騰したことから、「恐怖指数」という名で知られる。

本支店勘定レート

銀行の支店は、資金が余ると本店に現金輸送車等で資金を送金し、本店

から金利を受け取る。逆に資金が足りないときは、本店から資金を送ってもらい、金利を払う。その際に使われる金利が本支店勘定レートで、受け取る場合も支払う場合も同一の金利が用いられる。支店収益の計算において、預金の運用利回りおよび融資のコストとして使用される。

ミーム株（meme stock）

主にSNSやインターネットの掲示板で、素人や若者たちが面白半分ではやし立て、集団でタイミングを合わせて売りや買いを入れることで、業績や財務内容とは無関係に短期間で株価が異様に上下する銘柄のこと。

民事再生、会社更生

民事再生は、2000年4月から施行された倒産処理手続きで、営業を続けながら債務整理ができるので、事業や従業員、取引先へのダメージが少なくて済むという長所がある。会社更生と比較した場合、①主として中小企業や個人を対象とし、手続きが比較的簡便、②現経営陣が引き続き経営に当たる、③租税や担保付債権は債務削減の対象にならない、④再生計画案の決議は出席した再生債権者の過半数かつ議決権総額の2分の1以上の賛成で可決される、といった特徴がある。

リレーションシップ・バンキング、トランザクション・バンキング

リレーションシップ・バンキング（略称・リレバン）は、顧客と密着した関係を築き、顧客の事業について深く理解し、顧客が抱えている課題（事業や財務の構造改革、販路の拡大、M&A、企業提携、IT化、人材確保、事業継承等）に対し、解決策を提供し、それによって取引の深耕や手数料を獲得する銀行経営の手法。これと対立する概念が、個々の取引ごとの採算性を重視するトランザクション・バンキングと呼ばれる経営手法である。

レバレッジ（leverage）

直訳は「梃子」。投資のための資金を借入れで増やして投資効果を何倍、何十倍にも膨らませたり、債券に通常の何倍もの想定元本のデリバティブをくっ付けてデリバティブによる効果を通常より膨らませること。上手くいった場合は利益は大きいが、逆の場合は大きな損失を蒙る。

CEO（chief executive officer）
最高経営責任者のこと。米国では取締役会の会長が当該企業のナンバーワンであることが多く、通常会長がCEOを兼務している。CEOは取締役会を主宰すると共に、企業の方針決定、長期事業計画の策定などに責任を持つ、いわば企業のトップである。これに対して、日本では社長がCEOの役割を担っているケースが多い。

CFO（chief financial officer、最高財務責任者）
会社の財務部門の総責任者。一般に欧米企業では、CEO、COO（最高執行責任者）に次ぐ重要な役職。

CLO（collateralized loan obligation、ローン担保証券）、レバレッジドローン
CLOは、金融機関が事業会社などに対して貸し出している貸付債権（ローン）を証券化したもので、米国で多く発行されている。シニア債・メザニン債・劣後債といった支払優先順位の異なる数種類の債券として発行され、元のローンからの元利金は支払優先順位の高い順に支払われる。したがって発行体が同一でも、トランシェ（階層）ごとに、それぞれ異なった格付けが付与される。CLOは金融機関のバランスシートを軽くすると同時に、リスク・リターンの選好が異なる様々な投資家に対し、投資機会を提供することができる。低金利下の運用難に苦しむ邦銀や欧州の銀行がこれを大量に購入しているが、低格付けの企業や借入れ過多の企業に対する米国の高金利ローンであるレバレッジドローンを組み込んだものもあり、かつてのサブプライムローン危機のようなことが起きないとも限らない。

CTO（chief technology officer またはchief technical officer、最高技術責任者）
会社の技術部門の総責任者。技術戦略の意思決定、研究開発の監督、エンジニアの採用と教育などを行う。

EB債（exchangeable bond、他社株転換可能債）
投資した資金が償還時に発行体以外の株式（他社株）で償還される可能性がある債券のこと。普通の債券より利率が高く設定されている。転換される株式の銘柄（対象株式）はあらかじめ決められており、債券の発

行体と異なる。償還方法は現金償還と株式償還の2通りがある。満期償還前の判定日（もしくは判定期間中）に対象株式の株価が、あらかじめ決められた価格（当初価格）以上であれば現金償還。当初価格未満であれば株式償還となる。投資家が償還方法を選択することはできない。当初価格は債券発行日の対象株式の株価もしくはそこから何％か値引いた株価である。

EEZ（exclusive economic zone、排他的経済水域）

海洋法に関する国際連合条約では、国は自国の基線（海面が一番低い時に陸地と水面の境界となる線）から200海里（370.4km）の範囲内に、排他的経済水域を設定することができ、同水域の海上・海中・海底、及び海底下に存在する水産・鉱物資源並びに、海水・海流・海風から得られる自然エネルギーに対し、探査・開発・保全及び管理を行う排他的な権利（他国から侵害されない独占的に行使できる権利）を有することが明記されている。

PBR（price book-value ratio、株価純資産倍率）

株価に関する指標の一つ。〈株価÷1株あたり純資産〉で求められ、単位は倍（たとえば株価が500円で、1株あたり純資産が200円なら、PBRは2.5）。数値が高ければ高いほど、企業が市場で高く評価されていることを意味する。逆にPBRが1を割っている場合は、市場は将来その会社は利益を生み出さないという低評価を与えていることを意味する。

ROE（return on equity、自己資本利益率）

企業の自己資本（株主資本）に対する当期純利益の割合で、〈当期純利益÷自己資本×100〉という計算式で求められる。ROEの数値が高いほど、経営効率がよいと言える。

S&P500

米国で時価総額が大きい主要500社で構成する時価総額加重平均型の株価指数。S&Pダウ・ジョーンズ・インデックスLLCが算出・公表しており、ニューヨーク証券取引所（NYSE）、NYSE American、NASDAQに上場している銘柄から

選出される。1941年から1943年の平均を10とし、構成銘柄は定期的に見直される。米国の代表的な株価指数の一つで、米国株式市場全体に対し、約80%の時価総額比率を占めており、米国市場全体の動きをおおむね反映している。

SEC（Securities and Exchange Commission、米国証券取引委員会）

1934年に証券取引所法にもとづいて設立され、米国の証券行政を広範囲に管轄している独立行政機関。強力な権限を持っていることで知られる。委員会は上院の承認により大統領が指名する5人の委員で構成され、ワシントンDCに置かれている。わが国の証券取引等監視委員会は日本版SECと呼ばれているが、金融庁からの独立性が弱く、米国のSECほどには規則制定権がなく、人員も少ないという指摘がある。

SPAC（special purpose acquisition company、特別買収目的会社）

未公開会社を買収する目的で設立され、上場している米国のペーパーカンパニー。短時間で簡便に上場する手段として使われるが、設立してから一定期間（1.5～2年）内に投資をしないと解散になる。通常のIPO（株式上場）は、監査済み財務諸表の作成から始まり、SECに提出する目論見書作成、デューディリジェンス、目論見書に対するSECからの複数回のコメント受領とそれへの回答、投資家説明会、価格決定と売買開始といった手続きがあり、最短でも1年半から3年の準備期間を要する。また各証券取引所が定めている財務内容、業績、浮動株比率などに関する条件をクリアしなくてはならない。しかし、SPAC上場は、SPACのオーナーがこの会社に投資してもいいと決めれば、IPOのような手続きや上場基準の多くを回避することができる。

年寄りを騙しまくった地銀〝仕組み３兄弟〟

（黒木亮、「プレジデントオンライン」2023年８月17日掲載記事を加筆修正）

関東財務局は、いきすぎた仕組み債販売を行なったとして、2023年６月23日、千葉銀行、ちばぎん証券、千葉銀行と提携している武蔵野銀行の「仕組み３兄弟」に対し、業務改善命令（再発防止策の策定、経営陣の責任の明確化等）の厳罰を下した。
厳罰の理由の一つは、顧客の多くが70代以上で、コツコツ貯めた老後の蓄えを毀損したことだ。地銀がこういうことをやらかしたのは、長引く低金利、地方経済の冷え込み、人口減少と高齢化、金融のデジタル化の進展などで、淘汰の危機へと追い込まれたからだ。

仕組み債の過剰販売は３兄弟に限らない。昨年３月末の時点で、全国に100あった地銀のうち77行が販売しており、特に積極的だった銀行として、十六銀行（岐阜県）、大垣共立銀行（同）、横浜銀行（神奈川県）、西日本シティ銀行（福岡県）、はくほくフィナンシャルグループ（富山県・北海道）、池田泉州銀行（大阪府）、島根銀行（島根県）などの名前が報道されている。

「貧しい争い」の陰で高笑いする外資系投資銀行

しかし、地銀の「貧しい争い」の陰で、高笑いをしているのが外資系の投資銀行やヘッジファンドなのである。これは仕組み債のからくりを理解すれば、おのずと明らかになる。
地銀が販売していた仕組み債の代表的なものがEB債（Exchangeable Bond＝他社株転換可能債）だ。なんとなく高尚に聞こえる名前だが、要は、「値下がりした株で返ってくるかもしれない」債券である。EB債の仕組みを理解できれば、他の仕組み債も簡単に理解できるので、なるべく専門用語は使わないで解説する。

資料

ちばぎん証券など地銀系証券会社はEB債を作る能力はないので、ゴールドマン・サックス、JPモルガン・チェース、モルガン・スタンレーといった外資系の投資銀行や、日本の大手証券会社に組成を丸投げしていた。ただ日本の大手証券会社も、オプション（後述する）やスワップを自前でやれる会社は多くなく、複数の外資系投資銀行に入札させたりする。

EB債の一例を下に示す。参照（対象）株は日本郵船にしているが、あくまで一つの例で、テスラなど、外国の上場企業が使われる場合も多い。なお理解しやすいよう、条件は一部簡略化してある。

EB債発行例

発行体	スイスA銀行（格付けシングルA）
発行通貨	日本円
参照（対象）株式	日本郵船
利率	年利6%
発行日	2023年8月31日
利払日	3ヶ月ごと年4回
満期償還日	2024年8月31日（1年後）
ストライクプライス （権利行使価格）	3,839円（現在の株価）
ノックアウト価格 （期限前償還判定水準）	4,031円（現在の価格の105%）
ノックイン価格	3,071円（同80%）
償還金額	①日本郵船の株価が常にノックイン価格を上回っていた場合は満額償還 ②同社の株価が一度でもノックイン価格以下になったことがあるが、満期償還日の10営業日前の時点の株価がストライクプライス以上の場合は満額償還 ③同社の株価が一度でもノックイン価格以下になり、満期償還日の10営業日前の時点の株価がス

	トライクプライス未満の場合は、日本郵船株で償還（1株の価格はストライクプライスで計算） ④各利払日の10営業日前の時点で、日本郵船株がノックアウト価格以上の場合は、利払日に満額で期限前償還

仕組み債には「地雷」が埋め込まれている

EB債にはノックイン条項という地雷が埋め込まれている。参照株式である日本郵船株が一度でも3,071円以下になると、償還はお金ではなく、日本郵船の株でなされる。そしてそのときもらえる株数は、ストライクプライス（権利行使価格）の3,839円で計算される。100万円投資をしていれば、約260株である。
しかし、償還の時点で仮に株価が2,200円になっていたりすれば、もらった260株を売却処分しても、57万2000円にしかならない。万一、日本郵船が倒産し、株価がゼロになっていたりすれば、100万円全額が吹っ飛ぶ。ただし償還日の10営業日前の株価がストライクプライス以上であれば、満額の100万円が償還される。

こうしたからくりはオプションによるものだ。このEB債の場合、実質的に投資家が日本郵船株のプットオプションを売る仕組みになっている。債券を買ったつもりでいたら、投資家はEB債の仕組みを通じて、知らないうちに、株のプットオプションを売らされるという怖い商品である。

プットオプションとは、ざっくばらんにいうと、相手が欲しくないものを無理やり売りつけることができる権利だ。誰がそういうものを買っているのかというと、ヘッジファンドなど、山っ気があって、その株を中長期保有する方針の機関投資家だ。このEB債を作った投資銀行のトレーダーの場合もある。彼らはプットオプションで、日本郵船株の値下がりリスクをヘッジする。株が値下がりして、投資家が泣きを見る時、彼らは笑う。値上がりした場合

も、中長期保有している彼らはやはり笑う。

ノックイン条項が火を噴いたのは、2020年2月から6月にかけて新型コロナ禍で世界的に株式市場が下落したときや、ロシアのウクライナ侵攻によって2022年2月から約1年間にわたって同様の事態が起きたときだ。地雷原の大爆発である。

回転売買目当てのノックアウト条項

ノックアウトしたら（すなわち日本郵船株が4,031円以上になったら）EB債が期限前に償還されるという条件は、金融的に言うと、ノックアウトを条件としたEB債を対象とするプットオプション（押し付ける権利）を発行体が売り、投資家が買うという取引である。要は、日本郵船株が4,031円以上になったら、EB債を期限前償還します（投資家がEB債を発行体にプットする）ということだ。
なお前述のノックイン条項と違って、日本郵船株はこちらのプットオプションとは直接の関わりはなく、「銀座の和光の前に火星人が降り立ったら」とか「明石家さんまが再婚したら」といった前提条件にすることも理屈的には可能である（ただし後述するオプション料の計算が難しくなり、売り手や買い手が見つからない可能性がある）。

こんなちょっと変わった条件がわざわざくっ付いている理由は三つある。一つは、EB債の投資家が実質的に売る日本郵船株のプットオプションに一定のブレーキをかけ、投資家のリスクを小さくし、EB債を買いやすくすること（途中で期限前償還されれば、売ったプットオプションは消滅するので、この条件のおかげで、リスクは多少低くなる）。二つ目は、発行体がEB債のプットオプションの売りでオプション料を稼ぎ、それでEB債の発行コストを賄うこと。そして三つ目が、期限前償還されると、また新たなEB債を作って、同じ投資家に売れることだ。期限前償還されれば、元本と共に6%（例）の金利が支払われるので、投資家は大いに気をよくし、またEB債を

買う。かくしてEB債の「回転売買」にはまり、最後はノックイン条項で投資家が大損するというのが、典型的なパターンである。

なおノックアウト条項が発動すれば、発行体に期限前償還義務が生じるので、発行体は困らないのかという疑問は当然生じる。しかし、全然困らないのである。こういうEB債を発行するのは、欧米の大手金融機関（投資銀行を含む）、欧米の大企業（自動車会社、化学品会社、エネルギー会社等）、欧米の公的金融機関（北欧の地方金融公社や輸出金融公社等）、大手ヘッジファンドなど、常時数十件から数百件の資金調達を行なっている巨大組織である。彼らはドルの変動金利が安いと見ればパッと資金調達を行い、EB債で得た資金は、通常米ドル建て変動金利の債務にスワップする。負債管理はマス（塊）で行なっているので、個々の細かい債券の期限前償還などはいちいち気にしていない。

莫大なオプション料

オプション料（オプションの値段）は、金融における20世紀最大の革新といわれ、ノーベル経済学賞の受賞理由になった偏微分方程式「ブラック－ショールズ・モデル」によって算出される。これは、①オプションの行使可能期間、②対象となる資産（株式等）の市場価格、③ストライクプライス、④キャリーコスト（オプションを持ち続ける費用）、⑤対象となる資産のボラティリティ（価格変動性）という5つの変数を投入して計算される。
難しい方程式の中身まで理解する必要はないが、ストライクプライスが市場価格に近ければ近いほど、オプションの行使可能期間が長ければ長いほど、対象資産の価格が変動しやすければしやすいほど、オプションで儲かる可能性が高く、オプション料も高くなると認識しておけばよい。

例として挙げたスイスA銀行発行のEB債にくっ付いているオプションは、ノックイン、ノックアウトという前提条件が付いた「第2世代」のオプションで、満期までに一定の経路（ノックインやノックアウトするか）を辿って

儲けが決まるので「経路依存型（path-dependent）オプション」と呼ばれる。この手のハイブリッド・オプションの場合、「ブラック－ショールズ・モデル」に必要な修正を加え、ヒストリカル・シミュレーションや二項分布シミュレーションなどを行なって、詳細な確率分布を弾き出し、オプション料を計算する。なおオプション料は、日本郵船株のノックイン・プットオプションとEB債のプットオプションを別々に計算するのではなく、両者の相関関係も含めて一緒に計算する。

以上の通り、オプション料は、どのような条件（変数）を設定するかによって変わってくるので、一概にいくらですとはいえない。しかし、日本で売られたEB債のオプション料（EB債の投資家が実質的に売る参照株式のオプション料から投資家が発行体から実質的に買うEB債のプットオプションのオプション料を差し引いたもの）は、ごく大ざっぱにいって、15%程度で、その3分の1をEB債の金利上乗せに使い、3分の1を組成する証券会社・投資銀行が取り、3分の1を販売した地銀・地銀系証券会社が取っていた模様である。なお大手証券会社や投資銀行は、オプションのトレーディングでも儲けられるので、トレーディング玉《ぎょく》としてもオプションを手に入れたがっている。

全国地方銀行協会の発表によると、2022年度の地銀の資金運用利回りは0.96%だったという。汗水流して自転車のペダルを漕ぎ、顧客に頭を下げて、預金を100万円集め、それを1年間、貸し出しや有価証券で運用しても、儲かるのは9,600円にすぎないということだ。しかし、EB債の販売手数料が仮に5%なら、100万円売れば5万円、もし1000万円売れば50万円が転がり込んでくる。地銀は証券子会社同士のメンツ争いも熾烈で、厳しい収益ノルマを課された支店長や営業マンたちが、仕組み債販売に走るのは当然だった。

うまい話はオプションを疑え

この手の博打的な金融商品は、1980年代から外資系投資銀行が日本に持ち

込み、バブル崩壊後の損失先送りなどに盛んに使われた。モルガン・スタンレーが住宅抵当証券を集めて作った「AMIT《エイミット》」、極端な金利先取りをする「ステップダウン債」、クレディ・スイス・ファイナンシャル・プロダクツ銀行が日債銀向けにやった株のプットオプションと借入れ返済をリンクさせた損失先送り商品、「日経平均リンク債」など枚挙にいとまがない。

かくして1997年に山一証券は破綻し、翌年、長銀と日債銀が国有化され、2011年にはオリンパスの巨額損失隠しが明らかになった。2000年5月から2003年1月にかけては、ドイツ証券、BNPパリバ証券、ソシエテ・ジェネラル証券、シティバンク、ING証券などが、損失先送り商品の販売（ないしは勧誘）で、金融庁により、一部業務の停止などの行政処分を科された。

こうした仕組み商品のからくりと外資の手口は拙著『巨大投資銀行』に詳しく書いたので、是非読んで頂きたい。

さすがに日本の大手企業は痛い目に遭って学習し、2000年4月から金融商品の時価会計も導入されたので、こういう馬鹿なことはやらなく（あるいは、やれなく）なった。ところが今度は、遅れてやってきた地銀が、何も知らない個人に売りまくったのである。

金融にマジックはない。リターンが高ければ、当然、リスクがある。カルロス・ゴーン氏が新生銀行に勧められて引っかかった仕組み預金など、高金利の預金も、すべてオプションによって作られている。高利回りの商品を勧められたら、まずはオプションを疑ってかかるべきである。（ゴーン氏の仕組み預金に関しては、「JBpress」に寄稿した「ゴーン氏を破滅させた『投機的預金取引』の全貌！」「〈続報〉ゴーン氏が食った新生銀行の『毒饅頭』」をご参照下さい。）

・本書の三つの作品には、一部実在の人物、団体等が登場しますが、内容はフィクションです。
・外国為替のレートは、物語のそれぞれの時点での実勢レートを使用しています。

※初出
「ミスター液晶」（『小説幻冬』二〇二三年三月号～六月号）
「水素トラック革命」（『小説幻冬』二〇二三年七月号～十月号）
「地銀の狼」（書き下ろし）

装幀／岡孝治
写真／olaser、Elen11、Caito/PIXTA、IYO/PIXTA

〈著者紹介〉
黒木亮　1957年、北海道生まれ。早稲田大学法学部卒、カイロ・アメリカン大学大学院（中東研究科）修士。都市銀行、証券会社、総合商社勤務を経て、2000年、国際協調融資を巡る攻防を描いた『トップ・レフト』で作家デビュー。主な作品に『巨大投資銀行』『鉄のあけぼの』『法服の王国』『アパレル興亡』『メイク・バンカブル！ イギリス国際金融浪漫』『地球行商人 味の素グリーンベレー』など。大学時代は箱根駅伝に2度出場し、20kmで道路北海道記録を塗り替えた。ランナーとしての半生は『冬の喝采 運命の箱根駅伝』に綴られている。1988年からロンドン在住。

カラ売り屋シリーズ　マネーモンスター
2024年4月15日　第1刷発行

著　者　黒木 亮
発行人　見城 徹
編集人　森下康樹

発行所　株式会社 幻冬舎
〒151-0051 東京都渋谷区千駄ヶ谷4-9-7
電話：03(5411)6211(編集)
03(5411)6222(営業)
公式HP：https://www.gentosha.co.jp/

印刷・製本所　中央精版印刷株式会社

検印廃止

ISBN978-4-344-04242-1 C0093

この本に関するご意見・ご感想は、
下記アンケートフォームからお寄せください。
https://www.gentosha.co.jp/e/